男女戰爭

許子東文集

（第二卷）

細讀張愛玲

（張愛玲逝世三十週年紀念版）

許子東 著

商務印書館

出版統籌：杜　辰
責任編輯：馮孟琦
裝幀設計：涂　慧
排　　版：肖　霞
責任校對：趙會明
印　　務：龍寶祺

細讀張愛玲（張愛玲逝世三十週年紀念版）

作　　者：許子東
出　　版：商務印書館（香港）有限公司
香港筲箕灣耀興道 3 號東滙廣場 8 樓
http://www.commercialpress.com.hk
發　　行：香港聯合書刊物流有限公司
香港新界荃灣德士古道 220-48 號荃灣工業中心 16 樓
印　　刷：美雅印刷製本有限公司
香港九龍觀塘榮業街 6 號海濱工業大廈 4 樓 A 室
版　　次：2025 年 7 月第 1 版第 1 次印刷

ISBN 978 962 07 4736 6（平裝）
ISBN 978 962 07 4739 7（毛邊本）
Printed in Hong Kong

劉紹銘、梁秉鈞、許子東編：《再讀張愛玲》，香港：牛津大學出版社（中國），2002 年。

劉紹銘、梁秉鈞、許子東編：《再讀張愛玲》，济南：山東畫報出版社，2004 年。

許子東：《張愛玲的文學史意義》，香港：中華書局，2011 年。

許子東：《細讀張愛玲》，香港：皇冠出版社，2019 年。

許子東：《無處安放——張愛玲文學價值重估》，西安：陝西人民出版社，2019 年。

許子東：《許子東細讀張愛玲》，北京：北京大學出版社，2020 年。

《許子東文集》出版說明

《許子東文集》十一卷，前三卷均為現代作家論，第四至第六卷是論文集和兩項專題研究，第七至第九卷都是以文本細讀為中心的文學史論述。第十卷為作者自傳，曾在人民文學出版社出版，現為增訂本。第十一卷為媒體言論集，收錄若干過往節目觀點與報刊文章。

上世紀八十年代的中國現代文學研究者，大都從作家論起步，之後進入文學史、古代文學、文化研究、人文學史或思想史等領域，很少有人一再重複現代作家論。文集作者卻在幾十年間，先後寫了三本作家論（《郁達夫新論》《細讀張愛玲》《重讀魯迅》）。對於這種目前在學術生產工業中已經不佔主流的研究方法和出版體例的長期堅持，在學界引起注意。第二卷《細讀張愛玲》（張愛玲逝世三十週年紀念版）是皇冠版和中華書局《張愛玲的文學史意義》兩書的合併，另附討論《色，戒》《小團圓》的電視談話。《重讀魯迅》的重點是魯迅對「主奴關係」的研究。全書並非企圖研究魯迅是怎樣一個人，或者還原魯迅作品的本意，而是記錄作者幾十年來閱讀 / 重讀魯迅作品的閱讀經歷以及體會感悟的變化過程。一百年來，魯迅的作品照見了國人走過的道路，照見了世人的面貌與內心，也照見了中國的理想與現實。文集作者半生都在着迷郁達夫的真率、張愛玲的優美和魯迅的深刻。

文集第四卷收集作者從 1984 年到 2014 年間的論文與隨筆，其中大部分寫於八、九十年代，曾經發表於《文學評論》《文藝理論研究》等學術期刊。〈當代小說中的現代史〉原是其中一篇論文的題目，預示了後來的研究方向，現作為文集第四卷書名。整個第四卷反映作者八十年代之後很長時間在學術上的猶豫和嘗試，從分析文學現象到試驗理論方法，從注重現代文學到關心當代小說。文集第五卷是一項藉用俄國形式主義理論的專題研究，開始於 1989 年芝加哥大學的魯思訪問研究計劃，1997 年作為博士論文提交香港大學。2000 年以《為了忘卻的集體記憶 —— 解讀 50 篇文革小說》為書名，由北京：生活・讀書・新知三聯書店出版（三聯・哈佛燕京學術叢書）。該書的台北麥田繁體版書名是《當代小說與集體記憶 —— 敍述文革》。人民文學出版社 2011 年再版時題為《許子東講稿（卷一）—— 重讀「文革」》。此書主題原是擔心國人健忘，可是時代循環，過去不會消失，人既有可能兩次進入同一河流，書也還沒有完全過時。文集第六卷是《小說香港》。作者長期在香港的大學任教並擔任中文系主任，曾經編選了四五本「香港短篇小說雙年選」。編選過程中閱讀了數千篇香港本土的中短篇小說（主要是九十年代的作品），同時也首次在嶺南大學開設香港文學的課程。卷六的部分內容曾以《香港短篇小說初探》為書名出版，2007 年獲第九屆香港中文文學（文學評論）雙年獎。

第七卷《許子東現代文學課》是作者在香港嶺南大學一年級本科課程的錄音文字，當時有騰訊新聞現場直播。課堂實錄文字或有資料不全等缺陷，但也保留了直播的氣氛及現場效果，成為一本文字、資料、音頻及視頻同時存在的教科書。《許子東現代文學課》收入文集卷七，大幅增加了研究性質的論文和其他講座文字、直播對談。《重讀二十世紀中國小說》（上下）及續篇《二十一世紀中國小說選讀》是作者近年的工作，有別於傳統的從時代或從作家出發的文學史模式，這幾冊重讀和選讀，努力嘗試以文本細讀為主體，重新梳理文學史發展線索。

整套文集，既有文體分類，也按時序編排。除了第三卷《重讀魯迅》，文集其餘各卷基本按寫作與出版時序編輯。

《細讀張愛玲》編輯說明

《細讀張愛玲》於 2019 年由皇冠出版社（香港）出版。《許子東細讀張愛玲》（簡體）2020 年由北京大學出版社出版。《張愛玲的文學史意義》2011 年由香港中華書局出版。《無處安放 —— 張愛玲文學價值重估》（簡體）由陝西人民出版社 2019 年出版。

本卷由《細讀張愛玲》皇冠版和《張愛玲的文學史意義》等合併而成，並收入作者近年發表的與張愛玲研究有關的學術論文和電視言論。

前言

有人說：「就是最豪華的人，在張愛玲面前也會感到威脅，看出自己的寒傖。」同樣道理，在張愛玲的文字面前，再仔細的文本閱讀，也會顯得粗枝大葉。可是我們還是要細讀張愛玲。為甚麼呢？

1990 年秋天，我在 UCLA（加州大學洛杉磯分校）參加一個 Seminar——「女性主義與中國現代文學」，其中有一半的時間在討論張愛玲，李歐梵教授主持，周蕾的書做參考教材[1]。修課的同學當中，現在很多人是很出名的大學教授。為了參加這個 Seminar，我常常要在大學南面的 Westwood 和 Rochester 路口找免費停車位。當時我正在寫英文的碩士論文，一面在街口轉來轉去找車位，一面腦子裏想着英文論文的概念，張愛玲、小上海、小市民社會等等，所以那個路口的超級市場、郵局、書店……我都已經非常熟悉。萬萬沒想到，原來張愛玲最後住的地方就在那個路旁，她平時用的超級市場、郵局、影印店，就是我用的那幾家。

在 UCLA 我們當然也議論過張愛玲的近況，只聽說她隱居在 LA，我們想像她大概隱居在 Santa Monica Beach 或比佛利山莊。她那麼出名，我們想像她的生活會舒適清高，文化界誰也找不到她。沒有想到她原來就住在我天天停車的路口。

實際上，我們後來看到資料[2]，張愛玲最後十幾年住在洛杉磯，生活狀況有些悽慘。她有時候租房，兩個月的首付租金都付不起，要問律師借。我們窮學生都能付。她最後住的 Westwood 是個好區，之前她住的北好萊塢卻是個很糟糕的地段。住 Motel，Motel 怎麼能長住？而且她沒有車。洛杉磯這個地方不開車，簡直是非人的社會，街上全是車，走路、坐巴士都是很辛苦的。她去世以後好幾天人們才發現，房間裏只有一堆紙箱，甚麼家具也沒有，有一些漂亮衣服被帶來帶去。她後來老是搬家。大家知道她早期有一句話：「……生命是一襲華美的袍，爬滿了蚤子。」[3] 我原來想，這是多麼精彩的象徵，沒想到作家的晚年，竟把象徵變成了寫實。她十幾年到處搬家，她說她身上有蟲，把自己頭髮都剪了。想想多麼愛美的女人，把頭髮都剪了。

戴文采，據說是台灣《中時晚報》的一個記者，有一度知道張愛玲住在甚麼地方，她就在張愛玲公寓的旁邊也租了一間，等了好些天都見不到人。最後沒辦法，她只好將紙條塞在房門下面，大概就是說我是台灣的記者，想見一面，問幾個問題，您不反對的話，我明天中午十二點來找您。到了第二天中午十二點，她去的時候房子空了，沒人了，搬走了，像聊齋一樣。最後戴文采是根據幾天來垃圾箱裏收集的東西寫了整版的報導，說她牙齒出血、吃甚麼冷凍食品、用牙線、塗甚麼藥等等。[4]

後來我遇到南加大教授張錯 —— 把張愛玲骨灰撒在海上，就是張錯教授參與主持的葬禮。張錯跟我說：許子東，就算你在路上碰到她也沒有用，你根本認不出她。為甚麼？因為她到晚年就變成美國人說的 Bag Lady，窮困潦倒的婦人。她最後好多年只穿超級市場最便宜的兩塊九毛九美元的中國產的塑膠拖鞋，她要在超級市場門口跌倒，人們恐怕扶都不敢扶，因為到時候會起訴你，未經允許接觸老人身體，你賠都賠不清楚。就是這麼一個悽涼的境遇。

怎麼這麼驚豔一生的作家，民國臨水照花人，最後弄得這麼悲涼。她晚年不是沒有錢，也不是沒有名。她至少在台灣、香港已經非常紅，是一種甚麼樣的力量能使一個迷戀華麗世俗人生的作家這樣自絕於世界？林式同的回憶錄說，有一次律師臨時告訴她要去上海出差，在電話裏聽到上海兩個字，張愛玲就停了下來，停了足足兩分鍾，律師也不敢說話。過了兩分鍾以後她又恢復常態，淡淡說一句：「恍若隔世。」我在上海南京西路、重華新村住過十幾年，很晚才知道 1949 年張愛玲也住過重華新村，在那裏目睹解放軍進城。同一條弄堂，又一次跨越時空的擦肩而過。

我有心閱讀張愛玲的學術理由，第一是因為張愛玲凸顯了海外跟內地中國現代文學界的重要分歧。我希望能討論這些分歧的現狀跟原因。簡單地說，張愛玲在台灣、香港以及海外華人文學中的影響，就像魯迅在中國內地文學界的地位。第二，張愛玲研究是「重寫文學史」的突破口，或者說張愛玲是文學史上一個很難安放的作家。魯郭茅巴老曹排隊排得好好的，現在突然擠進一個張愛玲，現代文學史的次序跟價值觀怎麼辦？第三，張愛玲的作品好像既屬於嚴肅文學，又屬於流行文學，她有意無意地既跨越又調和了雅俗的界限。所以，她現在一方面能在大學裏成為僅次於魯迅的博士、碩士論文題目，同時她又是一個街頭巷尾、花邊新聞、大眾輿論、時尚雜誌都可以拿來消費的文化符號。

香港皇冠出版社是張愛玲獨家授權的出版社，向來只出作品，不出評論，這次倒是破例要出版拙著《細讀張愛玲》。皇冠的讀者即使不那麼關心文學史的問題，但大家還是喜歡張愛玲。為甚麼？因為張愛玲小說的主題，一言以蔽之：愛情戰爭。在張愛玲筆下，愛情故事不只是鮮花、月光、海灘、溫情，或者來點悲劇，車禍、白血病等等。張愛玲的愛情故事裏面，有的是策略，有的是計算，或者戰鬥，或者博弈。平凡的日常生活，怎麼樣才是愛情呢？甚麼樣的男人女人不能愛？……我真是不懂，一個二十幾歲的女子，甚麼經歷都沒有，怎麼就能寫出這樣的句子：「生在這世上，沒有一樣感情不是千瘡百孔的……」[5] 為甚麼她能寫出這麼多精緻的利己主義的愛情故事，可是一旦自己談戀愛，卻一意孤行，飛蛾撲火，輸得這麼慘？或者倒過來說，一個全然不懂世故的女人，怎麼又能寫出這麼多天才的愛情棋譜和婚姻戰役？

「細讀張愛玲」，會重點分析《第一爐香》裏上海女生在香港沉淪的幾個階段，怎麼樣一步一步合理地自然地步入荒誕。會仔細閱讀《金鎖記》當中殘酷的浪漫文字與經典的頹廢畫面。通過《傾城之戀》，我們要沙盤推演愛情遊戲的基本規則。通過《紅玫瑰與白玫瑰》，要看作家如何解剖男人這種動物的人性。我還會講一下《留情》中的上海腔調，《茉莉香片》中的變態戀母，《心經》中的戀父情結，還有《桂花蒸・阿小悲秋》中的工人形象。我們也會研究張愛玲為甚麼在美國的英文寫作不成功，還有她跟賴雅第二次婚姻的詳細情況。關於《色，戒》，我們會比較從小說到電影，同時也議論一下所有張愛玲小說的改編電影。當然我們的一個重點，是細讀張愛玲晚期風格的代表作《小團圓》，我們會非常嚴肅又八卦地比較張愛玲和胡蘭成對同一個故事的不同講法。看看一個女人如何不顧一切地愛上一個顯然不值得愛的男人。在這當中我們會討論三個問題：甚麼樣的男人顯然不值得愛？為甚麼女人會不顧一切？甚麼才是愛的定義？還有，女人都是同行嗎？《小團圓》裏奇特的母女關係，也是我們要特別討論的題目。

在結論部分，我會試圖概述張愛玲在整個中國現代文學史上的地位，談談她跟胡適、傅雷、柯靈、丁玲、夏志清、宋淇等人的關係。

如果時間來得及篇幅許可，我還會談談她對後來作家的影響，比方：張愛玲與白先勇、與朱天文；張愛玲與王安憶、與黃碧雲。但所有這些文學史層面的學術討論，都必須首先建立在作品閱讀文本細讀的基礎上。從作品出發，而不是從理論出發，是這本書稿的寫作原則。

---

1 *Woman and Chinese Modernity: The Politics of Reading Between West and East* (University of Minnesota Press, 1991.) 周蕾的另一本書 *Primitive Passions: Visuality, Ethnography, and Contemporary Chinese Cinema* (Columbia University Press, 1995) 有中文譯本《原始的激情 —— 視覺、性慾、民族誌与中國當代電影》（台北：遠流出版公司，2001 年）。

2 如林式同《有緣得識張愛玲》、朱謎《張愛玲故居瑣記》等，見《華麗與蒼涼》，香港皇冠出版社，1996 年。

3 張愛玲：《我的天才夢》，西風出版社徵文，1939 年，收入《張看》。

4 2009 年，「豆瓣讀書」上有署名「子夜閒讀」的網文《與戴文采談寫張愛玲》，其中附有戴文采本人的相關回憶：「當年的我，根本不是《聯合報》的記者，而是中資《美洲中報》的新聞編輯。《華麗緣 —— 我的鄰居張愛玲》，一開始就在《美洲中報》副刊連載結束了。我也沒有主動寄出已經在美國發表完畢的稿子給在綠豆小島的台灣《中國時報》，是張錯要求我給張大春看看，張大春自己拿去給季季的，也就是《中國時報》出動副刊主編和張錯一起去坐在張愛玲門口敲她的門，堵她的道，也沒寫出一個字以後，想騙我的稿子看看我寫了甚麼。早就在《美洲中報》發表了的文字，已經不是秘密，我何必矯情不給人看？……」戴文采因為采訪張愛玲，後來經歷了甚麼文壇人事恩怨，我們並不清楚。但有一點還是可以印証：儘管張愛玲隱居他鄉，台灣文化界還是密切關注她的一舉一動一言一行。

5 《留情》，原載《雜誌》，14 卷 5 期，1945 年 2 月；收入《傳奇》（增訂本），上海：山河圖書公司，1946 年 11 月，21 頁。

目 錄

集外集

附錄

細讀張愛玲

第一章

東方主義與長三堂子

張愛玲的第一篇小說《沉香屑・第一爐香》，發表在 1943 年上海《紫羅蘭》雜誌上。在故事的開端，葛薇龍，一個極普通的上海女孩子，「站在半山裏一座大住宅的走廊上，向花園裏遠遠望過去。」請注意，作家這裏特別標明極普通的上海女孩子，後來王安憶《長恨歌》也這樣強調弄堂女兒王琦瑤的上海身分，不過兩個作家目的是不一樣的。

> 薇龍到香港來了兩年了，但是對於香港山頭華貴的住宅區還是相當的生疏。這是第一次，他到姑媽家裏來。……這裏不單是色彩的強烈對比，給予觀者一種眩暈的不真實的感覺，處處都是對照。各種不協調的地方背景，時代氣氛，全是硬生生的給摻和在一起，造成一種奇幻的境界。山腰裏這座白房子是流線型的，幾何圖案式的構造，類似最摩登的電影院。然而屋頂上卻帶了一層仿古的碧色琉璃瓦。玻璃窗也是綠的，配上雞油黃嵌一道窄紅的邊框。窗上安裝雕花鐵柵欄，噴上雞油黃的漆。屋子四周繞着寬綽的走廊，地上鋪的紅磚，支着巍峨的兩三丈高白石圓柱，那卻是美國南部早期建築的遺風。從走廊上的玻璃門裏進去是客室，裏面是立體化的西式佈置，但是也有幾件雅俗共賞的中國擺設。如台上陳列着翡翠鼻煙壺與象牙觀音像，沙發前圍着斑竹小屏風，

可是這一點東方色彩的存在，顯然是看在外國朋友們的面上。英國人老遠地來看看中國，不能不給一點中國給他們瞧瞧。但是這裏的中國，是西方人心目中的中國，荒誕、精巧、滑稽。

葛薇龍在玻璃門裏瞥見她自己的影子……[1]

這是張愛玲第一篇小說的開篇背景。我之所以要整段抄了這麼長的引文（以後也很少會有這麼長的引文），一是因為這段貌似女主角看到的香港豪宅風光恰恰是小說的基調，滿足並打破當時上海人心中的香港夢；二是因為這段文字既是女主角視覺，又是小說敍述者的描寫，兩者有點混淆。引文前面講明薇龍在看，後面又回到她在玻璃門找自己的影子，中間這一大段今天可從薩義德（Edward Wadie Said, 1935–2003）「東方主義」[2] 角度解讀的場景描寫，只是二十來歲上海女學生的好奇眼光？還是小說敍述者（二十多歲上海女作家）對「飛地」風光的敏銳批判？或者兩者都有而且混合——而這種主人公與敍述者的角度混合混淆，我們以後會詳細討論，恰恰是張愛玲創作的一個重要特點。

主人公視角的敍事，最明顯的例子是主人公的自畫像。在《第一爐香》裏，葛薇龍自己的外貌，也是由這個上海女學生的眼光而細細展現：

薇龍在玻璃門裏瞥見她自己的影子——她自己自身也是殖民地所特有的東方色彩的一部分。她穿着南英中學的別緻的制服，翠蘭竹布衫，長齊膝蓋，下面是窄窄褲腳管，還是滿清末年的款式；把女學生打扮得像賽金花模樣，那也是香港當局取悅於歐美遊客的種種設施之一。[3]

通過主人公在玻璃門裏照鏡子介紹了她自己的形象，「她的臉是平淡而美麗的小臉，現在這一類『粉撲子臉』是過了時了。她的眼睛長而媚，雙眼皮的深痕，直掃入鬢角裏去。纖瘦的鼻子，肥圓的小嘴。……」[4]

這個上海女孩在香港讀書，沒錢了也不想回上海，就去找她的姑媽。她姑媽多年前嫁給一個廣東富商做第四房姨太太，現在富商死了，姑媽很有錢，年紀雖然大還很風流，不過兩家關係不好。所以當薇龍自己報上姓名：「姑媽，我是葛豫琨的女兒。」梁太太劈頭便問道：「葛豫琨死了麼？」葛薇龍忍氣吞聲：「我爸爸託福還在。」姑媽卻更加單刀直入說：「你爸活着一天，別想我借一個錢！」說得薇龍「……原是濃濃的堆上一臉笑，這時候那笑便凍在嘴唇上。」用動詞寫笑，「堆」是常用的，「凍」卻非常罕見。「……腮頰曬得火燙；滾下來的兩行珠淚，更覺得冰涼……」梁太太這麼無禮，一則是報復上海家族當年的道德譴責，二來也是當天正好不巧，她被喬家十三少假約會耍了一下，這個喬家公子就是後來小說的男主角。

說話這麼不客氣，薇龍進退兩難十分尷尬。接着小說寫姑媽索性假裝睡着了，她把一個芭蕉扇蓋在臉上。薇龍沒辦法只好離開，卻又聽梁太太叫一聲：「你坐。」接下來這兩個主角有一段很長的對話。「薇龍只得低聲下氣說道：『姑媽是水晶心肝玻璃人兒，我在你跟前扯謊也是白扯。』」這個現在流行叫玻璃心，轉義為自尊後面的自卑，聽不得批評受不得挫折，例如「這美女玻璃心」、「強國人玻璃心」等等。從來就有這樣的說法，不過意思有些不同，最初出處好像是《紅樓夢》[5]。姑媽則緩了口氣說：「我就是想幫你呀，怎麼知道你爸會怎麼說呢？」兩個人一問一答中間，卻有一件道具被反覆提起，「梁太太一雙纖手，搓得那芭蕉柄的溜溜地轉，有些太陽從芭蕉筋紋裏漏進來，在她臉上跟着轉。」「她那扇子偏了一偏，扇子裏篩入幾絲金黃色的陽光，拂過她的嘴邊，就像一隻老虎貓的鬚，振振欲飛。」「梁太太只管把手去撕芭蕉扇上的筋紋，撕了又撕。薇龍猛然省悟到，她把那扇子擋着臉，原來是從扇子的漏縫裏釘眼看着自己呢！」[6] 這是小說的第一個小高潮，驚心動魄，兩個女人目光對視，就好像你透過百葉窗或鑰匙孔去看別人，卻正看見別人的眼睛 —— 原來梁太太正不動聲色的觀察評估着姪女的顏值，有沒有可持續發展的潛力。張愛玲小說中很多明確的主人公（大部分是女主人公）視角的敘事，是直接描寫「看」與「被看」的具體動作。

那薇龍長甚麼樣呢？最經典的是張愛玲的一個比方：「曾經有人下過這樣的考語：如果湘粵一帶深目削頰的美人是糖醋排骨，上海女人就是粉蒸肉。」[7] 甚麼叫糖醋排骨？到了香港就知道，廣東女性的皮膚比較黑，顴骨比較高，所以比較有棱角，就是糖醋排骨；上海女人白白胖胖，那就是粉蒸肉。當初這個話，張愛玲其實有點偏幫上海女人，她的小說是寫給上海人看的，所以她覺得白白胖胖不錯，一白遮百醜，粉蒸肉。當然按今天的審美標準，大家可能寧願做排骨，因為粉蒸肉肥嘟嘟的。最反諷的是，當下香港粵語講一個女人胖，就說她「排骨」（粵語發音），還全沒有反諷之意，真是語言比時尚變得快！但是這個詞在中國內地大概還是稱讚白富美。總之，這位白富美⋯⋯當然她那個時候還不富，葛薇龍長得跟當地人不一樣，物以稀為貴，姑媽透着扇子的縫看了，大概覺得她在社交圈是可造之材，所以就問了一些會不會打網球、彈鋼琴、衣服尺寸⋯⋯等等，最後就說你留下吧。

我們的女主角在登門豪宅受盡冷遇的過程當中，已經看清了幾點：第一，姑媽家的整個生活方式不健康，五十歲的少奶跟各種不同的男人周旋；第二，這也不是一個女學生合適的生活環境；第三，這一家的傭人又是調情又是勢利又是八卦，總而言之氣氛很亂。所以當薇龍離開豪宅走下山的時候，她回頭覺得這個房子像一個皇陵，像一個墳墓。她自己就像聊齋的書生，她覺得她走進去，將來是要完蛋的。

但是她還是去了，因為她要學費，而且她覺得我站得正，只要我自己堅持，就沒問題。整部《第一爐香》就是寫一個上海女生在異國情調的香港，怎麼樣一步步地沉淪墮落，一共可以分為四個階段。女主人公有四次選擇，這是第一次。

過了幾天，她去了，提了一個箱子，她父母回上海了，家裏還有一個女工陳媽提着箱子跟她一起去。敲門之前，陳媽不知道穿了甚麼衣服，身體在衣服裏打轉，發出擦擦的聲響。薇龍忽然覺得，這個天天在自己家裏幫工的女工怎麼這麼不上枱面？她就把那個工人先打發走了。這個小細節很重要，說明女主角雖然只去了她姑媽的豪宅家一次，可是她對周圍生活的評判眼光已經在改變，她開始嫌棄自家的工人。薇龍去的那天，姑媽正好在打麻將，一個宴會，請了各種各樣的男人。姑媽是很精細的，她覺得大家男女搭配打牌不累，假使讓這女孩子加入，如果她傻呼呼的就破壞氣氛，要是太出挑又會讓那些男的分散注意力，所以姑媽傳話說今天累了，這個場合你也別來應酬了，直接休息吧。工人就把她帶到客房。

客房不大，有單獨的洗手間，外面一個陽台，陽台外面都是樹，半山的樹。我在香港教這個課文，香港學生大部分沒感覺，很隔膜。為甚麼？因為他們說沒有甚麼人可以住到半山的，說實話我認識的文學界的人住半山的只有一個，就是查良鏞，他住舊山頂道，其他沒有一個文人可以住在半山或山頂。可是張愛玲的小說背景居然放在山上的豪宅，說明一開始就是白日夢，以香港為背景，為上海小市民打造的白日夢（「小市民」在張愛玲的詞典可不是一個貶義詞，這點我們以後討論她的散文和歷史觀時會詳細探討）。第二次選擇的關鍵點就是葛薇龍到了她的房間，沒事做，下面打牌，她就打開衣櫃。這一段是原文：

> ……開了壁櫥一看，裏面卻掛滿了衣服，金翠輝煌，不覺咦了一聲道：「這是誰的？想必是姑媽忘了把這櫥騰空出來。」她到底不脫孩子氣，忍不住鎖上了房門，偷偷的一件一件試穿着，卻都合身，她突然省悟，原來這都是姑媽特地為她置備的。家常的織錦袍子，紗的、綢的、軟緞的、短外套、長外套、海灘上用的披風、睡衣、浴衣、夜禮服、喝雞尾酒的下午服、在家見客穿的半正式的晚餐服，色色俱全。一個女學生哪裏用得了這麼多？薇龍連忙把身上的一件晚餐服剝了下來，向牀上一拋，人也就膝蓋一軟，在牀上坐下了，臉上一陣一陣的發熱，低聲道：「這跟長三堂子裏買進一個人，有甚麼分別？」……[8]

這一段裏有兩個關鍵詞必須說明，一個是「衣服」，另外一個是「長三堂子」。

中國有句老話：兄弟是手足，女人是衣衫。張愛玲倒過來說：「男人把女人當作衣服，女人把男人看得還不如她的衣服。」上課的時候我問學生，你們有沒有試着陪過自己的女朋友去買衣服？你看她照着鏡子，試穿新衣服，那個笑容……你們回想一下，她甚麼時候對你這樣笑過？你就掏腰包吧，她可能從來都不會對你笑得這麼燦爛，擺正位置。可是我們女主角非常厲害，衣服試完了，身體一軟，說是長三堂子進個人。大家知道甚麼叫「長三堂子」？上海的南京東路，以前叫大馬路，南京西路叫靜安寺路；跟大馬路並行的一條路叫福州路，以前叫四馬路。四馬路很出名，最多書店跟妓院，以前魯迅常去，主要去北新書局，郁達夫也常去，這就不光去書店了。《日記九種》[9]裏有記載，曹禺的《日出》據說最初的靈感就來自於四馬路。據說四馬路的妓院一般是中下等的，可是在四馬路跟大馬路之間，現在的九江路跟漢口路，就是二馬路、三馬路，那裏有一些較高級的風月場所，其中有一種就叫長三堂子。

如果想了解長三堂子，可以看一個電影叫《海上花》。侯孝賢導演，阿城顧問，朱天心編劇，梁朝偉男主角，李嘉欣、劉嘉玲等等一大批名演員參與演出。文藝片，看着看着保證你睡着了，很悶很悶，不過醒過來再看還是好看。插一句，我這段評語據說在網上很流行，可以用來形容很多藝術片。這個電影是根據韓邦慶小說《海上花列傳》改編的，你要了解長三堂子，就要了解那個文化[10]。原來當年這些公子哥兒要去長三堂子玩，非常辛苦，開始幾個月近不了身，要花很多錢，要請她跟你講詩、唱歌、彈琴、請吃飯。那個小姐就是長三堂子的主角，叫先生，女的喔，李嘉欣演的那個就叫先生。張愛玲晚年花了二十年翻譯《海上花列傳》，翻成英文，特別強調這個書名要用英文寫，「The Sing-song Girls of Shanghai」—— 先生女孩在上海，結果誰也看不懂。電影裏你看梁朝偉追得非常辛苦，而且男客一旦跟「先生」好了以後，你還不能跟別的女人來往，正經的、花街柳巷的都不行。一旦有別的女人，「先生」就要對你發火，就要吃醋，還可以不理你，真是比今天的某些婚姻還要嚴肅。總之長三堂子性質大概有點像現在的一些高級私人會所，我聽一位當年的老作家說，他和另外幾位有名的作家學者，當年也去過，具體名字我不講了，反正是我們很尊敬的作家學者。他們當時覺得這就是社會的一個角落，應該也可以了解一下。

葛薇龍穿了衣服，渾身一軟，躺在牀上，她想：這可不是我要的生活。怎麼辦？走不走呢？我在香港大學裏講課的時候，好奇地問同學們一個問題：各位，假如你現在出國留學，去舊金山或者紐約，你的獎學金讀了一年就沒了。這時候你老豆（按：粵語「爸爸」之意）跟你說，你有個親戚，這親戚願意資助你，可是你到了那親戚家一看——哇塞！夜夜 party，身上紋身，嘴角打釘——我打個比方，並不是說歧視人家紋身——或者說是男女關係比較「開放」，總之整個生活方式你看了有點害怕。但是這親戚倒願意幫你付學費，你可以住在他家裏，在這樣的情況下，有多少同學會買機票回來呢？這個問題我在香港問過，在北京人民大學也問過，實際情況是，無論香港還是北京，數百學生裏只有幾個人舉手表示會馬上回國，說明大部分學生都跟葛薇龍一樣，住下來了。這麼多衣服，你想不到以後派甚麼用處，跟你讀書有甚麼關係，可是留下來了。說看看也好。女主角這天晚上睡覺做夢了，做夢的時候因為樓下有音樂，這音樂就鑽到了她的夢裏。在夢裏，她一直在跳舞，而且夢到了衣服的質感，說綢緞布料就像《藍色的多瑙河》河水一樣，繞着她轉。夢裏邊的享受，也可以說理性上覺得長三堂子進個人這是不對，可是超我跟本我卻有衝突，這段使我想起了張恨水一部有名的小說叫《啼笑因緣》。

《啼笑因緣》的女主角叫沈鳳喜，在北京天橋賣唱，十六歲碰到了一個富家書生叫樊家樹。樊家樹喜歡她，給她錢，幫她租房，還給她買鋼筆，讓她讀書。其實這叫說得好聽，按今天的說法，就是把她給「包」起來，但大家感覺上這是愛情。接下來就有軍閥找鳳喜去陪他打牌，打牌的時候軍閥又看上她，送她金銀財寶。這女孩子十六歲，非常窮，突然有人送真金白銀，她收的時候非常高興，可是晚上睡覺的時候卻驚醒，夢見樊家樹，嚇出了一身冷汗，覺得自己做了虧心事。

第二天，她就把這些金銀財寶去歸還。為甚麼我要說這個故事？因為張恨水是張愛玲很喜歡的作家，兩個人寫的都是一個女性，在金錢跟道德面前心裏發生衝突，可是她們的處理方式是不同的。張愛玲的主角，醒的時候覺得接受金錢是犯罪，在睡夢裏面卻非常享受。張恨水的女主角，醒的時候很喜歡，做夢的時候就有犯罪感。我的問題是，哪一個比較嚴重？哪一個沒得救了？一件事情明知不對，夢中懷念；而另外一個人沒有覺得不對，夢裏卻嚇醒了。如果前一種葛薇龍或者張愛玲的多瑙河夢境，可以用佛洛伊德的概念來解讀，或者理性是超我，夢中是慾望、本能，那我們古人相信天理是應該戰勝人慾的。所以清醒的時候，覺得她錯就行了，夢是不重要的。可是現代心理學研究告訴我們，人的理性比起人的潛意識，是非常脆弱的，理性只是冰山一角，我們本質上，是被巨大的、海底的、自己都不知道的潛意識推動。從這個角度看，葛薇龍是更加沒得救了。

於是就會出現第三次選擇。葛薇龍這個聰明的上海女孩，有好衣服陪襯，有車子開着送着上學，家裏又有前前後後很多宴會、舞會應付。人啊，應付有錢的環境是很快的！三個月來 —— 我們記得張愛玲小說裏非常詳細地講她試衣服的過程，然後只用一句話交代 ——「她在衣櫥裏一混就混了兩三個月……」，就全概括了。她參加了各種各樣社交活動，年輕美貌，看上去有錢，有她的存在，姑媽的 party 也很成功，很多男人來。男人喜歡她，姑媽又管着她，到了一定的時候，姑媽跑出來，把葛薇龍藏起來，那個男的又被姑媽搶去了。葛薇龍也不在乎，因為那些有錢的男的通常沒頭髮，或者很討厭，或者經不起考驗。

但是有一天，事情有了變化。她姑媽有一個二十年的老相好，潮州的一個做搪瓷馬桶的商人，叫司徒協，這個人多少年來跟姑媽心心相印。某天晚上，他們一起在這個風雨之夜坐車回家，她的姑媽給她看一個金剛石手鐲，說是司徒協送的。我不大懂金剛石是甚麼？就是鑽石？鑽石怎麼能打一個手鐲？大概就是鑲一點碎鑽吧？但不管怎麼樣，鑽石永遠是打擊女人最有利的武器，我們在幾十年以後的《色，戒》裏會有更深的研究。姑媽正在秀，你看這麼個好東西……就在這個時候，話音未落，司徒協就在葛薇龍的手上「唰」地也套了一個。小說裏描寫說：「……那過程的迅疾便和偵探出其不意地給犯人套上手銬一般。」[11] 不知道女人被套上 Tiffany 的時候會不會有同樣的感覺？薇龍說她急着找不到怎麼解開，拼命要往那裏退，姑媽在旁邊說：「人家好意送你的，你不能不給面子，他本來就有一個。」回到家裏，薇龍把手鐲放在桌上，手鐲還在閃光。她有一段獨白：「一晃就是三個月，穿也穿了，吃也吃了，玩也玩了，交際場中，也小小的有了點名了……天下有這麼便宜的事麼？」[12] 是啊，培訓期結束，下面要工作了。她現在回想起來，司徒協這個男人早注意她了，之所以今天把手鐲當着姑媽的面給她套上，顯然他們已經有協議了。姑媽是同意的，姑媽要接待這個男的，將來還會有很多這樣的事情，那事情可就大了。這麼重的東西收下以後，麻煩了！「長三堂子」的工作，好像剛剛開始。

當然，我們的「細讀張愛玲」，也剛剛開始。

《第一爐香》女主角葛薇龍為了繼續在香港讀書，低聲下氣求富商寡婦梁太太的資助，明知姑媽大宅風氣不正，還是決定住了進來。這是她的第一次選擇。然後她在姑媽安排的客房裏，看衣櫃裏發現了很多很多漂亮衣服，遠超過一個女學生的需求，更像交際花的行頭，雖然心慌害怕，但葛薇龍還是決定留下，說看看再說。這是她的第二次選擇。時間一晃三個月，舞會、酒會、美食、汽車，各種衣服、各色男人，眼看女主角漸漸要適應這半山豪宅的社交生活了，不想，另一個老富商司徒協，突然給她戴上了一隻很值錢的金剛石手鐲，薇龍一看情況不妙，不知下一步該怎麼辦，這就是她面臨的第三次選擇。其實手上套個 Tiffany 也好，別的甚麼禮物也好，同學們，尤其是女同學們，你一生中總有那麼一個時刻，說不定還不止一次，你會突然收到人家送你一件你盼望已久的禮物，它可以是一件衣服，一個手提包，或者是一輛汽車，一架 Maserati ，或者甚至是一個支票簿。不管甚麼東西，我敢肯定在座的女生們，當你們碰到這樣的時刻的時候，你們當然希望是你最喜歡的人，送給你最喜歡的東西。可是世事常常並非如此，你喜歡的東西，常常來自於一個你不喜歡、或者不大喜歡的人，怎麼辦呢？我不問大家了，你們都會各自應付的。

我們來看葛薇龍。其實收不收禮，問題還不大，關鍵是，在這種做選擇的時候，它關係到整個人生計劃。女主角葛薇龍當時有三個選擇：一、回上海；二、繼續想辦法讀書，然後找工作；三、找個人嫁。其實，第一個選項回上海，最後還是要面對兩個選擇 —— 後面兩個選擇。所以說到底，是工作還是嫁人，This is a question ，這大概也是今天很多女性青年有意無意間面臨的選擇。有人說，男人比女人更辛苦，因為女的從學校畢業以後，有工作或者是嫁人這兩條路可以走；男人不管你將來單身、已婚、或同性戀 Whatever……你都要自己打拼，賺錢謀生。但也有人說，正因為如此，女人才更辛苦，因為一條道路，只拼能力、拼運氣，或者拼老爸，他都不可以三心二意；反過來，女性有選擇，反而就有更多的人生困惑。一班女同學十年後聚會就可以看到很多不同……男生比較簡單，只在一個價值系統中比拼 —— 當然不一定誰賺錢多誰就更幸福，但至少比較標準單一。但女生呢？常常是這樣，其中一些人做了公司高管、職場打拼成功，甚至還做演員、讀博士；另外一些卻白白胖胖帶了兩三個小孩，整天關心養兒育女的事情。這種時候聚會飯桌上表面上是各自捍衛自己的生活尊嚴，實際上常常是前者覺得後者安定、舒適，後者羨慕前者有成就、有自由。所以為甚麼有人覺得女人找工作，就像走在一個出了故障的自動電梯上一樣，特別的累（因為本來可以不用走），就是這個原因。

回到正題，有意思的是，在這麼一個關鍵的選擇的時候，葛薇龍沒辦法跟她父母商量，也沒辦法跟她的姑媽商量，她只能跟誰談呢？跟一個服務她的丫頭叫睨兒，來討論這些找工作或者結婚的大事。小說裏寫梁太太家裏有兩個有名有姓的丫頭，一個叫睇睇，普通話讀出來睇睇，就像招弟那樣，廣東話睇睇，就是看的意思。「睇」這個字原來的意思是斜眼看人，可是睇睇（廣東話），就沒有貶意的。薇龍一進姑媽家，睇睇對她的態度很不好，她又跟喬家公子喬琪喬有一腿，姑媽自己得不到喬琪喬，所以一氣之下，就把睇睇趕走了。臨走那一幕寫她邊流淚邊吃瓜子的文字是非常精彩的[13]。另一個丫頭就是睨兒，「睨」這個字的原意也是斜眼看人，但她倒和薇龍合得來。薇龍在party或者合唱團認識甚麼男人，睨兒都跟她介紹這些男人的社會背景。比方有個叫盧兆麟，他原來在合唱團裏跟薇龍有些意思，後來被姑媽給「銜」走了。小說裏有一句話，說她喝咖啡的時候用眼睛「銜」住盧兆麟，像鳥叼食物一樣，很精彩的一個字——一個靚仔，被姑媽搶走了。

還有一個就是喬琪喬，混血兒靚仔，對葛薇龍上來就是攻勢淩厲，一見面就說：「……怎麼我竟不知道香港有你這麼個人？」然後說着說着，又自言自語地說葡萄牙語，說完了以後就說：「我要把它譯成英文說給你聽，只怕我沒有這個膽量。」兩個人第一次見面，小說裏有一段文字我讀給大家聽：「薇龍那天穿着一件瓷青薄綢旗袍，給他……」——他是指喬琪喬——「……給他那雙綠眼睛一看，她覺得她的手臂像熱騰騰的牛奶似的，從青色的壺裏倒了出來，管也管不住，整個的自己全潑出來了……」[14] 這是一段極其經典的文字，當然可以見出薇龍對喬琪喬缺乏抵抗力。薇龍特別喜歡喬琪喬把臉埋在臂彎裏的樣子，以至於薇龍在這時候就想去吻他的袖子手肘處弄縐了的地方。可在這種時候，睨兒這個丫頭反而在旁邊提醒，告訴薇龍說，喬琪喬雖然身出名門，可是是個浪蕩子，愛花錢，也沒有多少財產。丫頭跟主人甚至討論到女性的社會前途和婚姻，薇龍說梁太太的 party 都是應酬，我自己還是要好好讀書的。丫頭跟她說，還不如找個合適的人，就算大學畢業找工作，也賺不了多少錢，進不了社會上層。你看看，連丫鬟都看清女性因為沒有社會上升階梯，所以才把婚戀變成了工作和職業。

在司徒協手鐲的威脅之下，薇龍開始認真考慮跟喬琪的關係。可是喬琪雖是花花公子，卻也「光明正大」，不騙薇龍，在和薇龍談及愛情婚姻的時候說：「……我打算來看你，如果今天晚上有月亮的話。」但是，「薇龍，我不能答應你結婚，我也不能答應你愛，我只能答應你快樂。」薇龍顫抖着，「……抬着頭，哀懇似的注視着他的臉。她竭力地在他的黑眼鏡裏尋找他的眼睛，……」因為那個時候喬琪戴着墨鏡，「……可是她只看見眼鏡裏反映的她自己的影子，縮小的，而且慘白的。」這又是一個典型的好的文學意象，因為它又是象徵，又是寫實。寫實是，在墨鏡裏你的確看不到對面的眼睛，只能看到自己的倒影。象徵是甚麼？就是你摸不透這個男人的心。不是說眼睛是心靈的窗戶嗎？而倒過來，在這場愛情遊戲當中，這個倒影，就是女主角真實的可憐的處境。當天晚上果然有月亮，喬琪果然翻牆進了花園，入了大宅，路上還遇見了睨兒，這丫頭也沒告發他。

接下來有一段喬琪和薇龍在牀上的描寫，我讀原文：「她睡在那裏，一動也不動，可是身子彷彿坐在高速度的汽車上，夏天的風鼓蓬蓬的在臉頰上拍動。可是那不是風，那是喬琪的吻。」[15] 我們以後會比較，在現代文學各種各樣的性愛描寫中，這是其中非常著名的一段牀戲文字。事後，薇龍一個人靜靜的在陽台上看月亮，被月光淹得遍體通明。她在分析自己，為甚麼這麼自卑、固執，而又瘋狂地愛着喬琪。「她伏在欄杆上，學着喬琪，把頭枕在胳膊彎裏，那感覺又來了，無數小小的冷冷的快樂，像金鈴一般在她的身體的每一部分搖顫。」可惜，實在太可惜了，明知這是短暫的快樂，可也消失得太快了。就在薇龍被月光淹沒，感覺無數金鈴在她身體中搖顫的時候，就在當天的半夜，淩晨將至，她看到花園裏剛剛離開的喬琪，竟然和她信任的丫頭睨兒抱在一起。張愛玲的文字真是美，張愛玲的筆真是殘酷。

第二天，薇龍在浴室裏找到了丫鬟，她用濕毛巾痛打睨兒，睨兒不作聲，也不反抗，打久了，其他丫鬟發現，報告梁太太。睨兒說這只是一場誤會，姑媽找到了薇龍，開誠佈公說，這在下人面前出醜了，怎麼辦？薇龍說我回上海。姑媽說：你人回去，醜聞也跟着你回去。她這樣說：一個女人頂要緊的是名譽。可是姑媽對名譽的定義又與眾不同，她說女人：「唯有一樁事是最該忌諱的，那就是：你愛人家而人家不愛你，或是愛了你而把你扔了。」這話正中薇龍的傷口。姑媽的建議是：「你真要掙回這口氣來，你得收服喬琪喬。等他死心塌地了，那時候，你丟了他也好，留着他解悶兒也好 —— 那才是本領呢！」[16] 這，就是上海女生在香港豪宅裏受到的再教育。

薇龍還是堅持要回上海，不料氣急之下，感冒轉成了肺炎，病倒了。在病中，她想起上海的家，想起上海家裏父親的書桌，尤其想起父親書桌上有一隻玻璃球，鎮紙的玻璃球。她當時覺得這個玻璃球對她來說，就是一種安穩的、道德的、家的感覺。我對這一段細節特別注意，為甚麼？因為大家知道在中國現代文學當中，寫上海的作家很多，無論是新感覺派，穆時英、劉吶鷗，或者是左聯的茅盾，或者是受左翼影響的曹禺等等……不管左派、右派，上海寫出來，都是一個非常繁華，但是又讓人墮落的地方。所以在《第一爐香》裏，當薇龍生病、思鄉的時候，上海難得有一次成了道德的象徵。當然，這也只是象徵而已。

在病中，薇龍突然起了疑竇 —— 她覺得她生這場病，也許一半是自願的；也許是她下意識地不肯回去……這個時候喬琪在梁太太的勸告下，也開始每天給薇龍送花、寫信、打電話。為甚麼呢？因為姑媽找到喬琪跟他說，你也闖禍了，這個社交場中傳出去也不好聽。喬琪他其實不缺女人，他其實是缺錢，而姑媽跟他說，你要是跟薇龍在一起，你還是有自由，同時你還會有錢。所以喬琪從那個時候就開始正式的追薇龍。小說裏這樣描寫，就在薇龍去買船票回家的路上，喬琪開着車，在路邊緩行，薇龍停下腳步，她猜喬琪一定趁着這機會，有一番表白，不料他竟一句話也沒有，不由得看了他一眼。薇龍不由得去看了男的一眼，男的又把一隻手臂橫擱在輪盤上，就是那個方向盤上，人就伏在輪盤上，一動也不動。我們前面說過，這個女生最受不了的就是看到這個男的把頭彎下來伏在他的臂彎上，不知道這個花花公子是不是知道自己這一招管用，還是說他是成了習慣；還是說，無意當中，他們就有一個相通觸電的地方。薇龍看到這個男的在車上，用手伏在方向盤上，身體趴在方向盤上，她心裏就一牽一牽地痛着。

之後薇龍繼續走，那個車子也沒有跟上來，回頭看，車子就一直停在那裏。「天完全黑了，整個的世界像一張灰色的聖誕卡片，一切都是影影綽綽的，真正存在的只有一朵一朵頂大的象牙紅，簡單、原始的、碗口大、桶口大。」[17] 我們以後要專門花時間分析，為甚麼張愛玲小說中在最關鍵的時刻，會出來一段風景，而這風景的描寫、它的意象，又是一個非常特別的表達方式。比方說在這裏，整個世界像一張卡片，而這個卡片又是簡單、原始、碗口大、桶口大。這種寫法有甚麼技術？有甚麼意義？就在這車停在路邊，葛薇龍回家、她回頭看的時候，我們知道，她實際上面臨着在梁家大宅的第四次，也是最後一次人生選擇。她應該怎麼辦呢？

---

1 《沉香屑・第一爐香》，《傳奇》(增訂本)，上海: 山河圖書公司，1946 年，頁 213–214。

2 參見《東方學》，愛德華・薩義德 (Edward Wadie Said) 著，王宇根譯。北京：生活・讀書・新知三聯書店，1999 年。

3 《沉香屑・第一爐香》，《傳奇》(增訂本)，上海: 山河圖書公司，1946 年，頁 214。

4 《沉香屑・第一爐香》，《傳奇》(增訂本)，上海: 山河圖書公司，1946 年，頁 214。

5 《紅樓夢》第四十五回：「一席話說的眾人都笑起來了。李紈笑道：『真真你是個水晶心肝玻璃人。』」

6 《沉香屑・第一爐香》，原載《紫羅蘭》1943 年 5 月號，收入《傳奇》增訂本，上海：山河圖書公司，1946 年 11 月，頁 222。

7 《沉香屑・第一爐香》，《傳奇》(增訂本)，上海: 山河圖書公司，1946 年，頁 214。

8 《沉香屑・第一爐香》，引自《傳奇》增訂本，上海：山河圖書公司，1946 年 11 月，頁 227。

9 郁達夫《日記九種》，上海北新書局，1927 初版。

10 電影《海上花》(*Flowers of Shanghai*) 根據韓子雲小說《海上花》，以及張愛玲注譯的《國語海上花列傳》改編而成，1998 年上映。導演：侯孝賢，編劇：朱天文，主演：梁朝偉 (飾王蓮生)、羽田美智子 (飾沈小紅)、李嘉欣 (飾黃翠鳳)、劉嘉玲 (飾周雙珠)。韓慶邦 (韓子雲) 的《海上花列傳》成書於 1894 年，張愛玲 1967 年着手翻譯英文版本，1975 年完成，但直到張愛玲 1995 年過世，都未完成定稿。1982 年張譯版本《海上花列傳》的前兩章，刊登在香港中文大學《譯叢》(*Renditions*) 期刊。2005 年，哥倫比亞大學出版經由孔慧 (Eva Huang) 修編的英譯本《海上花列傳》：*The Sing-song Girls of Shanghai*, New York: Columbia University Press, 2005；1982 年 4 月至 1983 年 10 月，張愛玲譯注國語版本在

《皇冠》雜誌連載，1983 年 11 月出版專書。韓邦慶著，張愛玲註釋：《海上花開：國語海上花列傳一》《海上花落：國語海上花列傳二》，台北：皇冠出版社，1983 年初版。參見單德興：《含英吐華：析論張愛玲的美國文學中譯》，《翻譯與脈絡》，台北市：書林出版有限公司，2009 年。

11 《沉香屑・第一爐香》，引自《傳奇》增訂本，上海：山河圖書公司，1946 年 11 月，頁 242。

12 《沉香屑・第一爐香》，引自《傳奇》增訂本，上海：山河圖書公司，1946 年 11 月，頁 244。

13 「她的眼睛哭得又紅又腫，臉上薄薄地抹上一層粉，變為淡赭色。薇龍只看見她的側臉，眼睛直瞪瞪的一點臉部表情也沒有，像泥製的面具。看久了方才看見那寂靜的臉龐上有一根筋在那裏緩緩的波動，從腮部牽到太陽心 —— 原來她在那裏吃花生米呢，紅而脆的花生米衣子，時時在嘴角掀騰着。」

寫到這裏，作家換了一行，然後說：「薇龍突然不願意看下去了，掉轉身子，……」(《沉香屑・第一爐香》，《傳奇》(增訂本)，上海：山河圖書公司，1946 年，頁 230。)

最後這句隔段銜接的「突然不願意看下去」，給整個丫鬟邊哭邊吃花生米的場面加了一個批判或無法批判的畫框。這是一個很典型的例子，顯示張愛玲小說中主人公視角與故事情節如何互相滲透。一個被炒女傭哭着離開時嘴底粘着花生衣，這不是今天「吃瓜（子）羣眾」又可悲又可笑的羣體形象的最早代表嗎？魯迅寫華老栓哀其不幸怒其不爭，但不會也狠心讓華老栓離開茶館時嘴裏還啃雞骨頭吧。張愛玲也沒明說薇龍見到這個對她態度不好的女工不幸之中哭着還嚼花生米是甚麼感受。作家覺得世態荒謬，這麼聰明的女主角，後來怎麼居然也容忍自己的不幸不爭？

14 《沉香屑・第一爐香》，引自《傳奇》增訂本，上海：山河圖書公司，1946 年 11 月，頁 214。

15 《沉香屑・第一爐香》，引自《傳奇》增訂本，上海：山河圖書公司，1946 年 11 月，頁 248–249。

16 《沉香屑・第一爐香》，引自《傳奇》增訂本，上海：山河圖書公司，1946 年 11 月，頁 252–253。

17 《沉香屑・第一爐香》，引自《傳奇》增訂本，上海：山河圖書公司，1946 年 11 月，頁 256。

第二章

以實寫虛與物化蒼涼

《第一爐香》是張愛玲第一個短篇，客觀來說，在一般人心目中，它並不是張愛玲最著名的作品。說起張愛玲的代表作，我們首先會想到《金鎖記》《傾城之戀》《小團圓》等等，當然這些作品我們都會慢慢細讀，但《第一爐香》我個人認為十分重要，可以說這是張愛玲早期風格的代表。有兩種作家，一種一發聲就是代表作，比方魯迅的《狂人日記》、郁達夫的《沉淪》、曹禺的《雷雨》等等。另一種作家是慢慢摸索，艱苦尋找，終於不知道甚麼時候，才有了代表作，比方說老舍的《駱駝祥子》、沈從文的《邊城》等等。顯然張愛玲是屬於第一個類型。我很奇怪，像《第一爐香》這麼一個短篇，聲色犬馬、人慾橫流，至今還沒拍成電影。說到張愛玲早期風格，大家都知道她學生時期的徵文《天才夢》，裏邊的那句名言：「生命是一襲華美的袍，長滿了蚤子。」[1] 這句話有三個關鍵詞，一個是袍，就是衣服，象徵着她的創作題材，就是日常生活；第二是華美，這是她的文風；第三就是蚤子，也有人說是蝨子，總之是作品當中的悲涼，人性的缺陷。這三個關鍵詞，尤其是三者之間的互相滲透，充分體現在作家的處女作《第一爐香》裏面。

我們已經看到在作品裏，女主人公的第一次戀愛，那麼短暫，那麼浪漫，那麼慘烈，那麼心酸。薇龍剛剛「坐在高速汽車上，喬琪的吻，像夏天的風，鼓蓬蓬的在臉頰上拍動」，然後，一個人在陽台上，被月光淹得遍體通明的時候，便看到了自己的情人，和自己信任的丫鬟，在花園裏抱在一起。這樣的恥辱，怎麼才能兜兜轉轉到最後同意跟喬琪結婚呢？原來這一切後面，都有梁太太幕後操作。梁太太一面勸薇龍說寧可負天下男人，也不可讓男人負你；另一面又勸喬琪，因為他缺錢，就叫他跟薇龍結婚，薇龍可以為他賺錢。天曉得薇龍怎麼賺錢？還不是要跟姑媽學習，從有錢的老男人們身上賺錢？梁太太對喬琪說，過幾年，她青春不再，你也可以再跟她離婚，抓她出軌的把柄還不容易嗎？小說中有一句有名的話，說薇龍「……整天忙着，不是替喬琪喬弄錢，就是替梁太太弄人。」[2] 非常荒誕、殘酷、頽廢的生活婚姻狀態，竟以如此平淡語氣一句帶過，不加褒貶。當然，不管別人怎麼安排，這一步步合情合理走入荒誕，飛蛾撲火似的愛，還有對上層生活方式的迷戀，都是主觀的原因，這一點我們以後還會討論。

我先提醒大家注意小說結尾處有兩段文字，一段是象徵，一段是寫實。象徵文字寫的是薇龍婚後，到香港灣仔市場，「她在人堆裏擠着，有一種奇異的感覺。頭上是紫黝黝的藍天，天盡頭是紫黝黝的冬天的海，但是海灣裏有這麼一個地方，有的是密密層層的人，密密層層的燈，密密層層的耀眼的貨品 —— 藍瓷雙耳小花瓶、一卷一卷葱綠堆金絲絨、玻璃紙袋裝着『巴島蝦片』、琥珀色的熱帶產的榴槤糕、拖着大紅穗子的佛珠、鵝黃的香袋、烏銀小十字架、寶塔頂的涼帽；然而在這燈與人與貨之外，還有那悽清的天與海 —— 無邊的荒涼，無邊的恐怖。她的未來，也是如此 —— 不能想，想起來只有無邊的恐怖。她沒有天長地久的計劃。只有在這眼前的瑣碎的小東西裏，她的畏縮不安的心，能夠得到暫時的休息。」[3] 這段文字，可以給張愛玲所謂「華麗與蒼涼」做了最好的註解。我們以後還會繼續討論這個問題。一般人只看到眼前的華麗，這麼多藍磁、葱綠、玻璃紙、琥珀、大紅、鵝黃……看不見後面的悲涼，但是葛薇龍，或者說張愛玲，卻看到這麼多世俗顏色後面的人與天與悽清的海，無邊的蒼涼。看到這一層，已經是作家高一層的眼光。但張愛玲還不只於此，她說就因為這遠方是荒涼，所以只有這眼前的瑣碎的小東西裏，她的畏縮不安的心，能夠得到暫時的休息。正因為世界的荒誕悲涼是莫測的，所以日常生活的世俗華麗，依然值得留戀。這幾乎是華麗與蒼涼的辯證法。

第二段文字是寫薇龍在灣仔街頭，被一幫喝醉的水兵誤以為是目的物。逃上車以後，喬琪笑道：「那些醉泥鰍，把你當作甚麼人了？」薇龍道：「本來嘛，我跟她們有甚麼分別？……她們是不得已的，我是自願的！」說完，車裏一片沉默，「汽車駛入一帶黑沉沉的街衢。喬琪沒有朝她看，就看也看不見，可是他知道她一定是哭了。他把自由的那隻手摸出香煙夾子和打火機來，煙捲兒銜在嘴裏，點上火。火光一亮，在那凜冽的寒夜裏，他的嘴上彷彿開了一朵橙紅色的花。花立時謝了。又是寒冷與黑暗……」[4] 大家看到，喬琪喬，他的人性是有的，但也就是那麼一瞬間。

我說《第一爐香》代表張愛玲早期風格，還不只是因為內容上的華麗蒼涼辯證法，還在於張愛玲小說藝術技巧的兩個最重要特點，都已經在這篇作品裏有成熟表現。這兩個藝術技巧特點，一是「故意混淆敘述角度」，二是「逆向營造文學意象」。第一個特點，用最簡單的話說，就是小說中有些關鍵段落，主要是一些景物描寫，不知道是從主人公眼睛看的，還是小說敘事者角度看的。這種混淆利用了中文有時可以省略主語的特點，它的效果是寫出人物自己都不知道的感覺，寫出人物的潛意識。這個藝術特點比較複雜，我們先提一提，以後閱讀《紅玫瑰與白玫瑰》的時候詳細討論。

第二個特點，「反方向的象徵」，學術上的講法就叫「逆向營造意象」，物化蒼涼。我們還要看張愛玲在《第一爐香》的一段文字：「梁家那白房子黏黏地融化在白霧裏，只看見綠玻璃窗裏晃動着燈光，綠幽幽的，一方一方，像薄荷酒裏的冰塊。」[5] 我們知道，這是葛薇龍剛住進姑媽家，離開時候回頭看的感覺。其實，想表達的就是梁家大宅充滿了鬼氣、妖氣。按照我們一般的比喻，我們通常會用較遠的東西，來象徵比較近的東西；用比較大的事物，來比喻比較小的事物；用比較虛的自然，來形容比較實的人體。比方說，最簡單的 —— 我的心像大海，或者他的胸懷像大海，意思是寬廣。這裏我和他的心胸，是比較近的、比較小的、比較實的本體；大海是比較遠的、比較大的、比較虛的喻體。常見的比方是：女人美得像花朵，這個人工作起來像頭牛，上海或者香港像東方明珠等等。這些比喻的句式，都是這種「以虛寫實」的常見句法。

為甚麼張愛玲小說讀來會有很多令人眼前一亮且完全想像不到的句子呢？關鍵就在於她喜歡「以實寫虛」，這是王安憶私下談話中對張愛玲意象文字的一個概括。她不用甚麼鬼氣、妖物來形容梁家，反而用一個眼前的、具體的薄荷酒裏的冰塊，這麼一個更近更實的物件，來形容這個房子，因此達到了一個陌生化的效果。我們再看幾段，比方說，形容太陽天氣或者半山，說大紅大紫，金絲交錯，熱鬧非凡，「……倒像雪茄煙盒蓋上的商標畫。」還有一段，「……整個的山窪子像一隻大鍋，那月亮便是一團藍陰陰的火，緩緩的煮着它……」還有一句更精彩，「整個的世界像一個蛀空了的牙齒，痳木木的，倒也不覺得甚麼，只是風來的時候，隱隱的有一點痠痛。」最後這段絕了，我原來的系主任劉紹銘教授非常喜歡引用這一段，是《第二爐香》裏面的句子。世界像一個蛀牙，有風來的時候，有些隱痛。你們看所有這些意象，本體是太陽、月亮、世界，喻體卻是商標、陰火、牙痛，以實寫虛。

現代文學當中另外有一個意象文字的高手，就是錢鍾書。我們不妨可以做個簡單的比較，很有意思。《圍城》裏有一段描述沈太太「……嘴脣塗的濃胭脂給唾沫帶進了嘴，把黯黃崎嶇的牙齒染道紅痕，血淋淋的像偵探小說裏謀殺案的線索……」[6] 就是形容胭脂染到牙齒，彎彎曲曲，像偵探小說線索。張愛玲《色，戒》裏也有一段這種令人尷尬的女性經驗。「她又看了看錶。一種失敗的預感，像絲襪上一道裂痕，陰涼的在腿肚子上悄悄往上爬。」[7] 絲襪裂縫跟胭脂染牙，這是非常精彩的同樣令女人狼狽不堪的日常生活經驗，可是兩段文字的象徵方向全然相反。錢鍾書是用偵探小說來形容這個女人的難堪，樣子不堪；張愛玲卻是用女人的不堪經驗，來形容女主角當時客串做間諜的緊張心情。都是女性經驗與偵探情節並置，卻是兩種不同方向的象徵方法，都是高手。

錢鍾書的比喻象徵真是可圈可點的。隨便講幾句，比方說他說，有個女的在船上衣服穿得很少，泳裝，就說是「局部的真理」。為甚麼呢？因為據說「真理是赤裸裸的」，這個鮑小姐並未一絲不掛，所以他們叫她「局部的真理」[8]。形容女人的大眼睛是甚麼呢？女人的大眼睛像政治家講的大話 —— 大而無當[9]；形容吃的東西，魚像海軍陸戰隊，已經登陸好幾天了；肉像潛水艇士兵，會長時間伏在水裏[10]。在錢鍾書這些後來人家反覆引用稱讚的名句裏邊，女人的身體、眼睛、餐桌上的魚、肉，這些都是實體。形容它的，都是虛的東西，真理、政治家大話、海軍陸戰隊，都是抽象的東西。錢鍾書這種比喻方法，其實方向是比較常規的，都是以抽象形容具體，但他的特點是，把本體和喻體的距離拉得比較長，我的說法就叫「長途運輸」。長途運輸，你就會想不到這兩者之間的關係。比方這個長途運輸，常常是把性跟學術，這兩個本來應該距離很遠的東西，混在一起。比方說：「我發現拍馬屁跟談戀愛一樣，不容許有第三者冷眼旁觀。」[11] 還有「……已打開的藥瓶，好比嫁過的女人，減了市價。」[12] 這政治不正確啊，我們一面講一面批判。還有一段更妙，錢鍾書說「看文學書而不懂鑒賞，恰等於帝皇時代，看守後宮，成日價在女人堆裏廝混的偏偏是個太監……」你說看文學書不懂欣賞怎麼就是個太監呢？他下面有一句解釋——「……雖有機會，確無能力。」[13]

所以簡單地說，同樣是「陌生化」，錢鍾書是路程遠，張愛玲是方向反。張愛玲反過來寫的這種風景，這種象徵，它不單是渲染氣氛，它都出現在小說的關鍵時刻。比方說，梁家像一個薄荷酒裏的冰塊，這是第一次的關鍵性的選擇；比方說月亮像陰火，那就是與喬琪的初夜；還有前面講過世界像聖誕卡，就是喬琪的車在旁邊等着那個關鍵性的選擇；包括剛才講的灣仔的風景和悲涼的關係。

張愛玲這麼喜歡以實寫虛，以物件寫風景、寫心情，一個原因是因為她出身豪門，家裏本來東西就多。其他的現代文學作家，沒有人像她這麼喜歡寫衣服、衣櫃、鏡台、茶具、花瓶、首飾、掛件……她真是層出不窮。比方說《第一爐香》裏面，梁太太出場的這一段，不讀實在不行：「……一個嬌小個子的西裝少婦跨出車來，一身黑，黑草帽沿上垂下綠色的面網，面網上扣着一個指甲大小的綠寶石蜘蛛，在日光中閃閃爍爍，正爬在她腮幫子上，一亮一暗，亮的時候像一顆欲墜未墜的淚珠，暗的時候便像一粒青痣。」[14]（《第一爐香》）瞧瞧，這蜘蛛爬在臉上，又像淚珠又像青痣。當然，張愛玲這麼喜歡以實寫虛，還有更重要的原因。

短篇《第一爐香》，簡單說來就是一句話：一個普通的上海女子怎麼在香港聲色犬馬的社會裏一步一步合情合理地走到了一個荒唐的結局。但是這一句話可以概括的小說，我們已經分析了主人公的每次機會、每一步選擇、每個關鍵時刻，我們也討論了作品中的藝術特點，至少是兩個主要特點的其中一個：以實寫虛，反向象徵。我們甚至也試圖分析，這種以實寫虛的背後原因，但我們還沒講到這個小說在文學史上的價值與意義。在某種程度上，這也是張愛玲在文學史上的價值與意義。

為了說明《第一爐香》與眾不同，我們先要看看別的主流作家，他們是怎麼寫相同或類似的故事。一個本來普通純真的女孩子，在大都市，半殖民地租界或者真的殖民地，一步步走向墮落。現代文學中，很多這樣的故事。按照托爾斯泰的說法，幸福的家庭都是一樣的幸福，不幸的家庭是各有各的不幸。如果都是一樣的幸福，文學就不寫了嘛，小說總要寫些與眾不同的。所以，看起來在城市裏墮落的故事呢，就比較多了。

真的這麼簡單嗎？不是的。以後我們會慢慢討論，中國現代文學的底色、基調是鄉土。城市，既是人物追夢之處，也是作家批判之處。中國現代文學的起點是《娜拉出走》。這是一齣易卜生的話劇，曾經在五四的時候風行，講一個女主人公不甘於在家裏當花瓶，砰的摔上了門，離家出走。就在大家一起為她鼓掌、歡呼的時候，魯迅寫了一篇有名的文章說：娜拉出走以後，這個有名的女人離開富有的家庭、追求自由，你們都這麼支持，想過她以後會怎麼樣嗎？魯迅說娜拉的命運將來就是兩個：一個回去、一個墮落。他自己的《傷逝》就是寫回去的，寫子君出走，與書生涓生同居，後來兩個人分手了，她只能回家，回家以後就莫名其妙的死掉了。寫墮落最出名的，就是曹禺的話劇《日出》，還有張恨水的《啼笑姻緣》。《日出》代表了受左翼思潮影響的主流文學，《啼笑姻緣》當然就是大眾歡迎的鴛鴦蝴蝶派市民小說。我們要把這兩部作品跟張愛玲的《沉香屑・第一爐香》放在一起讀，可以看出同一個故事，有不同的講法，很有意思。

這三部作品的基本情節非常相似，都是描寫一個女人貪圖金錢虛榮，再墮落沉淪。女主人公陳白露、沈鳳喜、葛薇龍都是年輕貌美，都有學生背景，她們都放棄和背叛了自己的感情原則，或者成為交際花、或者嫁給年老的軍閥。三部作品的寫法是不一樣的，如果我們把女學生的墮落看作一個過程，那麼其中都有一個轉折點，這個轉折點就是她第一次為了金錢而屈從一個她所不喜歡的男人。從這個轉折點來考察，我們就會發現這個故事有三種不同的講法。《日出》是「略前詳後」，就是墮落的前面過程寫得很簡單，但結局寫得很詳細。《啼笑姻緣》是「詳前詳後」，意思是從頭到尾比例均衡，前前後後都講清楚。而我們讀的張愛玲的《第一爐香》可以說是「詳前略後」，換句話說，墮落的開始過程寫得非常詳細，可是它的結局、它的遠景非常簡略。

《日出》中陳白露一出場，已經是交際花，穿着晚禮服、掛着嘲諷的笑，住在一個大酒店的房間裏。她的過去是怎麼樣的呢？有交代，但非常簡單，說她原名叫竹均，出生書香門第，愛華女中的高材生，父親死了，家裏更窮，做過電影明星，當過紅舞女，一個人闖出來，離開了家庭，沒有親戚朋友的幫忙。而且在話劇的第四幕，她還告訴方達生說她以前有過一次平淡失敗的婚姻，丈夫是一個詩人，後來追求革命去了。至於她當初怎麼離開家鄉，怎麼闖出來，怎麼變成明星舞女、最後變成交際花，寫得非常簡略。這樣「略前詳後」的效果就是：第一，讀者、觀眾不知道女主人公當初墮落、失足啊，有沒有甚麼選擇的餘地；第二，觀眾跟讀者都只看到女主人公今天的苦處。她墮落時依然純真，天良未泯，喜歡窗上的冰花，要救小東西。第三，既然她只是受害者，那麼可憐、無辜、被迫，那到底誰應該對這個美女的自殺、對這個悲劇負責呢？顯然，那就是「損不足以奉有餘」的社會。所以，這就是當時的主流意識形態。曹禺本身不能算典型的左翼作家，但他确是受了左聯的意識形態影響。

《啼笑姻緣》平鋪直述，詳前詳後。第十三回，鳳喜接受劉將軍的存摺，是整部小說也是這個女人的一個轉折點，前後篇幅是均等的。鳳喜是一個貧家女子，十六歲，在北平的天橋賣唱，有一個杭州來的書生喜歡上她了，就讓她讀書、給她租房子，按今天的說法就是把她「包養」起來。可是鳳喜因為偶然的機會認識了軍閥劉將軍。劉將軍打牌故意輸錢，然後送她很多禮物……這部小說當時在全中國最大報紙之一的上海《新聞報》連載，張恨水要延長小市民對富貴夢的期待，所以這整個過程寫得很詳細。中間關鍵的一場，就是劉將軍居然跪下來，把存摺舉在那裏，要鳳喜嫁給他。這部小說非常有趣，就在發生這個場面的同時，書生樊家樹的一個很講義氣會武功的女朋友關秀姑，帶了一幫好漢，正好在窗外隨時準備救鳳喜。鳳喜是怎麼樣做呢？那個將軍跪在她面前，說這是我的錢，你要嫁給我。鳳喜就在NONONONONO —— YES……最後屈從了。從今天的標準看，這個將軍也算不錯，不僅跪了，還拿存摺了，就是為了求娶一個小女子。為甚麼外面有人救呢？作家這個安排就是想表達，女主人公在這個關鍵時候也不是別無選擇的，她不是完全被迫的，她自己也有責任。為了這個原因，她跟那個軍閥在一起以後，後來就發瘋了。張恨水曾經說過，有很多人說應該把她寫死了乾淨，但是他說：「我覺得她就是絕頂聰明但意志薄弱的女子。何必置之於死地而後快呢？但是如果把她寫得能跟男主角重新團聚，那我這個書又未免教人以偷了，總之她有這樣的打擊呢，魔怔是免不了。」[15] 大家看到了鴛鴦蝴蝶派通俗作家其實非常講究社會效果。夢是要給你們做的，但是適當的時候，是要點醒你們，不可以這樣墮落。

我們現在再回頭看葛薇龍的故事。張愛玲說過她喜歡張恨水[16]，但她很認真地追究、特別認真地追究，這個女主人公該對自己後來的命運負多少責任。薇龍是知識分子家庭出生的，對不對？整個《第一爐香》的結尾，在我看來，正好是《日出》的開始。我們想像，葛薇龍將來會不會是另外一個陳白露呢？她第一次去姑媽家求助的時候，她已經害怕了。她看到那一衣櫃的衣服，她已經預感到自己將來的角色了……她早早地就想過。張愛玲筆下其實寫過很多這樣的女人，把嫁人作為職業跟事業。作家呢，倒不僅是加以諷刺，也試圖給予理解。「找一個有錢的，同時又合意的丈夫，幾乎是不可能的。單找一個有錢的吧，梁太太就是榜樣。」[17]不能說薇龍沒有做過掙扎，她至少拒絕了梁太太，也就是鳳喜這樣的命運。她寧可在「愛」字上冒險。哎呀，這個愛最後就導致了她不是替喬琪弄錢，就是替梁太太找人。小說的最後，我們剛才讀了 —— 喬琪嘴上點上的煙，亮了一瞬間，馬上又是黑暗的，象徵着喬琪的人性，象徵着薇龍將來的生活。

對比之下，我們看到了，陳白露墮落的前因不明，鳳喜只是貪錢，張愛玲卻為葛薇龍的沉淪設計了那麼充足那麼清醒的人性和現實的理由。每一次選擇，至少前三次都有合理的地方。我上課的時候問同學，同學們都表示不走，很簡單嘛。可是張愛玲突然間卻導出了第四步的荒唐。（最近有電影公司籌拍《第一爐香》，製作方和導演讓我「顧問」，問我「幫喬琪找錢，幫姑媽找人」具體該怎麼拍？我也不知如何回答，真是毀三觀。）所以比較之下，我們看得清清楚楚，像《日出》這樣的寫法，突出了女人的純潔、無辜和厄運。所以它符合並代表了三十年代革命文學的主流意識形態 —— 要求社會變革。《啼笑姻緣》

突出了下層女子的道德缺陷，既滿足也勸戒了小市民的虛榮夢。作品裏的絕大多數人，我們絕大多數的讀者，都有資格來關心、幫助、拯救、評判鳳喜。可是《第一爐香》呢？她解析的是女人，或者是人性中更普遍的弱點。在抽象的層面，顯示了人受虛榮感情支配，無法解脫；在歷史的層面，表達了對都市小市民，尤其是女性的生態心態的理解和同情。現在回想起來，為甚麼作家在一開始要強調，她是一個極普通的上海女孩子？意味深長。

我們剛才討論的這三部作品，代表了現代文學的三種潮流，都跟上海有關，但又不都完全寫上海。《日出》，通常人們覺得它是寫上海十里洋場。這裏有兩個原因：第一，它的第一幕最早發表在上海的《文季月刊》。當時那方達生，劇中男主角就說過他要離開上海，（戲中）有這樣的台詞。第二，這齣戲最早的演出，是歐陽予倩導演的，在上海的卡爾登大戲院，後來叫長江戲院，可惜現在被拆掉了。這個戲院就在國際飯店的對面，戲中的佈置和南京路的公共租界非常相似。實際上，《日出》倒不是全寫上海，曹禺也沒有在上海長住。他 1934 年來上海是一次短暫的旅行。他去了大世界，去了四馬路，觀察路旁的街女，臨行時說：「我要寫一部戲抒發一下。」[18] 曹禺晚年也回憶說，阮玲玉，這位在上海自殺的明星，是觸發他寫《日出》的一個因素 [19]。但是等到《日出》連載完，當年十一月在上海文化生活出版社出單行本的時候，已經刪去了上海的字樣。這個故事就變成了甚麼地方都可以發生的故事。歐陽予倩他們排演《日出》時，曾經把第三幕給刪掉，原因是第三幕是一個北方的寶和下處，那個妓院是一個天津的場景。刪掉了第三幕道具也省掉很多。但曹禺非常不高興，他當時很年輕，就敢對着名導演歐陽予倩抗議，說《日出》去掉了第三幕，等於挖掉了《日出》的心臟。為甚麼呢？因為，曹禺到底不是海派作家，他需要一個翠喜，他說翠喜有一顆黃金一般的心，他需要像翠喜、小東西這樣的人物，才能有一個批判海派都市的戲劇內在的平衡張力。所以《日出》其實是京派文人書寫上海又批判上海。這也是四九年以後，上海書寫的一個主流。

《啼笑姻緣》，倒是為了上海讀者而寫的北平，故事都是在北京發生的。但是上海的《新聞報》主編嚴獨鶴約稿時，特別關照上海人要看噱頭，所以裏面有武俠、有上海趣味。《第一爐香》，雖然寫的是香港，可是卻是為上海人而寫的。張愛玲自己說：「我為上海人寫的一本香港傳奇。寫它的時候呢，無時無刻不想到上海人。因為我是試着用上海人的觀點來察看香港。只有上海人能夠懂得我文不達意的地方。」[20] 張愛玲這個話一部分是推廣策略，因為她書是在上海印的，當時又沒甚麼網購，所以主要銷售對象自然是上海的讀者。但也不能只看作銷售策略，因為張愛玲整體的作品，跟上海的關係確實是非常密切的。我理解她所謂「上海人的觀點」其實包括了三個層面：就是道德口味、異國情調跟都市意象。甚麼叫上海人的道德口味呢？簡單說就是比較靈活通達又不失原則了。比方說（女學生）喜歡衣服順理成章，求學費不妨小做犧牲。但反過來呢，在《第一爐香》裏面，上海又可以成為道德尺度。生病的時候我們記得玻璃球 —— 上海變成厚實可靠溫暖的象徵。第二個意義就是異國情調。其實那個時候上海比香港更發達，所以讀者要找的異國情調，不是摩天樓、不是現代化，而是東方主義、東方情調。這點跟現在的後殖民理論有關。大家知道東方主義是薩義德 —— 現代西方的學者他提出的一個觀點，大概就是西方人對東方人有一個固定的看法，這個看法可能是錯的，但是東方人也把這個看法接過來自己標榜自己。比方說：我們東方人總是打拳啊，我們女人穿肚兜啊等等這一類。對這種東方主義的描寫，張愛玲倒是非常的敏銳。這篇小說我們從第一次開始引用，整個梁家豪宅就是東方主義的樣板。就是為了「給英國人看的這一點中國色彩……爐台上放着翡翠鼻煙壺、沙發旁圍着斑竹小屏風，女主人公的衣服是那種滿清末年的款式……」張愛玲明說的是香港把女學生打扮得像賽金花模樣，是香港當局取悅歐洲遊客的種種設施之一。順便說一句，一直到今天香港甚至上海還是如此。說她家裏開的晚會，放着「夏日最好的玫瑰」，可是，整個場景卻像好萊塢拍清宮秘史。所以在我看來，這種異國情調是雙重的，就是西方人在香港找到了一個偽東方、上海人在香港看到了一個偽西方。我把這句話再重複一遍：今天依然如此。西方人在香港看到的是一個偽東方，中國人在香港看到的是一個偽西方。

但是更深的意思，我們上次講的例子，比「以實寫虛」更深層的原因，就是都市文化。甚麼叫都市文化呢？就是一種人工跟自然界線的混淆。張愛玲有過一段話，說：「像我們這樣生長在都市文化裏的人呢，總是先看到海的圖畫，再看到大海。先讀到愛情小說，才知道愛。我們對於生活的體驗，往往是第二輪的，借助於人為的戲劇，因此在生活跟生活的戲劇化之間很難劃界。」[21] 這段話非常重要。

除非在香港一天到晚看到海，大部分地方的人都真的是先在電影裏看到海，然後才看到真的海。至於愛情，我不知道，至少 kiss，我們每個人都可以想想，你是在電影裏看到 kiss 在前呢？還是自己無師自通先會 kiss 呢？張愛玲那麼喜歡用人工世界，用物件來形容自然，並且混淆兩條界線，除了我們上次講過的，她對於室內物品的持久特殊的興趣的原因之外，還有一個特別的理解，她小說裏常出現的一句話：「歸根究底，甚麼是真？甚麼是假？」到底，我們看到的這個現實的世界，是真的呢？還是人為的世界是在前的呢？為甚麼她要用那麼多人工的物件，來形容大自然呢？這些問題，都可以繼續深入探討。

反過來我們可以說，所有這些張愛玲式的意象呢，大概真的是要燈紅酒綠的背景下才能創造，要在嘈雜市聲的氛圍裏才能欣賞。這也是為甚麼張愛玲一離開四十年代的上海，其作品就失卻了令人壓抑的魅力。或者我們也可以來解釋，為甚麼她的作品，在比較物化的城市，比方說上海、香港、台北特別流行。而且不知道是幸與不幸，隨着中國現在越來越都市化，生活環境越來越物化，張愛玲的小說也許就會有越來越多的讀者。

---

1 《天才夢》，收錄於《華麗緣（張愛玲典藏）》，香港：皇冠出版社，2010 年。

2 《沉香屑・第一爐香》，引自《傳奇》增訂本，上海：山河圖書公司，1946 年 11 月，頁 258。

3 《沉香屑・第一爐香》，引自《傳奇》增訂本，上海：山河圖書公司，1946 年 11 月，頁 259。

4 《沉香屑・第一爐香》，引自《傳奇》增訂本，上海：山河圖書公司，1946 年 11 月，260 頁。

5 《沉香屑・第一爐香》，引自《傳奇》增訂本，上海：山河圖書公司，1946 年 11 月，225 頁。

6 《圍城》，上海：晨光文學書業，1947 年初版，頁 78。

7 張愛玲：《色，戒》，《惘然記》，香港：皇冠出版社，1991 年，頁 181。

8 《圍城》，上海：晨光文學書業，1947 年初版，頁 6。

9 「許多女人的大眼睛只像政治家講的大話，大而無當。」錢鍾書：《圍城》，上海：晨光文學書業，1947 年初版，頁 65。

10 《圍城》，上海：晨光文學書業，1947 年初版，頁 23。

11 《圍城》，上海：晨光文學書業，1947 年初版，頁 256。

12 《圍城》，上海：晨光文學書業，1947 年初版，頁 251。

13 《釋文盲》，引自《寫在人生邊上》，香港：天地圖書，1997 年，頁 47。

14 《沉香屑・第一爐香》，引自《傳奇》增訂本，上海：山河圖書公司，1946 年 11 月，頁 217。

15 張恨水：《作完「啼笑因緣」後的說話》，寫於 1930 年。見《啼笑因緣》，太原：北嶽文藝，1994，12 頁。

16 張愛玲在《必也正名乎》《童言無忌》《存稿》《小團圓》等作品中不斷提到張恨水及其作品，直言「我喜歡張恨水」(《流言》，台北：皇冠出版社，1982 年，頁 116)。1944 年 3 月 16 日上海女作家聚談會上明確表示愛讀「W.S.Maugham, A.Huxley 的小說，近代的西洋戲劇，唐詩，小報，張恨水。」(《女作家聚談會》，上海：《雜誌》，1944 年 4 月第 13 卷第 1 期。) 1952 年夏以後，到了香港的張愛玲對鄺文美說：「喜歡看張恨水的書，因為不高不低。」(張愛玲、宋淇、宋鄺文美著，宋以朗編：《張愛玲私語錄》，北京：十月文藝出版社，2011 年，頁 60。)

17 《沉香屑・第一爐香》，引自《傳奇》增訂本，上海：山河圖書公司，1946 年 11 月，頁 244。

18 俞健萌、曹樹鈞：《曹禺》，北京：中國青年出版社，1990，119 頁。

19 「曹禺與田本相談話紀錄」，1982 年 5 月 26 日，收入田本相《曹禺傳》，北京：十月文藝出版社，1988 年，176 頁。

20 《到底是上海人》，《雜誌》月刊，第 11 卷第 5 期，上海，1943 年 8 月。

21 《童言無忌》，《天地》月刊，第 7-8 期，上海，1944 年 5 月。

第三章

張愛玲的父親和母親

1944年，上海《萬象》雜誌發表了一篇文章，叫《論張愛玲的小說》，這差不多是最早對張愛玲的評論，作者叫迅雨。當時誰也不知道這個迅雨是誰。直到差不多十年以後，張愛玲才從好友宋淇那裏得知，原來迅雨就是鼎鼎大名的翻譯家傅雷，他專門翻譯巴爾扎克。迅雨的文章這樣開頭：「在一個低氣壓的時代，這樣一個水土特別不相宜的地方，誰也不存甚麼幻想，期待文藝園地裏有奇花異卉探出頭來。然而天下比較重要一些的事故，往往在你冷不防的時候出現。」甚麼是冷不防出現的比較重要的一些事故呢？傅雷講的就是張愛玲的《金鎖記》，說「這是張女士截至目前為止最完美之作，頗有《狂人日記》中某些故事的風味，至少也該列為我們文壇最美的收穫之一。」

從那以後，《金鎖記》一直被人們視為張愛玲的代表作。評價最高的是夏志清，他在英文版《中國現代小說史》裏寫道：「《金鎖記》長達五十頁，據我看來，這是中國從古以來最偉大的中篇小說。」各位注意！不僅是現代文學，而是中國從古以來。我記得我第一次看到這段文字有點疑惑：會不會評價太高了？從古以來？但仔細一想，他講的是中篇小說，中國古代要麼是長篇章回體，要麼是《世說新語》那種短篇，中篇小說本來就不多，所以夏志清說得也有道理。張愛玲自己後來多次重寫《金鎖記》，在台灣出過長篇《怨女》，在美國又用英文寫成叫《北地胭脂》，一個故事反覆改寫，可以說是「The story of her life」—— 她一生都在寫作的故事。

更有意思的是，據張愛玲的弟弟張子靜說，小說中的姜公館，就是李公館，寫的是李鴻章次子李經述一家。這家裏面的大爺叫李國傑，主持過招商局。曹七巧和她丈夫二爺的原型，就是李國傑患軟骨症的三弟和合肥鄉下娶的妻子。在我看來，文學人物就是虛構，用一些旁人的材料不足為奇。如果《金鎖記》是以李鴻章的後代作為原型，那麼這個李公館就在上海茂名路、威海路路口，現在拆了，離我原來住的重華新村很近，我散步常走過。拆樓時的照片，我也看到過，挺讓人感慨的。我對張愛玲華麗的、沒落的家族血統非常感興趣。在某種意義上可以這樣說，沒有這個貴族的背景、華麗的背景，也許就沒有後來「中國從古以來最偉大的中篇小說」。

張愛玲於 1920 年 9 月 30 日出生在上海的一個大別墅裏，這別墅現在康定路上，目前還在，但是那個樣子面目全非了。這個大別墅是李鴻章送給她女兒的。在張愛玲出生前五年，父親張廷重跟母親黃素瓊，金童玉女，華麗完婚。為甚麼說金童玉女呢？我們後來在張愛玲晚年的一本照相本《對照記》裏面可以看到，她媽媽很漂亮。她媽媽的漂亮以不同的方式刺激、影響、制約了張愛玲一生的創作。這一點最早是王安憶對我說的。在一次陳思和請客的飯局上，吃飯時她說，張愛玲的母親長得比她漂亮，所以張愛玲一直很忌妒。這一點我們以後要好好討論。

張愛玲的父親樣子也很帥，單看照片，有點像早年胡適、徐志摩那種民國範兒，戴圓圓的眼鏡，穿民國的服裝。張愛玲的祖父張佩綸，是晚清有名的清流派。如果查辭典、查史書，這張佩綸的知名度至少不在張愛玲之下。所有中國現代作家裏，張愛玲的家世大概是最顯赫的，不是拼爹，而是拼爺爺，拼爺爺的丈人。

台灣作家李昂說過一句話，她說張愛玲「這個女人好像替我及我們許多女人都活過一遍似的」[1]。這話有意思。我把這句話改一改。我覺得呢，她的祖父張佩綸，也替我們今天很多這種自以為憂國憂民的知識分子活了一遍。

為甚麼這麼說？原來張佩綸一生做了四件事情：第一件就是「書生意氣」。我覺得一個官員也好，讀書人也好，一輩子總有一個階段是書生意氣的。這個書生意氣的階段有多長、出現在甚麼時候、和其他因素關係怎麼樣，會決定他一生的品德和成就。張佩綸有甚麼書生意氣呢？這個人二十五歲中舉，次年考中進士，任編修國史館協修官……聽上去好像官不大，就好像是中科院或圖書館的整理圖書的。但他二十八歲任督察院侍講署佐副督史，說白了是甚麼呢？就是有機會給皇帝講課。原來中國古代，至少從唐代開始，皇帝要是年紀輕，就會挑一些讀書人給皇帝講課。這講課可不像「百家講壇」，也跟甚麼大學教授到中南海，或者是李彥宏、張朝陽給常委們講互聯網都不一樣。中國歷代都是皇權最高，理論上不能挑戰皇帝，但也只是在理論上，皇帝他也不是想說甚麼就能說甚麼的。未成年的時候他要受訓練，四書五經、一大堆的儒家道德要灌輸。怎麼灌輸法呢？看黃仁宇的《萬曆十五年》中提到，皇帝聽得發悶了，甚至打瞌睡，這些學士可以停下來提醒皇帝：「哎呀，聖上……」皇帝醒了說：「不好意思……」然後繼續講[2]。張愛玲祖父的書生意氣，未見得直接給皇上講過課，卻可以依據經典寫一些揭發的奏章去檢舉那些貪官，使得他信服的儒家傳說，可以用來批判官場貪腐。這情況就有點像社科院的書生，同時可以做中紀委的事情。後來曾樸的《孽海花》，一本有名的長篇小說，它裏面的一個主人公叫莊侖樵，就是隱射張佩綸。對他的評論是，「才大心細，有膽有勇，可以擔當大事，可惜躁進些。」[3]就是太急躁了。

光緒年間，這個張佩綸，與張之洞、寶廷、黃體芳合稱「翰林四諫」，就是讀書人裏面最出名的，可以向皇帝提出勸告的官員。時人稱作：「今日一章，明日一疏，專事彈劾，遇事風生。貪庸大吏，頗為側目。朝廷欲播訥諫圖治之名，亦優容之。於是遂有清流之號。」[4]說得好像很理想，好像很民主政治，其實講穿了是當時慈禧剛垂簾不久，所以要廣開言路，作出一副很開放的樣子。在這麼個背景下，「清流」得以產生。所以說到底，中國的書生能不能成功，要看時間、要看形勢。當然正好碰到一個假裝開明的皇上，也總比碰到連假裝都不願的皇上要好些。從1875年到1884年，張佩綸共上奏摺一百二十七件，其中三分之一就是彈劾跟直諫，反對一個要割讓伊犁的《里瓦幾亞條約》，彈劾一些當時的官員……其中特別是有一個戶部尚書王文韶，因雲南報銷案受賄六百兩，六百兩算多嗎？別人告不倒，但張佩綸的奏摺就把他告倒了。所以當時四方傳誦，說張佩綸彈章文筆出名，連穿衣服都受人矚目，叫「豐潤（代指祖籍豐潤的張佩綸）喜着竹布衫，士大夫爭效之。」他升官後回到家裏，人家來祝賀啊，可是他那時很窮，米都沒有。所以清和廉總是聯繫在一起的。當時有個美國大臣叫楊約翰，說：「在華所見大臣，忠清無氣習者唯佩綸一人也。」[5]總之，書生意氣，赤誠反貪，按今天的說法就是，不粘鍋。所以這是書生意氣。

可是，一個書生把很多官員告倒了，接下來發生的事就是「文人誤國」。為甚麼文人誤國呢？你們想想，書生啊，有一句中國話說：木秀於林，風必摧之；堆出於岸，流必湍之。就是說，你這棵樹比林子裏其他樹高很多，風首先摧你；你岸邊這塊石頭突出來，水流過來先要沖你。你老是這麼出風頭呢，人家就要來整你。當年，法國軍隊到達福建，軍機大臣就建議，說清流言詞好聽，都是人才，應該派他們去做大事情，而且清流派通常是理想主義者，一講要戰還是要和，他們一定是主戰的。李鴻章說忍吧，他們就「是可忍孰不可忍」地說一堆，於是就委他們以重任。朝廷派張之洞任廣東總督、陳寶琛任南洋大臣，命張佩綸以三品欽差開疆大臣的身分，到福建馬尾督軍。瞧瞧你們幾個最厲害的大臣，你們講孔孟，反腐有功。現在，派你們去第一線。

我們今天看得很明白，拿這些寫文章的人去管軍隊，是典型的人力資源錯配。張佩綸文章是好，可是到了福建要管軍隊，只聽北京指示，一點也不明白當地的情況，結果導致歷史上有名的「中法馬尾之戰」，清兵大敗，在海上失了基隆，在陸上陷了諒山。敗將顏面盡失，而且當時還風傳他怎麼逃，逃得很狼狽。最後朝廷罰他流放，流放得也不遠，就在張家口。後來有許多外國人的書記載，其實法軍肯定贏的，因為清軍當時炮彈裏面都是沙。也有些外國的書說張佩綸是替丈人買軍火貪污，所以打了敗仗。這可真是想當然。我們都知道，張佩綸馬尾戰敗在前，成為李鴻章女婿在後。外國人的有些史書是很不靠譜。[6]

張佩綸的日記年年寫，但在 1884 那一年是空白的，他當年的心情可以想見。所以呢，這就叫文人誤國。或者說是文人被誤國。

接下來第三件事就叫做「落難反省」。書生意氣的人，總有一個階段會落難。張佩綸被發配張家口，他的元配妻子早已經去世了，他的繼室也在流放途中去世。很多流亡知識分子並沒有閒着，張佩綸也是一樣。他在流亡期間寫了二十四卷《管子學》。後來張愛玲的父親雖然敗家，還出資替他印了全集，叫《澗于集》。

我們都注意到張愛玲很少談及她祖父的書。後來有研究者感慨，說張愛玲對祖父既無興趣，也不在乎。受過五四影響的作家，對於之前的傳統不大重視有點可惜[7]。其實在我看來張愛玲是重視的，只是她的重視不是看文章，而是通過別的形式，通過服裝、髮型、首飾、儀態等等。

張佩綸還碰到第四件事情叫「貴人相助」。原來他流放回來以後，李鴻章一直非常欣賞他。李跟張佩綸的父親印塘很早就一起在曾國藩手下合作過，所以張佩綸回來以後李鴻章就把他留在身邊做文書。[8]然後更重要的、在《孽海花》裏成為佳話的，就是李鴻章把他二十三歲的女兒，嫁給了剛剛流放刑滿歸來的四十歲的張佩綸。據說是因為才女有詩兩首，促成良緣（應該只是文人杜撰的佳話）。《對照記》裏保留了李菊藕的照片。《孽海花》中對她的描寫是「眉長而略彎，目秀而不媚，鼻懸玉準，齒列貝編」。[9]張佩綸其貌不揚，「倒是他的夫人，風姿綽約，儀態端莊，一副大家閨秀的風範」，在今人看來，「肯定比孫女張愛玲長得漂亮」[10]。得了這個比女兒大十七歲的女婿以後，李鴻章還非常得意，說「平生期許，老年得此，深愜素懷」。都說「賭場不勝情場勝」，張佩綸倒是戰場不勝情場得意。不過他的婚姻也被清流黨嘲笑，說之前你這麼清流，現在成了當權派李鴻章的女婿。陳寅恪考證說這段良緣有政治考慮，《寒柳堂記夢未定稿（補）》裏面說：「迨馬江戰敗，豐潤因之戍邊」——豐潤就是張佩綸，過去的人就是以自己出生地來稱自己的——「是豐潤無負於合肥，而合肥有負於豐潤，宜乎合肥內心慚疚，而以愛女配之」。[11]這是陳寅恪的解讀。李鴻章知道對不起張佩綸，所以他回來以後——那個時候張佩綸四十多歲——你們看那個照片，（他長得）實在不怎麼樣，胖胖的，留着鬍子，但當初算是清流，以今天眼光一看倒像是「貪官」模樣。人不可貌相。李鴻章也是一番苦心，把比他小十幾歲的女兒嫁給他，還送給他們大房子。

當年官場內外也有不少閒言碎語[12]，但張佩綸李菊藕夫妻還算恩愛。不過這以後，張佩綸在政治上並無大作為。1895 年他四十八歲，遷居南京，離開了權力中心。一說是因為他老發議論，干預公事，屢招物議。另一種說法是他跟李鴻章的長子李經方，於中日在朝鮮打仗一事意見不和。甲午戰爭戰敗後李鴻章去簽割讓台灣的「馬關條約」，張佩綸曾作二千餘字長信反對。八國聯軍時，李鴻章讓張佩綸復出，他也不肯。胡蘭成認為是「李鴻章因翁婿避嫌，倒反不好保奏了，夫妻遂居南京。」[13]好像是良緣反坏了官運？ 但李菊藕確實給張家帶來豐厚陪嫁，他們到了南京還有一所巨大的房子，後來變成民國的立法院（打仗時又被燒掉了）。張佩綸跟李鴻章的兒子關係弄不好，還因為一件事情：張佩綸反對李鴻章去簽馬關條約。張佩綸給他寫信，信裏面的話今天用白話說就是：「我是推着枕頭含着眼淚寫的，我不光是有淚，亦恐有血，不光是我的血，還有菊藕的，就是你女兒的血。還不光是我們夫妻的血，還有普天下志士仁人之血，『希公審察之，毋自誤也』，將來歷史上人家都怪你。」[14]這個真讓他說中了，現在台灣的事情，整個甲午海戰大家都怪李鴻章。李鴻章是忍辱負重，還是做了值得做的事情？當然這個不是我的研究範圍。反正我們知道張愛玲的祖父當初這樣去寫信給他的岳父大人。這也沒有用，台灣還是被割了。張愛玲日後也是首先在台灣紅了起來。這真是非常有趣的一個歷史的弔詭。

我感興趣的是一個男人、一個知識分子，一生這四件事的排列組合。剛才提到的：書生意氣、文人誤國、落難反省、貴人相助，看看有個甚麼樣的排列呢？其實一個中國知識分子的一生，大部分都可能會經歷這四種遭遇。當然這四種遭遇可以有不同定義和理解，會有很多種不同的排列組合關係，其結果時間命運影響，與國、與人、與己都不一樣。我現在馬上能想到的幾種常見的排列組合形態是，比如在一個假定文人大都誤國的時代卻仍然讀書，這當然會有集體或個人的「落難反省」和底層思考，之後再有機遇或「貴人相助」，再有「書生意氣」，一般就能為國家為學術做很多事。如果「書生意氣」和「貴人相助」的次序再顛倒一下，可能社會貢獻又會大得多。但也可能因為家庭背景等原因，從小落難，這樣的人性格可能特別強，能屈能伸，之後如遇「貴人或機會相助」，再掌握權力，一定指點江山，糞土他人萬戶侯。至於最後是否「誤國」，就看那人能否堅守真的「書生意氣」。當然還有一種屢見不鮮的情況：年輕時書生意氣，突然獲得貴人欣賞，名聲大噪，接下來，常常是真正的「文人」誤國，且不會反省。以前有張鐵生、姚文元，今天也自有後來人，在網絡上，甚至在我們的課堂上……

諸如這樣的排列組合還有很多。總而言之，規律是，如果要落難反省，還是早一點好。如果有貴人相助，還是晚一點好。大家可以把這個排列組合好好列一列。

當然這是題外話，言歸正傳，張佩綸一生書生意氣，雖有貴人相助，卻沒有大作為，五十六歲去世。他死以後，張愛玲還有一大批叔叔，這些人當中她父親是最沒用的。她的叔叔當中有她很尊敬的權貴，兩江總督、兩廣總督張人駿，還有北洋軍閥秘書長、陸軍部長、交通總長的張志潭。

張愛玲怎麼那麼笨呢，這麼多高官的關係也不好好利用，我們今天誰都知道，拼爹拼二代，沒有李剛，拼個表叔也行哪！要是我有個表叔是甚麼部長、秘書長、兩江總督，管上海、安徽、浙江……

張愛玲的弟弟說過，「我姐姐文采早慧，文筆犀利，性格孤傲，擇善固執，頗得祖父的真傳。」[15] 她弟弟倒也謙虛，知道自己沒傳到甚麼本領。一個最有名的故事是，有一次他弟弟被父親罵，張愛玲在餐桌上為他哭。後母在旁邊說，又沒罵你，你哭甚麼？張愛玲很傷心地跑出去，到了洗手間對着鏡子，照着自己的臉說：「我要報仇，我要報仇！」就在她憤怒的時候，沒想到玻璃窗上傳來皮球的聲音，她弟弟已經在打皮球了。特別荒謬的情節！她還在替弟弟打抱不平，說要報仇，她弟弟就踢球把球踢到玻璃上了。所以她弟弟後來也回憶，張愛玲是得到她祖父的真傳。

張愛玲的父親怎麼回事呢？今天我們看得很清楚。張廷重在這個世界上最基本的使命就是把張佩綸的 DNA 帶給張愛玲，而且這個最基本的使命他還沒完成好，他還在中間起了很多阻礙作用。阻礙之一就是，這麼華麗複雜的家世，張愛玲小時候根本不知道。瞞着自己的小孩，大概是因為他父親覺得當時已經是「五四」時期，晚清的這些背景不光彩，也可能他於沉默無語當中有某些不滿。總之她父親不讓張愛玲太早認識張佩綸。可是遲早是要認識的，而且她父母的整個人生婚姻模式，後來都成為張愛玲小說的原型。

張愛玲早年也不特意講她的華麗家族。四十年代賣書的時候，她只拿貴族血統做一點點宣傳。做宣傳的時候，「貴族」兩個字她還打上引號。一直到她在美國用英文寫作《易經》《雷鋒塔》的時候，她才放下顧忌，開始直接寫出她的那些親戚的官職。到了晚年，她編了一本《對照記》，更把家族的照片儘量收集。高全之說張愛玲絕非目前流行說法的官 X 代，她沒趕上家世鼎盛的前朝，只能算是前朝遺民的下一代[16]。廣義上，是改朝換代後遺留下來的前朝人民。狹義上，就是仍然懷念、效忠前朝的人。

我不知道借用「遺民」這個概念是不是可以來分析張愛玲對她祖先的態度。在《對照記》裏，晚年漂泊在洛杉磯的張愛玲這樣感慨：「我沒趕上看見他們，所以跟他們的關係僅只是屬於彼此，一種沉默的無條件的支持，看似無用，無效，卻是我最需要的。他們只靜靜地躺在我的血液裏，等我死的時候再死一次。……」

「等我死的時候再死一次。」這句話曾經寫在1975年的《小團圓》裏，在九十年代的《對照記》再次出現。說明和她華麗家族一起再死一次的心情，已經存在或壓抑很久了。

一不小心啊，「細讀張愛玲」，聽上去像「吸毒張愛玲」。有時候我也覺得真是「吸毒」，讀張愛玲會上癮。

我們從《金鎖記》的原型，講到張愛玲的家庭、父親、母親。不是每個作家的父親母親都值得這樣來關注。我們花時間了解她的父親母親，不僅因為他們是貴族血統、豪門出生，在文學意義上，官二代、富三代，其實沒甚麼特別價值。我們特別關心她的父親母親，是因為：第一，作家對父母的不同態度有點奇怪，令人費解。第二，作家後來一生都寫男女戰爭，父母就是基本原型。所以是一種比較罕見的，精神意義上的啃老族。第三，在「五四」文化背景上，一般都是「弒父」，就是反抗父親，崇拜母親。張愛玲跟父母的關係好像有點例外。另外一個原因是，講作家的父母，其實也是在講作家的童年。

張愛玲的祖父張佩綸非常重要，張廷重主要的任務就是把祖父的DNA帶給張愛玲；但張愛玲的母親黃素瓊，她的家世其實也非常顯赫。黃素瓊的祖父叫黃翼升，原來跟李鴻章一起在曾國藩手下效力，正統湘軍，叫「黃軍門」，所以黃素瓊是官三代。她生出來的時候就非常特別，怎麼特別呢？原來她出生的時候全家都盼望她是個男的，結果頭一出來是個女的，家裏人都非常失望。這個時候接生婆喊了一句非常經典的話，說：「大家不要慌！裏邊還有一個！」結果頭出來是個男的，原來是雙胞胎，一男一女。這個場面甚麼意思？就是說張愛玲的母親出生第一秒鐘就受歧視。

張御史的公子、黃軍門的孫女，金童玉女成就不了一段完美婚姻。他們的痛苦婚姻史上，唯一的成就就是五年以後出生的張愛玲。張愛玲兩歲的時候，他們家從上海搬到天津。王安憶有一年要把《金鎖記》改編成話劇，打電話要我幫忙聯繫版權，我問她用上海話還是普通話寫？我說假如你能用上海方言寫出《金鎖記》，你又是王安憶，這將非常有意思。但是安憶跟我說，她反覆細讀作品以後，發現張愛玲寫的還是北方話，不是上海話，裏面加了一點上海話，但基本上……跟《紅樓夢》一樣，雖然也許寫的是金陵江南之事，可是用的基本上還是北方語言。

1922 年，張愛玲的家從上海搬到天津，因為張愛玲父親認為錢財都被她伯父管着，花錢不暢快。她父親是一個典型的公子少爺，讀了不少舊書，但不務正業、坐吃山空、花天酒地、養姨太太、包二奶、嫖妓、賭、煙……都上癮，煙不是香煙，是鴉片。張愛玲的母親正好相反，她看不慣，也不能忍受丈夫這種「煙賭嫖」的生活方式。所以 1924 年，黃素瓊二十八歲，小孩四歲，她說我要陪伴小姑（就是張愛玲的姑姑）到英國去讀書，就去了歐洲。

1924 年，那是甚麼時候？就是魯迅寫《傷逝》，跟許廣平師生戀；郁達夫留學回來，寫《春風沉醉的晚上》，性苦悶轉為生活苦悶；丁玲、戴望舒、施蟄存在上海大學聽瞿秋白他們上課，沈從文則剛剛北漂的時候。就是這個 1924 年，張愛玲四歲，她母親卻像當時很流行的《娜拉出走》那樣走了，二十八歲。

我在香港嶺南大學講現代文學的時候，發現一個很有意思的現象，就是大部分的「五四」作家，他們的父親，都很早去世。魯迅、郁達夫、老舍、巴金、茅盾……全都是。所以他們從小都是母親帶大，父親缺席，母愛啟蒙。這在象徵意義上也很對應「五四」的情況。母親母愛象徵大地、土地、國家；父親、父教、禮教是政治。我們愛母親愛大地，我們反叛禮教，反叛政權[17]。

可是張愛玲非常特別，她是母親缺席，父教在。這個父教是甚麼？簡單說就是《紅樓夢》加鴉片。張愛玲這樣回憶：「最初的家裏沒有我母親這個人，也不感到任何缺陷，因為她很早就不在那裏了。有她的時候，我記得每天早上女傭把我抱到她牀上去，是銅牀，我爬在方格子青錦被上，跟着她不知所云地背唐詩。她才醒過來總是不甚快樂的。」她說她媽媽醒過來的時候，顯然這個媽媽不是跟小孩一起睡的。「和我玩了許久方才高興起來……認兩個字之後，可以吃兩塊綠豆糕。」[18]

張愛玲另外一段回憶提到：「我母親和我姑姑一同出洋去，上船的那天她伏在竹牀上痛哭，綠衣綠裙上面釘有抽搐發光的小片子。」想想看四歲的女兒，還記得母親衣服上有金屬的片子。「傭人幾次來催說已經到了時候了，她像是沒聽見，他們不敢開口了，把我推上前去，叫我說：『嬸嬸，時候不早了。』」為甚麼叫嬸嬸？原來張愛玲那時候過繼了，所以她就叫父親母親作叔叔嬸嬸。理論上能指所指，關係是任意的，可是我總覺得把媽媽叫嬸嬸，有點問題。張愛玲回憶：「她不理我，只是哭，她睡在那裏像船艙的玻璃上反映的海，綠色的小薄片，然而有海洋的無窮盡的顛波悲慟。」[19]

這些回憶都出於《私語》，是張愛玲最重要的散文之一。寫這篇文章的時候張愛玲已是上海最紅的作家，她那時候二十四歲；她媽媽五十歲，漂流在英國、法國。她媽媽的美國男友，數年前剛在新加坡戰火中喪生了。張愛玲這時回想她母親的感覺，非常微妙，好像冷漠，對母愛的不在乎，但是又刻意強調缺席，暗示缺憾。她媽媽走了，過了一些年又回來，因為她父親丟了職位，把姨太太趕走了。而且因為據說張愛玲要讀小學了，所以她媽媽趕回來一次。

張愛玲對她爸爸的姨太太，也有一段回憶。她說這個女的很兇，年紀比她父親還大，還打她父親，可是她對張愛玲挺好的。有一天她給張愛玲買了新衣服，張愛玲就說我喜歡你，說這句話的時候是真心的。後來她心裏其實一直非常後悔，所以張愛玲就常常質疑自己的所謂真心，是不是就是一般意義上的真心，是不是出於情境需求，不自覺地騙已騙人。按她弟弟的說法：「我們的童年、青年，就是父親的遷居、分居、復合、離婚，這條主線串聯起來。」[20] 家裏常常出現的情況是怎麼樣？張愛玲有一段童年視角的經典的描寫，說她的父母在房間裏「……劇烈地爭吵着，嚇慌了的僕人們把小孩拉了出去，叫我們乖一點，少管閒事。我和弟弟在陽台上靜靜騎着三輪的小腳踏車，兩人都不作聲，晚春的陽台上，掛着綠竹簾子，滿地密條的陽光。」[21]

這就是張愛玲的文字，看上去很普通，我們想像一下，大人在裏邊吵架，小孩不能作聲。但更精彩的是，兩個人不作聲呢，還有簾子、陽光、腳踏車……這樣一個氣氛。然後她媽又走了，又要送她。送她這段回憶這樣寫：「我沒有任何惜別的表示，她也好像是很高興，事情可以這樣光滑無痕跡地度過，一點麻煩也沒有。可是我知道她在那裏想：『下一代的人，心真狠呀！』」[22] 請記住，這是張愛玲覺得她母親在那裏想。她母親是不是這樣想呢？我們其實不知道。八歲的張愛玲告別以後，等她母親出了校門，這段文字我讀一下：「我在校園裏隔着高大的松杉遠遠望着那關閉了的紅鐵門，還是漠然，但漸漸的覺到這種情形下眼淚的需要，於是，眼淚來了。在寒風中大聲抽噎着，哭給自己看。」[23]

大家想想看，小孩八歲，跟母親告別，傷心哭泣很正常，不哭才有問題。可是張愛玲的回憶是，她其實當時沒甚麼，只是覺得這個時候該流淚，眼淚就來了。這句話真道出了現在許許多多文化工業宣傳節目的要害，大家想想現在是不是快男超女夢想秀好聲音……全都這樣，人站到上面，燈光一照，音樂一起，媽媽在下面看。那怎麼辦？眼淚就來了。但是這種眼淚來的人，只有導演心裏清楚他們自己是演戲，還是真感動。只有張愛玲才會跟我們點穿，這個眼淚，是有需要才來的。這是一種對於演戲、對於整個文藝腔，甚至是對於人類人倫制度一種布萊希特式的距離感。

張家在上海搬了不少地方，武定路、陝西南路……這些地方我都挺熟悉的，大部分是在靜安區一帶，中上層的街區，後來還回到李鴻章送給他的那棟大別墅。當然，在這過程當中，世界上發生了很多事情。左聯啦、抗戰啦、資本主義、經濟危機、工人運動啦……只有在張廷重的家裏，還是花園、洋房、狗啦、很多僕人、一個吸鴉片的父親、沒有母親，這就是張愛玲的家。張愛玲的父親抽鴉片，一度抽到要死了，後來打嗎啡，是她姑姑送醫院救回來的。回來以後，他又再婚了。當時他銀行投資不成，碰到一個同事，有個妹妹叫孫用蕃，（兩個人就訂婚了）。孫用蕃一直活到 1986 年，她後來成了張愛玲的後母。孫用蕃的家世也很厲害，她父親叫孫寶琦，做過北洋軍閥的法國大使、德國大使，又做袁世凱執政期間的外交總長，還做過段祺瑞、曹錕的國務總理。張愛玲父親再婚，竟然還能找到一個總理的女兒。可惜找到的時候，這個總理已經過氣，而且「他娶了五個太太……這五個太太為他生了八個兒子，十六個女兒」[24]，分也分不到啥東西。

張愛玲讀的中學是聖瑪莉亞中學，就在上海華東師大附近，中山公園往西過了鐵路那邊，靠近聖約翰大學，後來跟中西女中合併，變成了市三女中（上海市立第三女子中學）。現在市三女中校慶，就常把張愛玲抬出來。香港大學也是這樣，1952 年那時，張愛玲出國，重新申請入學，香港大學不歡迎她，懷疑她是間諜。可是現在，每年港大招生我都看到印得巨大的張愛玲像，身穿一身非常華麗的袍。

中學時候的張愛玲有個理想，這點我要特別提一下，她有個夢。這段話很有名，她說：「我要比林語堂還出鋒頭，我要穿最別緻的衣服，周遊世界，在上海自己有房子，過一種乾脆俐落的生活。」[25] 大家看看，她這個夢裏的幾個要素：第一，比林語堂有鋒頭，因為林語堂英文作品賣得好，張愛玲後來也想這樣寫。第二是衣服，張愛玲的衣服是非常重要的。周遊世界，張愛玲後來卻沒有周遊太多的地方。在上海有房子，這個其實很容易做到，但是她晚年是自己拒絕了。沒想到的是，張愛玲後來比林語堂更加有名。

她爸爸再婚的時候，張愛玲曾經非常氣憤。她說在陽台上，要是這個女的站在我面前，我就把她推下去。所以海外研究張愛玲，有人說她有暴力傾向，甚至有回憶錄說她用鋼筆劃傷她家傭人的臉。台灣的記者也是很八卦，他們對張愛玲甚麼都研究，就像我們這裏研究魯迅一樣。魯迅哪天「洗腳」啊，大家都知道魯迅日記裏「洗腳」的意思，據說就是牀事。這個我不多講了，你們自己去了解。他們說張愛玲曾經用筆劃傷傭人的臉，但她弟弟說是沒有的。有一段非常重要的回憶，張愛玲這樣說父親的家：「那裏甚麼我都看不起，鴉片，教我弟弟做《漢高祖論》的老先生，章回小說，懶洋洋灰撲撲地活下去。像拜火教的波斯人，我把世界強行分作兩半，光明與黑暗，善與惡，神與魔。屬於我父親這一邊的必定是不好的。」[26] 請大家記住，這段文章寫在她二十四歲的時候，也就是四十年代的時候。她說我把這個世界強行分成兩半，這種劃分法其實我們大家都非常熟悉的。大家都知道，這個社會有新有舊，人有好有壞，官有善有惡。其他有些很有名的作品就是專門幫助我們來把世界分成兩半的。比方說《日出》，以陳白露為界線，比陳白露有錢的都是壞的，比陳白露窮的都是好的。比方說巴金的《家》，以覺新為界線，比覺新年紀大的都是壞的，比覺新年紀輕的都是好的。所以這種兩分法，是「五四」以後所謂新思潮帶來的一個非常流行的看法。

在張愛玲家裏，我們看到甚麼呢？一個男人抽鴉片，養姨太太，看紅樓夢；一個女的從歐洲讀書回來，教她彈鋼琴，學法文。這個對比太鮮明了。一個代表腐敗的、垂死的、封建的、灰暗的文化傳統，而她媽媽卻代表新文學裏面出現的先進文化。你們看看《對照記》裏面的照片，她媽媽本來是一個綁過小腳的女人，可是她居然能滑雪。《小團圓》裏描寫她在香港的淺水灣游泳，身邊不少男朋友，還大部分是外國人。在童年、少年的張愛玲心裏面，她就是新文化。按學術界的詞，她就是「現代性」。可是張愛玲說：「我把這個事情強行劃成兩邊。」這句話的潛台詞那就是「未必」，那就是質疑。換句話說，她在四十年代，對於「五四」主流意識形態，對於「新青年」這個大趨勢，她是有懷疑的。這個大趨勢就是說，新的總比舊的好、西方總比東方文明、城市總比鄉村先進。因此在我們日常的意識形態裏，先進、前進、發展、改變、向前等等，這是天然的好詞。沒落、停滯、傳統、保守、不動，那是天然的負面價值，只有沈從文、張愛玲等少數人，才有意懷疑挑戰這種主流意識形態。

我們再看她怎麼描寫她的父親。「我喜歡鴉片的雲霧，霧一樣的陽光，屋裏亂攤着小報，（直到現在，大疊的小報仍然給我一種回家的感覺）看着小報，和我父親談談親戚間的笑話——我知道他是寂寞的，在寂寞的時候他喜歡我。父親的房間裏永遠是下午，在那裏坐久了便覺得沉下去，沉下去。」[27]。這些文字裏面充滿一種留戀。可事實上，他父親給她帶來很多的屈辱跟痛苦。從小的來講，比如她要一點零用錢，她父親跟她後母卻一直在燒煙講話，讓她一個中學生站在那裏等很久，也不告訴她給不給錢。張愛玲後來總結出一句話，能夠愛一個人愛到問他拿零用錢的程度，那是嚴格的試驗[28]。當然，還有更大的事情，她後來被她父親打了一頓，關了半年，因為她後母。她父親還不讓她讀新學校，是她母親鼓勵她接受現代教育。可是她怎麼回憶她母親呢？有篇散文裏有這麼一段：「教我琴的先生是俄國女人，寬大的面頰上生着茸茸的金汗毛（因為她媽媽要她學琴嘛，要她學 Lady，學涵養），時常誇獎我，容易激動的藍色大眼睛裏充滿了眼淚，抱着我的頭吻我。我客氣地微笑着，記得她吻在甚麼地方，隔了一會才用手絹子去擦擦。」[29]

大家想想看，這真是絕了，媽媽讓她學琴，值得這麼仇恨嗎？一個外國女人吻你一下，隔了很久，記住吻在甚麼地方，還要拼命去擦。看到這種文字，我常有一種巨大的困惑：為甚麼一個傷害她的、生活中是壞榜樣的父親，卻得到張愛玲的懷念、眷戀、深情？而一個有心幫她的、有全新西洋文化觀念的母親卻被她不知是仇恨還是挑剔？張愛玲這種對父親、母親有點反常的、令人不能理解的愛憎好惡、感情關係，到底會怎麼影響她的人生和她的創作呢？

其實我有疑惑，我們是不是應該花這麼多時間來講張愛玲的父母親？不僅是現在皇冠的書，平時我自己在大學講課，也常常問學生也問自己。這使我想起我曾經跟王安憶做過一次「鏘鏘三人行」，我們一起講到了網上、電影院流行的一些《小時代》之類的電影，裏面的男女都非常時髦、非常有錢，行為舉止跟美國電影差不多。王安憶說：「看着這些新新人類，我很想知道他的爸爸媽媽是怎樣的。」聽了以後大家都會心一笑，因為這是一個非常厲害的觀察。這些新新人類，其實你要仔細去觀察他們的父親母親，可能我爸是李剛，可能我媽是翠花。要了解一個再奇葩的人物，也應該先看看他和她的父母。同樣的道理，要了解一個再奇特的作家，我們也應該先看看她的家世背景、童年經歷。在這個意義上，我想我們細讀張愛玲的很多作品，都會發現這一章的背景鋪墊、家世分析，其實是非常重要，不可或缺的。

張愛玲終於中學畢業了。我認識一個上海作家程乃珊，她最近剛去世。程乃珊的母親跟張愛玲是中學同學，程乃珊自己不太欣賞張愛玲的作品，因為同樣寫上海有錢人，她們走的是兩條路子，她也不知道張愛玲好在哪裏，但是她講她母親回憶張愛玲就很有意思。她說她母親回憶張愛玲是怎麼樣的呢？說這個女學生衣服穿得好難看，家裏窮，買不起衣服。怎麼辦？只能把自己的舊衣服東裝一個口袋、西開一個甚麼東西，搞得難看死了。……這些是私人派對上的話，所以我也沒辦法標註出處了。可見，我們從側面的角度看出當時社會上所謂有錢人對張愛玲的看法。而張愛玲自己呢？她說她是要穿最別緻的衣服，她從來沒說要穿最貴最好的衣服，對不對？她的後媽也給她一堆舊衣服，她就拿來改一改。據說她媽媽給她捲了頭髮，她好久都不捨得拿掉。她的一個老師叫汪宏聲，後來回憶，說張愛玲穿的鞋子都是比較便宜的，而且她個子又長得蠻高 —— 這個基本上胡蘭成也說過 —— 所以她的樣子其實不是一個所謂的典型的美女。

更有趣的是她們畢業的時候要調查，甚麼是你的最愛，甚麼是你的最恨。你知道張愛玲最恨的是甚麼嗎？張愛玲最恨的是「一個天才的女子，忽然結了婚」。這裏面有三個要素，天才、結婚、女子，這些都是一直貫穿在她的一生的基本要素。我在中國人民大學做講座的時候，就有一個女生站起來問我這個問題，說：「那天才的女子應不應該馬上結婚呢？」這個問題我怎麼回答呢？不敢亂答。

曾有過一場著名的吵架，起因是張愛玲在她的媽媽那裏過夜，日本人打仗，有戰火。她回家後撞到她的後母，後母說你走了怎麼不跟我說一聲？—— 我現在讀張愛玲的回憶：

> 我（張愛玲）說我向父親說過了。她說：「噢，對父親說了！你眼睛裏哪兒還有我呢？」她刷地打了我一個嘴巴，我本能地要還手，被兩個老媽子趕過來拉住了。我後母一路銳叫着奔上樓去：「她打我！她打我！」在這一剎那間，一切都變得非常明晰，下着百葉窗的暗沉沉的餐室，飯已經開上桌了，沒有金魚的金魚缸，白瓷缸上細細描出橙紅的魚藻。我父親趿着拖鞋，拍達拍達衝下樓來，揪住我，拳足交加，吼道：「你還打人！你打人我就打你！今天非打死你不可！」我覺得我的頭偏到這一邊，又偏到那一邊，無數次，耳朵也震聾了。我坐在地下，躺在地下了，他還揪住我的頭髮一陣踢。終於被人拉開。[30]

我之所以讀這一段，主要不是為了家暴事件，家暴只是一面之詞，假如後來她父母寫一篇回憶錄，可能就是另外一個故事了。張愛玲的父親大概後來也沒有看到張愛玲寫的文章，她的後母後來在上海租了一個十四平方的石庫門房子，十幾戶人家共用煤衛。老太太眼睛也瞎了，活到八十多歲，其實也是很苦的。張愛玲的父親五十年代去世了，在上海，情況也非常差。我只是想說明，她的後母完全不知道，她對中國現代文化最主要的貢獻就是那個耳光，就是這個耳光把張愛玲打出了家門，從此走上了另外的道路。其實這裏面還有一個事實需要考證一下，張愛玲說她被關了半年，她父親不管她死活，可是後來她弟弟的回憶錄裏頭說她父親打她也關她，但是也替她買藥、找醫生打針。張愛玲略掉了這一段，要麼她是完全不知道，我覺得不大可能，因為有人打針之類的事情她應該知道，要麼就是故意忽略。後來到了《小團圓》裏面有一個更加驚人的情節，就是她母親為了替她看病，跟一個德國醫生上牀，女兒也無動於衷[31]。當然這是小說虛構，不一定是事實，但是這些描寫，真的是非常非常殘酷。

張愛玲在別人的幫助下逃出父親的家。她自己這樣描寫到：「——當真立在人行道上了！沒有風，只是陰曆年左近的寂寂的冷，街燈下只看見一片寒灰，但是多麼可親的世界呵！我在街沿急急走着，每一腳踏在地上都是一個響亮的吻。」[32] 這段文字非常特別，響亮的吻使我聯想到丁玲跟陳企霞，當初他們投奔延安的時候，也有這麼一個吻。我採訪過陳企霞，他四十年代他是延安解放日報的文藝版的副主任，丁玲是主任。當年他們在抗戰前夕，千辛萬苦跨過敵戰區，到了保安縣，看見小孩子光頭，前面一撮頭髮，一手拿着紅櫻槍。他們知道已經到了紅色邊區。這些知識分子，你知道怎麼樣？他們下車，激動地趴在地上親吻黃土。這個陳企霞講述的畫面給我的印象特別深，因為我們知道，城裏人是不會親吻黃土的。農民也不會親吻黃土，因為他們知道裏面有糞，親了也不會多些收成。張愛玲沒有直接親吻，但是她說，每一腳踩在地上都是響亮的吻。中國現代最重要的兩位女作家，在緊要的時候，都用親吻地面來作為象徵。

出來以後，張愛玲就用英文發表了她的第一篇散文。我們說她第一篇小說是《第一爐香》，可是她的散文發表得更早，英文的，「What a life, what a girl's life」。甚麼樣的生活！甚麼樣的女孩子的生活！她把她自己被監禁、被禁閉、父親怎麼迫害她，都用英文寫在報紙上。這使我想起蕭紅，蕭紅當年在哈爾濱被她丈夫丟在旅館裏，旅館費都付不起，慘得要命，還懷了孕，她就是靠着在報紙上寫的一篇文章（生活下去），讓後來蕭軍等等很多男人來救她。後來張愛玲是用反諷的筆調講娜拉 —— 聽到開飯了，還得從樓上下來，回到世俗生活 —— 張愛玲曾經解構「出走的娜拉」[33]。

好了，離開父親的家，跟母親一起生活了，她的新生活開始了。但是幸福嗎？未必。張愛玲說，母親其實早就跟她說，你想清楚，跟父親是有錢，跟我這邊是沒甚麼錢，你要吃得苦，不能後悔。張愛玲當時被關着，渴望自由了，還是要走。我們知道魯迅早就說過《娜拉出走》—— 娜拉沒走之前想的是尊嚴，走了以後關鍵字就是錢了。從小長大到十六、七歲，張愛玲從來不需要錢，為甚麼？因為在家裏有洋房有傭人，去學校有汽車接送，接送到甚麼程度？她放學了從學校走出來，她不用認、不用找自己的車，車夫會來找她。所以她通常也不需要零用錢，難得跟父親要過一次，就覺得很為難。所以她現在一出來，十六、七歲跟母親在城市公寓裏生活，發現她的生活能力等於零，她最發達的能力，就是她的「天才夢」。她母親黃逸梵那時候四十來歲，還很漂亮，我們可以看到她在歐洲拍了很多照片，風情萬種像電影明星，有一個歐洲的男朋友。家裏突然多了一個十七歲的女兒當然不方便，經濟上也是問題。所以張愛玲就說：「這時候，母親的家不復是柔和的了。」[34]

我們知道黃逸梵在海外沒有學歷很難謀職，所以她去西方常常是變賣家傳古玩補貼，開始很闊，回上海一度和姑姑住大廈大套間，開白汽車，有白俄司機、法籍廚師[35]。……後來慢慢的，錢就不夠了，搬進了常德公寓。這個公寓現在還在，上海的常德路、靜安寺附近，五樓 51 室，後來改到六樓 65 室。張愛玲就在那個房間寫出了刻劃那個城市靈魂的大部分作品。她另外有個住處是長江公寓，就是卡爾登公寓；曾經有一段時間住過重華公寓。常德公寓現在外面坐落有很多時髦的大樓，但常德公寓你仔細對比，還是不錯的。前些年我特別被請回去，上海的區政府出機票讓我回去參加一個會，討論張愛玲故居應該怎麼樣整修、開放。他們當時有個計劃，要把整棟大樓重新保育，要開張愛玲咖啡館、張愛玲圖書館，還有開發三十年代樣式的禮品等等，總而言之有一波龐大的商業計劃，就問我的意見。我說，張愛玲喜歡孤獨，那麼熱鬧未必是她的心願。後來也不用操心了，熱鬧不起來，因為有老幹部提出胡蘭成是不是漢奸等問題，所以現在這個大樓你去看，連外面那個張愛玲故居的銅牌也沒有了，雖然那塊銅牌上還有兩個錯別字。

講回當年吧。張愛玲說：「……看得出我母親是為我犧牲了許多，而且一直在懷疑着我是否值得這些犧牲。我也懷疑着。」[36] 說實在話，這母親有沒有懷疑她為女兒做那麼多犧牲，我們是不知道的，我們看到的只有女兒對母愛的渴望跟懷疑。當然，一個留歐回來，習慣獨立生活的洋派女子，天天要教一個甚麼事情都不會做的落魄貴族女兒洗衣服、做飯、搭公交車、省錢、弄頭髮等等。張愛玲回憶說：「……在她的窘境中三天兩天伸手問她拿錢，為她的脾氣磨難着，為自己的忘恩負義磨難着，那些瑣屑的難堪，一點點的毀了我的愛。」[37] 我說過現代文學裏面，很少有這樣描寫母女之間赤裸裸的、世俗的、粗糙的感情問題。是不是這個天才少女太敏感了呢？她母親其實也真是不幸福，過幾年她的男友就死在新加坡，她又去了歐洲，據說是帶了一箱皮貨回來，和男朋友做皮件生意。五十年代她還去英國做工、做皮貨生意，留洋處境其實不怎麼好的。所以在張愛玲眼裏，父親的書房固然是叫人沉淪，沉下去；可是母親的西方文化，外文、鋼琴、淑女，也未必是光明前景。

有研究者說，張愛玲產生於一個歷史地理文化意義上的孤島[38]，其實也是一種家庭倫理感情意義上的孤島。重要的問題是，為甚麼一個明明給她帶來這麼多負能量的父親的影響，她覺得留戀？可是一個為她付出這麼多、給她帶來整個新文化教育的母親，她非常不領情，而且是這麼較勁、這麼不滿，以至於後來在她的創作中，張愛玲作品裏的母親不管配角、主角，不管是白流蘇的母親，還是《金鎖記》裏的七巧，幾乎都是比較負面的形象，這是甚麼道理呢？

第一種可能的解釋，認為張愛玲對父母的充滿矛盾的感情，也反映或象徵了她對時代潮流的一種猶豫。我們前面說了，一般人在「五四」時代，都是追求崇拜現代性，唾棄晚清的傳統文化。而張愛玲偏偏在跟她父母關係的層面上，表達了她對於傳統文化的一種留戀，對「五四」新潮的一種懷疑。貌似戀父疑母，也是留戀晚清懷疑「五四」。這個問題比較大，我們以後還要討論。

第二種解釋，她的父母就是她後來寫愛情小說的基本人物原型。我們講了，張愛玲後來的作品，所有作品的主題，一言以蔽之：「男女戰爭」。它們是愛情小說，可是那愛情小說不是甚麼沙灘、月光、蠟燭、溫情，而是計算、較勁、謀劃、猜疑、策略、遊戲等等。而這些故事裏面，張愛玲小說中對女人的研究跟對男人的觀察，有點不一樣。她對男人相對比較隔膜、比較「寬容」（或者是看透弱點後的「寬容」）。她常常要寫一個自己所愛的男人還有別的女人，這種故事在其他的「五四」小說中是不常見的——巴金的《家》、魯迅的《傷逝》、錢鍾書的《圍城》，包括郁達夫的性苦悶，他們都是一對一，而且比較書生氣、理想化。張愛玲的愛情故事赤裸裸地呼應了今天社會跟網絡上的一種普遍的婚戀困境。在這種情況下，我們看到她對母親尤其苛刻。研究者余彬講過一句話叫：所有女人都是同行。張愛玲用這麼個態度來描寫她母親，不單是母女，而且有一種性的競爭關係，我們以後會一步步的看到，張愛玲的父親和母親，其實是她作品裏最主要的兩個人物原型。愛情戰爭，首先就發生在她的父母之間。張愛玲是文學意義上的啃老族。

當然還有第三種解釋的可能，一種說法是戀父情結。如果只看《心經》，寫戀父細節其實非常生硬，而且憑作品來判斷作家的心理傾向，也不足為證。但張愛玲後來的兩次婚姻，倒是都嫁給了比較年長的男性。現實生活當中，張愛玲後來跟她父母的關係都非常遠。父親當年曾迫害她、打她；她從香港回來後要重讀聖約翰大學，問父親要錢，父親不給她錢，那就是最後一次詳細記載的見面。後來，張愛玲出名了，父親生活很慘，張愛玲也沒有甚麼特別關心。母親那邊呢？母親在歐洲做生意、打工很慘，張愛玲出了書，還會給母親寄一本，或者說寄點錢，但是也就僅此而已。晚年她寫《小團圓》，裏頭還虛構了一個情節，就是她怎麼還錢給母親。有人說是寫出了對母親的怨恨，也有的研究者比如說高全之，就說她其實還是曲裏拐彎地要跟母親講對不起等等[39]。

我們放在五四背景講過，大部分作家都是父親很早缺席，依靠母親的啟蒙長大。張愛玲好像非常特殊，跟那些作家都不一樣。因為那些作家，你看，外面作戰再辛苦，總有一個地方——像是胡適、茅盾、郁達夫、魯迅、老舍——他們跟社會再怎麼作戰，他總有一個地方能回去，精神上，那就是他的媽媽。可是我們在張愛玲這裏看到，父親這邊，她回不去，媽媽那裏，她也回不去——所以就出現一個我稱之為真正的「無家可歸」的情況。這種情況在整個「五四」文學當中是非常罕見的。

在精神上「無家可歸」的張愛玲，說她自己筆下的人物大部分是不徹底的。甚麼叫徹底？徹底的好，還是徹底的壞？還是指性格堅強執着、極端變態？我們以後慢慢體會。但有一個特例，她說過她筆下有一個人物是徹底的，那就是《金鎖記》裏的七巧，我們還知道這個人物的原型是李鴻章的二兒子的、一個從安徽來的媳婦，嫁給了李家一個殘疾的孫子。沒想到就是這麼一個貴族大家庭裏面一個可憐的女子，成了張愛玲一生反覆書寫的對象。

---

1 《張愛玲全集 04：半生緣》簡體版推薦詞，北京出版社出版集團，2012 年 6 月。

2 黃仁宇：《萬曆十五年》，北京：中華書局，1989 年，頁 10－11。

3 曾樸：《孽海花》，上海：上海古藉出版社，1979 年，頁 31。

4 姜鳴：《清流・淮戚 —— 關於張愛玲祖父張佩綸二三事》，《文匯報》，2004 年 4 月 2 日。

5 張子靜：《我的姐姐張愛玲》，台北：時報文化出版公司，1996，頁 18。

6 Li, Chien-nung, *The Political History of China, 1840-1928,* translated and edited by Su-yu Teng and Jeremy Ingalls, Stanford: Stanford University Press, 1956, p140. Wakeman Jr., Frederic, *The Fall of Imperial China*, New York: The Free Press, 1975, p. 193. 轉引自高全之：《張愛玲與爺爺》，引自《張愛玲學續篇》，台北：麥田出版，2014 年，頁 229。

7 姜鳴說他準備要寫張佩倫的傳記，且注意到「五四」以後作家與「前朝」文化的隔膜「無知」，很值得進一步的討論。姜鳴：《清流・淮戚 —— 關於張愛玲祖父張佩綸二三事》，《文匯報》，上海，2004 年 4 月 2 日。

8 張愛玲後來回憶祖父家世：「我祖父出身河北的一個荒村七家坨，比三家村只多四家，但是後來張家也可以算是個大族了。世代耕讀，他又是個窮京官，就靠我祖母那一份嫁妝。」（張愛玲：《對照記》，香港：皇冠出版社，1994 年，頁 46。）似乎並沒有很注意身為安徽撫察使的曾祖父印塘及其社會關係。

9 曾樸：《孽海花》，上海：上海古籍出版社，1979 年，頁 114。

10 姜鳴：《清流・淮戚 —— 關於張愛玲祖父張佩綸二三事》，《文匯報》，2004 年 4 月 2 日。

11 陳寅恪：〈寒柳堂記夢未定稿（補）〉（《寒柳堂集》，北京：三聯書店，2011 年，頁 223）。

12 有人作聯曰：「老女嫁幼樵無分老幼，西牀變東席不是東西」。又有人作詩曰：「蕢齋學書未學戰，戰敗逍遙走洞房」。見姜鳴：《清流・淮戚 —— 關於張愛玲祖父張佩綸二三事》，《文匯報》，2004 年 4 月 2 日。

13 胡蘭成：《民國女子》，引自《今生今世》，台北：遠景出版事業有限公司，2009 年，頁 297。

14 「曾文正於豐大業一案所云：內疚神明，外慚清議。今之倭約，視法約何如？非設法自救，即疚慚不能解，而況不疚不慚？蕡恐續假譁然，銷假譁然，回任更譁然，將終其身為天下譁然之一人耳。此數紙，蕡中夜推枕濡淚寫之，非惟有淚，亦恐有血；非惟蕡之血，亦有鞠藕之血；非惟蕡夫婦之血，亦恐有普天下志士仁人之血。希公審察之，毋自誤也。」見姜鳴：《清流・淮戚——關於張愛玲祖父張佩綸二三事》，《文匯報》，上海，2004 年 4 月 2 號。

15 張子靜：《我的姐姐張愛玲》，台北：時報文化出版公司，1996 年，頁 27。

16 高全之：《〈雷峯塔〉與〈易經〉的遺民態度》，引自《張愛玲學續編》，台北：麥田出版，2014 年，頁 98。

17 孟悅、戴錦華稱這種文化心理現象為五四文學的「弒父情結」。《浮出歷史地表》，開封：河南人民出版社，1989 年，頁 3–6。

18 《私語》，《天地》第 10 期，1944 年 7 月；收入《流言》，台北：皇冠出版社，1982 年。

19 《私語》，《天地》第 10 期，1944 年 7 月，收入《流言》，台北：皇冠出版社，1982 年。

20 張子靜：《我的姐姐張愛玲》，台北：時報文化出版公司，1996 年，頁 51。

21 《私語》，《天地》第 10 期，1944 年 7 月，收入《流言》，台北：皇冠出版社，1982 年。

22 《私語》，《天地》第 10 期，1944 年 7 月，收入《流言》，台北：皇冠出版社，1982 年。

23 《私語》，《天地》第 10 期，1944 年 7 月，收入《流言》，台北：皇冠出版社，1982 年。

24 張子靜：《我的姐姐張愛玲》，台北：時報文化出版社，1996 年，頁 43。

25 《私語》，選自《流言》，台北：皇冠出版社，1982 年，頁 149。

26 《私語》，選自《流言》，台北：皇冠出版社，1982 年，頁 149。

27 《私語》，選自《流言》，台北：皇冠出版社，1982 年，頁 149。

28 《童言無忌》，選自《流言》，台北：皇冠出版社，1982 年，頁 10。

29 《談音樂》，選自《流言》，台北：皇冠出版社，1982 年，頁 198。

30 《私語》，選自《流言》，台北：皇冠出版社，1982 年，頁 151。

31 《小團圓》，香港：皇冠出版社，2009 年，頁 195。

32 《私語》，選自《流言》，台北：皇冠出版社，1982 年，頁 154。

33 《走！走到樓上去》，選自《流言》，台北：皇冠出版社，1982 年，頁 92–94。

34 《私語》，選自《流言》，台北：皇冠出版社，1982 年，頁 155。

35 張子靜：《我的姐姐張愛玲》，台北：時報文化出版公司，1996 年，頁 119–120。

36 《私語》，選自《流言》，台北：皇冠出版社，1982 年，頁 154。

37 《童言無忌》，選自《流言》，台北：皇冠出版社，1982 年，頁 10。

38 蘇偉貞有專著《孤島張愛玲》，卻不是討論上海 1942–1945，而是追蹤 1952–1955 香港時期的張愛玲，也可說明「孤島」的定義轉換。台北：三民書局，2002 年。

39 高全之：《懺悔與虛實》，《張愛玲學續編》，台北：麥田出版，2014 年，頁 195。

第四章

論七巧

《金鎖記》其實可以清楚地分成上下兩個部分閱讀，前半部分是女主人公被人欺負，後半部分是女主人公欺負別人，中間的轉折點正是我們要詳細分析的——七巧拒絕小叔子姜季澤的「求愛」。所以本章重點要討論的問題，就是七巧應不應該拒絕姜季澤？

《金鎖記》寫作的套路和《第一爐香》有點像，上來是一個說書的引子：《第一爐香》是「請您尋出家傳的黴綠斑斕的銅香爐，點上一爐沉香屑，聽我說一支戰前香港的故事……」[1]；《金鎖記》則是這樣寫：「三十年前的上海，一個有月亮的晚上……我們也許沒趕上看見三十年前的月亮。年青的人想着三十年前的月亮該是銅錢大的一個紅黃的濕暈，像朵雲軒信箋上落了一滴淚珠，陳舊而迷糊。」[2] 朵雲軒是上海南京東路（从前叫大馬路）上一家有名的賣毛筆、硯台等傳統書畫工具的老店，裏面的紙是非常出色的。張愛玲這裏又是以實寫虛——「月光像銅錢大的一個淚珠」，尤其在《金鎖記》裏，月光貫穿始終，具有很多不同的象徵意義。引子之後，便又是丫鬟下人的閒言碎語，從側面道出女主人公所在的這個大家庭的處境，用的是第三人稱的舊白話，講的是布簾、衣服、月光、褥子等家裏瑣瑣碎碎的小事情，初初一看好像在讀《金瓶梅》——

鳳簫——這是個丫頭的名字，「……恍惚聽見大牀背後有窸窸窣窣的聲音，猜着有人起來解手，翻過身去，果見布簾子一掀，一個黑影趿着鞋出來了，約摸是伺候二奶奶的小雙，便輕輕叫了一聲『小雙姐姐』。小雙笑嘻嘻走來，踢了踢地上的褥子道：『吵醒了你了。』她把兩手抄在青蓮色舊綢夾襖裏。下面繫着明油綠袴子。」

小說裏的這些段落，只是為了鋪墊氣氛，所有這些人物、衣服、動作，後來都不重要。可是這些文字合起來營造一種氣氛，這個氣氛是「五四」以後現代文學中很少見的，卻是和沉香屑、朵雲軒信紙相配合的這麼一種有點發黴的這麼一種氣味。

通過丫鬟們的議論，讀者知道姜公館裏面，老太太是信佛的，三個兒子已經成親了，大兒子情況不太清楚，三兒子是比較亂花錢的花花公子，二兒子殘疾，還有一個女兒待嫁。這個殘疾的二少爺的太太，來自窮的人家。其實也不能算太窮，家裏是開麻油店的，看你怎麼比較。嫁到一個豪門，娘家是開麻油店，當然是被人瞧不起。有了鋪墊以後，我們再來看看七巧的登場亮相。「眾人低聲說笑着，榴喜打起簾子，報道：『二奶奶來了。』蘭仙雲澤起身讓座，那曹七巧且不坐下，一隻手撐着門，一隻手撐住腰。」[3] 蘭仙雲澤是家裏另外兩個少奶奶與小姐。一隻手撐着門，一隻手撐着腰，這形狀不是茶壺嗎？「窄窄的袖口裏垂下一條雪青洋縐手帕，身上穿着銀紅衫子，葱白線鑲滾，雪青閃藍如意小腳袴子，瘦骨臉兒，朱口細牙，三角眼，小山眉，四下裏一看，笑道：『人都齊了，今兒想必我又晚了！怎怪我不遲到——摸着黑梳的頭！誰教我的窗戶衝着後院子呢？單單就派了那麼間房給我，橫豎我們那位眼看是活不長的，我們淨等着做孤兒寡婦了——不欺負我們，欺負誰？』」[4]

僅僅這一段，從外貌、動作、言語，到處境、性格、脾氣，一覽無遺。小說的前半段寫主人公被人欺負，被人欺負最主要就是兩點，「食」與「色」。表面是「食」，背後是「色」，可以說的是「食」，不可言說的是「色」。所謂「食」，就是「飯票」，覺得自己是窮人，小商人家庭出身，卻嫁入豪門。其實這是今天很多普通人的白日夢，卻不知愈是窮人，愈進豪門，就愈顯得家庭背景寒酸。小說裏有一大段描寫七巧的哥哥、嫂嫂來看她，七巧不敢稟報老太太；老太太其實明明看到，故作不知，其實就是不想接待這樣的窮親戚。而家人一來，七巧就眼淚、鼻涕齊下地哭訴自己在姜家被人歧視、日子難過，她其實是怪她哥哥當初怎麼收了錢等於是把她賣了。家人就勸她再熬、再熬啊，等日後分錢。

小說沒有明寫當初她嫁給姜家這個殘疾的病公子的時候，七巧自己是啥態度、有沒有選擇，至少也沒有說她反抗。對於這個有沒有選擇的問題，我們其實在解讀《第一爐香》或者《啼笑姻緣》時，就知道女人被迫「從了」的時候，她自己有沒有選擇，非常重要。後來張愛玲把《金鎖記》改成在台灣出版的長篇小說《怨女》，加了一點這類的文字，似乎是她清醒自願的。如果女主人公一開始就堅決拒絕，小說也不用寫了，就沒有後來的故事了。小說家如果不寫女主角這樣的選擇，或者說她當初就是猶豫的、反對的，那她後來的責任就很少，就像我們看到陳白露這樣的情況 —— 人們就比較容易同情她，她自己也會更加同情自己。

但是作家有時候很厲害，就像《第一爐香》這樣，每走一步都有選擇，按照高全之的說法，女主角就好像《金瓶梅》裏的李瓶兒、潘金蓮那樣，她們接受壞男人，又有自願性、又有現實性，這個叫「自願從娼的心路歷程」[5]。現實性就是你去的地方有錢、有保障。自願性，字面上的理解就不是強迫。自願性加重了這個人物對自己命運的道德責任。不過我注意到一點，所有這類故事，自願性也罷、現實性也好，她們跟了一個壞的男人 —— 例如西門慶、喬琪喬等等，他們除了有錢以外，至少也還是風流倜儻、花花公子，他們的缺點是玩女人，但至少他們還有這個能力。

但七巧，真是與眾不同，大家知道，她好像就只得到了錢，sex 方面真的就一直缺乏。小說裏也說了，不知怎麼樣結果還有了兒子、女兒，也許就是在這個層面上，七巧覺得自己特別有理由去抱怨。當然作為一個禮教家庭的成員，也特別不能抱怨。女主人公的這一類選擇，後來當代小說裏也很多，我們看最著名的王安憶的《長恨歌》，小說中王琦瑤獲選上海小姐第三名，身邊不乏追求者，可是直到一個國民黨高官李主任出面捧場，要把她包養，她才覺得：我這樣漂亮的人，只有李主任這樣的人才能佔有、才值得、才配。所以那個李主任提議讓她住進一個小公館的時候，王琦瑤真是一點都不猶豫，直問甚麼時候搬過去呀？明天？弄得李主任反而措手不及 —— 這房子還沒租好呢。下定決心，不怕犧牲，排除萬難，進入豪門，怎麼幾十年來速度愈來愈快了！

七巧嫁給姜家二兒子，原來只是做姨太太，後來這個兒子身體太差，所以老太太就說你不要再找夫人了，給七巧轉正，目的就是讓她更好地伺候男人。七巧最抱怨的當然就是這個男人，小說裏面有兩段寫得非常精彩，描寫她跟她男人的關係，都跟性有關。第一段是七巧對小叔子姜季澤有些好感，而講到自己男人的時候，就特別的委屈。小說裏這樣寫：「七巧直挺挺的站了起來，兩手扶着桌子，垂着眼皮，臉龐的下半部抖得像嘴裏含着滾燙的蠟燭油似的，用尖細的聲音逼出兩句話道：『你去挨着你二哥坐坐！你去挨着你二哥坐坐！』她試着在季澤身邊坐下，只搭着他的椅子的一角（就蹭着他椅子的一角），她將手貼在他腿上——（作者按：貼在她小叔子的腿上，這一步其實很越位的，但是她有一個理由），道：『你碰過他的肉沒有？是軟的、腫的，就像人的腳有時發麻了，摸上去那感覺……』季澤臉上也變了色（作者按：當然變色啦，這個嫂嫂把手放在他腿上），然而他仍舊輕佻地笑了一聲，俯下腰，伸手去捏她的腳道：『倒要瞧瞧你的腳現在麻不麻？』」[6]

這個細節非常厲害——這男人好像是關心你，你不是說腳發麻嗎？那我就來摸一下你的腳。可女人的腳是可以隨便亂摸的嗎？我們知道中國傳統女人的腳，用現代的說法，就是第二性器官。西門慶挑逗潘金蓮，首先碰的就是她的腳。學術上，關於女性纏足怎麼形成千年審美傳統這個問題，林語堂有過這樣的分析——他說，事實上纏足一直具有性感本質，其起源無可置疑是淫蕩君主，受男人歡迎的原因是他們以女人的腳與鞋為愛之神物來崇拜，因此還有因之而產生的女性步態——就是纏了小腳以後女人走路的那個姿態。「其作用等於摩登姑娘穿高跟皮鞋，且產生了一種極拘謹纖婉的步態，使整個身軀形成弱不禁風，搖搖欲倒，以產生楚楚可憐的感覺。」[7] 換句話說，小腳之「美」，不僅在於腳形，還在纏足之後走路與身體的變化等等。我們知道，這個「萬惡的舊社會」，上一代的女人千方百計愛自己的下一代，就要給自己的下一代裹腳。連續劇《白鹿原》，就突出地描寫了族長女兒靈靈被自己家奶奶裹腳的痛苦，也誇張了另外一個女人田小娥半纏足之後的風騷的走路姿勢。女人以腳小為榮，頗有點像今天比拼「事業線」。莫言成名作《紅高粱》中土匪路遇新娘，也是碰了一下轎中女人的腳，便決定了兩人一生命運。《金瓶梅》有一段描寫西門慶跟一個下人的老婆宋慧蓮偷情，潘金蓮送宋慧蓮一雙鞋，宋慧蓮跟西門慶說，我穿了自己的鞋再套上她的鞋剛好。甚麼意思？就是說我的腳小，我的腳小是一種驕傲。這句話被潘金蓮偷聽到，後來這個女的死得很慘。

大概七巧的腳也是很小的，現在居然被小叔子這麼一個 touch 啊！真的又是肉麻調情、又是促人心跳，氣氛非常曖昧。七巧結果就蹲在地上，「她不像在哭，簡直像在翻腸攪胃地嘔吐。」[8] 詳細閱讀《金鎖記》裏這一段叔嫂身體接觸的文字，因為從中可以看出作家用心，一石二鳥：她寫了女主角的性苦悶，又寫了女主角的性苦悶。為甚麼呢？這是兩個不同的性苦悶。一是寫他男人不行，她抱怨她守活寡的性苦悶，同時又寫她對她小叔子曖昧的挑逗，這種荒誕的調情手法的苦惱。

還有一段更精彩。七巧送走家人以後，她整理自己華美的衣服，這個時候就想起了往事：「臨着碎石子街的馨香的麻油店，黑膩的櫃台，芝麻醬桶裏豎着木匙子，油缸上吊着大大小小的鐵匙子。漏斗插在打油的人的瓶裏，一大匙再加上兩小匙正好裝滿一瓶 —— 一斤半。」（真正「打醬油」。）「熟人呢，算一斤四兩。有時她也上街買菜……」這是講七巧回想她昔日：普通老百姓，「藍夏布衫袴，鏡面烏綾鑲滾。隔着密密層層的一排吊着豬肉的銅鈎，她看見肉舖裏的朝祿。」朝祿是一個人名，大概是一個肉舖裏的夥計，或者是開肉舖的老闆，不管怎樣，反正是個男的，喜歡七巧，喜歡當年的七巧。「朝祿趕着她叫曹大姑娘。難得叫聲巧姐兒，她就一巴掌打在鈎子背上，無數的空鈎子盪過去錐他的眼睛……」，叫巧姐兒是調情、輕薄，所以這個女的要假裝抗議，抗議的方法是把那些錐子打過去，這其實也是一種調情。「朝祿從鈎子上摘下尺來寬的一片生豬油，重重的向肉案一拋，一陣溫風撲到她臉上，膩滯的死去的肉體的氣味……她皺緊了眉毛。牀上睡的她的丈夫，那沒有生命的肉體……」。[9]

張愛玲在這裏不僅學習《金瓶梅》筆法，更借鑒現代電影技巧「蒙太奇」。從昔日追她的男人的肉舖，鏡頭轉到今天嫁入豪門後旁邊睡着的沒生命的肉體 —— 這是怎麼樣的對比？肉舖裏的男人、醬油店裏的味道回是回不去了，可是眼前又是怎樣的豪門？怎樣的生活呢？好的文學意象總是既象徵又寫實。就在這個象徵之後，緊接着另一個蒙太奇，是一面鏡子。「七巧雙手按住了鏡子。鏡子裏反映着翠竹簾子和一副金綠山水屏條依舊在風中來回盪漾着，望久了，便有一種暈船的感覺。」她在這個豪門住久了，周圍花紅花綠、金燦燦的顏色，使她都頭暈了。「……再定睛看時，翠竹簾子已經褪了色，金綠山水換為一張她丈夫的遺像，鏡子裏的人也老了十年。」[10] 就是說和《第一爐香》的梁太太一樣，七巧終於熬到了男人死去、分到財產的時候，而且婆婆也去世了，各自生活了。分家的時候，他們發現三兒子季澤早已揮霍過度，沒錢分了，還倒欠，有一個長輩主持提了個分家方案，七巧這一房是吃了點虧，女主角大吵一場也沒有用。吃虧就吃虧吧，不管怎麼樣，分了錢了，獨立租樓的，七巧可以開始她新的人生。

《金鎖記》可以分成上半部下半部，前半部七巧被人欺負，後半部七巧欺負人，雖轉折點還沒到，但馬上就要出現了。

七巧已經分了錢，獨立生活了，小孩十三、四歲，她大概也就三十多歲，比後來《傾城之戀》白流蘇出去冒險時的年紀其實也大不了多少。有人曾經提出這樣的問題：為甚麼她不能再尋求自己的新生活呢？梁太太年紀那麼大了，後來照樣風流！至少有兩個外在因素阻擋了她，一個是因為她纏足、小腳；第二個是她抽鴉片。纏足、小腳曾經是貴族的象徵，可是在那個時候，按照小說描寫應該是上海三、四十年代，那已經不流行了，甚麼男人會再來追她？雖然她很有錢。但是我覺得在這兩個因素之外，還有一個是她的心理原因，這就是我們接下來小說裏重點要描寫的上下兩部分的一個轉折，這個轉折就是她這個當年碰過大腿摸過腳的小叔子季澤。

就在分家幾個月以後，季澤上門了，他不僅講講近況敍敍舊情，而且語氣越來越溫和，態度越來越曖昧。女主角有點半信半疑，她觀察眼前這個男人，「季澤把那交叉着的十指往下移了一移，兩隻大拇指按在嘴脣上，兩隻食指緩緩撫摸着鼻梁，露出一雙水汪汪的眼睛來。那眼珠卻是水仙花缸底的黑石子，上面汪着水，下面冷冷的沒有表情。」[11] 這是個非常絕的象徵。當然是七巧眼裏看出來的。小說裏雖然沒有明說，但一般誰會來細看一個男人把手指放在臉上怎麼摸鼻梁等等這些動作？這段描寫表示女主角對他還是有情，但是又懷疑他冷酷，懷疑他不忠實，畢竟七巧守活寡數十年，缺乏抵抗力。接下來呢，她也沒想到季澤會有這樣的表白，「你知道我為甚麼跟家裏的那個不好，為甚麼我拼命的在外頭玩，把產業都敗光了？你知道這都是為了誰？二嫂！……七巧！」[12] 就是說季澤跟他老婆不好，到外面玩女人，原來都是為了愛七巧。

下面這一段，就是全篇小說的分界線。聽了季澤這麼曲裏拐彎的、變態奇葩的愛情表白以後，小說裏有一段文字：

> 「七巧低着頭，沐浴在光輝裏，細細的音樂，細細的喜悅……這些年了，她跟他捉迷藏似的，只是近不得身，原來還有今天！可不是，這半輩子已經完了——花一般的年紀已經過去了。人生就是這樣錯綜複雜，不講理。當初她為甚麼嫁到姜家來？為了錢麼？不是的，為了要遇到季澤，為了命中注定她要和季澤相愛。」[13]

等等，我一定要打斷一下。第一，這個沐浴在光輝裏，細細的音樂，細細的喜悅 —— 這種「五四」文藝腔居然出現在張愛玲的筆下，這是極其難得的，而且用來形容這麼潑辣、兇悍的一個麻油店公主，說明她這個瞬間的心情啊，真的是非常特別；第二，七巧嫁入豪門不是為了錢？是為了跟小叔子相戀？COME ON，真是看不清楚季澤騙你也算了，還要自己騙自己？我再說一遍，看不清楚男人騙你也算了，還要自己騙自己，這就是愛情的偉大，和愛情的頭暈。但那只是一瞬間的幻覺，接下來一大段，作者對女主角的心理描寫，可以分出很多不同的層次，我們要一層一層的來解讀。

「她微微抬起臉來，季澤立在她跟前，兩手合在她扇子上，面頰貼在她扇子上。」這男的也真是，很「作」啊！「他也老了十年了，然而人究竟還是那個人呵！」這是第一層，動情的層次。緊接着 ——「他難道是哄她麼？他想她的錢 —— 她賣掉她的一生換來的幾個錢？僅僅這一轉念便使她暴怒起來。」這是第二層，女主角的轉念、暴怒。「就算她錯怪了他，他為她吃的苦抵得過她為他吃的苦麼？好容易她死了心了，他又來撩撥她，她恨他。」這是第三層，比較清醒的計算對照。張愛玲的文字甚麼都好，就是太多她、他、她。使用這些中性的人稱也是現代小說的一個特點，古典文學中不同人物不同身分有不同人稱，不像現代小說這樣人稱透明。當然張愛玲小說不是為了讓我們讀的，看的時候一點都不會混亂，讀的時候不知道大家會不會搞亂性別。「他還在看着她。他的眼睛 —— 雖然隔了十年，人還是那個人呵！」又是溫情，這是第四層，與其說是對昔日感情的留戀，不如說是對自己青春的懷舊、紀念。「就算他是騙她的，遲一點兒發現不好麼？即使明知是騙人的，他太會演戲了，也跟真的差不多罷？」[14] 這是第五、六層心理，這裏邊既有自欺欺人，甚至還有「甚麼是真，甚麼是假」這麼一種哲理層面的幻覺。我聽人說過，感情的事，其實對方真假好壞，常常就取決於你自己，你覺得對方真誠好心，那可能就是真誠好心，你發現對方虛情假意，那就會是虛情假意。這樣的說法現實中也許可能，但上升到理論，就太唯心主義了。

請注意張愛玲這一大段文字用的都是第三人稱，寫的都是女主人公的心理，又是有意混淆敘事角度。一、二、三、四、五這幾層心理瞬間反覆以後，七巧冷靜下來，從經濟、金錢的角度試探了一下，果然季澤來的目的是要嫂嫂賣鄉下的地，有一整套經濟上的計劃，「七巧雖是笑吟吟的，嘴裏發乾，上嘴唇粘在牙仁上，放不下來。」小說不具體寫她怎麼生氣紅臉，而是寫一個細節：「上嘴唇粘在牙仁上放不下來。她端起蓋碗來吸了一口茶，舐了舐嘴唇，突然把臉一沉，跳起身來，將手裏的扇子向季澤頭上滴溜溜擲過去，季澤向左偏了一偏，那團扇敲在他肩膀上，打翻了玻璃杯，酸梅湯淋淋漓漓濺了他一身。七巧罵道：『你要我賣了田去買你的房子？你要我賣田？錢一經你的手，還有得說麼？你哄我——你拿那樣的話來哄我——你拿我當傻子——』她隔着一張桌子探身過去打他，然而她被潘媽下死勁抱住了。」這虧得也就抱住了，否則也不知演出甚麼戲碼。一大幫下人幫忙抱住了七巧……「七巧一頭掙扎，一頭叱喝着，然而她的一顆心直往下墜——她很明白她這舉動太蠢——太蠢——她在這兒丟人出醜。」我們在生活中會不會也有這樣一個時刻？我們很激動，做了一些事說了一些話，這些話對我們的人生其實有很重大的決定意義。可是就在當時，即使我們心裏明白，自己在做傻事，知道會有後果，但一時任性，無法克制，气出了，一顆心却往下墜，直往下墜，有沒有這樣的時候呢？「季澤走了。丫頭老媽子也給七巧罵跑了。酸梅湯沿着桌子一滴一滴朝下滴，像遲遲的夜漏——一滴，一滴……一更，二更……一年，一百年。真長，這寂寂的一剎那。」[15] 為甚麼這個時候出現了一滴一滴，一年一百年的慢鏡頭呢？因為主人公已經下意識的明白了，或者作家讓旁觀的讀者明白了，眼前這一瞬間，將決定她的一生。或者說，決定她的後半生。

七巧真是可憐哪，一輩子沒有機會和能力愛上甚麼人，只是拿身體婚姻當飯碗工作職業，現在自欺欺人地，自以為有一段情，卻馬上親手把它掐死 —— 一個直覺，今後也不會再有了。緊接着，「七巧扶着頭站着倏地掉轉身來上樓去，提着裙子，性急慌忙，跌跌蹌蹌，不住的撞到那陰暗的綠粉牆上，佛青襖子上沾了大塊的淡色的灰。」真是，都甚麼時候了作家還在寫衣服牆壁的顏色，「她要在樓上的窗戶裏再看他一眼。無論如何，她從前愛過他。她的愛給了她無窮的痛苦。單只是這一點，就使她值得留戀。多少回了，為了要按捺她自己，她迸得全身的筋骨與牙根都酸楚了。今天完全是她的錯。他不是個好人，她又不是不知道。她要他，就得裝糊塗，就得容忍他的壞。她為甚麼要戳穿他？人生在世，還不就是那麼一回事？歸根究底，甚麼是真的？甚麼是假的？」我們記得，薇龍最後向喬琪讓步的時候，看着整個世界像張聖誕卡，到處是非常濃烈的顏色讓她頭暈，她也是感慨，甚麼是真？甚麼是假？難道男女之間要相愛真的就是這麼無奈嗎？「她到了窗前，揭開了那邊上綴有小絨球的墨綠洋式窗簾，季澤正在弄堂裏望外走，長衫搭在臂上，晴天的風像一羣白鴿子鑽進他的紡綢袴褂裏去，哪兒都鑽到了，飄飄拍着翅子。」[16] 翅膀的翅子，如果是電影拍到這裏，一定會有巨大的管弦樂伴奏的高潮。這是愛情的讚歌 —— 雖然是病態的。在一個欺騙自己又被自己趕走的男人身上，還能看到晴天的風，看到一羣白鴿子，這也是青春和生命的哀樂！從此，女主人公進入了人生的另一個階段。

好作品，讀就可以了，有時解釋也多餘。「細讀張愛玲」，乍一聽，像「吸毒張愛玲」。有時候我也覺得真是像「吸毒」，讀張愛玲會上癮。

我有一年在嶺南大學講現代文學，同學們也讀了《第一爐香》和《金鎖記》。香港的大學一般沿用英國式的大課導修制度，就是同一門課兩個小時上大課教授主講，另外每個同學都要上一個小時導修。同學們要做導修報告，導修報告裏面既要包括作家生平、作品分析、文學史的見解，還要有你自己的觀點，還要有一些問題讓大家討論。但導修報告的形式是不拘一格的，有的像論文，有的像談話、辯論，甚至模仿採訪作家。有一次導修課給我的印象很深，同學們用一個小話劇的形式來開展，一個同學扮演七巧，另外一個同學扮演薇龍。別看輕這個文本互涉的「關公戰秦瓊」，有時候效果非常特別。當然有時候也莫名其妙，比方金庸到我們大學演講，座無虛席，很多文科以外的學生都來。我記得有個學生提問說，楊過要是和郭靖打起來，誰的武藝高？金庸先生也不回答了，我們大家也就是笑笑。但是，在我的課上，這個七巧對薇龍的爭論，兩個女同學的爭論，卻不只是好笑，而且意味深長。大意是這個扮演七巧的同學怪薇龍，說你傻，你明知道那個男人是個花花公子、壞男人，你居然還嫁給他？結果呢？你這樣就是自己甘願墮落！她講得很有道理，同學們也都點頭。沒想到，這個薇龍卻能反駁，她說啥？她說：是啊，我嫁了喬琪喬，這個人不是真正的愛我，是我的不幸，可那只是我一個人的不幸，而且我過去還真喜歡過他。你呢？你也喜歡過季澤啊！（當然我們知道她自以為喜歡）但是緊要關頭你一把扇子丟過去，酸梅湯一滴一滴一年一百年，你就把這個男人徹底給唾棄了拒絕了，好像很厲害，可是，你不，那不僅是你一個人的不幸，後來你還去害你的兒子女兒。你知道吧？你後來所以這樣做，你全部後半生的所作所為，都是因為你拒絕了那個你自以為愛的男人，你這個是一種性壓抑、性變態的結果。

這一番話把那「七巧」—— 那演七巧的同學講到啞口無言。

七巧後來的性情行為手段，大概不能全部歸結為性壓抑、性變態，但，有沒有一點關係呢？剛才說過，其實七巧也不是年紀很大，為甚麼就不可以另外開闢甚麼新生活？鴉片跟小腳的確是一個障礙，尤其是鴉片。小說裏面的鴉片有三個功能：一個是治病，最早二少爺就是因為生病所以抽鴉片；第二是解悶，幫自己開脫，七巧大部分是這個情況；第三還是擺闊，能抽得起，這個算是有錢人家。當然時代變化了，榮也因纏足鴉片，恥也因纏足鴉片，所以大大限制了七巧的選擇。小說裏面真的還花了很多筆墨寫小腳，說七巧的腳是有點麻，在裏面這樣說：「……她探身去捏一捏她的腳。僅僅是一剎那，她眼睛裏蠢動着一點溫柔的回憶。她記起了想她的錢的一個男人。」[17] 太可憐了，她捏她自己的小腳就想那個男人。她的腳呢是纏過的，但是後來塞點棉花進去裝成半大的文明腳。你看，這是小腳裝大腳。那自己都小腳裝大腳了，她卻還要給十三歲的女兒再裹腳，這真是有點莫名其妙，她說得很明白：「……你人也有這麼大了，又是一雙大腳，哪裏去不得？我就是管得住你，也沒有那個精神成天看着你。」[18] 一語道出了女性纏足，除了滿足男人變態審美或者性感要求以外，還有一個非常實際的效用，就是限制女性的活動能力。今天演歷史戲，最難的就是古裝戲裏演員沒辦法演小腳了。假如今天有小腳，她一定變成很吃香的特型演員。

七巧給她的女兒裹腳，真是太不可思議了，因為我們知道孔子說過：己所不欲，勿施於人。但七巧卻是「己所不欲，偏施於人」，而這個偏施於人，卻是施於自己心愛的女兒，所以差不多是一種变相自虐，等於是「己所不欲，偏施於己」。當然，這個裹小腳後來也沒成功，就這麼裹了一陣而已。能量守恆定律是有道理的，七巧沒有男人沒有工作沒有社交，她沒有別的地方可以發泄她的賀爾蒙，所以全部的精力都轉移到她唯一能控制的對象 —— 兒子長白跟女兒長安身上，尤其是女兒長安。不知道為甚麼，長安還小的時候，和她的一個姪子玩，就是她哥哥的兒子。在玩遊戲當中，長安要摔倒了姪子去扶她，被七巧看見了，她破口大罵：「……你別以為你教壞了我女兒，我就不能不捏着鼻子把她許配給你，你好霸佔我們的家產！」[19] 結果活生生把她姪子給趕跑了。長安後來去中學讀書，丟了一件衣服還是被單，七巧就領着女兒到校長處大吵，吵得女兒再也不好意思去學校了。後來長安就不讀書了，她覺得她這犧牲是一個美麗的，蒼涼的手勢。不上學被關在家裏，長安眼看着就快變成一個小七巧了。媽媽呢？也不擔心，「我不愁我的女兒沒人要……真沒人要，養活她一輩子，我也養得起！」[20] 真不知道這是有心愛一個人，還是刻意害一個人？

再看七巧的兒子長白。他讀書不行，就會賭錢，捧女戲子，甚至發展到跟三叔 —— 那個姜季澤逛窰子。七巧一看不對，就幫他娶妻找媳婦，娶了一個叫袁芝壽的女子。這新娘剛入門，長安的評論是：「皮色倒還白淨，就是嘴脣太厚了些。」小姑這樣說話，你道婆婆怎麼接口？這種情況下，婆婆照理應該說你不可以這樣來講你的嫂嫂吧？可是這個婆婆是這樣說的：「還說呢！你新嫂子這兩片嘴脣，切切倒有一大碟子。」[21] 形容女性的嘴脣 ——「切切倒有一大碟」—— 在「糖醋排骨粉蒸肉」以外，又一個張愛玲形容女性身體外貌的名言。

七巧死了男人、分了家，獨立生活，管了兒子女兒，她要女兒裹小腳沒成功，讀書又使女兒退學，她還給兒子娶了一房媳婦。小說接下來有一大段寫這個母子的關係，怎麼一起抽鴉片。我記得李歐梵教授曾說這段描寫是中國文學裏特別頹廢的一個場面（李教授所說的

「頹廢」，通常是稱讚的意思）。「她瞇縫着眼望着他。這些年來她的生命裏只有這一個男人。只有他，她不怕他想她的錢 —— 橫豎錢都是他的。可是，因為他是她的兒子，他這一個人還抵不了半個……」[22] 大家想想這半個甚麼啊？就說他抵不了半個男人。就這話分明證實了上次導修同學講的，「性」在七巧人生當中的特殊意義。

「性」於人生，有時候就像食物中的鹽，單單的鹽是不好吃的，可沒有鹽呀，甚麼都不好吃了。「現在，就連這半個人她也保留不住 —— 他娶了親。他是個瘦小白皙的年青人，背有點駝，戴着金絲眼鏡，有着工細的五官，時常茫然地微笑着，張着嘴，嘴裏閃閃發着光的不知道是太多的唾沫水還是他的金牙。」請注意，這一段工笔細緻的人物形象描寫，是在小說寫了很多別的事情以後，才突然出現的，是從他媽媽，同時又是一個女性，又像是第三人稱角度的一段描寫。「……他敞着衣領，露出裏面的珠羔裏子和白小褂。七巧把一隻腳擱在他肩膀上，不住的輕輕踢着他的脖子，」注意，他母親把她半大的小腳 —— 大家可以想像這小腳是一個甚麼樣子嗎？不管她穿不穿襪子，可是把它放在她兒子 —— 這麼一個年輕男人的肩膀上，不斷地輕輕地踢着他的脖子，「……低聲道：『我把你這不孝的奴才！打幾時起變得這麼不孝了？』長安在旁答道：『娶了媳婦忘了娘嗎！』七巧道：『少胡說！我們白哥兒倒不是那門樣的人！我也養不出那門樣的兒子！』長白只是笑。七巧斜着眼看定了他，笑道：『你若還是我從前的白哥兒，你今兒替我燒一夜的煙！』……」[23]

這個場面之頹廢、曖昧，還不僅在於女主角把她的小腳 —— 第二性器官，放在兒子小白臉上拍打，還不僅在於「小鮮肉」兒子在幫她燒鴉片，更在於這個半夜燒煙之際，她還要兒子跟她講述和他新媳婦兒之間的牀事，牀上的細節、动作、声音、表現，還有那些令人恥笑之事。都說兒子娶了媳婦母親會嫉妒，但這樣的寫法，实在罕见。第二天七巧還把兒子跟她講的他們夫妻的牀事，在麻將桌上與親戚朋友們分享。大家想，結果呢？媳婦芝壽病了。在這樣的家裏沒法不病呀！她說：「這是個瘋狂的世界，丈夫不像個丈夫，婆婆也不像個婆婆。不是他們瘋了，就是她（指芝壽自己）瘋了。今天晚上的月亮比哪一天都好，高高的一輪滿月，萬里無雲，像是黑漆的天上一個白太陽。」[24] 在張愛玲小說裏，凡是情緒緊張到最高潮，總是省略主語，然後用主人公的眼光心情去看一片奇特的風景，這個時候的風景就是——月亮像黑漆的天上一個白太陽。我真的一時想不起來有甚麼作品當中的頹廢場面，既牽涉性、又牽涉人倫，可以跟《金鎖記》這一幕相比——魯迅《狂人日記》以及整本《吶喊》講了五件事：1. 人吃人（用禮教）；2. 吃自己人；3. 自己也在吃人；4. 男吃女（也是用禮教）；5. 女人幫男人吃女人。七巧小腳拍兒臉令兒子月光下燒鴉片講夫妻牀事這一幕，具體演繹了魯迅概括的五件事，一件都不少。

可是有了媳婦這個長白還是要出去玩，七巧就再把一個叫絹兒的丫頭給他做小的，但還是牢籠不住，最後七巧變着法兒哄他吃煙——行啦，管用了，長白上了癮就不大出去玩了。所以看來鴉片在那個時候還有第四種功能，除了治病、解悶、擺闊以外，還能醫治男人花心。這是甚麼世界！

多少年以後張愛玲用英文把這些故事寫出來，但是在五十年代反共氣氛佔主流的美國出版界，有出版社很不滿意。編輯跟她說你把舊中國寫得如此頹廢不堪，那不等於還是說共產黨來得好，[25] 但張愛玲寧可不出英文書，也終身不改她對《金鎖記》世界的批判態度，那是後話。

不僅兒子長白，就是女兒長安也在母親的安排下抽上了煙，又不讀書又抽鴉片，眼看這女孩子要被毀了。這個時候突然冒出了個季澤的女兒叫做長馨——她也已經長到二十歲了，出於好心替長安介紹一個男朋友叫童世舫。這童世舫德國留學回來，是張愛玲小說中罕見的、比較正派、沒有甚麼大缺點的一個男人，非常難得，而且這種留學生跟中國傳統女人的戀愛模式，從《金鎖記》開始，後來一再重複，在張愛玲筆下，這個大概在象徵意義上也意味着從鴉片、纏足、禮教組合而成的頹廢世界，應該要由西方異質文化來参照、對比和衝撞。

小說中這個衝突是有效的，長安戀愛的時候，開始的時候還很「作」，到菜館吃飯，「……低頭端坐，拈了一隻杏仁，每隔兩分鍾輕輕啃去了十分之一……」說話的時候，又反覆地看着自己的手指，彷彿一心一意要數數一共有幾個指紋是螺形的，幾個是簸箕……但即使是這樣矯揉造作，在多年沒見過故國姑娘的童世舫看來，反覺得楚楚可憐。童世舫以前花了很大的努力拒絕過家鄉一門指定的婚事，為了他在海外所愛的一個異鄉女子。沒想到那個異鄉女子後來又把他給扔了。所以現在，童世舫倒是對長安頗喜歡，很短時間後兩個人竟訂婚了。這段時間正好七巧生病，那當然做媒的還是家裏的上輩，長馨的媽媽還是來替她做一下媒。訂婚以後七巧病好了，不開心，找到女兒酸溜溜地說：「這些年來，多多怠慢了姑娘……這下子跳出了姜家的門，稱了心願了，再快活些，可也別這麼擺在臉上呀——叫人寒心！」[26] 這是怎麼樣的一個心態？是不捨得？嫉妒？還是兩者混合？就是說：你也有男人啦，我卻一生沒有。其實是嫉妒，卻自以為是不捨得——就這麼樣走了，養你這麼大，真沒良心！

七巧病好以後有精神啦，就佈置安排了一系列對長安婚事的破壞。先去查童世舫以前的婚戀史，說這個人是人家撿剩下來的貨，女兒跟他太吃虧了。然後照例又是懷疑對方想騙錢，其實人家不是想要錢，那不是錢是甚麼呢？門第。她說姓童的是看中了姜家的門第，然後她又把姜家的背景給詛咒一番。她說姜家人其實是一代壞似一代，少爺們甚麼都不懂，小姐們就知道霸錢要男人 —— 豬狗都不如等等。一時是罵一時又流淚，說唉唷女兒你怎麼落得這麼個下場。七巧這樣反對，女兒知道完啦，她因為戒煙身體本來就不好，一緊張就敗下陣來，就主動放棄跟媽媽說：唉呀算了，我這件婚事啊……我算了。然後跑去跟童世舫說。她之前讀書退學的時候也是自己放棄的。

童世舫沒辦法，只能諒解，不過兩個人說好解除婚約卻又成了朋友。這男女做朋友還來往，更是七巧不可容忍之事。所以有一天，長白出面請童世舫吃飯，吃到一半，七巧登場：「世舫回過頭去，只見門口背着光立着一個小身材的老太太，臉看不清楚，穿一件青灰團龍宮織緞袍，雙手捧着大紅熱水袋，身旁夾峙着兩個高大的女僕。門外日色昏黃，樓梯上鋪着湖綠花格子漆布地衣，一級一級上去，通入沒有光的所在。世舫直覺地感到那是個瘋子 —— 無緣無故的，他只是毛骨悚然，長白介紹道：『這就是家母。』」[27] 這段引文印象中哈佛的王德威教授不只一次的引用過。現代文学中以文字寫「光」，這是教材。先是用背光，然後一級一級的上去，通入沒有光的所在，都是強調光，驚心動魄。一下子童世舫已經被擊倒了，沒想到對方還要再送上一腳，說：長安啊，等一下，她先抽兩筒才下來。完了，留學生徹底崩潰了，他沒想到自己在跟一個抽鴉片的女人訂婚。再接下來這個家庭是怎麼樣，長白的姨太太居然生小孩兒，芝壽氣得病死，再接下來一年，扶正的絹兒又吞了鴉片，長安要養一輩子……小說最後這樣總結七巧的一生，「三十年來她戴着黃金的枷。她用那沉重的枷角劈殺了幾個人，沒死的也送了半條命。她知道她兒子女兒恨毒了她，她婆家的人恨她，她娘家的人恨她。她摸索着腕上的翠玉鐲子，徐徐將那鐲子順着骨瘦如柴的手臂往上推，一直推到腋下。」[28] 夏志清說看到這最後一幕，「無論多麼鐵石心腸的人，自憐自惜的心總是有的；張愛玲充分利用七巧心理上的弱點，達到了令人難忘的效果。翠玉鐲子一直推到腋下 —— 讀者讀到這裏，不免有毛髮悚然之感；詩歌小說裏最緊張最偉大的一剎那，常常會使人引起這種恐怖之感。」[29]

有次我跟阿城去拜訪北島在香港的寓所。北島說你們這麼多人喜歡張愛玲，張愛玲把人性寫得這麼惡有甚麼意義呢？阿城回答說：寫盡了人性之惡，再回頭，一步一光明。

《金鎖記》的故事講完了，問題卻沒有完，還在我眼前晃。第一個問題，七巧害了她的兒子女兒，她自己是否知道？這個問題關係重大，因為如果她知道自己的所作所為，讓兒女抽鴉片、幫兒子找姨太太、半夜燒煙讓兒子講牀事、自己也是半大的腳還要幫女兒裹腳，不讓女兒讀書、破壞女兒的婚姻戀愛等等等等……所有這一切她是覺得為子女好嗎？還是明知對他們不好，仍要害他們呢？如果是前者，那主要是禮教的問題，寬容點講，那個蕭蕭，沈從文筆下的童養媳，形象可愛多了，可是她也給自己兒子找童養媳，不也是出於愛而其實是害嗎？更不要說柳媽勸祥林嫂捐門檻之類。七巧怕外面男人騙女兒的金錢和感情，因為她自己有這樣的教訓，她又覺得兒子長白抽煙、納妾都不是錯……七巧對着兒子女兒們還可以真誠地流眼淚。我這不都是為你們嗎？可是小說結尾處作家又明明說，七巧知道她家人在恨她。但她是不是就不是為他們好？現實當中也有很多這樣的家庭父母，他對子女有個要求，你不能玩電腦遊戲、你不能過早戀愛、你不能亂花錢、你不能在甚麼地方 kiss 啦等等……都是為你好！而且他知道子女其實在恨他們，可是父母不會心裏不安，因為他們覺得自己真是為你好。可是《金鎖記》裏邊的情況，旁人看得很清楚，太過分，七巧在保護長安、長白的時候，也是摧殘他們。這可不可以說，在傳統禮教角度講是保護，在現代文明角度講就是摧殘？這一切只是取決於觀念不同嗎？會不會有更深一層原因：不是你們覺得好的東西我認為不好，而是對你們好的東西對我不好。七巧也許不承認，但潛意識裏，用鴉片、用丫頭管兒子，七巧的不倫戀，實際上、骨子裏，是她自己的性變態！破壞女兒上學乃至戀愛也是一樣的道理，也是一種性的嫉妒！因為我得不到這些女人的權利，所以我的女兒你也甭想得到。

七巧如果正好為官，是一個甚麼樣的情況呢？1. 我愛你們（其實是害你們）？2. 你們恨我，我也是為你們好？3. 對你們好的事情對我不好，所以……

所以這個問題千萬不能簡單化，我覺得兩個層面都有，既有七巧自以為自己是對子女好的一面，也有明知不好，她也要做下去的一面。張愛玲的厲害就在於兩面一起寫，混在一起，很多時候七巧或者自覺是為子女好，可是她的潛意識裏充滿了極端的自私和瘋狂。所以再回到前面的問題，七巧拒絕男人，當初在那個轉折點上的酸梅湯，大家都記得一滴兩滴，是否真的就決定性地影響了她的後半生？她晚年的心理變態是否和她一生的性壓抑有關？現在有很多權力在手的家長、甚至官員，自以為在講某種道德，推行某種規範，實際上潛意識裏是不是也因為自己得不到，所以不許別人得到呢？這問題我點到為止，每個讀者可以有自己的解讀。傅雷說過，《金鎖記》跟《狂人日記》有相通的地方。實際上它還是有差異的，在程度上狂人是狂，七巧是瘋。中文的瘋狂兩個字，有微妙的區別。我曾經說過一句話叫「瘋子和天才只差一步」，這個隔在中間的一步就是狂人。而在行為上狂人很簡單，他只是被迫害，而七巧是一半被迫害、一半害人。當然狂人也說過他也吃過人，但他不是有意的。

王安憶改編過話劇《金鎖記》。她在自己的長篇《長恨歌》裏，也顯示了對母女心理關係的某種非常深刻悲觀的分析能力。她改編的《金鎖記》，主要寫七巧怎麼控制她的女兒，以及她女兒絕望的反抗，重點同樣在母女關係。王安憶把長白這條線完全砍了我覺得有點可惜。這是一個對照，男女有別，七巧對長白看上去是你要甚麼就有甚麼，鴉片、老婆、小老婆等等。七巧對長安是差不多你要甚麼就不給你甚麼，天足、學校、戀愛通通不行。可是殊途同歸啊，最後的結果是一樣的，小說最後有一句話是一個警告：「……三十年前的人也死了，然而三十年前的故事還沒完 —— 完不了」。[30]

豈止三十年，這故事今天也完不了。被害人害人的瘋狂！

---

1 《沉香屑・第一爐香》，《傳奇》(增訂本)，上海：山河圖書公司，1946 年，頁 213。

2 《金鎖記》，原載《雜誌》第 12 卷第 2 期，1943 年 11–12 月；收入《傳奇》(增訂本)，上海：山河圖書公司，1946 年，頁 110。

3 《金鎖記》，選自《傳奇》(增訂本)，上海: 山河圖書公司，1946 年，頁 114。

4 《金鎖記》，選自《傳奇》(增訂本)，上海: 山河圖書公司，1946 年，頁 114。

5 高全之：《飛蛾撲火的盲目與清醒 —— 比較閱讀金瓶梅與第一爐香》，選自《張愛玲學》，台北：麥田出版，2003 年，頁 58。

6 《金鎖記》，選自《傳奇》(增訂本)，上海：山河圖書公司，1946 年，頁 118–119。

7 林語堂：《吾國吾民》，《林語堂文集》第八卷，北京：作家出版社，1995 年，頁 157。

8 《金鎖記》，選自《傳奇》(增訂本)，上海：山河圖書公司，1946 年，頁 119。

9 《金鎖記》，選自《傳奇》(增訂本)，上海：山河圖書公司，1946 年，頁 124。

10 《金鎖記》，選自《傳奇》(增訂本)，上海：山河圖書公司，1946 年，頁 124。

11 《金鎖記》，選自《傳奇》(增訂本)，上海：山河圖書公司，1946 年，頁 128。

12 《金鎖記》，選自《傳奇》(增訂本)，上海：山河圖書公司，1946 年，頁 128。

13 《金鎖記》，選自《傳奇》(增訂本)，上海：山河圖書公司，1946 年，頁 129。

14 《金鎖記》，選自《傳奇》(增訂本)，上海：山河圖書公司，1946 年，頁 129。

15 《金鎖記》，選自《傳奇》(增訂本)，上海: 山河圖書公司，1946 年，頁 131。

16 《金鎖記》，選自《傳奇》(增訂本)，上海: 山河圖書公司，1946 年，頁 131。

17 《金鎖記》，選自《傳奇》（增訂本），上海：山河圖書公司，1946年，頁133。

18 《金鎖記》，選自《傳奇》（增訂本），上海：山河圖書公司，1946年，頁134。

19 《金鎖記》，選自《傳奇》（增訂本），上海：山河圖書公司，1946年，頁132。

20 《金鎖記》，選自《傳奇》（增訂本），上海：山河圖書公司，1946年，頁134。

21 《金鎖記》，選自《傳奇》（增訂本），上海：山河圖書公司，1946年，頁136。

22 《金鎖記》，選自《傳奇》（增訂本），上海：山河圖書公司，1946年，頁137。

23 《金鎖記》，選自《傳奇》（增訂本），上海：山河圖書公司，1946年，137頁。

24 《金鎖記》，選自《傳奇》（增訂本），上海：山河圖書公司，1946年，頁139。

25 1964年10月16號張愛玲給夏志清的信：「……我記得是這些退稿信裏最憤激的一封，大意是：『所有的人物都令人起反感。……我倒覺得好奇，如果這小說有人出版，不知道批評家怎麼說。』我忘了是誰具名，總之不是個副編輯。那是1957，這小說那時候叫 *Pink Tears*。……《金鎖記》原文不在手邊，但是九年前開始改寫前曾經考慮翻譯它，覺得無從着手，因為是多年前寫的，看法不同，勉強不來。」（收錄於夏志清《張愛玲給我的信件》，台北：聯合文學，2013年，頁22。）

26 《金鎖記》，選自《傳奇》（增訂本），上海：山河圖書公司，1946年，頁144。

27 《金鎖記》，選自《傳奇》（增訂本），上海：山河圖書公司，1946年，頁149。

28 《金鎖記》，選自《傳奇》（增訂本），上海：山河圖書公司，1946年，頁151。

29 《中國現代小說史》，夏志清英文原著，劉紹銘等編譯，台北傳記文學，1979年，頁412。

30 《金鎖記》，選自《傳奇》（增訂本），上海：山河圖書公司，1946年，頁151。

第五章

《傾城之戀》中的上海與香港

一般認為《金鎖記》是張愛玲的代表作，最能體現張愛玲的藝術功力。《傾城之戀》，根據各種名義的調查 —— 我在大學裏做的調查，張愛玲最有名的四、五部作品 ——《金鎖記》《第一爐香》《傾城之戀》《紅玫瑰白玫瑰》，當然後來還有《小團圓》等，問大家個人最喜歡哪一篇、哪一部？結果無論在北京、香港，還是台北，最多同学喜歡的竟然都是《傾城之戀》。不知道這是不是因為張愛玲筆下這是唯一一個愛情故事有 happy ending，或者從女性主義、女權角度講，這也是作家筆下女主人公最後獲得勝利，或者我們這樣說 —— 至少打個平手這樣的「戰例」。還是因為人們根本就喜歡做夢？不管是上海夢、香港夢、美國夢、中國夢……香港夢跟上海夢有甚麼區別？糖醋排骨、粉蒸肉？還是溫差？中國夢跟美國夢有甚麼區別？我聽過一個說法，說中國夢跟美國夢最大的區別就是時差 —— 這邊是白天、那邊是黑夜。所以我們一再說好的比喻，大都既是寫實，又是象徵。

《傾城之戀》可以作為通俗小說欣賞做夢，也可以放在文學史上做學術研究。在後面一個層面，在文學史的角度，這個小說有三層意義。第一次讀的時候我跟傅雷想的一樣，這就是一個小市民發夢，愛情小說，浪漫戰勝世俗。大家知道迅雨在他評論張愛玲的第一篇文章裏，非常稱讚《金鎖記》，但批評《傾城之戀》[1]。我當時第一次讀也覺得不像看《金鎖記》那麼震驚。但後來讀了第二遍，發現《傾城之戀》的確包含很多意義。我們先簡單地說，之後再詳細地展開。

第一，這篇小說改寫或者說顛覆了「五四」以來愛情文學所謂「男教女」，甚至是「男救女」的一個基本啟蒙模式。第二，這篇小說又改寫了通常愛情文學男女一見鍾情，然後共同對抗外界社會壓力這麼一種基本的故事格局。第三，按照周蕾的說法，本土女人與傳統割裂，走到外面世界，跟一個華僑（半异域男性）接觸，那也是華文文學，甚至中國跟世界關係的一個隱喻象徵。1988 年在香港大學開會，北大教授謝冕發言說：我們中國人經過動亂，現在重新開放，我們熱情地擁抱世界、回歸世界。其實這是八十年代包括到今天，很多中國人對世界的基本想像。在香港出生、在美國學界很出名、提倡後現代理論的周蕾教授，當時提了一個疑問：她說謝冕教授這個比方很美好，世界是個大家庭，中國解放了自己的禁錮，擁抱世界，世界也擁抱中國，但是 —— 她說，西方的學術界還有另一種比喻，他們說西方是一個強壯粗野的男人，中國是一個美麗的老處女，於是就有了「男人欺負老處女」這麼一個形象畫面和象徵。在我看來，謝冕教授的比喻有他的道理，周蕾教授的意象也有她的邏輯。周蕾的理論後面是有一整套的意識形態話語，用來解讀張愛玲喜歡的那種中國傳統女人跟留學生這種戀愛交戰模式，尤其有意思。

藉這理論我們回頭看，大家記得白流蘇在上海的家，那個地方是不能待了，她說，這個地方是不能待了，講了兩遍，因此對着鏡子陰陰一笑，從此跟忠孝節義不相干了，冒險到香港，住進了淺水灣一個商人幫她訂的酒店。看看，這個象徵意義很明顯，這是一個被迫走向現代的中國，無奈要反抗割掉自己的傳統，在某種意義上是為了求生，含羞忍辱、面對世界、冒險一番。所以這是一個與眾不同的戀愛故事，一場別具一格的男女戰爭，它既是（又不僅是）男女之間的較量、打仗。我們通常說的男女相愛故事總是一見鍾情，生活當中我們有一句話，男人之間說的話叫「先小人後君子」，愛情當中我們當然應該先君子，後來當然……也是君子。但是這個小說的確是愛情當中的「先小人後君子」，甚麼意思？就是一開始一男一女兩個主角，都是互相算計，十八般感情功夫，各種戀愛戰術、拍拖戰略、情慾技巧，感情遊戲，絕大部分時間兩個人處在猜疑、試探、征服和作戰狀態，可是最後居然他們還能走到一起。所以對於我們今天，在愛情戰場上南征北戰、勝負未定或者屢戰屢敗屢敗屢戰的各位男女同胞、各位青春少女、顏值帥哥、各位小時代的英雄戰士，大家要想學一點男女戰爭的訣竅，那我們來細看一下。

女主角白流蘇是一個離了婚的女子，張愛玲後來說我寫她二十八歲，其實我覺得她應該三十多歲。但是作家有顧慮，張愛玲說我要寫她三十多歲，大家可能不那麼喜歡，讀者可能不那麼接受[2]。是不是這樣我不知道，大概那個時候是吧，今天情況當然是不一樣，張曼玉、許晴被人說四十多歲、五十歲，照樣情場新聞一大堆。娛樂媒體特別喜歡以大齡明星的年齡來做標題，尤其是昔日美女，五十歲的某某某、六十歲的劉曉慶，怎麼怎麼怎麼……不知道這是滿足人們的一種甚麼心理？看到昔日的大美人今天也到了這個年齡，看完了這樣的新聞自己再照照鏡子，就得到一種寬慰？當年這麼風光的大美人，如今也會……或者是一種鼓勵，四十、五十歲照樣美豔如昔，凍齡。張愛玲作為一個小說作者，也說她設計人物年齡的時候，要考慮讀者的接受心理，這很少見，至少一般作家不會說。這既是文化工業的共創規則，也是作家對女性的社會文化地位的一種特殊的有点悲涼无奈的體察。大概今天女人三四十歲，也無所謂，可是那時候的上海讀者覺得二十八歲是個臨界點。她已經不年輕了，媒婆徐太太跟她明說，早幾年就好了，但是現在還來得及。言下之意，這是最後的機會，第二次啟航揚帆，背水一戰。

男主角叫范柳原，小說裏寫他三十二歲。李歐梵教授，他也是張愛玲研究的專家，他說范柳原應該不止這個年齡，年齡可以更大些。今天人們對於男女年齡的差距，心理承受能力是很大的，我們都知道有位諾貝爾得獎人……這不去講了。現在倒過來，女男的年齡差距大家現在也都能接受，現在法國總統的太太比總統本人大二十多歲。李歐梵教授熱愛《傾城之戀》，他自己寫了一本小說叫《范柳原懺情錄》[3]。很少學者會去寫小說的。他把自己寫成范柳原，想像這個愛情故事接下去怎麼發展……大家知道真的小說是到了一個 happy ending 就停下來了，具體兩個人將來怎麼樣，李歐梵用小說把它演繹下去。

他把這個小說交給王德威、李陀他們幾個看，李陀還寫了文章說小說寫得怎麼好。王德威在台北麥田出版了這本書，但他沒有以自己的名字來寫評論，他寫了一個後記，署名是佟振保的兒子。佟振保是《紅玫瑰白玫瑰》裏邊的一個人物，他是個虛構的主角，他怎麼有兒子呢？原來是王德威假冒的。李歐梵說我是范柳原，那王德威當然可以是虛構的振保的兒子。後記裏說佟振保的兒子四九年以後一直住在上海，就住在華東師大附近，認識陳子善老師，是張學研究專家，尤其是資料方面。更妙的是，這個振保的兒子還知道師大的許子東老師，後來離開上海去了香港教書。拜託，後來有人真的拿了這本書來給我看，說你認識振保的兒子？我一頭霧水，我怎麼認識佟振保的兒子，佟振保是個小說人物！打聽以後才知道是怎麼回事。

李教授非常喜歡范柳原，說范柳原不只三十二歲，相貌長得粗枝大葉。在「細讀張愛玲」的最初介紹中我說在張愛玲的文字面前任何細讀都是粗枝大葉。當我用這四個字的時候，首先想到的就是范柳原——不僅相貌粗枝大葉，而且說實在話，他對白流蘇的了解就像我們對女人的了解一樣，也是粗枝大葉。我們理解「粗枝大葉」是甚麼形象？就是不那麼燙衣服、不修邊幅，頭髮翹翹，不大整齊，……小說裏范柳原是一個私生子，父親是個富商，在倫敦碰到個女的，就生了個孩子，富商又怕家裏人說，所以這個私生子還不能公開來承認。但這私生子還是有錢、閱歷廣，一直在外面到處風流，現在回來相親，很多人都要找他。小說裏女主角要擺脫舊式中國家庭困境，被迫冒險尋找「長期飯票」。男主角是華僑回國，反而欣賞傳統婦女美德，想追尋中國情調，所以這一男一女的愛情戰爭，我給它計算了一下，總共七個回合。大家記住，七個回合，一個都不能少。

第一個回合就是跳舞，這個回合我們沒有直接看到，但前面的背景，小說裏鋪墊得夠詳細。白流蘇是家裏第六個女兒，下面還有妹妹。她離婚的時候帶了一些錢回來，家裏掌權的是三媳婦跟四媳婦，經過幾年時間，錢都花完了，家裏的人嫌棄她待在家裏，話就很難聽。我自己在上海有些親戚，屬於民國期間的所謂「民族資產階級」（相對於「買辦階級」，是比較應該團結的社會階層。今天情況正好相反，越跟國際資本掛鈎，就越吃香），情況跟小說寫得非常像。我可不想暴露太多自己的私隱，但可以怎麼說呢？一家人家、幾個姐妹，先後嫁人，像《琉璃瓦》寫的，父母努力精心幫她們尋找有錢的夫婿，無形中幾個姐妹都在比較竟爭，誰家的男人有錢有地位，女儿回到娘家，你夫家的實力就代表這個女兒回娘家以後得到的重視。所以大家要比拼——不是拼爹，在外是拼爹，回娘家是拼夫，女兒最在乎的就是回到家裏姐妹之間，爸爸媽媽說誰最好。

在小說裏白流蘇也是這樣的情況，因為她和老公離婚了，離婚以後帶回來的錢用完了，所以她在家裏抬不起頭來。比較值得注意的是，女主角被兩個嫂嫂欺負，哥哥無能也就罷了，她的媽媽卻也不幫她。照說手心手背都是肉啊！流蘇嫁了一個衰老公，老公死了報喪，她得考慮要不要回去處理分遺產等等事情。流蘇不想回去，家裏的人要逼她回去，叫她過繼一個孩子、分點財產，其實就是讓她一輩子守個名份、守活寡……這眼看又是一個七巧。流蘇不願意，就去求她的媽媽，可她媽媽也不幫她。張愛玲小說裏的母親形象，在緊要關頭都不幫小孩。在和媽媽談話以後，「白流蘇在她母親牀前悽悽涼涼跪着，聽見了這話，把手裏的綉花鞋幫子緊緊按在心口上，戳在鞋上的一枚針，扎了手也不覺得疼。小聲道：『這屋子裏可住不得了！……住不得了！』……」[4]

其實在三四十年代，上海在經濟甚至文化方面都比香港更發達繁榮，但是為了讓上海人做香港夢，為了突出白流蘇離家冒險的合理性，在《傾城之戀》裏上海的白公館被寫成一個非常守舊令人窒息的地方，跟香港浪漫的淺水灣風光形成鮮明對照。小說的第一句就說：「上海為了『節省天光』，將所有的時鐘都撥快了一個小時，然而白公館裏說：『我們用的是老鐘』，他們的十點鐘是人家的十一點。他們唱歌唱走了板，跟不上生命的胡琴。」巧妙地把地域背景差異和時代步伐，混合在一起來表現，所以白公館始終有胡琴旋律伴奏。「胡琴咿咿啞啞拉着，在萬盞燈的夜晚，拉過來又拉過去，說不盡的蒼涼的故事 —— 不問也罷！……」[5] 這是小說開始的一個基調。這麼一個在傳統禮教、娘家已經待不下去的寡婦，怎麼才能逃離白公館，重新投入愛情戰場，怎麼找回自信勇氣呢？

明的機會是一個叫徐太太的女人的勸告，說：「找事，都是假的，還是找個人是真的。」於是帶來了我們後面看到的淺水灣的邀請。但

最重要的轉折，這自信和勇氣，卻來自於流蘇在閣樓上的照鏡子。這段描寫，需要抄下來。大家看看，

> 「……上了樓，到了她自己的屋子裏，她開了燈，撲在穿衣鏡上，端詳她自己。還好，她還不怎麼老。她那一類的嬌小的身軀是最不顯老的一種，永遠是纖瘦的腰，孩子似的萌芽的乳。她的臉，從前是白得像瓷，現在由瓷變為玉——半透明的輕青的玉。下頷起初是圓的，近年來漸漸的尖了，越顯得那小小的臉，小得可愛。臉龐原是相當的窄，可是眉心很寬。一雙嬌滴滴，滴滴嬌的清水眼。陽台上，四爺又拉起胡琴來了，依着那抑揚頓挫的調子，流蘇不由得偏着頭，微微飛了個眼風，做了個手勢。她對鏡子這一表演，那胡琴聽上去便不是胡琴，而是笙簫琴瑟奏着幽沉的廟堂舞曲。她向左走了幾步，又向右走了幾步，她走一步路都彷彿是合着失了傳的古代音樂的節拍。她忽然笑了——陰陰的，不懷好意的一笑，那音樂便戛然而止。」[6]

為甚麼是「陰陰的，不懷好意的一笑」？這個細節特別值得探討。主張「性別差異論」的女性主義理論家伊利格瑞[7]認為，「到目前為止，關於想像期（拉康）與婦女的一切都來自男性觀點，對女性性徵的理論表述都是在男性的參數中進行的，我們所知的都是陽性女性，即男人眼中的女人。父權制文化宣稱可以用一種概念形式來表達女性（feminine）就是讓自己重新陷入『男性』的再現體系，婦女在這裏落入了為（男性）主體自戀服務的體系或意義的陷阱」[8]。在伊利格瑞看來，還應該有一種陰性女性，即女人眼中的女人。男人眼中的女人並非真實的女人，因為「男性論述除了把婦女或陰性理解為男人或陽性的反

映，從來就沒有能力做出不同的解釋」。所以，「當男人觀看女人時，他看到的根本不是女人，而是男人的反映、男人的形象或婦女與男人的相似性」。[9] 就是說，目前為止所有關於女性的想像，都是來自男性的觀點，女性的理論表達都是在男性的概念當中產生的。所以父權制文化就是用一種概念來表達女性，陷入了男性主體自戀服務的體系，女人稱讚自己的美麗，其實是在符合男人的標準。簡單說，也有一種叫「陰性女性」，就是女人眼中的女人。所以她說男人眼中的女人並不是真實的女人，他們就把女人當作男人陽性的一個反應，更簡單地說，男人觀看女人，甚麼網紅臉、事業線、小蠻腰，或者日本人喜歡的從後面看脖子，有些人特別關心腳踝等等，看到的根本不是女人，而是男人自己的慾望。

好了，借用了一段理論後，問題來了，流蘇在鏡中看到的自己，她到底是男人眼中、慾望中喜歡的女性呢？還是一個不大符合男人慾望的「陰性女性」呢？想逃離上海白公館的舊家庭，白流蘇在自己的閣樓房間對着鏡子裏的自己，陰陰的一笑，重新獲得了生活的信心。都是女性主義的理論，可以把這種女人自己的形象，看作男人慾望的投射，或者是女性眼中的「陰性女性」。那到底白流蘇在鏡中看到的是怎麼樣的一個自己呢？是一個男人眼中喜歡的柔弱的女性（她那一類的嬌小的身軀是最不顯老的一種），還是一種其實不大符合男人慾望模式的女性的自戀呢？我們看這個嬌小的身軀，永遠是纖瘦的腰，孩子似的萌芽的乳。她的臉，從前是白得像瓷，現在由瓷變為玉——半透明的輕青的玉，小小的臉，小得可愛。一雙嬌滴滴，滴滴嬌的清水眼等等。

如果說是前者，白流蘇發現雖然自己第一段婚姻過去這麼久，可是自己的身體完全還有吸引男人的力量，重新可以作為「武器」來投入「戰場」；如果說是後者，可能只有一小部分在無意識的層面，她自愛自戀的正是法國女性主義理論家講的這種「陰性女性」，女人眼中的女人形象。所以她陰陰的一笑，對着鏡子，本能地意識到男人眼中看不到一個真實的女人。她的身體一方面是為家庭為男人訂做，所以要強調年輕，二十八歲；但另一方面，她又不只是男性自戀體系意義的工具，尤其是「孩子似的萌芽的乳」之類的欣賞與信心，說不定白流蘇對身體的自愛講究其實並不滿足於只是男人眼中的女性。我也不知道今天這些解讀，是否太着迷於女性主義理論，是一種 over reading —— 過度解讀。或者這種女人照鏡子，只是反映出幾十年來男性社會對女性形象的要求的變遷。說實在話，比比三十年代的《良友》畫報，我們會發現從六十年代的半邊天、紅臉盤到今天到處的波濤洶湧事業線、無數天然或人工網紅臉直播……審美本來也充滿了變化。從學術角度嚴肅地講，照鏡子可能體現出潛意識中的女性主義；從現實角度世俗地講，其實也就是女性重上情場前的自我實力評估。這個實力一方面講的是慾望動機，另外一方面就是身體跟性感。「性」這個因素，在《傾城之戀》後面的整個小說裏也是起了非常重要的作用。而且，任何一種理論解讀，被這女主人公「陰陰的，不懷好意的一笑」，就都顛覆了。

現在回到故事的第一回合，舊式家庭，全家都忙着給白流蘇的妹妹找男朋友。一個理想的對象來了，是歸國華僑富商范柳原，所以那天晚上的舞會，家裏很多人都去，包括流蘇的嫂嫂和她的姪女。相親的這一大段文字通通是轉述的，沒有直接的描寫，大概就是范柳原對七小姐不怎麼感興趣，可是旁邊坐的姊姊卻引起了他的注意：她穿着素淡卻有中國魅力，而且會跳舞 —— 白流蘇以前的老公喜歡跳舞，故此她也會跳。所以世界上沒有甚麼絕對的好事或壞事，流蘇嫁了一個壞老公，最後又給她帶來新的轉機。

《傾城之戀》其實有被拍成電影。許鞍華是非常好的導演，可是這部電影卻談不上是非常成功，原因是男主角——當時的周潤發太年輕了，女主角是台灣演員繆騫人。這是邵氏在1984年發行的一部電影，可在電影裏看周潤發好像比女主角還嫩一點。後來我還和許鞍華一起做過《黃金時代》講座，我說馮紹峯演蕭軍不大合適，太靚仔。她說是，原來是讓他演另外一個角色，演端木的，可是他就自己挑了要蕭軍，為了票房，就讓他演。我覺得許鞍華是人太好了。

閒話少敍，現在進入《傾城之戀》的第二個回合，就是淺水灣。白流蘇見到范柳原跳舞的時候喜歡她，她最早判斷是甚麼呢？她喜不喜歡范柳原呢？她覺得范柳原是不是真喜歡她呢？小說裏都有交代。這個交代就是有局限的第三人稱：「范柳原真心喜歡她麼？那倒也不見得。」看看，「那倒也不見得」是女主角的想法，還是敍事者的想法？或許兩者都是。所以翻譯成英文就麻煩了。中文非常巧妙，一舉兩得，讀者自然領會。「……他對她說的那些話，她一句也不相信。她看得出他是對女人說慣了謊的，她不能不當心——」[10]既然一句也不信，她為甚麼還要答應徐太太的邀請坐船去香港呢？這就是《傾城之戀》跟一般言情小說、「五四」小說的不同。言情小說中如果碰到了一個有錢男人，女的通常非常興奮非常害羞，所以坐上船就一定相信對方；「五四」小說中女的要是不相信男人，根本就不會坐船去，否則就是墮落。張愛玲小說和言情或革命小說都不一樣，白流蘇不僅懷疑男的沒誠意，而且也懷疑徐太太。她說徐太太跟范柳原做生意，做生意過程中犧牲一個不相干的孤苦的親戚來巴結他，也是可能的事。看看，白流蘇對愛情故事的最早預測，真的是「先小人」——這男的未見得會喜歡我，介紹人可能是在做生意，犧牲我這麼個窮親戚。但是，「流蘇的父親是一個有名的賭徒，為了賭而傾家蕩產，第一個領着他們往破落戶的路上走。……然而她也是喜歡賭的，她決定用她的前途來下注。如果她輸了，她聲名掃地，沒有資格做五個孩子的後母。」當時如果不跟范柳原周旋，家裏就安排給她介紹另外一個男的，這男的有五個孩子，所以說是五個孩子的後母。「如果賭贏了，她可以得到眾人虎視眈眈的目的物范柳原，出淨她胸中這一口氣。」[11] 看看，當時女主人公要拿到「長期飯票」，還不只是為了將來生活保障，更重要是眼前她家裏人對她都不好。所以她覺得我要跟男人打仗，我一定要贏這一仗來出這口氣。

張愛玲在小說中專門講過一句話：「一個女人，再好些，得不着異性的愛，也就得不着同性的尊重。女人們就是這點賤。」[12] 當然這話要是女人說就沒有問題，要是男的說就屬於政治錯誤了。記得當年我們在 UCLA 上 Seminar 的時候，好些美國的同學把張愛玲的觀點跟女性主義理論直接掛鈎，發現她幾十年前就有非常高明的女性主義理論，尤其在散文中討論「婦人性」，這一點我們以後再說。但是大家又看到張愛玲批判女人也非常苛刻，比方說七巧迫害長安，寫長安拍拖的時候兩分鐘啃一下杏仁的十分之一等等。女人很「作」，而且害女人的也是女人。在我看來，張愛玲的作品可以用女性主義的理論去讀，但她肯定不是為了女性主義的理論而寫。不僅因為她那個時代沒有那麼明確的理論，而且也因為她不是一個從理論出發而寫作的作家。當代有很多女性主義作品，比方說林白的小說《致命的飛翔》，女主角要拿着剪刀去剪男人之前，她把冰涼的剪刀貼在滾燙臉上照鏡子，覺得就像《紅色娘子軍》的吳瓊花把黨旗貼在自己的臉上……這是強調女性主義的戰鬥性，記得李昂聽我轉述這個細節時就說：spectacular！可是這些創作都太理論化了，太方便理論家詮釋。

《傾城之戀》裏白流蘇乘坐一艘荷蘭船的頭等艙到了香港。她剛到香港的那段風景描寫非常經典：「……碼頭上圍列着的巨型廣告牌，紅的、橘紅的、粉紅的，倒映在綠油油的海水裏，一條條，一抹抹刺激性的犯衝的色素，竄上落下，在水底下廝殺得異常熱鬧。流蘇想着，在這誇張的城市裏，就是栽個跟斗，只怕也比別處痛些……」[13] 後來她去到淺水灣。淺水灣現在是沒酒店了，起了很高的豪華公寓，但是還保留着酒店下面那個西餐館，那把舊的木風扇，包括洗手間的三十年代裝修等等。香港為了一個作家保留它原來的地方，這是非常難得的。蕭紅以及很多的作家住過的地方，現在完全找不到，或者是變成甚麼茶餐廳，唯獨淺水灣這個地方還保留着。

小說裏白流蘇到了淺水灣酒店，當然實際上是范柳原付的錢訂的房。流蘇假裝不知道，走廊上巧遇范柳原，說范先生你也在這裏？范柳原則直接多了，說我來這裏就是等你的。男人花了錢給女人開了房間，這本身是一個非常尷尬奇怪的戀愛開局，女的只能假裝以為是徐太太請的，男人偏偏還要告訴她。到了房間，外面是海，窗戶就是一個鏡框，大海裝飾了酒店的窗戶。房門還沒有關上，流蘇低着頭，范柳原笑道：「你知道麼？你的特長是低頭。」這裏寫「笑道」，是《金瓶梅》這些小說常用的說法，但是內容卻非常現代。「『你的特長是低頭。』流蘇抬頭笑道：『甚麼？我不懂。』柳原道：『有人善於說話，有的人善於笑，有的人善於管家，你是善於低頭的。』」[14] 這番話，是調戲，是進攻，也清清楚楚，男人一開始就是非常直接。

其實流蘇剛到淺水灣酒店的第一個晚上是非常關鍵的，決定了兩個人的關係，這場愛情的博弈，究竟是速決還是持久？說得再具體一點，想想現實生活當中，你認識一個男友，幫你買張機票，飛到夏威夷，住進豪華海邊別墅，或者假作一起出差，可是出差途中拐到了馬爾代夫。當時從上海坐船到香港，心理距離、實際時間都比今天飛馬爾代夫還要長還要遠，作為女主角心裏要怎麼想？這個房間愈豪華心情就愈緊張，她一定在盤算在計劃，當晚怎麼應對。從女人角度看，自己出來冒險，目的就是要贏得這個男人。既是為了自己將來的生活，也為了在家裏爭這口氣。怎麼叫贏？贏的標準是婚姻，是不是真愛另外再說，只要能結婚，就是贏了。中間 sex 環節等等，應該是難免的，但是甚麼方式甚麼時間，大有講究。一般說來，遲一些好，不要太快，否則一來就啪啪啪早早辦了事，男生轉頭把你給丟了，買回程票再送一筆錢，這是女人的失敗。或者一味拖延抗拒，弄到大家好感盡失、興致全無，坐在海灘上枯燥無味、度日如年，最後索然無趣，各自回家，那也是輸。所以對女主角而言，目標是明確的，手法方式過程卻是不確定而且靈活的。

我在上課的時候問過學生，大概有三分之一的同學認為，第一天晚上如果男方堅持，當晚就能成事。現在的學生美國片看多了，通常是男女一到了房間，kiss 之後，馬上寬衣解帶，不同枕也能共歡。但從男人角度看，喜歡一個女人，費盡心思託人把她從上海的講究禮教的大家庭裏請出來，或者說騙出來，「性」當然是一個目的，但范柳原又不完全是尋歡獵豔。流蘇已經不是二八年華，而且結過婚。照鏡子的時候讀者也看到，臉長的嫩，身材卻是很瘦小，並不是花花公子的一般標準，要是只為了上牀，范柳原也太費周折了吧——找媒人，買船票，訂酒店，前後折騰很久。老牌 playboy 大可直接去長三堂子或者跳舞廳找一些更實際的女人。客觀上，范柳原也想贏，不過他贏的標誌是甚麼呢？第一，他那時候應該沒有想過一定要結婚；第二，他也不完全是要女人的身體。那既不是要結婚，也不是要身體，那男人到底要甚麼？可能一開始他自己都不清楚，也許是要贏得對方的感情吧。但贏得感情以後呢？所以男人有時候是比較糊塗的。女人目標明確、手段靈活，男人是過程第一、目的模糊。

如果以上的分析成立，那麼女的第一晚其實是心裏緊張計劃如何應對這第一晚的問題；而男的卻是想試圖、試探看對方是否有心，有沒有感情，至於是否速戰速決，反而並不是那麼重要的事情。於是當晚他們在酒店的舞廳碰頭，一面跳舞，一面說話，出現了一段非常經典和精彩的調情對白。

---

1 「一個『破落戶』家的離婚女兒，被窮酸兄嫂的冷潮熱諷攆出母家，跟一個飽經世故，狡猾精刮的老留學生談戀愛。正要陷在泥淖裏時，一件突然震動世界的變故把她救了出來，得到一個平凡的歸宿。── 整篇故事可以用這一兩行包括。因為是傳奇（正如作者所說），沒有悲劇的嚴肅、崇高，和宿命性；光暗的對照也不強烈。因為是傳奇，情慾沒有驚心動魄的表現。幾乎佔到二分之一篇幅的調情，盡是些玩世不恭的享樂主義者的精神遊戲；儘管那麼機巧，文雅，風趣，終究是精練到近乎病態的社會的產物。……美麗的對話，真真假假的捉迷藏，都在心的浮面飄滑；吸引，挑逗，無傷大體的攻守戰，遮飾着虛偽。男人是一片空虛的心，不想真正找着落的心……總之，《傾城之戀》的華彩勝過了骨幹；兩個主角的缺陷，也就是作品本身的缺陷。」（迅雨：《論張愛玲的小說》，《萬象》第三卷第十一期，1944 年 5 月。）

2 「《傾城之戀》裏的白流蘇，在我原來的想像中決不止三十歲，因為恐怕這一點不能為讀者大眾所接受，所以把她改成二十八歲」，張愛玲：《我看蘇青》，選自《天地》第 19 期，1945 年 4 月。引自《餘韻》，台北：皇冠出版社，1987 年，頁 95–96。

3 李歐梵：《范柳原懺情錄》，台北：麥田出版，1998 年。

4 《傾城之戀》，原載《雜誌》第 11 卷第 6–7 期，1943 年 9–10 月；收入《傳奇》（增訂本），上海：山河圖書公司，1946 年，頁 156。

5 《傾城之戀》，選自《傳奇》（增訂本），上海：山河圖書公司，1946 年，頁 156。

6 《傾城之戀》，選自《傳奇》（增訂本），上海：山河圖書公司，1946 年，158 頁。

7 法國女性主義哲學家露絲・伊利格瑞（Luce Irigaray, 1930– ），著有《他者女性的反射鏡（*Speculum of the Other Woman*, 1974）、《此性非一》（*This Sex Which Is Not One*, 1977）、《性別差異的道德學》（*An Ethics of Sexual Difference*, 1984）、《思考差異：為了一場和平的革命》（*Thinking the Difference: For a Peaceful Revolution*, 1989）、《二人行》（*To Be Two*, 1994）等。

8 「The rejection, the exclusion of a female imaginary certainly puts woman in the position of experiencing herself only fragmentarily, in the little-structured margins of a dominant ideology, as waste, or excess, what is left of a mirror invested by the (masculine) 『subject』 to reflect himself, to copy himself.」Luce Irigaray, *This Sex Which Is Not One*, Ithaca, N.Y.: Cornell University Press, 1985, p.30. 露絲・伊利格瑞 (Luce Irigaray)《此性非一》原名為 *Ce sexe qui n'en est pas un* 載於 Cahiers du Grif，第 5 期。

9 羅斯瑪麗・派特南・童 (Rosemarie Putnam Tong)：《女性主義思潮導論》，艾曉明等譯，武漢：華中師範大學出版社，2002 年，頁 299。

10 《傾城之戀》，選自《傳奇》(增訂本)，上海：山河圖書公司，1946 年，頁 162–163。

11 《傾城之戀》，選自《傳奇》(增訂本)，上海：山河圖書公司，1946 年，頁 164。

12 這不僅是小說人物白流蘇的觀點，張愛玲在散文裏自己也感慨：「女人……女人一輩子講的是男人，念的是男人，怨的是男人，永遠永遠。」張愛玲：《有女同車》，原發表於 1944 年 4 月《雜誌》月刊第 13 卷第 1 期，收入《流言》。引自《流言》，台北：皇冠出版社，1982 年，頁 139。

13 《傾城之戀》，選自《傳奇》(增訂本)，上海：山河圖書公司，1946 年，頁 165。

14 《傾城之戀》，選自《傳奇》(增訂本)，上海：山河圖書公司，1946 年，頁 166。

第六章

《傾城之戀》與「五四」愛情小說模式

> 「流蘇笑道：『怎麼不說話呀？』柳原笑道：『可以當着人說的話，我完全說完了。』流蘇噗嗤一笑道：『鬼鬼祟祟的有甚麼背人的話？』柳原道：『有些傻話，不但是要背着人說，還得背着自己。讓自己聽了也怪難為情的。譬如說，我愛你，我一輩子都愛你。』流蘇別過頭去，輕輕啐了一聲道：『偏有這些廢話！』柳原道：『不說話又怪我不說話了，說話，又嫌嘮叨！』流蘇笑道：『我問你，你為甚麼不願意我上跳舞場去？』柳原道：『一般的男人，喜歡把女人教壞了，又喜歡去感化壞女人，使她變為好女人。我可不像那麼沒事找事做。我認為好女人還是老實些的。』流蘇瞟了他一眼道：『你以為你跟別人不同麼？我看你也是一樣的自私。』柳原笑道：『怎樣自私？』流蘇心裏想着：『你最高明的理想是一個冰清玉潔而又富於挑逗性的女人。冰清玉潔，是對於他人。挑逗，是對於你自己。如果我是一個徹底的好女人，你根本就不會注意到我！』她向他偏着頭笑道：『你要我在旁人面前做一個好女人，在你面前做一個壞女人。』』[1]。

這些話現在都可以在網上的「張愛玲經典語錄」裏頭找到，很多人拿來背來背去，但是這種背是沒有用的，你在實戰當中脫離了語境，那講出來可能壞事。「柳原想了一想道：『不懂。』流蘇又解釋道：『你要我對別人壞，獨獨對你好。』」女主角這句話其實很挑逗，形勢就是她背水一戰，房間開好了。如果當晚范柳原直接求吻，或者進一步進攻的話，會發生甚麼樣的事情呢？古代小說寫的正途當然是明媒正娶，不需要這些情話，或者結了婚以後慢慢戀愛。對於這種情話交鋒、風流程式，常常是帶一些貶抑的描寫，正所謂「潘驢鄧小閒」。「五四」以後的小說裏，男追女也要有一点点錢，更要有文化，至少有點才子模樣。小說中少有農人工人商人軍人做愛情小說男主角，當然這也是文人自戀。今天男追女，更被粗暴簡化為三招，第一用錢砸，有車有房硬條件，第二「曬身體」，秀肌肉顏值，第三是有才，文化洗腦。就是第三個文化洗腦這一招，使得范柳原跟張愛玲其他小說中的喬琪喬、姜季澤等劃出了界線。當然郁達夫的男主角、曹禺筆下的方達生、魯迅寫的涓生，巴金描述的覺慧覺新，這些人在婚戀方面碰到不幸或性苦悶時讀者會更加同情。為甚麼范柳原的「情慾苦悶」（如果確有）較難獲得大家的同情？原因就是他有錢。一般來說，袋中無錢，心頭多恨，這是早期沈從文欣賞郁達夫筆下人物的理由。只要你窮，你的鬱悶就特別值得同情，特別是你的性苦悶。可要是有錢男人，再有性苦悶，就是活該，就是放蕩。所以也正是因為這個原因，范柳原他就是要用金錢以外的東西追求女人，怎麼辦呢？

范柳原和白流蘇見面的時候，經濟上佔盡優勢，外表也都行，沒有甚麼問題，可是他卻覺得他開了酒店房間，這樣來帶她跳舞，然後這個女生就算對他好，還是「勝之不武」，贏得不夠光榮！所以他一定要秀秀他的第三個文化條件。在小說裏，范柳原把白流蘇從舞廳裏帶了出來，先是路上遇到了一個黑皮膚、穿着性感晚裝的印度公主，這個人物的功能是背景鋪墊，或者是說營造一種競爭的氣氛。然後兩個人又走到淺水灣的一處叢林小路。淺水灣海灘晚上的空氣環境應該是很浪漫的，常見的劇本裏，男女走在這些小路上，開始就應該有拖拖手或 kiss，或者再進一步講些情話。沒想到范柳原這時突然又把白流蘇帶去一堵荒涼的斷牆處，非常有意思，小說裏這樣寫：

> 「從淺水灣飯店過去一截子路，空中飛跨着一座橋梁，橋那邊是山，橋這邊是一垛灰磚砌成的牆壁，攔住了這邊的山。柳原靠在牆上，流蘇也就靠在牆上，一眼看上去，那堵牆極高極高，望不到邊。牆是冷而粗糙，死的顏色。她的臉，托在牆上，反襯着，也變了樣——紅嘴唇、水眼睛、有血、有肉、有思想的一張臉。[2]

這裏又有一個很有意思的敍述角度的混淆，關鍵是「一眼看上去」，誰在看？第一個可能，范柳原在看，他看到牆的冷而粗糙，死的顏色，象徵地老天荒人類災難，這時他才更覺得眼前這個女子，年輕的生命，有血有肉有思想（一廂情願的想像）；第二個可能，白流蘇在看，沒來過這地方，這麼可怕，沒見過這樣談戀愛的，精神戀愛？聽不懂，不過大概靠在原始粗獷的背景上，有靈性的女子還是會自覺到背景會反襯她的漂亮，紅嘴唇，水眼睛……第三個可能，讓讀者看，牆極高，望不到邊，又一個蒼涼的意象，很快就會有傾城之禍來臨，可這對男女，還在這裏欣賞紅嘴唇，水眼睛，或欣賞有欣賞能力的自己，欣賞有血有肉的思想……也可能作家在看，世界再荒誕，斷牆再蒼涼，還是要看見眼前的臉，嘴唇，水眼睛，血，肉，思想……

這些不同的閱讀效果，就因為作家在「一眼看上去」時有意「忘了」告訴我們誰在看。這是人物 / 敍事者觀察角度混淆所達到的（恐怕作家也未必充分預期的）的複雜效果。

「柳原看着她道：『這堵牆，不知為甚麼使我想起地老天荒那一類的話。……有一天，我們的文明整個的毀掉了，甚麼都完了——燒完了、炸完了、坍完了，也許還剩下這堵牆。流蘇，如果我們那時候在這牆根底下遇見了……流蘇，也許你會對我有一點真心，也許我會對你有一點真心。』」[3]。

范柳原當時其實心裏也很明白，他對這個女的談不上真心，而這女的對他也談不上真心，這是第一。第二，他故意用斷牆這個背景，跟剛才舞廳裏燈紅酒綠的、很世俗的愛情遊戲場面做對比。說得刻薄一點，就是模仿「五四」文藝腔，模仿文化洗腦；說好聽一點，男的也想自己有一個追求。男的其實不太知道自己到底要甚麼，但是他要做出一個追求的姿態。在這誦詩經、靠斷牆，地老天荒模擬的書生腔當中，你說范柳原搞得清楚自己真實的目的嗎？是尋歡獵豔？回歸傳統？還是真的在追求某種真情？所以他一會兒深沉、一會兒放蕩。小說裏邊說：「我自己也不懂得我自己——可是我要你懂得我！我要你懂得我！」[4]這句話說了兩遍，也可能是一種以守為攻的調情策略，也可能是無意當中的真情表白。

但此刻女主人公好像是比男人清醒一些，她穿好了感情的防護裝今夜準備上陣甚至做出犧牲，「流蘇願意試試看。在某種範圍內，她甚麼都願意。」[5]這句話在課堂上同學們有爭論，甚麼叫某種範圍？在甚麼情況下她願意呢？淺水灣酒店的房間是在這個範圍之內嗎？小說裏說「她側過臉去向着他，小聲答應着：『我懂得，我懂得。』」這兩句話在我看來，男人是自我迷亂，女主角是自我陶醉。流蘇一邊安慰男人，一邊「……不由得想到了她自己的月光中的臉，那嬌脆的輪廓，眉與眼，美得不近情理，美得渺茫，她緩緩垂下頭去。」這就是說女的在回答男的說我懂你的時候，她腦子裏其實是在想自己的美麗的樣子。也就在這個瞬間，或許她低頭扮清純的樣子太明顯了，女的太入戲，男的反而出戲，他換了一個腔調說：「是的，別忘了，你的特長是低頭。可是也有人說，只有十來歲的女孩子們適宜於低頭。適宜於低頭的，往往一來就喜歡低頭。低了多年的頭，頸子上也許要起皺紋的。」[6] 完了，就這一段話把他們第一天在淺水灣建立的所有友好的、曖昧的氣氛全打掉了，因為這個男的看得出女孩子至少到那個時候為止，完全是自己欣賞自己，按今天的說法說，就是有點裝。這個玩笑就成了一個轉折點，白流蘇不高興了，翻臉了，顯然一見鍾情不能速戰速決，接下來就是持久戰了。

第三個回合，雙方就是探索、了解敵情，搞清楚你到底要甚麼、半夜打電話……讀者還是看不到范柳原的心理活動，但可以聽到白流蘇的獨白。她經過第一天這輪緊張戰鬥之後，回到房間自己尋思：「……原來范柳原是講究精神戀愛的。她倒也贊成……」請看這個語氣，「原來」甚麼意思？說明她事前是準備肉搏的？現在才鬆了一口氣，發現這個男人是講究精神戀愛的。「她倒也贊成，因為精神戀愛的結果永遠是結婚，而肉體之愛往往就停頓在某一階段，很少結婚的希望，精神戀愛只有一個毛病：在戀愛過程中，女人往往聽不懂男人的話。然而那倒也沒有多大關係。後來總還是結婚、找房子、置家具、僱傭人 —— 那些事上，女人可比男人在行得多。她這麼一想，今天這點小誤會，也就不放在心上。」[7]

這段第三人稱的女人獨白，放在「五四」文學史上，卻是非常重要的。因為從「五四」到四十年代大量的愛情小說，很少有哪個女主人公會告訴我們她這樣的想法。熟悉現代文學的人都知道，「五四」的男女愛情小說，比方說最典型的魯迅的《傷逝》，男女主人公怎麼談戀愛？子君跟涓生見面，子君幾乎是不說話的，涓生就一路跟她講歐洲文學，雪萊、拜倫、濟慈……子君就睜大美麗稚氣的眼睛不斷點頭。講了半年的課，女的就回答了一句：「我是我自己的，他們誰也沒有干涉我的權利！」[8] 這樣男主角思想啟蒙（文化洗腦）目的就達到了，涓生感到非常震動，覺得中國的女人是有救的。這種愛情畫面對不止一代中國人而言，都印象深刻，因為有一個歷史時期，別的愛情小說是看不到的。因此形成了一種戀愛模式——談文化光榮，身體相貌不太重要（涓生長甚麼樣子讀者根本不知道）。小說大都是男作家寫的。小說都不寫男主人公的形象，但其實滲透男性目光（不看自己，詳細寫女人）。魯迅這一代人的小說給後人的影響就是男女談戀愛，秀身體講顏值難為情，講金錢論權勢更是低俗的，所以要講文化，講革命，後來的人講講《鋼鐵是怎樣煉成的》《歐陽海之歌》等等也好。

范柳原是不一樣的男人，明明是歸國華僑很有錢，可在淺水灣也還要拉着一個女的到樹林裏邊去講詩經，地老天荒，把從上海忠孝仁義舊宅請假出來冒險浪漫的流蘇搞得一頭霧水。愛情小說男女在一起非得講文化嗎？也有不是的，比方郁達夫的《春風沉醉的晚上》，男的是知識分子，女的是一個女工。兩個人開始不說話，後來女的看見這個男人天天在看書，就放下警惕心了，然後又去給他買吃的東西，一吃東西關係就好了。中間還有一個突破點，女工懷疑男的半夜出去、又收到錢，是不是做甚麼壞事？男的說我是做翻譯拿了稿費，這個稿費是五塊錢。女的就說這個是甚麼東西？一下子能夠賣五塊錢，那你每天做一個就好了。顯然知識分子談戀愛，錢有時候也是很重要的。還有一個例子就是茅盾的短篇小說《創造》[9]，男主人公君實，有錢有文化找不到女朋友。他說我就找一塊璞玉，年輕，單純，我來培養她、教育她，創造一個理想的愛人。他真的娶了那個女人，給她開了很多書單、照顧她生活，結果還成功了。女主角開始時連拖手都不敢，後來在街上也要 kiss 了；開始時甚麼事都不關心，後來要參加婦女運動，到後來女的就把男的給拋棄了。

所有這些「五四」愛情小說，魯迅、郁達夫、茅盾，男女戀愛都有個基本模式，男主角好像是老師，女的好像是學生。象徵意義上，男的好像是知識分子，女人是大眾，戀愛的過程像是一個啟蒙的過程，背後是「五四」文學感時憂國的大主題。而這種愛情—教育—啟蒙的故事模式就有幾種可能的方案：一是男人教了女的，最後救不了她，反而害了她，這就是《傷逝》。二是同是天涯淪落人，救不了人也不能再害人，所以想擁抱男人也克制自己，就像郁達夫的《春風沉醉的晚上》。茅盾《創造》則是被教育的人，被啟蒙的人，最後反而把老師超越甚至打倒。要是聯繫到茅盾自身在北伐中的經歷，就不難懂得茅盾一方面讚揚小說的女主人公走向革命，同時他也同情被時代拋棄的男主人公君實。因為茅盾自己當年最早參加共產黨的創建，可是在 1927 年脫黨，被很多新進的、年輕的革命黨人說他是落後、落伍。這就叫「矛盾」，是茅盾這個名字的由來。

所以簡而言之，「五四」的愛情小說灌入太多的啟蒙內容，都是一種教人救人的模式。在此模式當中，男主人公或者說作家，常常看不到女主人公心裏到底在想甚麼。他們只覺得女主角睜大了美麗的眼睛在接受文化啟蒙。沒想到這些女主人公也有曲折壓抑的性慾，或者她們會考慮更多世俗的實際問題。女作家丁玲在《莎菲女士的日記》就寫到女人的情慾，看到一個男的靚仔，覺得他嘴脣很可愛，女主角覺得自己有把嘴脣放上去的必要……[10] 這是一百年前的女性主義的呼聲。但是還有一些女生，像張愛玲寫的白流蘇：你跟我講詩經、你跟我講地老天荒、你喜歡精神戀愛……好吧，精神戀愛吧，我聽不懂，不過沒關係，將來找房子、找女工、建立家庭，還是我說了算。我們想想，到底是哪一種女人的心理更加真实更加普遍更加「現實主義」呢？

女主人公說精神戀愛聽不大懂，將來家務、找傭人這些事情都是我說了算。這一段話放在整個現代文學史上看，是女主人公覺悟的一個降低，卻也是女性主義創作的一個飛躍。因為之前的男作家寫的愛情小說，女主人公是不想這些問題的，柴米油鹽太低俗了。涓生只看到這個女生在聽他講歐洲文學，他不知道子君也許早就在想柴米油鹽，怎麼租房子、養雞養狗的問題。魯迅看不見，涓生看不見，張愛玲看見了，所以像這樣一個表達，把女性對生活的看法跟男性的愛情啟蒙模式來做一個對照、形成一個反諷，這是《傾城之戀》的文學史意義[11]。

回到《傾城之戀》，接下來是男女主角的新一輪較量，就是第四個回合。第一個回合是跳舞，第二個回合是淺水灣的第一夜，第三個回合是接下來的計算。第四個回合，范柳原慢慢打持久戰，他也不急，請你吃飯、請你跳舞，每天聊天，還跟白流蘇說，你還是沒放下包袱，當代文化對你侵害太多，你還是去馬來西亞叢林，原始大自然對你更好……有些是他的「忽悠」，有些是他的幻想，因為他內心慾望是找一個既新奇又傳統的女人，他自己可以騙自己說這是文化尋根。他搞了一段三角關係冷落流蘇，印度公主整天在那裏爭風吃醋，然後半夜又電話奇襲，打一下馬上掛掉，搞心理戰。流蘇已經知道這個男人是要她的，可是不願意娶她。男的說我愛你，女的說你乾脆說不結婚不就完了。男的說說得也對，我不至於糊塗到找一個不喜歡的人來管我，你根本不喜歡我，我為甚麼要娶你呢？你難道把婚姻當作「長期賣淫」嗎？[12] 這樣的話當然會刺激女人的自尊，何況女人正住着男人開的酒店。本來經濟上的不平等是男女愛情（及一切不平等）的基礎，所以張愛玲後來在散文《談女人》裏說過一段話，大致意思是在社會學的意義上，說「婚姻是長期賣淫」並不完全是貶意的。但是白流蘇不是張愛玲，她沒有那麼清晰的女性社會地位歷史處境的思考，所以她本能的自尊就把電話給掛掉，回上海了，這就進入了第五個回合。

可是流蘇是無家可歸的，回到上海所有家裏的人都覺得她已經跟男人走了，人家還不要你，這是最慘最慘的情況。這麼遠跑出去開旅館房間，那是甚麼時代？哪像現在相親節目「非誠勿擾」，不認識的異性留個燈，馬上開始「愛琴海之旅」，旅完後据說戀愛成功的比率百分之一都不到，跟工廠的報廢率一樣。可是那個時候，白流蘇，一個二十八歲的女人，死了老公正準備重新建立生活，到了香港甚麼也沒有得到。她回上海一個秋天，好像老了兩年，所以當范柳原打電報說你再來吧，她馬上就去了，不再掙扎。去了之後當天晚上就 kiss 並做愛，「柳原已經光着腳走到她後面，一隻手擱在她頭上，把她的臉倒扳了過來，吻她的嘴。髮網滑下地去了。這是他第一次吻她，然而他們兩人都疑惑不是第一次，因為在幻想中已經發生過無數次了。從前他們有過許多機會 —— 適當的環境，適當的情調；他也想到過，她也顧慮到那可能性。然而兩方面都是精刮的人，算盤打得太仔細了，始終不肯冒失。現在這忽然成了真的，兩人都糊塗了。流蘇覺得她的溜溜走了個圈子，倒在鏡子上，背心緊緊抵着冰冷的鏡子。他的嘴始終沒有離開過她的嘴。他還把她往鏡子上推，他們似乎是跌到鏡子裏面，另一個昏昏的世界裏去了，涼的涼，燙的燙，野火花直燒上身來。」[13] 細心的讀者一定注意到了，又是鏡子。當初在上海的閣樓上陰陰一笑，對着鏡子看到自己的身體，白流蘇重新出征。現在范柳原第一次 kiss、第一次做愛，居然也是倒在鏡子上，甚至跌到鏡子裏面去。為甚麼要用鏡子這個道具？是反射自己，同時也是製造她一貫的主題：在這種時候甚麼是真、甚麼是假？真假的、現實的跟幻想的界線被模糊掉了。

睡覺以後，是第六個回合。范柳原馬上就要出洋渡海做生意，他給流蘇租了一個房子，上船走了。房子很大，還找了工人，「飯票」是找到了，長期不長期不知道，可是心裏空空落落的，為甚麼？因為這個男的抓不住，人不見了。接下來真的就「感謝」世界大戰，因為香港打仗，男人走不了，而且非常害怕，然後兩個人一瞬間、一剎那覺得對方的重要，所以他們願意結婚了。這個美好的結尾，是有很大的時代的代價的 —— 香港淪陷的代價：「……在這動盪的世界裏，錢財、地產、天長地久的一切，全不可靠了。靠得住的只有她腔子裏的這口氣，還有睡在她身邊的這個人。她突然爬到柳原身邊，隔着他的棉被，擁抱着他。他從被窩裏伸出手來握住她的手。他們把彼此看得透明透亮。僅僅是一剎那的徹底的諒解，然而這一剎那夠他們在一起和諧地活個十年八年。」[14]

這裏有兩個關鍵詞非常重要，一個就是「把彼此看得透明透亮」。

在《封鎖》裏張愛玲曾經這樣說過，在戀愛當中，女人本能地會感到要是這個男的徹底了解她了，這個男的就不會愛她了。可是在這部作品裏，她提出了一個概念就是彼此看得透明透亮。其實小說裏男女在一起就是兩個要素，一個就是彼此喜歡，你愛這個人、喜歡這個人，想跟他在一起。另外一個就是死心塌地。整部《傾城之戀》，就是雙方都在試驗、探測，看對方是不是死心塌地，女人是要男的死心塌地，男的是到最後才發現女人對他死心塌地，所以死心塌地變成了彼此看得透明透亮，變成了愛情的一個要素。這是非常世俗的一個觀點，但也是非常特別的一個觀點。第二個關鍵字就是「一剎那」。一剎那不是永久，但是人生有沒有這麼一剎非常重要。有這麼一剎那，即使將來碰到很多問題，人還會回想說，至少在那個時候是透明透亮，是死心塌地的。要是連這麼一個瞬間都沒有的話，那麼一旦碰到甚麼事情，真的是經不起考驗。所以一剎那跟透明透亮，在這裏我覺得是張愛玲非常罕見地對愛情的 definition 。

另外還有一段話很經典：「……柳原又道：『鬼使神差地，我們倒真的戀愛起來了！』流蘇道：『你早就說過你愛我。』柳原笑道：『那不算。我們那時候太忙着談戀愛了，哪裏還有工夫戀愛？』」[15] 讀者看到這裏不免會心一笑，心頭一緊，想想我們自己，我們究竟是忙着「談」戀愛呢，還是真的在戀愛呢？但張愛玲又很清醒，她也就說是十年八年，她也沒有說地老天荒，沒有天長地久、永恆，這部小說是她的唯一一個愛情的 happy ending ，這就使得這部作品持久受到廣大讀者的歡迎，尤其是女讀者的歡迎，大家都喜歡做白日夢。

之前說過「五四」的愛情小說在男作家的筆下，總是一個知識分子啟蒙拯救大眾的隱喻結構，葉聖陶的《倪煥之》、柔石的小說《早春二月》……可以看到一大堆的案例，男主人公總是多愁善感的知識分子，女的總是需要救援的弱勢羣體，可能是文藝青年，也可能是舊家庭跑出來的女子，她們的共同點一定是玉潔冰清。玉潔使得她美麗，值得被拯救；冰清使得她善良，可以被拯救。這個男作家的愛情故事模式碰到丁玲，碰到張愛玲，被顛覆了。張愛玲這個故事本身很俗氣，可是它顛覆了「五四」的愛情神話，這是它的第一層意義。

第二層意義，經典的愛情故事大都是男女一見鍾情，社會家庭反對，如《羅密歐與茱麗葉》《梁山伯與祝英台》等等。一個愛情故事的矛盾張力，男女是一方、社會是一方。而在《傾城之戀》中，當然也有社會壓力，可是這個壓力並沒有反對他們結合，男女在一起也不用對抗社會，於是愛情故事的矛盾張力主要就在男女兩性之間。男女各自的慾望需求不同，但都有合理性。女人不是那麼有詩意，就是要找「飯票」，今天好聽的說法就是要找安全感，找生活中的強者。男的要求更沒甚麼高尚，說到底首先關注的是身體情慾。食色性也，男女其實有別 —— 這是朋友間開玩笑的說法，政治不正確 —— 女人比較看重「食」，男的比較優先「色」。當然現在也有很多女生說我們要「小鮮肉」，男生也說不介意找小富婆。《色，戒》裏還有一種說法：「到男人心裏去的路通到胃，到女人心裏的路通過陰道」等等[16]。但一般說來，很多人還是認為男女之間，女人比較偏重社會性，男的比較偏重生物性。從一些社會表面現象上看，好像不無道理。但必須辨析，女人重視婚姻愛情關係當中的「飯票」，雖有雌性動物為繁殖保護下一代、尋找安全依靠的本能，但更多的還是因為人類社會兩性在社會經濟活動中地位的不平等。男人是否必定比女人「好色」這個問題更加複雜。讀張愛玲的《第一爐香》或《金鎖記》，可以看得很清楚，sex 在女性的生活或者生命裏，同樣具有極其重要甚至更加致命的影響。兩性之間的隔閡成見偏見，導致男女戰爭曠日持久，將來還會不斷地演化。正是在這個意義上，張愛玲在《傾城之戀》裏處理了一個非常世俗的題材，可是她的處理方法非常別緻有意義。《傾城之戀》就是從男女不同的需要出發，最後找到了共同點。女的雖為改造「長期飯票」，卻也找到了真情；男的從情色遊戲出發，最後找到了自己的家庭。這太理想化了。

因為這麼理想化，前些年香港演了一齣叫《新傾城之戀》的話劇，導演是毛俊輝。話劇演出以後，就邀請了李歐梵、劉紹銘跟我一起參加了一個公開的討論會。有趣的是，討論會上我發現聽眾是以中年知識女性為主，大部分是中學教師。她們提了很多問題，但是其中我印象最深、最難回答的一個問題，是好幾位女士都提問說：我們都理解白流蘇為甚麼要愛上、為甚麼要嫁給范柳原，可是我們不大明白這個有錢的歸國華僑范柳原，他為甚麼要愛上上海寡婦白流蘇，你們台上幾個傑出的男人（她們開我們玩笑）怎麼看范柳原，這個男人為甚麼會愛上這個女人？

劉紹銘教授跟張愛玲相識多年，有很多通信，他當場表示大概白流蘇真的很漂亮。我忘了李歐梵教授具體怎麼回答，大概是強調范柳原不僅是花花公子，也有文化情懷，再加上戰爭的因素。我在會上儘量說真話，大致說了兩個理由：一個就是在曲折漫長的情感較量當中，其實他們各自的力量是不平等的，男的一直佔盡優勢。他有錢，可以把女的請出家庭，她一出來就已經損失了名聲。他有文化可以洞察女人的虛榮心跟世俗的動機，所以她回上海他也不擔心，直到做愛、同居……可以說他一步一步地把對手打敗了。眼看他所喜歡的女人一步一步被他打敗，一無所有了，他的征服欲也被徹底滿足，這個時候他就沒有戒心了，就「通體通透」，也就「死心塌地」了。於是在這個時候，卻突然被女人逆轉，就好像一場球賽，全場佔盡優勢，最後卻丟球。當然，對於一個有心理優勢的男人來說，輸給一個自己喜歡的女人，失敗也是光榮。記得聞一多有首詩叫做《國手》:「愛人啊！你是個國手：我們來下一盤棋；我的目的不要贏你，但只求輸給你——將我的靈和肉，輸得乾乾淨淨！」

如果達不到這個境界，小說中「先小人後君子」的七個回合依然好玩。前面說過，男人是方向不明，重在過程；女人是目標清楚，手法靈活。男方雖然客觀條件佔優勢，女人卻意志堅定以柔克剛。這是一個社會學意義上的，以弱勝強的教科書式範例，難怪大家這麼喜歡。

1 《傾城之戀》，選自《傳奇》(增訂本)，上海：山河圖書公司，1946 年，頁 167-168。

2 《傾城之戀》，選自《傳奇》(增訂本)，上海：山河圖書公司，1946 年，頁 170。

3 《傾城之戀》，選自《傳奇》(增訂本)，上海：山河圖書公司，1946 年，頁 170。對這篇小說有苛刻批評的傅雷，卻也特別注意並引用了「斷牆」這一段：「麻痹的神經偶爾抖動一下，居然探頭瞥見了一角未來的歷史。病態的人有他特別敏銳的感覺：……從淺水灣飯店過去一截子路，空中飛跨着一座橋梁，橋那邊是山，橋這邊是一塊灰磚砌成的牆壁，攔住了這邊的……柳原看着她道：『這堵牆，不知為甚麼使我想起地老天荒那一類的話……有一天，我們的文明整個地毀掉了，甚麼都完了 —— 燒完了，炸完了，坍完了，也許還剩下這堵牆。流蘇，如果我們那時候再在這牆根底下遇見了……流蘇，也許我會對你有一點真心。』好一個天際遼闊胸襟浩蕩的境界！在這中篇裏，無異平凡的田野中忽然現出一片無垠的流沙。但也像流沙一樣，不過動盪着顯現了一剎那。」(迅雨：《論張愛玲的小說》，《萬象》第三卷第十一期，1944 年 5 月。)

4 《傾城之戀》，選自《傳奇》(增訂本)，上海：山河圖書公司，1946 年，頁 171。

5 《傾城之戀》，選自《傳奇》(增訂本)，上海：山河圖書公司，1946 年，頁 171。

6 《傾城之戀》，選自《傳奇》(增訂本)，上海：山河圖書公司，1946 年，頁 171。

7 《傾城之戀》，選自《傳奇》(增訂本)，上海：山河圖書公司，1946 年，172 頁。

8 魯迅：《傷逝》，收入《彷徨》，《魯迅全集》，北京：人民文學出版社，1981 年，頁 110-130。

9 茅盾：《創造》，收錄於《野薔薇》，上海：大江書舖初版，1929 年。

10 「我 (莎菲) 看見那兩個鮮紅的，嫩膩的，深深凹進的嘴角了。我能告訴人嗎，我是用一種小兒要糖果的心情在望着那惹人的兩個小東西。」丁玲：《莎菲女士日記》，《丁玲文集》，長沙：湖南人民出版社，1982 年，頁 52。

11 不過這種以平凡來反諷啟蒙主流的寫法，對於喜歡驚天動地生死浪漫的「五四」文人來說，還是不以為然，所以傅雷看到小說結局批評說：「『他不過是一個自私的男子，她不過是一個自私的女人。』但他們連自私也沒有跡象可尋。『在這兵荒馬亂的時代，個人主義者是無處容身的。可是總有地方容得下一對平凡的夫妻。』世界上有的是平凡，我不抱怨作者多寫了一對平凡的人。但戰爭使范柳原恢復一些人性，使把婚姻當職業看的流蘇有一些轉變 (光是覺得靠得住的只有腔子裏和身邊的這個人，是不夠說明她的轉變的)，也不能算是怎樣的不平凡。平凡並非沒有深度的意思。並且人物的平凡，只應該使作品不平凡。」(迅雨：《論張愛玲的小說》，《萬象》第三卷第十一期，1944 年 5 月。) 但同時期和張愛玲來往的胡蘭成卻提出了不同的看法，他從張愛玲喜歡塞尚的畫，講到「愛玲自己便是愛描寫民國世界小奸小壞的市民，他的《傾城之戀》裏的男女，漂亮機警，慣會風裏言，風裏雨，做張做致，再帶幾分玩世不恭，益發幻美輕巧了，背後可是有着對人生的堅執，也竟如火如荼，惟像白日裏的火山，不見焰，只見是灰白的煙霧。他們想要奇特，結局只平淡的成了家室，但是也有這對於人生的真實的如泣如訴。(胡蘭成：《今生今世》，中國社會科學出版社，2003 年，頁 159。)

12 《傾城之戀》，選自《傳奇》(增訂本)，上海：山河圖書公司，1946 年，頁 177。

13 《傾城之戀》，選自《傳奇》(增訂本)，上海：山河圖書公司，1946 年，頁 181。

14 《傾城之戀》，選自《傳奇》(增訂本)，上海：山河圖書公司，1946 年，頁 188。

15 《傾城之戀》，選自《傳奇》（增訂本），上海：山河圖書公司，1946 年，頁 188。

16 「有這句諺語『到男人心裏去的路通過胃。』……於是就有人說『到女人心裏的路通過陰道』」，引自張愛玲：《色，戒》，選自《惘然記》，香港：皇冠出版社，1991 年，頁 36。張愛玲只是在小說裏引用別人的話，並不一定表示同意。

第七章

讀《封鎖》

到 1943 年底，張愛玲已經寫完和發表了《第一爐香》《傾城之戀》《金鎖記》—— 這些基本上是她一生最重要的作品，現在看來是中國現代文學中的一流作品。張愛玲已經把愛情、生活和人性寫得那麼透徹複雜，既浪漫又頹廢，但作家自己，卻還只是一個二十三歲的姑娘，一個和姑媽一起居住的女孩子，還沒有結婚，甚至，好像還沒有談過戀愛[1]。

在這之前，張愛玲的經歷也很簡單，十六歲以前住在父親的舊式大宅裏[2]，後來隨母親生活，讀中學，考取了倫敦大學獎學金，因為二戰沒有能夠去成，只能在香港大學讀書。太平洋戰爭爆發，香港也被日軍佔領，張愛玲回到上海，想去聖約翰大學（St. John's University，現在叫華東政法大學）繼續讀書，但不夠學費，所以只能開始靠寫作謀生，先是英文的散文，然後是中文的小說。

1943 年是她一生最重要的一個年份，尤其是下半年。五月在《紫羅蘭》雜誌發表《第一爐香》，七月在《雜誌》發表短篇《茉莉香片》，八月在《萬象》月刊第二、第三期發表短篇《心經》，九到十月在《雜誌》第十一卷六到七期發表成名作《傾城之戀》；同年十一月，有《金鎖記》和短篇《琉璃瓦》，《琉璃瓦》刊於《萬象》；《金鎖記》發表在《雜誌》第十二卷第二期。短篇小說《封鎖》，則發表於一個叫《天地》的月刊，時間是 1943 年十一月。評論家古蒼梧、余斌等人，都細細分析過這些文藝期刊的複雜背景[3]，說張愛玲一起步就雅俗通吃、左右逢源。甚麼意思？我們來看《紫羅蘭》。《紫羅蘭》的主編是著名的「鴛鴦蝴蝶派」文人周瘦鵑，「五四」初期，他就是「禮拜六派」的中堅，四十年代中期在上海被日本佔領的時期打算重新復刊，張愛玲是託人介紹，上門自薦的。當然，一、二爐香的舊小說氣味，也使得周瘦鵑聞到了在新文學裏面很難得的昔日的空氣，十分欣賞。《萬象》過去其實也是一本風花雪月的雜誌，主編陳蝶衣。老闆平襟亞還是後來皇冠創辦人平鑫濤的長輩。後來柯靈任《萬象》的主編時，唐弢、王元化、師陀等左翼文人投稿，使其變成了一本中間偏左的文人雜誌。因為讀到了短篇《第一爐香》，柯靈發現了這個叫張愛玲的新作者。她的名字雖然像花花手絹一樣，但是文章卻特別有才。沒想到這位女作家很快主動到《萬象》投稿，所以柯靈也是大力推薦。柯靈對張愛玲的好感，一直延續到幾十年後。大家知道，在文革以後，他擔任國際筆會中國分會會長，寫了一篇著名的文章叫《遙寄張愛玲》，代表了中國內地文壇對張愛玲的歡迎或者說寬容的態度。當然，同樣這篇文章也被台灣的一些學者認為是自作多情的對張愛玲的誤解。這就看大家站在甚麼角度去看了。甚至後來在《小團圓》裏還有一些關於左翼文人荀樺的情節，在電車上性騷擾女主角，可能會被人懷疑聯想到柯靈。當然那是虛構的小說。

張愛玲的傳記，現在出得不少，我個人覺得寫得比較好的是余斌的一本。我一點都不認識余斌，他好像是南京的一個學者。余斌注意到張愛玲在 1943 年雖然向各種傾向，或有不同傾向背景的期刊投稿，但實際上有選擇。娛樂性比較強的、世俗性的小說，有可讀性的，比方《第一爐香》，就交給「鴛鴦蝴蝶派」的《紫羅蘭》；比較文藝腔的、有實驗性質的短篇，就投稿給偏新文藝的《萬象》；但她自己最滿意的、分量最重、篇幅也最長的作品，比方說《金鎖記》《傾城之戀》，卻都給了《雜誌》。因為在日佔上海，只有這個《雜誌》才是當時的「主旋律」。《雜誌》背景相當複雜，它據說是跟另一個刊物《新中國週刊》一樣，均附屬於《新中國報》。《新中國報》名字好聽，實際上是日本人的背景，創建他們佔領的「新中國」。但是在古蒼梧考證中，《新中國報》的社長袁殊，主編魯風，據說又都是中共地下人員[4]。所以《雜誌》在當時背景硬、品流雜、聲勢大，客觀上對於相信出名要趁早的張愛玲來說，這是一個很合適的舞台。

而胡蘭成著名的評論《論張愛玲》，則分兩期刊登在《雜誌》上。現在看來，在「張學」歷史上，這篇文章的重要性可以跟迅雨（傅雷）的評論相比擬。出現張愛玲作品的歷史語境，非常重要。張愛玲後來頗受爭議，也是因為她在上海日佔時期創作的複雜背景。讀者除了欣賞她的作品，也必須注意這些作品的生產過程生產機制。在《紫羅蘭》《萬象》《雜誌》這三個或通俗或左翼或主旋律的期刊外，張愛玲當時還在一個叫《古今》的雜誌上發表散文。《古今》的社長朱樸曾經擔任汪政府交通部政務次長，可是這個期刊卻走了林語堂《論語》《宇宙風》的性靈路線，作者大部分是男人。所以我們以後會看到一個有趣的現象，就是張愛玲小說的虛擬讀者，好像是以女性小市民為主，可是她散文的假想的談話對象，彷彿是男性文人。

短篇《封鎖》，發表在另一本雜誌《天地》上。《天地》是蘇青（她的真名叫馮和儀）辦的一個散文為主的期刊，據說是因為友誼，張愛玲有不少文章也給了《天地》。蘇青把發表《封鎖》的這一期的《天地》送給了當時汪政府宣傳部的次長胡蘭成。胡蘭成原來是坐在躺椅上翻雜誌，讀了《封鎖》後坐了起來，讀了兩遍，然後就向蘇青打聽誰是作者，然後留意作者的照片（男人對於女作家，即便那麼有才的女作家，也要同時看外貌），然後就是登門拜訪。胡蘭成為甚麼這麼欣賞《封鎖》？這個短篇有甚麼特別的地方？怎麼吸引和打動了這個混跡政壇的奇葩文人？而且接下去還引出了一段改變兩個人命運的戀愛故事。

和之前我們讀過的《第一爐香》《金鎖記》《傾城之戀》相比[5]，《封鎖》明顯有三個不同。

第一是結構不同，以前是中篇，可以有很多場景，寫人物的命運變化，現在一個短篇，從頭到尾就只有一個固定的場景。《封鎖》原來的版本裏邊，還有男人公回家以後的一個尾巴，後來被刪掉了[6]。這個刪減也很有意思。刪減以後的《封鎖》，所有的故事就在電車上，就在封鎖中。

第二個特點，以前都是有侷限的第三人稱，作家總是站在女主角的立場上，用她的眼光去看風景，用她的心理去描寫周圍的事物，偏重一個女人的感覺的主線。可《封鎖》「男女平等」，敘事觀點男女兩個角度都寫，這在張愛玲小說裏並不多見（如果按初版的最後一段，甚至更偏重寫男人這種「烏殼蟲」）。《茉莉香片》《紅玫瑰與白玫瑰》主要是寫男人，只側重於男主角的感覺一條線，其他小說是側重於女主角，僅有《封鎖》的敘述角度基本上男女對等。簡單地說，張愛玲的小說故事再複雜，大部分都只有一個主角，可是這一次，一個短篇，兩個主角，平均分配，很難說誰是第一主角。

第三，在以前的小說裏，張愛玲寫女人十分精細入微，分析透徹，相比之下寫男人，總是比較虛。喬琪喬，混血兒靚仔，沒錢，有顏值，又想玩，沒心沒肺，僅有的人心觸動就是那個煙頭一閃的瞬間。可究竟這花花公子是怎麼想的、想甚麼的？怎麼會剛剛在薇龍牀上狂吻，轉身就在花園裏抱個丫頭？怎麼願意自己的老婆，幫他去找別的男人弄錢？男人種種奇怪心理，作家都淡化了。同樣道理，《金鎖記》裏邊的姜季澤，究竟對七巧有沒有過動心，是礙於倫常，兔子不吃窩邊草？還是從頭到尾只是調戲騙錢？讀者和七巧一樣，也看不太清楚。童世舫的形象是難得的正面，可是這麼一個沒甚麼缺點的留學生，怎麼就會看上扭捏作態的長安？作家也沒有詳細交代。甚至范柳原究竟為甚麼愛上白流蘇，是 playboy 想換換口味，還是玩玩玩出火呢？或者是在模擬的浪蕩公子面具下，真有文人性情的一面？讀者和女主角一樣，也是在揣摩、猜測、憑感覺。當然，作家這樣虛化男人們，或者在那些以女性命運為主題，以女性感覺為感官的小說裏面，也是一種有意為之。但至少到了《封鎖》，我們看到了二十二歲的年輕女作家，對男人這種社會動物的一次正面手術解剖。

《茉莉香片》其實是更早寫男人的小說，但以後會討論，那是一個「特殊病例」。而《封鎖》，還有之後要細讀的《紅玫瑰與白玫瑰》，卻是「大眾門診」，面對男人普遍困境：你是做一個「好人」，還是做一個「真人」？高全之對《封鎖》裏反覆出現的「好人」與「真人」兩個概念，有一番非常認真的歸納。這篇小說裏的「好」，有兩種用法：其一為約定俗成的定義，較不觸目，比方說大家都是快刀斬不斷的好親戚，都是好人家的女孩子、受到好的教育等等，這種就是正常的好。第二種是指順從世風，拘泥古板，具諷刺意義，如：在家裏她是一個好女兒，在學校裏她是一個好學生，她家裏都是好人。那麼這個時候的「好」字，就是帶諷刺意味的。同樣，「真」，真人的真，真實的真，也有兩種用法，都與前面「好」的第二種用法相衡。第一個「真」就是指自然渾沌，比方說隔壁奶媽懷裏小孩的腳，腳底心抵到了翠遠的腿上……這至少是真的，這是肉體，這個「真」指的是嬰兒的腳，也可以說是這種在腿上的壓迫感。第二種是指不順從世風，違反常規，如：一個真的人。判斷那個男的來跟她搭訕，就說他是一個真的人，不很誠實，也不很聰明，但是一個真的人；或者說世上的好人比真人多，他是個好人，世界上的好人又多了一個。簡單說，張愛玲的「好人」就是順從世俗規範，「真人」就有可能打破世俗規範。[7]其實，人，男人或女人，大部分情況下，都是想做好人，或者說只能做好人，只有依靠了某種特殊的機會，才能做一次或做一下真人。或者跳開說，也可以依靠某種特殊的權力、地位，那是題外話。

在《封鎖》裏，這個機會就是戰爭空襲警報造成的。封鎖了，一羣乘客，包括我們的男女主角，在一段時間裏被困在一輛不能動的電車中，誰也去不了哪裏，時間、空間被切斷了，在這麼一個特殊環境下，他們對「真人」跟「好人」，有了新的體會。換句話說，這是通過例外寫常態，以突出這個常態實際上是病態。作家一上來就點題，說開電車的人開電車，電車軌跡沒完沒了……開電車的人眼睛盯住了這兩條蠕蠕的車軌，然而他不發瘋。就像人們每天面對自己的生活，都是重複的，卻不發瘋。如果不碰到封鎖，電車的進行是永遠不會斷的。靠了這個封鎖，切斷了時間與空間，電車裏的人就與世隔絕了。街上開始有點亂，漸漸也麻木下來。「這龐大的城市在陽光裏盹着了，重重的把頭擱在人們的肩上，口涎順着人們的衣服緩緩流下去，不能想像的巨大的重量壓住了每一個人。上海似乎從來沒有這麼靜過——大白天裏！」[8]

在這麼一個巨大別緻的城市隱喻下面，電車裏卻是一些瑣碎的市民羣像：「一對長得頗像兄妹的中年夫婦把手吊在皮圈上，雙雙站在電車的正中。她突然叫道：『當心別把袴子弄髒了！』他吃了一驚，抬起他的手，手裏拈着一包燻魚。他小心翼翼使那油汪汪的紙口袋與他的西裝袴子維持二寸遠的距離。他太太兀自絮叨道：『現在乾洗是甚麼價錢？做一條袴子是甚麼價錢？』」[9] 聽這對話，大家只能會心一笑。這對夫妻在小說裏面無關重要，前後都沒有伏筆或呼應。但僅僅這一個細節，卻足以形象地描繪了一對上海中產夫婦既小康又寒酸的日常生活。小康是指戰爭時期還能買燻魚，這不錯。穿西裝褲，而且還需要乾洗，恐怕是訂做的西裝褲吧？可是寒酸呢？在於這個油膩的燻魚要西裝男自己在手上拿着，女人也不幫手，生怕熟食碰到褲子。那小心翼翼的精明與可憐，也許這就是所謂「小男人」吧？據說，分辨「大男人」跟「小男人」的標誌之一就是看你離開餐館的時候，拿不拿及誰拿剩下打包的菜。當然，丟下，不拿走，那肯定是闊氣的大男人，咱們潮汕或者是東北「爺兒們」的範兒。要是上海江南的男人呢？菜是要拿走的，這個時候，包着塑膠袋的這盒剩菜，由男的來提，還是由女的來拎，這可又是一個大問題。要叫男的來提，有時候女人又覺得丟了她先生的風度；要叫女的拿，又覺得男的就對她不夠好。據說最佳答案是，男的說我來提，女的就說算了算了，我來吧。這樣又顧及了自尊，又顧及了體面……

過了一會兒，電車上很多人都在圍觀一個醫科學生畫人體骨骼圖，大家閒着沒事做。提着燻魚的丈夫向妻子說，「我就看不慣現在興的這種立體派，印象派！」妻子附耳道：「你的袴子！」真是，太精彩了！男人提着燻魚，還關心旁邊的立體派、印象派，可老婆就關心你的西裝褲。這些細節，當然它也有獨立欣賞價值，我們說是對一個上海小市民的形象的寫真。但是在小說裏它也並不是閒筆，它們都在為男主角的出場做鋪墊，營造一個上海男人的日常生活氣氛，營造一個生產「好人」的日常社會環境。

因為戰爭空襲警報，車子現在不動了，車裏一堆人在與世隔絕的電車裏無所事事。這個時候角落出現了男主角 —— 呂宗楨，華茂銀行的會計師。作家一點都沒寫這會計師的工作、家庭、性格，只寫了一件小事，說這個會計師看到前面那個男的穿着西裝褲、提着熏魚，便想到了自己遵照太太指示到彎彎扭扭的小胡同裏買了包子，接下來的一段文字非常精彩，必須要讀：「一個齊齊整整穿着西裝戴着玳瑁邊眼鏡提着公事皮包的人，抱着報紙裹的熱騰騰的包子滿街跑⋯⋯」，不僅如此，坐在車上他還發現「一部分的報紙粘住了包子⋯⋯」這像繞口令，「⋯⋯他謹慎地把報紙撕了下來，包子上印了鉛字，字都是反的，像鏡子裏映出來的，然而他有這耐心，低下頭去逐個認了出來：『訃告⋯⋯申請⋯⋯華股動態⋯⋯隆重登場候教⋯⋯』」呂宗楨是一個老實人，「他從包子上的文章看到報紙上的文章，把半頁舊報紙讀完了，若是翻過來看，包子就得跌出來，只得罷了。」[10]

如果說食物代表物質需求，文章象徵精神追求，那麼這兩種關係在不同文學裏常常有不同的表現。魯迅筆下的涓生失業之後想重整事業，鋪開紙筆準備翻譯的時候，就推開桌上的油鹽醬醋[11]。如果說這個動作有象徵意義，代表了寫文章跟日常生活之間的矛盾，那麼有些作家是反過來的：郁達夫《春風沉醉的晚上》，共用食物是知識分子跟女工開展精神交流的前奏；張賢亮的《靈與肉》也是，愛情宣言就是女主角送給飢餓的男人一個饃饃，說是從今以後有我吃的就有你吃的，食色統一，感覺上很像電影《泰坦尼克號〉的愛情宣言「You jump, I jump」。所以魯迅寫的食物文章的矛盾是批判寫實，張賢亮還有包括郁達夫那種，是浪漫的苦中作樂。張愛玲的《封鎖》，用報紙包着包子，鉛字印在包子上，這就是一個典型的現代主義的並置手法，文字與吃的關係從來沒有這樣肉貼肉、皮連皮，互相依存、互相顛覆。

呂宗楨的視線又看到了對面一個老頭子，這老頭子右邊坐着吳翠遠 —— 這是罕見地用男人眼光在觀察女性。看上去這個女主角的外表模稜兩可。沒寫幾句，小說的敍述角度忍不住又轉到女主角這裏，說翠遠是個好女兒、好大學畢業年紀輕輕就留校服務，應該算是青年才俊。照說女生年紀輕輕就留校，很不容易。被封鎖了坐在車上，她也不浪費時間，低頭改考卷，看上去確是一帆風順的好青年。但實際上她很煩惱，在學校裏受氣。為甚麼受氣？因有人抱怨說中國人來教英文，還來了個沒出過國的。這話跟現在香港大學裏，還真是一模一樣。香港的大學裏邊，中文系老師現在還要以寫英文為榮。翠遠在家裏也受氣，一個二十多歲的女孩在大學裏教書，相當於女博士。時至今日還有人開玩笑說人有三種，男人、女人與女博士。為甚麼不早點找個有錢女婿呢？「她是一個好女兒，好學生。她家裏都是好人，天天洗澡，看報，聽無線電向來不聽申曲滑稽京戲甚麼的，而專聽貝多芬、瓦格涅的交響樂，聽不懂也要聽。世界上的好人比真人多……翠遠不快樂。」[12] 那甚麼是真人？翠遠一時也沒想清楚，她至少覺得鄰座小孩的腳頂到她，這個是真實的。

簡單說，呂宗楨和吳翠遠，銀行會計師與大學女助教，都屬於社會中上層，所以坐電車也是坐頭等座，看上去很幸福，生活規規矩矩，要不是封鎖，他們連考慮自己苦惱的時間也都沒有。他們苦惱甚麼呢？苦惱無可抱怨，要抱怨的就是這「無可抱怨」。前蘇聯有個教授申請移民，當局問他，在蘇聯吃得不好嗎？他說無可抱怨。穿得不好嗎？他說無可抱怨。你住得不好嗎？他說我無可抱怨。那為甚麼還要離開呢？就是因為我無可（不能）抱怨。當然這是過時的政治笑話（但願）。作家為了讓這兩個很正經的都市人，能夠跳出各自的生命軌道，做一個哪怕是短暫的精神冒險，就設計了警報封鎖這麼一個特殊的佈景。但是還不夠，因為車上大部分的人即使在那裏乾坐，他們也做不了甚麼事情，好人還是好人，所以作家還要為他們的接近製造一些臨時的、特別的理由。原來呂宗楨看到三等車廂那裏過來一個他認識的人，他太太的姨表妹的兒子。這個人莫名其妙想追呂宗楨十三歲的女兒，所以呂先生很怕見到這個上進青年，為了逃避他，就急忙的換到對面的座位，也就是說突然坐在吳翠遠的身邊，不料這突然換座卻引來良家婦女的多心，以為這男人對自己有意思。

下面這一段張愛玲的文字也是不念不行，非常之妙：「他認得出那被調戲的女人的臉譜 —— 臉板得紋絲不動，眼睛裏沒有笑意，嘴角也沒有笑意，連鼻窪裏都沒有笑意，然而不知道甚麼地方有一點顫巍巍的微笑，隨時可以散佈開來。覺得自己是太可愛了的人，是煞不住要笑的。」[13] 這虧得是女作家寫的，要是男作家寫就要被人罵死了，太經典了。張愛玲這樣來寫女性貌似提防害怕實則有些享受被調戲的表情，也是太刻薄了。又是為了防止那個遠親過來打招呼，呂先生還故意伸出一條手臂放在翠遠背後的窗台上，那年輕人遠遠一看，這位叔叔好像在這裏有豔遇，尊重他人隱私，所以他就退後了。可這麼一來，身邊這個女子卻莫名其妙，進入了調情的角色。其實開始，男主角並不怎麼喜歡這個女的，他這樣描寫：「她的手臂，白倒是白的，像擠出來的牙膏。她的整個的人像擠出來的牙膏，沒有款式。」但是即便這樣，他為了假裝調情，因為要擺脫目前的困境，也會花言巧語，說上車的時候，看到一張廣告紙的破處，看到了她的下巴，之後才看到眼睛、眉毛、頭髮，像是一張一張的特寫，拆開來一部分一部分地看，她也未嘗沒有一種風韻。這算是甚麼樣的搭訕手法。翠遠笑了，她覺得這個男人「不很誠實，也不很聰明，但是一個真的人！她突然覺得熾熱、快樂，她背過臉去，細聲道：『這種話，少說些罷！』」[14]

大概這女的平常太正經、太模範，所以這種輕薄的話很少有人會對她說，現在偶然莫名其妙地被人這麼一說，她反而有感覺了。這時一邊是假裝調情，另一邊卻入戲了，接下來兩人就聊哪裏畢業、讀甚麼學科，男的抱怨工作無聊，而且照例世上有了太太的男人，似乎都是急切需要別的女人的同情，而且說着說着宗楨也自我感動流露真情了。「我簡直不懂我為甚麼天天到了時候就回家去。回哪兒去？實際上我是無家可歸的。」然後摘下眼鏡，不知為甚麼，突然講了這麼多心事，「平時，他是會計師，他是孩子的父親，他是家長，他是車上的搭客，他是店裏的主顧，他是市民。可是對於這個不知道他底細的女人，他只是一個單純的男子。」[15]

人平常都在一定的社會角色中活動，最簡單的角色，城市裏的人至少有三種，在家裏是一種角色，是一個丈夫或兒子或父親；在公司裏是一種角色，你是一個會計師或經理。但是城裏人跟鄉下人的最大區別是，你至少還有第三個身分，就是當你在搭地鐵、坐電車或者是走在行人路上，在逛街的時候，你的身分是自由的，不像在村裏，張三二十四小時都是張三，田裏村頭鎮上誰都知道你是張三。現在城裏，在公司與家庭之間的任何地方，沒有人知道你是誰，人們只能根據你穿的衣服、裝扮、提的提包、戴着的眼鏡來判斷你是哪一類的人……現代世界的名牌、服裝、手飾等等，全靠這第三種身分的靈活性才有了銷售市場。在車子被封鎖的時候，這位呂先生突然發現，自己除了那些固定的身分以外，他還是個男人，於是跳出了正常的社會身分，回到了男人的天性。作家（其實是隱形作者）說：他們忽然戀愛了，他告訴她很多話，銀行、讀書時代、他的秘密的悲哀，然後女的也不嫌煩，因為「戀愛着的男子向來是喜歡說，戀愛着的女人破例地不大愛說話，因為下意識地她知道：男人徹底地懂得了一個女人之後，是不會愛她的。」[16] 這些話現在都被放在張愛玲愛情經典語錄裏面，可是寫出這段話的時候，張愛玲自己還沒有戀愛的經驗。

簡而言之，在這封鎖的電車中，一對不相識的男女，急速進入了情感關係。呂先生甚至說自己打算重新結婚，而且說來很矛盾，他打算重新結婚，但並不準備離婚，是為了孩子。新婚對象，仍會被當作妻子對待。這是那個時代才可以說的昏話，現在人是不能這樣說話的，這叫重婚。可是那個時候法令也沒有嚴格禁止這種情況，香港則一直延續到六十年代才被禁止。當他講這些話的時候，看看女方還沒太強烈的反感 —— 請大家記住這裏，這個故事中女方對於男方提出多次結婚的問題沒有立刻提出抗議，後來在《小團圓》裏變成了一個懸疑的、值得爭論的問題。呂先生索性還問起翠遠的年齡，翠遠說二十五，然後她也不覺得呂先生三十五歲年紀太大。呂先生說你家裏一定會反對吧？「翠遠抿緊了嘴脣。她家裏的人 —— 那些一塵不染的好人 —— 她恨他們！他們哄夠了她。他們要她找個有錢的女婿，宗楨沒有錢而有太太 —— 氣氣他們也好！氣！活該氣！」[17]

雖然是一時氣話，而且跟白流蘇當時想氣氣家裏人才隨范柳原去香港的動機有相同之處，但這速度也太快了一些，好在剛剛留了電話，封鎖開放了。「一陣歡呼的風颳過這大城市，電車噹噹噹往前開了。宗楨突然站起身來，擠到人叢中，不見了。」這時候敘事角度完全墜落到女的視線上：奇怪，剛才說的那麼好，差不多要談婚（發昏）論嫁了，但是現在電車一開，男的就不見了。翠遠煩惱地合上了眼，想着如果以後通電話，她還會怎麼管不住自己。不料，「電車裏點上了燈，她一睜眼望見他遙遙坐在他原來的位子上。」就是這男的沒有走開，他只是回到他原來的位子上。「她震了一震 —— 原來他並沒有下車去！她明白他的意思了：封鎖期間的一切，等於沒有發生。整個的上海打了個盹，做了個不近情理的夢。」[18] 這個男人回到座位的結尾，是整篇小說最震撼的一個點。《狂人日記》需要一個罕見的例外，主角得了精神病才能見出普通人的禮教吃人的情況。《封鎖》也要一個罕見的例外，空襲封鎖才能見到都市男女的道德困境。最後，狂人病好了，重新去做官；封鎖開放了，男人回到自己原來好人的位子上。

除了這些文學上的意義以外，胡蘭成從躺椅上坐起來時，他還看到了甚麼呢？他看到一個女作家或者說一個女人，對中年男人心思處境的一種獨到的了解跟同情。你看，已婚，不是最大的問題；年齡，也不是最大的問題。胡蘭成看完《封鎖》，就去設法認識張愛玲。

1　在晚年自傳體小說《小團圓》裏，有個「小鮮肉」窮親戚呂表哥，「生得面如冠玉，脣若塗朱，劍眉星眼，玉樹臨風，過來到九莉房裏，招呼之後坐下就一言不發，翻看她桌上的小說。她還打算再問他看過這本書沒有，看了哪張電影沒有，他總是頓了頓，微笑着略搖搖頭。她想不出別的別的話說，他也只低着頭掀動書頁，半晌方起身笑道：『表妹你看書，不攪胡你了。』」看來似乎有點曖昧的感覺，或者勉強可算為女主人公早期未成形的一個思春對象 —— 至少九莉挺關注這個男人的動向：「後來聽九林說你表哥結婚了，是個銀行經理的女兒。又聽見九林說他一發跡就大了肚子，又玩舞女，也感到一絲慶倖。」《小團圓》，香港皇冠出版社，2009 年，頁 116。

2　張愛玲在八歲的時候就開始寫小說：「在小山的頂上有一所精緻的跳舞廳，晚飯後，乳白色的淡煙漸漸地退了，露出明朗的南國的藍天，你可以聽見悠揚的音樂，像一幅桃色的網，從山頂上撒下來，籠罩着全山。」（張愛玲：《存稿》，發表刊物及年月不詳，收入《流言》，台北：皇冠出版社，1982 年，115 頁。）作文非常典型的模仿所謂的「五四文藝腔」 —— 後來她的一生的創作卻都是跟這種「五四文藝腔」作鬥爭。少年張愛玲在家裏自己還寫過一部小說叫《摩登紅樓夢》，寫了五回，每一回的名字是她爸幫她起的。「（鳳姐）自己做了主席，又望着平兒笑道：『你今天也來快活快活，別拘禮了，坐到一塊來樂一樂罷！』……三人傳杯遞盞……賈璉道：『這兩年不知鬧了多少飢荒，如今可好了……』鳳姐瞅了他一眼道：『錢留在手裏要咬手的，快去多討兩個小老婆罷！』賈璉哈哈大笑道：『奶奶放心，有了你和平兒這兩個美人胎子，我還討甚麼小老婆呢？』鳳姐冷笑道：『二爺過獎了！你自有你的心心念念睡裏夢裏都不忘記的心上人……。（張愛玲：《存稿》，同上。）

3　參見古蒼梧《今生此時今世此地 —— 張愛玲、蘇青、胡蘭成的上海》，香港：牛津大學出版社；余斌：《張愛玲傳》，南京大學出版社，2007 年 6 月。

4　古蒼梧：《今生此時今世此地 —— 張愛玲、蘇青、胡蘭成的上海》，香港：牛津大學出版社。

5　當然，這只是我們的閱讀次序。實際上《封鎖》寫作發表比《傾城之戀》和《金鎖記》更早。

6 唐文標很早就注意到發表在 1943 年《天地》上的《封鎖》與後來流行的版本不同，後者少了最後兩節文字。「呂宗楨到家正趕上吃晚飯。他一面吃一面閱讀她女兒的成績報告單，剛寄來的。他還記得電車上那一回事，可是翠遠的臉已經有點模糊 —— 那是天生的使人忘記的臉。他不記得她說了些甚麼，可是他自己的說話他就記得很清楚 —— 溫柔地：『你 —— 幾歲？』慷慨激昂地：『我不能讓你犧牲了你的前程！』飯後，他接過熱手巾，擦着臉，踱到臥室裏來，扭開了電燈。一隻烏殼蟲從房這頭爬到房那頭，爬了一半，燈一開，它只得伏在地板的正中，一動也不動。在裝死嗎？在思想中嗎？整天爬來爬去，很少有思想的時間吧？然而思想畢竟是痛苦的。宗楨撚滅了電燈，手按在機括上，手心汗潮了，混身一滴滴沁出汗來，像小蟲子癢癢的在爬。他又開了燈，烏殼蟲不見了，爬回巢裏去了。」（唐文標：《張愛玲資料大全集》，1984 年 6 月。）我查了一下，其實在 1946 年的《傳奇》增訂本中，《封鎖》的這個諷刺或同情男人「烏殼蟲」的尾巴已經被作家刪掉了。

7 高全之：《百世修來同船渡 —— 《封鎖》的瞬間經驗》，《張愛玲學》，台北：麥田出版，2003 年，頁 70–71。

8 《封鎖》，原載《天地》，第 2 期，1943 年 11 月；收入《傳奇》（增訂本），上海：山河圖書公司，1946 年 11 月，頁 377。

9 《封鎖》，選自《傳奇》（增訂本），上海：山河圖書公司，1946 年 11 月，頁 378。

10 《封鎖》，選自《傳奇》（增訂本），上海：山河圖書公司，1946 年 11 月，頁 379。

11 「『說做，就做吧！來開一條新的路！』我立刻轉身向了書案，推開盛香油的瓶子和醋碟，子君便送來那暗淡的燈來。」魯迅：《傷逝》，收入《魯迅全集》第一卷，北京人民文學出版社，1973 年。

12 《封鎖》，選自《傳奇》（增訂本），上海：山河圖書公司，1946 年 11 月，頁 379–380。

13 《封鎖》，選自《傳奇》（增訂本），上海：山河圖書公司，1946 年 11 月，頁 381。

14 《封鎖》，選自《傳奇》（增訂本），上海：山河圖書公司，1946 年 11 月，頁 383。

15 《封鎖》，選自《傳奇》（增訂本），上海：山河圖書公司，1946 年 11 月，頁 384。

16 《封鎖》，選自《傳奇》（增訂本），上海：山河圖書公司，1946 年 11 月，頁 385。

17 《封鎖》，選自《傳奇》（增訂本），上海：山河圖書公司，1946 年 11 月，頁 386。

18 《封鎖》，選自《傳奇》（增訂本），上海：山河圖書公司，1946 年 11 月，頁 387。

第八章

「胡說」張愛玲

文學圈、學術圈對胡蘭成的看法分歧很大，很多人看不起他，因為他是漢奸。也有人討厭他，是因為他感情上背叛了我們熱愛的女作家。夏志清到嶺南大學參加張愛玲的研討會，他就直言，張愛玲一生是被兩次婚姻、被兩個男人所累[1]。散文家蔣芸更在研討會上發言批判胡蘭成害了「張愛玲的一生」[2]。記得在《鏘鏘三人行》談起胡蘭成，查建英說他是一個「吃軟飯吃出境界的人」。但是也有些作家學者私下或者公開表示欣賞胡蘭成，尤其是他的散文。阿城、陳丹青都跟我講起過胡蘭成的文字好，說是現代中國文化中的一個財富。我最近重看《山河歲月》，好像這種用散文筆法寫大歷史的，他比余秋雨更早（是不是比余秋雨好那就見仁見智）。台灣女作家朱天文、朱天心，不僅喜歡張愛玲，而且崇拜胡蘭成。她們來香港開會，屢次都被問到是不是愛張及胡。可是她們毫不隱諱對胡蘭成文學上的崇拜和一往情深。張愛玲當年應該也欣賞胡蘭成的文字，晚年則稱之為「怪腔」。[3]不管怎麼樣，胡蘭成當年《論張愛玲》跟迅雨的評論，的確是張愛玲研究史上很重要的文章。

胡蘭成在自傳《今生今世》裏有很多關於張愛玲的記載。當然這些記載不可全當真，因為是多年後寫的回憶，但也不可不參考。胡蘭成生於 1906 年，浙江嵊縣人。和大部分現代作家一樣，他早年喪父隨母，家境一般但讀書聰明，是鄉間才子，在杭州讀中學，二十一歲到北平燕京大學旁聽兼做抄寫人員。北伐後他到浙江、廣西等地教了五年中學，可以說一直是在新文學運動後期的的邊緣，不太得志，跟文化主流有距離感。據說他在政治上有些廣義的左傾，一度還相信托洛斯基。1937 年第七軍在廣西邊界抗日，胡蘭成受聘辦《柳州日報》，初露頭角，然後加入了汪派背景的《中華日報》，寫的是政論，獲得日方跟汪精衛的欣賞。曾經在香港編過《南華日報》，陳璧君（汪精衛的夫人）還曾跟他會面，薪水據說是從六十港幣加到三百六十元，之後也介入了所謂的「和平運動」。胡蘭成最得意的時候，是在《中華日報》當主筆，編委會主席是汪精衛，撰稿人有周佛海、陶希聖等等，說得上是一介布衣平步青雲，自以為遇到明主汪精衛，士為知己者所用。但不久胡蘭成又在汪陣營裏面不得志了，雖然他的文章獲得日本人欣賞，但不符合汪精衛的意思，所以在跟張愛玲認識之前，他還曾經被捕坐牢。他最有名的文章，叫做《戰難，和亦不易》，就是說戰爭打下去很難，你要和平、要投降也不那麼容易。

讀小說《封鎖》是他獲得釋放以後不久。我個人覺得，胡蘭成的回憶當中有價值的是三個部分，一是他跟張愛玲的相識，他的一些直觀印象；二是他對張愛玲文學見解的一些轉述、旁觀，第三個就是他描寫張愛玲個人的一些性格、習慣、生活細節。至於他和張愛玲的婚戀故事，可以放在後面，把「胡說」跟《小團圓》裏的「張看」，對照起來讀，才比較公平。

因為有些事沒有對證，只能列為「胡說」── 胡蘭成說，《今生今世》書名原來是張愛玲提的，最早是在 1944 年，據說在文藝月刊《苦竹》上登了廣告。其真正寫作的時間是五十年代，那時胡蘭成流亡到日本，1959 年名古屋新聞社出了和製漢字版。1974 年胡蘭成到台灣，之後先出版了《山河歲月》，被余光中、胡秋原等文化人批評後，《今生今世》抽掉了不少章節才得以出版。這本書版本很多，我現在手頭用的是北京的中國社會科學出版社的版本，據說是個精簡版。全書三百四十五頁，張愛玲的名字直到一百四十三頁「民國女子」這一章才出現。一開始就是講，在蘇青編的《天地》上讀到《封鎖》，「我才看得一兩節，不覺身體坐直起來，細細的把它讀完一遍又讀一遍。」然後他就去信問蘇青作者何人，後來在期刊上看到照片，應該是 1944 年初，胡蘭成就去了赫德路 192 號的公寓，六樓六五室，現在叫常德公寓，拜訪張愛玲。張愛玲當天沒有見他。但次日，張愛玲回訪美麗園胡宅，這些事情，各種張迷的研究重複太多次了，我可省則省，只引「胡說」。

胡說：「我一見張愛玲的人，只覺與我所想的全不對」；「我連不以為她是美的，竟是並不喜歡她……」這個「連」字，好像是胡蘭成的特產，根據上下文猜，大概是「甚至」的意思，就是說我甚至不以為她是美的。當然這是十幾年以後的回憶，當時肯定不敢當面說。為甚麼不美呢？胡說，張個子太高，像個不成熟的女學生，大概衣着也貧寒。反過來也說明，張只是去見一個文化官，並沒有刻意打扮，開始並無拍拖的意思。即便如此，胡蘭成還是把他的最初印象轉成了讚辭，說：「張愛玲的頂天立地，世界都要起六種震動。」「我常時以為很懂得了甚麼叫驚豔，遇到真事，卻豔亦不是那豔法，驚亦不是那驚法。」[4] 驚豔這個詞，現在用俗了，最初使用的時候，或許曾有新鮮感。一坐五個小時，胡蘭成說：「我竟是要和愛玲鬥，向她批評今時流行作品……」兩個人又講文章又問收入，也敍述各自的事情。這裏的「竟」字也是胡蘭成的偏好，意思是說，我本不應該跟這個女生談文論藝的。真正不恰當的，是送到弄堂口，「兩人並肩走，我說：『你的身材這樣高，這怎麼可以？』只這一聲就把兩人說得這樣近，張愛玲很詫異，幾乎要起反感了，但是真的非常好。」[5] 我不大能夠體會這句話的隱藏含意，以及為甚麼能突然拉近距離又引起反感？查建英說這個話裏邊有性的暗示，男女初識，說來不妥。可我還是不懂，留作疑案請教各位讀者朋友，為甚麼不能說「你怎麼可以這麼高」？以前讀張的小說知道，花花公子初見之詞常常是「我怎麼不知道這城裏還有你這樣的人呢？」或者是用外語胡謅幾句然後說「這些話我都不好意思用中文說啊」等等。直指對方身高並說怎麼可以，這算哪一種的調情策略方法？有待研究。

其實細看《今生今世》，胡蘭成對張愛玲的外貌描寫不多，大多是比喻象徵或抽象形容，比方他說張愛玲的房裏有「兵氣」。後來上海的女作家須蘭，特別感興趣甚麼是「兵氣」。接下來的日子幾乎天天見面，在胡蘭成記憶裏，「一個月總回上海一次，住上八、九天，晨出夜歸只看張愛玲。兩人伴在房裏，男的廢了耕，女的廢了織」，也不出去玩，大多是談文論藝。胡蘭成怎麼形容張愛玲？說「我們兩人在房裏，好像『照花前後鏡，花面交相映』，我與她是同住同修，同緣同相，同見同知。愛玲極豔。她卻又壯闊，尋常都有石破天驚。她完全是理性的，理性得如同數學，它就只是這樣的，不着理論邏輯，她的橫絕四海，便像數學的理直，而她的豔亦像數學的無限。」[6] 又說，「格物完全是一種天機。愛玲是其人如天，所以她的格物致我終難及。愛玲的聰明真像水晶心肝玻璃人兒。」[7] 這句話，好像是葛薇龍奉承姑媽的話。最有名的一句是，胡蘭成說：「張愛玲是民國世界的臨水照花人。」不知道胡蘭成當年，在 1944 年初有沒有當面跟張愛玲說過這類的話，這麼文謅謅，轉成口語，怎麼才說得出口，還要讓一個極聰明的女作家不笑場。不過細節上的寫實形容，就沒有那麼驚豔壯闊，說「她的臉好像一朵開得滿滿的花，又好像一輪圓得滿滿的月亮。愛玲做不來微笑，要就是這樣無保留的開心，眼睛裏都是滿滿的笑意。我當然亦滿心裏歡喜，但因為她是這樣美的，我就變得只是正經起來。我撫她的臉，說道：『你的臉好大，像平原緬邈，山河浩蕩。』她笑起來道：『像平原是大而平坦，這樣的臉好不怕人。』」[8] 說實在話，說女人臉大像平原，這是稱讚？欠揍吧！

張愛玲也是人在情網，毫無知覺，送他一張照片背後寫：「見了他，她變得很低很低，低到塵埃裏，但她心裏是歡喜的，從塵埃裏開出花來。」張愛玲已經在《第一爐香》寫過為愛飛蛾撲火，在《金鎖記》裏寫過愛得自欺欺人，沒想到自己現在實踐起來……胡回憶說兩人終日在家談論哲學跟藝術，但後來《小團圓》裏其實有不少性行為，也許是虛構，也許更寫實。在《今生今世》裏，連隱晦暗示文字也不多。說到《金瓶梅》，「張愛玲說《金瓶梅》裏寫孟玉樓，行走時香風細細，坐下時淹然百媚，又問我們在一起，怎麼樣呢？她說：『你像一個小鹿在溪裏喫水』。」[9] 細心的讀者一定會記得，小鹿飲水這個意象，在張愛玲晚年的《小團圓》裏，發展成一段體現女性情慾的口交文字。原來在胡說中，早有伏筆。

胡蘭成描寫張愛玲外表的文字實在不多，但有時候還要藉張愛玲之口來描寫他自己。「愛玲喜在房門外悄悄窺看我在房裏。她寫道：『他一人坐在沙發上，房裏有金粉金沙深埋的寧靜，外面風雨琳瑯，漫山遍野都是今天。』」[10] 值得注意的是《小團圓》裏寫熱戀的文字，也喜歡用金色金沙：「時間變得悠長，無窮無盡，是個金色的沙漠，浩浩蕩蕩一無所有，只有嘹亮的音樂，……她不過陪他多走一段路。在金色夢的河上划船，隨時可以上岸。」[11] 不知道是同一個美學記憶，還是張愛玲 1975 年寫小說時，也看過胡蘭成五十年代的《今生今世》。

對我們閱讀張愛玲更有幫助的，應該是胡蘭成紀錄的張愛玲的文藝觀點，這方面虛構粉飾的可能性低一些。胡蘭成說：「我在她房裏亦一坐坐得很久，只管講理論……」「但我使盡武器，還不及她的只是素手。」[12] 關於文學藝術，胡蘭成用了很多理論、套路，但是不佔上風。胡蘭成所紀錄的張愛玲的觀點，有三點特別值得注意。第一，就是中國文學比西洋文學好。「一次我竟敢說出《紅樓夢》《西遊記》勝過托爾斯泰的《戰爭與和平》，或歌德的《浮士德》，愛玲卻平然答道：『當然是《紅樓夢》《西遊記》好。』」[13] 胡蘭成本來已經很喜歡用傳統腔調說話，但還是非常折服於張愛玲對古典文學，尤其是細節上的親切。他說，「她看《金瓶梅》，宋蕙蓮的衣裙她都留心到，我問她看到穢褻的地方是否覺得刺激，她卻竟沒有。」[14] 一個「竟」字，真相了。「兩人坐在房裏說話，她會只顧孜孜的看我，不勝之喜，說道：『你怎這樣聰明，上海話是敲敲頭頂，腳底板亦會響。』」[15] 這句話，「敲敲頭頂，腳底板亦會響。」其實出自於李瓶兒誇西門慶，不知道張愛玲是不是有諷刺之意，但胡蘭成聽不出，很開心，覺得是誇獎。

第二，學術理論應該被解構，這是張愛玲的一個基本觀點。胡蘭成說：「我是受過思想訓練的人，對凡百東西皆要在理論上通過了才能承認。我給愛玲看我的論文，她卻說這樣體系嚴密，不如解散的好，我亦果然把來解散了，驅使萬物如軍隊，原來不如讓萬物解甲歸田，一路有言笑。我且又被名詞術語禁制住，有錢有勢我不怕，但對公定的學術界權威我膽怯。」[16] 胡蘭成本來就不是一個追求學術嚴謹，講究理論細密的人，他的《山河歲月》，從巴比倫、埃及講起，用的卻是「萬物解甲歸田，一路有言笑」這樣的句式。文化散文就是在散文中講學術，在學術中寫散文，何況又是男女戀愛期間，說甚麼理論？但反過來說，張愛玲後來在自己的散文裏，闡述自己的文藝觀，其實也挺有學術條理，邏輯性很強。胡蘭成也誇她理性像數學。用很多理論，不代表就是理性。理性，不代表必須搬理論。

除了中國文學比西方好，學術理論應該解散以外，第三個特點，就是張愛玲從趣味到觀念上都喜歡民間藝術，不避俗，反對文藝腔。胡蘭成說「前時我在香港，買了貝多芬的唱片，一聽不喜⋯⋯」這個「不喜」也是胡蘭成的習慣筆法，「⋯⋯但貝多芬稱為樂聖，必是我不行，我就天天刻苦開來聽，努力要使自己懂得它為止。」好像《封鎖》裏邊那個青年女教師吳翠遠也是這樣，「專聽貝多芬、瓦格涅的交響樂，聽不懂也要聽」。「及知愛玲是九歲起學鋼琴學到十五歲，我正待得意，不料她卻說不喜鋼琴⋯⋯」「又我自中學讀書以來，即不屑京戲紹興戲流行歌等，亦是經愛玲指點，我才曉得它的好⋯⋯」[17] 張愛玲後來在《談音樂》一文當中，更清楚表達了從趣味上自己與通俗文化、流行歌曲、地方戲的天然親近。

據胡蘭成介紹，「愛玲把現代西洋文學讀得最多⋯⋯可是對西洋的古典作品她沒有興致，莎士比亞、歌德、雨果她亦不愛。西洋凡隆重的東西，像他們的壁畫、交響曲、革命或者世界大戰，都使人感到吃力⋯⋯」「愛玲寧是只喜現代西洋平民精神的一點。」[18] 對藝術重民間，對經典重現代，同時對「五四」以來的文藝腔，則特別敏感。胡蘭成記載：「又我與她正在用我們自己的言語要說明一件事，她卻會即刻想到一句文藝腔，脫口而出，註曰，這是時人的，兩人都笑起來⋯⋯」[19] 這段回憶說明當時兩人談話當中，有一種對「五四」文藝腔的有意警覺甚至反叛。胡蘭成這裏所謂的「我們自己的語言」，就是說兩個人當時在交談之中，有一種言語中的默契，有意跟當時的潮流語言拉開距離。胡蘭成對張愛玲的文學語言到底有甚麼具體影響？值得進一步研究。

當然，最後，還要看看胡蘭成所描繪的張愛玲的一些個人隱私、生活習慣、行為細節，也許這是「胡說」當中最有價值之處，至少沒人能替代。在胡蘭成看來，張愛玲是個怪人（我們也可以說胡蘭成是個奇葩）。他說：「愛玲好像小孩，所以她不喜小孩，小狗小貓她都不近……」然後又說：「張愛玲喜聞氣味，油漆與汽油的氣味她亦喜歡聞聞。她喝濃茶，吃油膩熟爛之物。她極少買東西，飯菜上頭卻不慳刻，又每天必吃點心，她調養自己像隻紅嘴綠鸚哥。有餘錢她買衣料與胭脂花粉。她還是小女孩時就有一篇文字在報上登了出來，得到五元，大人們說這是第一次稿費，應當買本字典做紀念，她卻馬上拿這錢去買了口紅。」[20] 張愛玲買了口紅，最後又寫出了好的小說，天下大部分人買了口紅，最後就要更多的口紅。聽起來，這完全不像是一個健康生活的典範，不像是一個勤奮努力的三好學生，不買字典買口紅。

胡蘭成甚至說：「我從來不見愛玲買書……」錢鍾書博學，據說家裏不藏書。儀表方面，張愛玲一笑就張大嘴，走路跌跌撞撞，在其他很多場合她常被母親教訓。更重要的，在金錢方面，「愛玲的書銷路最多，稿費比別人高，不靠我養她，我只給過她一點錢，她去做一件皮襖，式樣是她自出心裁，做得來很寬大，她心裏歡喜，因為世人都是丈夫給妻子錢用，她也要。」[21] 大家知道，張愛玲跟蘇青都主張「女人應花男人錢」。現在也有不少人，就是因為這句話，才成為張愛玲的粉絲。可是在胡蘭成記憶裏，她就只是花錢買了一件皮襖。先記下，以後再看《小團圓》裏是怎麼寫的。

很多生活細節，胡蘭成其實接受不了，「愛玲種種使我不習慣。她從來不悲天憫人，不同情誰，慈悲佈施她全無……」[22] 可是，胡蘭成忘了，他第一次收到張愛玲的回信，寫的就是：「因為懂得，所以慈悲。」

1 夏志清：《張愛玲與魯迅及其他》，引自《再讀張愛玲》（劉紹銘、梁秉鈞、許子東編），香港：牛津大學出版社，2000 年，頁 61–65。

2 蔣芸：《為張愛玲叫屈》，引自《再讀張愛玲》（劉紹銘、梁秉鈞、許子東編），香港：牛津大學出版社，2000 年，頁 328–333。

3 九莉「再看到之雍的著作，不欣賞了。是她從鄉下來的長信中開始覺察的一種怪腔，她一看見『亦是好的』就要笑。」選自《小團圓》，香港：皇冠出版社，2009 年，頁 324。

4 胡蘭成：《民國女子》，選自《今生今世》，中國社會科學出版社，2003 年，144 頁。

5 胡蘭成：《民國女子》，選自《今生今世》，中國社會科學出版社，2003 年，145 頁。

6 胡蘭成：《民國女子》，選自《今生今世》，中國社會科學出版社，2003 年，頁 157。

7 胡蘭成：《民國女子》，選自《今生今世》，中國社會科學出版社，2003 年，頁 158。

8 胡蘭成：《民國女子》，選自《今生今世》，中國社會科學出版社，2003 年，頁 162。

9 胡蘭成：《民國女子》，選自《今生今世》，中國社會科學出版社，2003 年，頁 163。

10 胡蘭成：《民國女子》，選自《今生今世》，中國社會科學出版社，2003 年，頁 165。

11 張愛玲：《小團圓》，香港：皇冠出版社，2009 年，頁 172。

12 胡蘭成：《民國女子》，選自《今生今世》，中國社會科學出版社，2003 年，頁 144–146。

13 胡蘭成：《民國女子》，選自《今生今世》，中國社會科學出版社，2003 年，頁 148。

14 胡蘭成：《民國女子》，選自《今生今世》，中國社會科學出版社，2003 年，頁 150。

15 胡蘭成：《民國女子》，選自《今生今世》，中國社會科學出版社，2003 年，頁 154。

16 胡蘭成：《民國女子》，選自《今生今世》，中國社會科學出版社，2003 年，頁 148。

17 胡蘭成：《民國女子》，選自《今生今世》，中國社會科學出版社，2003 年，頁 157。

18 胡蘭成：《民國女子》，選自《今生今世》，中國社會科學出版社，2003 年，頁 157。

19 胡蘭成：《民國女子》，選自《今生今世》，中國社會科學出版社，2003 年，頁 161。

20 胡蘭成：《民國女子》，選自《今生今世》，中國社會科學出版社，2003 年，頁 151。

21 胡蘭成：《民國女子》，選自《今生今世》，中國社會科學出版社，2003 年，頁 166。

22 胡蘭成：《民國女子》，選自《今生今世》，中國社會科學出版社，2003 年，頁 148。

第九章

《紅玫瑰與白玫瑰》

本書以讀作品為主，評作家為輔。我對張愛玲的興趣，最主要還是因為她的文字，她的文學貢獻。了解關於她的身世、心理、愛情、生平，都是為了閱讀她的作品。

1944 年初，當胡蘭成因為《封鎖》而去追求張愛玲的時候，張愛玲大部分早期的作品都已經寫成發表。也就是說張愛玲的早期風格（甚至可以認為是她的一生創作的典型風格），在遇到胡蘭成之前，二十三歲的張愛玲已經完成了。如果有研究者要來論證說胡蘭成對張愛玲的創作有甚麼直接影響，恐怕最重要的論據就是中篇小說《紅玫瑰與白玫瑰》，以及張愛玲後來在《古今》雜誌上一系列和文人對話的散文。散文我們以後再說。《紅玫瑰與白玫瑰》最早發表的日期是在 1944 年 5–7 月，發表在一個有日方背景，但由中共地下人員主持的雜誌上，名字就叫《雜誌》。

這使我想起現在大學的學術評審，引進國際化標準，其實就是英文世界工科管理文理科的評審標準，項目比成果更重要，論文比書更重要等等。所以現在一般的學術期刊，都要在封面顯著標出它是全國甚麼核心期刊，例如：CSSCI 學術目錄等等。標籤有時候太明顯，同事就開玩笑說：不如辦個期刊，刊名就叫「核心期刊」，這樣一來誰敢懷疑，誰敢挑戰。我想它應該叫「國際核心期刊」，豈不更好。沒想到幾十年前，類似的事情就已經發生了，這個雜誌就叫《雜誌》。不過自稱《雜誌》，它不是抬高身分而是放低身段。放低身段有甚麼關係？其實關鍵不還是放在裏面的文章？在《雜誌》上發表的張愛玲的小說，我們今天還在讀，有多少文章放在多少高級別的雜誌上，今天有誰還在研究呢？北京有個雜誌叫《讀書》，在香港大學裏評審是不算的，被排斥的，可是學術圈真做學問的人誰不知道《讀書》？誰不知道《讀書》的分量？尤其是在上世紀八十年代，好像是沙葉新的說法：「可以不讀書，不能不看《讀書》。」題外話，就此打住。

《紅玫瑰與白玫瑰》發表在 1944 年五月，不清楚具體寫作時間，顯然有可能是在跟胡蘭成認識以後，或者至少認識以後再做些修改。據《今生今世》，胡張初戀的時候大多在家裏談文論學，雖然胡蘭成說他的賣弄不成功，重要觀點還是張愛玲高明，但既是討論，又是在感情蜜月期，彼此互有影響，那也是在情理之中。從文本看，《紅玫瑰與白玫瑰》與張愛玲之前小說的最大區別。十分明顯，就是第一次把男人作為第一主角。當然我們也可以說《茉莉香片》也是男人的戲，但那只是短篇。《封鎖》也寫男人的心理，但是我們上次說過了，男女平等、比例均分，而且寫着寫着，敍事角度悄悄地從開始的男人視角轉到後來女性的失望。即便後來放在張愛玲一生的創作中看，《紅玫瑰與白玫瑰》這樣着力寫一個男人的小說，還是非常罕見，令人矚目。所以這麼一種題材、興趣跟視角的反常，是否與胡蘭成的影響有關？我沒有結論，只能先仔細閱讀文本。

小說一開篇，以第三人稱角度，直接總結男人對女性的兩種基本需求。原文是這樣：「也許每一個男子全都有過這樣的兩個女人，至少兩個。娶了紅玫瑰，久而久之，紅的變了牆上的一抹蚊子血，白的還『牀前明月光』；娶了白玫瑰，白的便是衣服上沾的一粒飯黏子，紅的卻是心口上一顆硃砂痣。」[1] 這段經典文字意象，一般女性讀者是非常有共鳴的：說明男人都是花心的。但這個小說開局其實又遠遠了超過批判男人花心的層次。兩組對照的意象，膾炙人口，令人難忘。

《紅玫瑰與白玫瑰》最初在《雜誌》發表時，小說開端仍有個類似於以前點爐香或在朵雲軒信箋上掉淚的敘事人來介紹主人公：「振保叔叔沉着地說道：『我一生愛過兩個女人，一個是我的紅玫瑰，一個是我的白玫瑰。聽到這句話的時候，我忍不住要笑，因為振保叔叔絕對不是一個浪漫色彩的人。我那時還小，以為他年紀很大很大……」小說開頭的這一段敘事人角度，後來在上海山河圖書公司《傳奇》增訂本裏被刪去了。研究者萬燕說張愛玲「這一改把角度就改成男性的視點，也就是說通過振保的一雙眼睛來看世界。」萬燕高度評價《紅玫瑰與白玫瑰》開局的改動，認為是「張愛玲成長的標記，《紅玫瑰與白玫瑰》在張愛玲小說創作史上的意義非同尋常。」[2] 我也同意《紅玫瑰與白玫瑰》在敘事方法上有重要變化，但小說是否就真的只通過振保的一雙眼睛來看世界呢？我們遲些會詳細討論。

紅的可以是蚊子血，也可以是硃砂痣；白的可以是飯米粒兒，也可以是明月光。記得上課的時候，有女生眼光直視我問到：老師，是不是這樣？哎，說不是吧，心虛；說是吧，又不全然。於是想到反問一句：好吧，男人若是如此，那女人呢？也就是說女人有沒有這樣兩個夢呢？香港大學的學生中有個說法，說女人一生總想碰到兩個男人，一個是「打 Band 仔」，即在樂隊裏彈吉他的小夥子，通常留着長頭髮，很帥；另一個就是「揸 Benz 跑」，開奔馳跑車的男人。開奔馳跑車不那麼容易，除非你是官二代富二代，否則你就要自己創業，你的生意要做得很大才行。意思就是說，一個女的她要是嫁了一個在大學裏面彈吉他、組樂隊的人，她以後可能就要老是後悔，覺得怎麼永遠坐不到奔馳。不要說坐不到奔馳，這班上留長頭髮彈吉他的同學，將來找職業都困難，就像歌裏唱的那樣：一無所有。可是你嫁了一個開奔馳的人，可能他西裝整齊、頭髮少少、又矮又胖……對不起，我完全沒有形體上歧視人家的意思。也許他又高又瘦，但是不大好看。這時候你腦子裏就老是懷念當初同學當中，那個彈吉他的瀟灑。我不知道是不是真的這樣？女的會不會像男的這樣搖搖擺擺？難說，現在這個時代也許女的坐上奔馳就愛上奔馳，寧可在奔馳裏面哭，也不跟着樂隊後面笑。假如不僅是男人，女性也有這種兩個慾望的兩難選擇，那張愛玲寫的是否就不只是女人和男人，而是人性。

我記得當年參加 UCLA 關於女性主義現代文學的討論課，李歐梵教授說《紅玫瑰與白玫瑰》就不討論了。幾個女生問為甚麼？記得他也沒有詳細回答。現在我想起來，《紅玫瑰與白玫瑰》非常厲害，講到我們男人的很多痛處。我也不知道現在我能不能面對。最大的問題就是甚麼是「好人」？甚麼是「真」？碰到類似情況我能不能做個「真人」？說實在話我一般情況下都是想做「好人」的，就是為人處世儘量符合社會一般道德規範，即便我心裏並不完全相信，心裏並不完全贊同這些規範。沒辦法，我要是不做這個「好人」，我今天也許就不坐在這裏上課了。我一心做「真人」的話，大學可能就不會讓我做教授，皇冠也不會出這本書。我是扮演「好人」我承認。甚麼時候能為了做「真人」丟開這個「好人」呢？難啊，我的理想是，你不要忘了你只是在「做好人」，你還有一個……怎麼來說，就算你人生百分之九十五或是九十九都在功利的、世俗的、按照他人的遊戲規則做事的時候，你至少留個百分之五或者百分之一的機會做回你自己，做一個真人。我真不知道。

我們來看看這個小說裏描寫的「好人」。「好人」是甚麼？就是有好的學位、留洋、努力工作賺錢、幫助兄弟、孝敬父母親……這裏哪有一條男生敢放棄的？留洋？學位？孝敬母親？幫助兄弟？保護朋友？後面有幾條大家可以不學：比方說他嫖妓無能、面對玫瑰坐懷不亂、抑制自己、自我欣賞，更重要的是佟振保常常為自己的自制能力感動。這個男人自以為有個最大的特點：他在留英的時候，在一個少女 —— 玫瑰的身上發現原來自己有自制能力，為自己可以做柳下惠而感動。我們之前看過白流蘇的例子，白流蘇是在月光下想像自己低頭的模樣。張愛玲說過，人在戀愛當中特別高尚；同時她又說過，人在戀愛當中其實不是為對象感動，而是為自己能夠愛這麼一個對象而感動。男的就不是欣賞自己低頭，他是欣賞自己不低頭、欣賞自己的克制能力。可是在這個小說裏，他的克制能力用得很不是地方 —— 他後來很晚才知道 —— 我們當時就知道了，而他很晚才知道。我們怎麼知道的？那就得益於於張愛玲非常特別的寫法。

我們之前講過，張愛玲在藝術手法上最重要的兩個特點，第一個叫「以實寫虛，逆向象徵」，就是反向的象徵。之前舉過的例子，在《第一爐香》裏，「薇龍那天穿着一件瓷青薄綢旗袍，給他（喬琪喬）那雙綠眼睛一看，她覺得她的手臂像熱騰騰的牛奶似的，從青色的壺裏倒了出來，管也管不住，整個的自己全潑出來了……」[3] 這段精彩文字，以牛奶來形容自己的肢體，這便是「以實寫虛」。但是在「以實寫虛」的過程中，為甚麼女主角會覺得自己的手臂像牛奶從衣服裏一樣倒出去，因為這是男人的眼睛在看她的手臂。我們一般的人就會說，被他一看，女人覺得頭發昏身體發熱。她卻說像牛奶一樣倒了出來管也管不住。誰覺得你的手臂像牛奶一樣倒出去？誰說管也管不了？這就是葛薇龍自己的感覺，而小說描寫又是第三人稱的。她分明在描寫實際存在的衣服、手臂、眼光、牛奶，但是這些實景描寫和主人公主觀角度是混合的。這就是張愛玲藝術的第二個特徵，在她的小說中，很多時候看似客觀的敍述跟主人公的視野是有意混淆的。

佟振保跟王嬌蕊見面的這一段，比較精彩。小說寫，振保住到朋友王士洪的家裏去，初見王士洪的太太，就是王嬌蕊。王嬌蕊剛洗完澡，手上有肥皂，也沒要握手。「濺了點肥皂沫子到振保手背上。他不肯擦掉它，由它自己乾了，那一塊皮膚上便有一種緊縮的感覺，像有張嘴輕輕吸着它似的。」這裏，肥皂不小心濺到某人手上，是事實陳述，但 sucking……肥皂沫子在吸吮他的手指，卻只有男主角感覺到。接下來又有一段，講這個女的穿着她的浴衣，「一件紋布浴衣，不曾繫帶，鬆鬆合在身上，從那淡墨條子上可以約略猜出身體的輪廓，一條一條，一寸一寸都是活的。」從這個一條一條，一寸一寸，等一下就看到水龍頭放出來的水，「……微溫的水裏就像有一根熱的芯子。龍頭裏掛下一股水一扭一扭流下來，一寸寸都是活的。振保也不知想到哪裏去了。」前面講浴衣條紋，甚至顯示身材，都可以是旁觀，但最後一句交代了：原來是振保的遐想。作為好人，他自己「不知想到哪裏去了」。其實我們讀者都明白他想到哪裏去了。接下來更有一段，「振保洗完了澡，蹲下地去，把磁磚上的亂頭髮一團團撿了起來，集成一股兒。」因為同樣這個地方剛才王嬌蕊洗過澡，所以他現在就把她的頭髮收集起來。「燙過的頭髮，梢子上發黃，相當的硬，像傳電的細鋼絲。他把它塞進袴袋裏去，他的手停留在口袋裏，只覺渾身熱燥。這樣的舉動畢竟是太可笑了，他又把頭髮取了出來，輕輕拋入痰盂。」[4]

水晶，著名的張愛玲研究者，他在評論這幾段文字的時候，就把郁達夫拿出來示眾做對比。他引用郁達夫在《沉淪》裏，主人公偷看房東女兒洗澡的一段文字：「那一雙雪樣的乳峯！那一雙肥白的大腿！這全身的曲線！」水晶批評郁達夫式男主角在窺浴時的笨俗，竟是排列句，「如果《沉淪》的故事，換一個高明的作者來寫，遇到這樣一個緊急關頭，我們一定可以看到比『熱的芯子，微溫的水，龍頭裏掛下一扭一扭的水』更加熱豔炙人的文章。」[5] 其實水晶這個評論也不盡公平，我們知道郁達夫在有些作品，比方在小說《過去》裏面寫 sex 也非常熱豔炙人且非常頹廢露骨。我這裏用「頹廢」，是中性的或者是正面的詞。《過去》裏面的男主角喜歡幫一個女的穿鞋，因此他每次吃飯都幻想飯碗裏面有隻女人的腳，就多吃幾碗。《茫茫夜》的主人公，半夜睡不着覺，找到一個女的店員，問那個女的借來一根針和手絹，用那根針在自己的臉上刺出血，用手絹擦，得到巨大的快感……這些寫法，大家千萬不要學，病態啊，但是有一定的藝術性。還有甚麼《遲桂花》《蔦蘿行》《春風沉醉的晚上》等等，郁達夫有寫得含蓄的時候。水晶舉的例子，說明中國現代文學最早起步寫情慾又不想延續《金瓶梅》筆法，確有些「窺浴時的笨俗」。小說還寫房東女兒發現自己洗澡被偷看，尖叫地跑去跟爸爸說，這日本爸爸跑出來，也不用刀砍，還在那裏笑。為甚麼呢？這個問題我在現代文學課，已經講過了，今天就不再討論。如何用現代中文寫情色，從郁達夫到張賢亮，再到張愛玲，很多作家做了不同方向的探索。當然，對比《沉淪》的窺浴文字，張愛玲在《紅玫瑰與白玫瑰》中的寫法當然是「much more sophisticated」，非常非常的含蓄。水裏面裝了暖芯、男人在浴缸裏撿了女人的頭髮、肥皂在手指上吸吮……當然這個話題我們還會有專題研究，現代文學當中的性描寫，真正的突破是在《小團圓》裏。

更重要的是，振保看到嬌蕊對他有意思，可這個男的還在猶豫。為甚麼猶豫呢？好人跟真人。這女的是很有誘惑力，很漂亮，自己也有愛慾，可是他知道中國有句老話叫：「朋友妻，不可欺。」這樣做太不符合做一個「好人」的基本標準，所以男主人公猶豫，他不知道自己要甚麼。我們講《傾城之戀》的時候已經說過，女人目的明確，手段靈活；男人享受過程，卻對自己的目的「懵查查」(按：指糊裏糊塗)，他不知道自己到底要甚麼，是佔有、是同居、是一夜情、還是結婚……他自己幾乎從頭到尾都不太知道。我知道讀者聽眾當中當然有很多男性朋友，想想我們自己是不是有這樣的情況？不知道自己到底要甚麼，所以要看小說。大家知道，看小說就是看我們自己，看通俗小說就是看我們自己喜歡的，自己打扮的外表。看嚴肅小說就是看我們自己不肯承認的，自己都不知道的，自己的內心。所以〈紅玫瑰與白玫瑰〉中有一段文字我特別要讀一下：

> 「……振保抱着胳膊伏在欄杆上，樓下一輛煌煌點着燈的電車停在門首，許多人上去下來，一車的燈，又開走了。街上靜蕩蕩只剩下公寓下層牛肉莊的燈光。風吹着的兩片落葉踏啦踏啦彷彿沒人穿的破鞋，自己走上一程子。……這世界有那麼許多人，可是他們不能陪着你回家。到了夜深人靜，還有無論何時，只要生死關頭，深的暗的所在，那時候只能有一個真心愛的妻，或者就是寂寞的。振保並沒有分明地這樣想着，只覺得一陣悽惶。」[6]

這段文字特別重要。首先，這是一段風景，街上有車、有落葉、有燈光。然後，由這段風景產生了一段聯想。聯想中說，這個世界不管有多少人，最重要的時候，夜深人靜，只要有一個人愛你就行了。眼前這個街景、落葉、燈光、牛肉莊，可能是振保看到的(因為風景之前是「振保抱着胳膊伏在欄杆上」)，也因為張愛玲小說中常常出現一段景物描述，其實來自主人公的感覺(比如手臂如牛奶一樣倒了出來)。但在省略號之後的有關聯想呢？(「這世界有那麼許多人⋯⋯」)，似乎也是主人公在惆悵寂寞夜景之中的順理成章的感悟？所以整個這段引文，從風景到心情，究竟是小說主人公的視覺，還是小說敍事者的觀點，直到最後一句，其敍事角度都是有意無意被混淆的。這就是前面說過的張愛玲小說藝術的第二個特徵。這段風景跟聯想都是雙重角度混合的。如果翻譯張愛玲的小說，在這個地方就「混淆」不過去，你一定得說明這段風景是振保眼裏看到的，還是作家第三人稱的敍述。張愛玲經常用這個方法，利用中文主語可以省略的特性，人在那裏看，小說寫一片風景，風景形成了一個想法，然後按照這個想法，跟風景連繫。

當時振保有沒有說出他的渴望？沒有，換句話說，敍事者最後在一旁交代，振保當時並沒有分明這樣想，他只覺得一陣悽惶。甚麼意思？就是說眼前這個景象，使得男主人公潛意識裏已經渴望了有這麼一種愛，夜深人靜只有一個人可以愛你（女作家想像中的男人對愛的定義）。他當時看到了寂寞的街景，他感受到了孤獨和惆然，可他不知道寂寞與惆然的意義。要是知道的話，他稍後就不會那麼不珍惜勇敢的嬌蕊，甚至絕情的拒絕嬌蕊。他不知道，但是他有感覺，否則為甚麼他看了這片風景而覺得悽惶？要是沒感覺，他後來也就不會後悔了。所以在這個雙重敍事角度，人物跟作家敍事角度的混合，達到一個效果，就是寫出了人物自己不知道的東西，簡單的說就是寫出了人物在一個瞬間的潛意識。施蟄存在《梅雨之夕》等作品裏會讓人物正視自己的潛意識。魯迅在《肥皂》裏會讓人物迴避自己的潛意識。張愛玲則是通過風景寫人物的潛意識，更簡單的說法，就是寫主人公明明看見，但是他還沒有悟到的東西。

為甚麼我們看到「振保抱着胳膊伏在欄杆上」就會假設他在面對夜景抒發人生感悟？因為基本上小說裏出現風景，大都聯系着主人公的心情。再舉個例子，嬌蕊告訴振保說她準備告訴她丈夫了，關於他們的愛情關係。「振保在喉嚨裏『嘎』地叫了一聲，立即往外跑，跑到街上，回頭看那巍峨的公寓，灰赭色流線型的大屋，像大得不可想像的火車，正衝着他轟隆轟隆開過來，遮得日月無光。」[7] 這是男主人公感情最關鍵的時候，他知道一個女的準備愛他，準備為他放棄一切，可是這個「好男人」承受不了，他跑出去了。小說不寫他承受不了，他就看那個大樓，大樓像火車一樣壓過來。這個男人的理性太強、心靈太弱，他承受不了，所以他看到公寓轟隆轟隆像火車一樣。張愛玲在這種地方一定要用具體的意象，用主人公眼裏看到的景色，幾層樓的公寓像一個巍峨的……本來談不上甚麼大廈，可是他覺得壓過來壓得他日月無光。

振保跟朋友妻要好的時候，他其實一開始就有顧慮的。簡單的說，他的試探追求過程，經歷了衣、食、住、行四個階段。衣服，他第一面看到這個女的，穿着浴衣非常性感，手還沒握就弄到手上沾的肥皂，這肥皂就吸吮他的手指，這是一段騷到骨子裏的文字。但僅僅是性感的層面，振保還沒有太願意投入，因為他覺得嬌蕊背着丈夫跟別人藕斷絲連，嫌他在旁礙眼，所以今天有意向他表示好感，把他釣上水，可以堵住他的嘴。這真是典型的男人之心度女人之腹，或者說是以男人之慾度女人之情。為甚麼這女的對我好就想把我搞定，然後她再去搞別的男人，這個懷疑的前提就是假設女人在飯票以外別的情慾的追求都是不應該的。雖然這男的很喜歡女人這樣做，但是一面喜歡一面看不起，好像女的有了飯票之後就不可以再有性的慾念。「女食男色」是一種簡化的人性理解，其實是男性中心社會觀念對女性的規範跟洗腦，沒想到這個「好男人」自己也相信。

這個在上海開廠辦實業，既孝敬母親又照顧弟弟的好男人，他的

「性」格形成過程當中，有兩個女人給他打下了底色。後來雖幾乎看不見，可是這個底色非常重要。小說一開始就繪聲繪影描寫男主角兩次不成功的性經驗，在我看來絕非可有可無的閒筆。一次是在巴黎的夏天，一個下午，嫖妓三十分鐘，花了錢沒辦成事。為甚麼沒辦成事呢？小說是虛寫的，從後來的故事看，應該不是先天生理問題，可能是偶然因素，女人身上的香水狐臭混合，太藍的眼睛、蓬亂的黃毛等等細節，使得這個亞洲青年一時慌亂而不行了，也可能是他潛意識裏的犯罪感阻止了他的「墮落」。總之振保後來想到那三十分鐘就羞愧恥辱、畢生難忘，最後竟只記得巴黎女人那張森冷的男人的臉，古代的兵士的臉。振保的神經上受了很大的震動。

「五四」作家郁達夫，我又要提他了，他在《沉淪》後半段也寫過中國留學生在異鄉嫖妓未遂。不過郁達夫的男主角在那個時候矯揉造作地寫了首愛國舊體詩，口喚祖國祖國，你快強大，然後投海自盡。因此他反而不會像振保那樣把半小時恥辱的失敗的性經驗帶回國，然後影響了他的一生。另一次同樣重要的性啟蒙是跟華人少女玫瑰的初戀。這個少女是愛他的，環境氣氛也是很浪漫的，但振保活生生的、非常理智的，或者說不合情理的，壓制了自己的慾望。他後來也不是後悔，他一直感動於自己的道德克制能力、坐懷不亂。表面的理由是因為他覺得玫瑰太西化了，不適合於帶回家做賢妻良母，不過我總覺得潛意識裏是不是因為前一次的失敗經驗，唯恐丟臉呢？所以第一次是不能而不成功，第二次是害怕不成功所以克制。這兩次早期性經驗的因果關係很有意思，從生理角度看，前一次可恥失敗影響到後來貌似高尚的臨陣逃脫；從道德角度看，後一次的偽裝跟昇華，其實就是前一次失敗的無意識成因，所以作家開篇就強調紅白玫瑰互為因果的辯證關係。後來我們的男主角好像有很多「成功」的戰績，但最早的兩次不成功卻一直是最基本的底色，使他後來見到女人，既想證明自己有能力，又害怕真的投入。「證明」和「害怕」，這就是一個女作家對男「性」個案研究的初步診斷。

振保與嬌蕊的關係在「衣」的吸引後，便進入了「食」的中間過渡環節。有一個吃麪包的情節，嬌蕊叫男人幫她塗花生醬，她說我不應該塗得很多很厚，因為我這樣吃會胖，但我又不想自己塗，因為我自己塗的話我會塗得很薄，所以麻煩你幫我塗。這一路發嗲，振保也禁不住她這樣稚氣的嬌媚，漸漸就軟化了。我們以前講過，小說中男女情愛，一旦吃東西，關係就有了質的變化。「食色，性也。」男女有別，女重食、男好色，這是世俗偏見（雖然看上來有現象證據）。說女人主要是為了經濟生活理由，追求愛情婚姻，男人是因為性慾、情色驅動，而追逐男女關係。這只是部分的道出了被經濟政治權力支配的表面社會現象，遠不能真正概括男女性別戰爭的人性基礎，所以對這種表象的描寫，以及深層的人性思考，恰恰正是張愛玲愛情小說討論的重點。

從細節上來看，女人關心食，男人注意色，倒也是很多小說常見的橋段。我們以前提到過魯迅的《傷逝》，把吃的東西，油鹽醬醋跟寫文章對立起來。我們也提過郁達夫《春風沉醉的晚上》，女工跟知識分子有共同語言，為甚麼？一起買的麪包、吃香蕉，張賢亮的《綠化樹》裏邊，愛情是通過饃饃來傳遞。王安憶的《小城之戀》也是，男女從頭到尾性搏鬥，但是其中最溫暖的一段，卻是兩個人一起煮餃子、煮麪條。古華的著名長篇《芙蓉鎮》，原來小說裏寫男女主角秦書田跟胡玉音，掃街掃到晚上下暴雨，兩個人跑到一個黑屋子裏。因為衣服都濕了，他們在黑屋子裏把衣服脫下來。脫下來以後，古華描寫屋子裏黑得伸手不見五指，男的把雙手接觸到胡玉音時，兩個人都嚇了一跳，他們都忘記身上的衣服已經脫光了，兩個人緊張一下，然後就抱在一起。這是古華的想像，後來這篇小說被謝晉導演改編成電影，作家阿城也參與了編劇。關鍵情節——男女主角怎樣突破他們感情關係的這個情節，很難拍成電影。大家想想看，兩個掃街的一進房間各自脫衣服，不要說這個細節太煽情、太三級，而且黑濛濛也看不見，拍了也白拍。後來怎麼改呢？那個電影，是中國寫文革的最好的電影之一。電影裏面胡玉音是劉曉慶所扮演的，男主角是姜文。劉曉慶生病，姜文去看她，進去了以後女的就給他打了碗米豆腐，叫他喝米豆腐。姜文低頭喝，喝的時候，女人就深情的看着這男人喝米豆腐，這時候音樂起，劉曉慶的手碰到這男人的手，這一碰男的就不喝了，馬上站起來有所行動。這個食、色，又複雜又簡單的關係……

張愛玲也一樣，《紅玫瑰與白玫瑰》裏的花生醬麪包把振保搞定。衣是浴袍跟身體，是男人的關注點；食，麪包花生醬，是女人的突破口。接下來就是住了，衣、食、住。「住」在小說裏不是真的講房子，女的說看你有本事拆了重蓋——「『我的心像一所公寓房子。』振保笑道，『那，可有空的房間招租呢？』嬌蕊卻不回答了。振保道：『可是我住不慣公寓房子。我要住單幢的。』嬌蕊哼了一聲道：『看你有本事拆了重建。』」他們當然不是在講房產樓市，哪像今天的人們，拍拖見面三次如果還不談到房子，簡直就是不食人間煙火的浪漫派了。振保、嬌蕊講的住房全部是明喻，振保原意只是租間空房（偷食），看到嬌蕊不回答（當然是不滿），才說要「單幢」，可是女人這時已想到要「拆了重建」，難怪男主角馬上顧左右而言他如果雙方當時就明白他們在說甚麼，也許後來的事情就不會發生。也是《傾城之戀》裏邊的說法，你要跟我好，我就要結婚，女人的愛就是要全部，「All or nothing at all」，這是一首英文歌，要麼全部都要，要麼全部都不要，所以女人講得很清楚，我要「拆了重建」的房子。振保還在那裏裝傻，「住不慣公寓房子。我要住單幢的」。現在人們開玩笑的說法，買房建房就是婚姻，租公寓就是戀愛，住旅館就是一夜情，當然還有別的不說了。

衣、食、住、行，行在哪裏呢？「行」不是交通，就是他們的實際行動。小說敘事者是從振保的眼睛跟感官看事情，但偶然又會跳出來，說出男主角的處境跟潛意識。這個偏重男性的敘事角度，使我們看到整個與朋友妻偷情的過程，男人一直在抵抗，或者說他一直在找理由。他要找甚麼理由呢？其實他是有理由的，他自己當時不知道。

當他發現女主角不是一時偷情，而是真愛他的時候，這男人怕了、退卻，拒絕她的時候，他感到大樓壓下來，承受不了。女的哭了兩場，就跟他分開了。後來女的也離婚了，因為她告訴了丈夫實情。小說在這裏突然出現一段第三人稱的旁白說：「現在這樣的愛，在嬌蕊還是生平第一次。」[8] 請注意這句話，十分罕見。這句話不是振保想的（振保還一直懷疑嬌蕊是否真心或有別的戀情）。從技術上分析，這是否是作家（或更準確地說是隱形作者）直接出來交代故事裏邊不是男人看到、也不是女人看到的情況？但也有可能，這句話是女主人公角度的自言自語？這裏又可能是一個敘事角度的有意混淆。當然，這種反常的全知，一般只在小說最關鍵的地方偶然使用。可以比較的是《圍城》，男主角被拒絕後不知道唐曉芙的失戀心情，否則他在下雨的時候多等一分鐘，人生命運就改變了；還有趙辛楣如何旁觀孫柔嘉設計引誘方鴻漸等等。這偶然的幾個地方，是作家在旁邊給讀者點醒這些人物的人生關鍵點。

張愛玲最初的小說，是用第三人稱寫一個女人的主觀心理，這時她有先天有利的條件，因為她是女作家。男人模仿女人的視角、模仿女人的心理寫的中國現代小說，最有名的大概就是老舍描寫母女兩代做妓女的《月牙兒》，但是我聽女同學們評論說，畢竟寫得不太像個女人。所以很少有男作家能夠模擬女人的心理來寫作。可是《紅玫瑰與白玫瑰》是在寫一個男人的心理，用的是之前一樣的方法，就是敘述者跟主人公的視線角度混淆。這在之前，張愛玲也沒有特別的創作上的準備，距離她 1943 年發表的很多其他作品，短短幾個月的時間，在《紅玫瑰與白玫瑰》裏，她這麼成熟、老道、複雜地寫出一個男人這麼隱密的心理，這的確使人非常驚訝，也值得研究。從技術上我們可以分析張愛玲到底用了甚麼技巧，同時我們不得不承認，這是一個真正的小說家。真正的小說家不是一定只寫自己的性別。

回到小說，故事只進行到一半。男主角佟振保跟朋友妻王嬌蕊發生了戀情，當王嬌蕊要離婚準備跟他在一起，男主角害怕，退卻了。接下來就寫男主角按照世俗的標準結婚了，是跟一個叫孟煙鸝的女人。小說裏寫這女的比較瘦比較高，最大的特點是白，身材平平。孟煙鸝是張愛玲的一個特別創造，為了劇情把她寫成一個比較悶的女人，三從四德，好像一切聽男的，很怯懦又很固執，大概就是為了跟前面浪漫、熱情的朋友妻做對比。

有幾個細節令人印象深刻，小說描述煙鸝患了便秘症，每天在浴室坐上幾個鐘頭，電影改編還增加了在洗手間牆上貼毛巾的場景。這些細節，當然蘊含着一種無言的抗議，或者是一種性苦悶的轉移。我們記得在《第一爐香》裏邊，當薇龍發現丫頭跟喬琪喬偷情的時候，她也是在衛生間裏用濕的毛巾打那個丫頭。更有趣的，關錦鵬拍了《紅玫瑰與白玫瑰》，孟煙鸝找葉玉卿來演，這太反諷了，因為葉玉卿在香港是出了名的「波霸」。

小說描寫男主人公結婚以後就沒了「性」趣，他覺得這個女人很悶，為甚麼悶？其實就是因為這個男人最初的性經驗：現在既不需要「證明」能力，也不需要「害怕」投入，因此也就失去基本的動力。就像現在很多人說的回家是「交功課」，這多麼無聊，這比說婚姻是愛情的墳墓更加刻薄。張愛玲輕描淡寫，寫這個女人好像很笨，甚麼事情都不會動腦筋，周圍的朋友都不喜歡她。請記住，這個男人是想做「好人」的，「好人」是要做給周圍人看的，要是周圍人都說這人不好的話，他自己當然也就不喜歡。所以正當生活陷入難言困境以後，男主角就常常去購買性服務。可能在那個社會環境下，或在振保看來，這項「愛好」（惡習）不足以損壞「好人」標準。又或許，這也算是另類的能力「證明」（體格檢查）？

但有一天，他又跟嬌蕊相遇了。幾年以後，嬌蕊已經生了孩子，他們在公共汽車上碰到。這段文字我還是要讀一下，因為在我看來，這是張愛玲小說裏寫得最好的文字之一。以前講過，張愛玲的象徵，同時是寫實，怎麼樣又象徵又寫實呢？這一段是個 textbook ，教材。

「振保看着她，自己當時並不知道他心頭的感覺是難堪的妒忌。」[9] 請記住，這是敍事者在旁邊解說。其實這一句話，「自己當時並不知道他心裏頭的感覺」，也是整個《紅玫瑰與白玫瑰》的一個主旋律，一個基調。就是一個女作家，站在男主角的邊上，一直在悄悄地描寫、刻畫、玩味、解析他的情慾，同時在旁邊說：瞧瞧，你不知道，你不知道究竟想要甚麼，你也不清楚你錯過了甚麼……整篇小說就是在寫一個男人不知道自己的「性」格。（我們讀者知道嗎？女作家張愛玲知道嗎？他剛認識的男友胡蘭成知道嗎？）敍事者常常超過第三人稱的主人公，在旁邊說。我們注意到張愛玲寫女人的時候不大使用這種寫法，比方她寫七巧，當七巧用扇子向那個假意求愛、實際騙錢的小叔子丟過去的時候，七巧心裏很清楚：我真蠢，我真蠢！她知道她這個行動會害了她一生，酸梅湯一滴兩滴……這個「我真蠢，我真蠢」基本上也是敍事人，甚至隱形作者當時的看法，換句話說，女主角只是控制不了自己，但她知道自己在做傻事。可是張愛玲在寫男人的時候，她卻同時態告訴讀者說這男人自己不知道他到底錯在哪裏，不知道他心裏的感想，然後女作家用一個具象 —— 具體的形象，來表現男主人公不知道，而他實際上、潛意識裏想要知道的東西。

「嬌蕊道：『你呢？你好麼？』振保想把他的完滿幸福的生活歸納在兩句簡單的話裏，正在斟酌字句，抬起頭，在公共汽車司機人座右突出的小鏡子裏看見他自己的臉，很平靜，但是因為車身的搖動，鏡子裏的臉也跟着顫抖不定，非常奇異的一種心平氣和的顫抖，像有人在他臉上輕輕推拿似的。忽然，他的臉真的抖了起來，在鏡子裏，他看見他的眼淚滔滔流下來，為甚麼，他也不知道。」[10]

哎，寫得好啊！用我們大白話來說，這是他控制不住。這個男人不知道自己為甚麼會流淚，可是作家設計了一個鏡子來反襯他，又是「看」與「被看」同時發生，他通過鏡子才發現自己流淚。大家知道張愛玲總能妙用鏡子，我們都記得白流蘇在上海閣樓，怎麼對着鏡中的自己陰陰的，不懷好意的一笑，從而煥發了自己的戰鬥力；還有，在淺水灣酒店跟范柳原第一次做愛，也得全身倒在冰冰的大鏡子上。現在，也是鏡子，隨着車子的顫動，用車子的顫動，這是物理的、機械的，來形容他臉上肌肉的顫動，用這兩層對照關係來顯示他不知道自己為甚麼在這個時候會流淚。

接下來幾句更加重要，必須細讀：

「在這一類的會晤裏，如果必須有人哭泣，那應當是她。這完全不對，然而他竟不能止住自己。應當是她哭，由他來安慰她的。她也並不安慰他，只是沉默着，半晌，說：『你是這裏下車罷？』」[11]

大家看到作家的敍事角度，在這裏變化或者說混淆得非常純熟。「如果必須有人哭泣，那應當是她」，既可以是敍述者評說，也可以是男主角獨白。如是前者，是對當時一般社會世俗婚戀遊戲規則的背景介紹。如是後者，則是主人公在男女遊戲規則中的自我想像和定位。但作家就是不說明，讓我們可以從多種角度自由切入，既體會又嘲諷主人公的尷尬與難堪：「然而他竟不能止住自己。應當是她哭，由他來安慰她的。」從這一整段男人自己目睹，女人和我們一起旁觀作證的羞恥場面中悄悄退出，最後一句彷佛客觀的描述，「她也並不安慰他」，沉默，下車。如果我們說散文有所謂文眼，這就是這部小說的文眼，在這一個 moment，這一個瞬間，這個男的才意識到，自己原來是愛王嬌蕊的。男人這個時候才知道自己的潛意識。但是時間已經過了，這已經是幾年以後，他當時並不知道。這就是我們現在的說法叫「腸子都悔青了」。直到重逢，經過一番對話，看到一個他自以為是放蕩的、嬌豔的女的，現在居然成了賢妻良母，也活得很好、很正常，他對照自己的「好人」生活，不自覺地流下了男人的眼淚，所以這是整個小說的轉折點。

接下去禍不單行，振保一方面認識到自己錯過了甚麼，羞愧也來不及，雖然他自己不承認。然後回去以後又發現一個裁縫，在幫他老婆很曖昧地量衣服。這個裁縫長得很難看，有點駝背。這個心理很奇怪，你發現有人可能跟你老婆通姦，你還在乎他好看不好看嗎？你還看不起那個裁縫？振保站在屋子裏，小說裏這樣寫，振保「……瞭望着這一對沒有經驗的姦夫淫婦。他再也不懂：『怎麼能夠同這樣的一個人？』這裁縫年紀雖輕，已經有點傴僂着，臉色蒼黃，腦後略有幾個癩痢疤，看上去也就是一個裁縫。」[12]

最後這句話非常妙。我記得豐子愷有篇散文叫《憶兒時》，是個名篇，說他父親吃螃蟹，吃得最乾淨，那個蟹殼兒非常的乾淨還原，所以他家女傭有一句話說：「老爺吃下來的蟹殼，真是蟹殼。」看上去是廢話，卻是名句。可它的意思就是說，他吃得最好最乾淨。在文學當中，比如魯迅寫的，後院有兩棵樹，一棵是棗樹，另一棵也是棗樹之類的「廢話」，因為它打破了人們直接表達意思的語言慣性，所以反而就有了俄國形式主義理論家什克洛夫斯基（Viktor Shklovsky）所謂的「陌生化」[13]。陌生化的文學性，就是「讓石頭重新石頭起來」。

張愛玲寫振保戴了綠帽，昏了頭以後的這句話，就是一個陌生化。這個人……看上去也就是一個裁縫。」其實是用來表達他的憤怒，雖然這個事情還沒有揭穿。孟煙鸝以為丈夫還不知道，接下來有一句，我個人認為也是非常妙的描寫，讀者也可能不注意。大家注意的是男人為發泄憤怒，就將收音機聲音開得很大。然後振保拿着傘往外走，還沒有離開家，就在外面走廊，孟煙鸝馬上把收音機給關了，這時候好像有甚麼東西把這個男人堵住了沒有出來，然後他就衝了出去。外面下着非常大的雨，他面對雨天的街立了一會，接下來他非常憤怒，作家怎麼描寫他？「……黃包車過來兜生意，他沒講價就坐上拉走了。」沒講價就坐上拉走了。張愛玲真是，太刻薄了。很多人說上海人精明，寫得最形象最精明的就是張愛玲這句話。一個男人發現老婆通姦，衝出去，以至於坐黃包車都不講價，用的是最樸素的語言，說明這個男人平常坐車子會怎麼講價，現在發生了天大的事情，男主角居然不講價了。這句話是一位香港的同事提醒我的，香港中文大學的一位老師，黃念欣博士，她有一次引用，說這句話真是妙，你要不注意就略過去了。所以用的是最平常的語言，你看那就是一個裁縫，黃包車來了沒有講價就上車……這些句子，單獨讀你都覺得沒甚麼意義，但是你如果放在上下文裏面，最平淡的話可以有最大的力量，殺傷力非常大。

這篇小說讀完以後，作為男人我一直在反省，這個主人公到底是個甚麼樣的？他到底錯在哪？振保到底是個甚麼樣的人？是個普通人嗎？還是說比普通男人道德水準再低一點？還是說再略高一點？大家知道亞里斯多德講悲劇的定義，說悲劇就是一個比我們略高一點的人，犯了小錯而受到大罰[14]。我不知道《紅玫瑰與白玫瑰》算不算一個悲劇，如果不算悲劇，那就是說男主人公是個普通人，甚至比普通人更低，他表面做「好人」，其實是「小人」，一點「真人」都做不了。但我們又很難說這是鬧劇或喜劇（我們可以輕易嘲笑比普通人低一些的主人公）。如果客觀地從外在社會標準來看這麼一個人，假如我們認識的，他孝敬母親、幫兄弟、幫朋友，他的工廠也辦得成功，振興民族工業，對工人也並不太苛刻。你看他偶然誤入歧途戀上朋友妻又能激流勇退，最後老婆通姦他也沒有把老婆休掉或者打他老婆，他自己最後還表示，願意重新做個「好人」等等。這樣的話，我們可不可以借用亞里斯多德的定義說，他也算是一個悲劇呢？他犯了甚麼錯？他受了甚麼樣的詛咒？

也許從每個個人來說，從每個男人來說，或者覺得他那些錯都是小錯，可是在張愛玲筆下，其實是很大的錯，因為他不懂愛。因為他不懂得愛他的王嬌蕊。表面的理由是朋友妻不可欺，實際上他從一開始就懷疑這個女人是在要搞定我，要跟別人好，覺得她很放蕩。這男人骨子裏，不尊重女性，也不懂女人。他覺得這個女的有太多男人，這樣的女的他 hold 不住，我要跟你玩玩行，做情人也行，但你要做我的老婆這不行。在這樣的情況下，這個男人是放縱自己的情慾，又蔑視別人的情慾，違反了「己所不欲，勿施於人」的天條。等到第二次他自己太太給他巨大的打擊，這我們當然比較容易理解，沒有幾個人願意看到自己太太跟別人偷情，還在那裏寬容的，但他還是那個思路，他說這個跟裁縫……唉呀！

有一個網絡走紅的作家，談他的成功經驗，說網絡小說要有粉絲，要 popular，要成功，千萬不能讓男主角喜歡的女人跟別人好，他說這是大忌，讀者一定不接受，馬上狂掉粉。回想起來像《007》裏 James Bond 這種，或者蝙蝠俠、蜘蛛俠，這一類的大眾片、通俗文藝，男主角最後一定會跟他喜歡的女主角在一起。可是我們反過來看，最出色的嚴肅小說，偏偏就要處理那樣的題材，就是男人眼睜睜地看着自己喜歡的女人跟別人去。世界名著《戰爭與和平》，最激動人心的場景，在我看來不是庫圖佐夫跟拿破崙打仗，而是娜塔莎要背叛安德列，跟那個花花公子……我記得以前看小說看到這一段，覺得驚心動魄。小一點的例子，沈從文的《丈夫》，也都是渲染男主角農民的妻子「老七」如何在船上接客。

女作家張愛玲解剖男人振保，一開始就是從性經驗的挫折開始，主人公早無英雄光環，寫他妻子出軌也不會令讀者感到衝擊。大家想想，振保有多少個女的？後來嫖妓也那麼多，從頭到尾他跟不同的女的在一起，他都沒有覺得對不起他的女人，他從頭到尾都沒有反省過。張愛玲說過一句話，她說甚麼叫今天的婦德？「婦德的範圍很廣，但是普通人說起為妻之道，着眼處往往只在下列的一點：怎樣在一個多妻主義的丈夫之前，愉快地遵行一夫一妻主義。」[15] 這話講的非常切中要害。就是說，男的出軌可以原諒，女的就不行，嬌蕊以前就不行，煙鸝當然更不行。如果我們認為他是個普通男人，或是比普通人略高，那我們在這種情況下，怎麼辦呢？一生該怎麼度過？你要理直氣壯，道德上自圓其說的話，要麼絕對忠誠於你愛的人，要麼你有了外遇，你也得允許你愛的人也有。中國男人（或者說男人）要做到這點真是好難。現實世界當中，男人有意無意會珍視跟異性來往的數量，至少不怎麼後悔，作為自己的人生故事。而女性呢？通常只珍視自己征服的質量，數量最好不談，為甚麼？數量，過去的情史，是負資產；在男的來說，它是資產（不管正負）。這現象是怎麼造成的？記得我們一班學生（現在都是教授）當年在 UCLA 討論課的時候，也都展開過激烈的爭論。現在想想，《紅玫瑰與白玫瑰》對男性中心主義的拷問，是蠻殘酷的。把男人逼到牆角。

小說不僅批判了男性，男權道德的虛偽跟不合理，也揭示了男權道德的虛弱跟無奈。把王嬌蕊跟孟煙鸝的故事，跟小說開篇那個兩個紅白玫瑰的影子連起來，更可見出作家或者是小說結構當中的深意。在巴黎白人妓女那裏的失敗，一直延續到男主角的沉悶婚姻，孟煙鸝總躲在衛生間，顯然是對性生活不滿意，只是好女人從古至今無處抱怨，所以出現裁縫也是情理之中。而振保經常出去購買性服務，也是對白玫瑰的逃避。另一條線索，男主角對先後兩位紅玫瑰，「克己復禮」，一脈相承，表面上是為了做「好人」，遵從世俗道德，實際上，是害怕自己的慾望，也害怕自己沒有慾望。雙重害怕。

這篇小說是張愛玲跟胡蘭成關係非常好的時候寫的。我不知道，大概胡蘭成是一個「壞男人」的好標本吧？幫助張愛玲認識男人跟人性。中國男人有關性愛的道德偏見，只是這個小說的一個層面。如果說這個人物犯小錯，他受的重罰又是甚麼呢？那就是人物不知道自己到底要甚麼。他不知道自己潛意識裏要甚麼。他以為在 play with 女性，其實是 play with 自己。如果我們把這個主題再上升一下，那就可以說是張愛玲一貫的主題：人，無法控制自己的命運，即使你極力地能夠控制，以自制力為榮，但，最後你還是自己欺騙自己，人的理性無法控制自己的潛意識。你永遠不知道自己的潛意識要甚麼。

當男主人公他害怕、拒絕王嬌蕊的時候，其實我們每個人的生活當中，都可能是有這樣的情況，你在跟一個人交往，你可能因為一件小事明天就分手了，但也可能你們在一起十年八年，甚至半輩子。人生的一些瞬間，可以平淡滑過，也可以根本性地決定你的命運。多麼希望我們知道自己，能像莫言學習馬奎斯（Gabriel García Márquez）的寫法那樣，在一個瞬間就知道「多年以後……」，「尋根文學」的方法是提早預告結局，再分析過程。張愛玲用的是另外一個方法。她就是跟在焦慮、猶豫的主人公的旁邊，跟他一起觀看風景，感受情慾，然後悄悄地說：你不知道，你不知道你看到了甚麼，你不知道你自己的感覺，你不知道自己想要甚麼……

---

1 《紅玫瑰與白玫瑰》，選自《傾城之戀 —— 張愛玲短篇小說集之一》，香港：皇冠出版社，1993 年，頁 51。

2 萬燕：《海上花開又花落 —— 讀解張愛玲》，南昌：百花洲文藝出版社，1996 年，頁 190。

3 《沉香屑・第一爐香》，選自《傳奇》增訂本，上海：山河圖書公司，1946 年 11 月，頁 214。

4 《紅玫瑰與白玫瑰》，選自《傾城之戀 —— 張愛玲短篇小說集之一》，香港：皇冠出版社，1993 年，頁 59。

5 水晶：《潛望鏡下一男性：我讀〈紅玫瑰與白玫瑰〉》，《替張愛玲補妝》，濟南：山東畫報出版社，2004 年，頁 91。

6 《紅玫瑰與白玫瑰》，《傾城之戀 —— 張愛玲短篇小說集之一》，香港：皇冠出版社，1993 年，頁 63-64。

7 《紅玫瑰與白玫瑰》，《傾城之戀 —— 張愛玲短篇小說集之一》，香港：皇冠出版社，1993 年，頁 80。

8 《紅玫瑰與白玫瑰》，選自《傾城之戀 —— 張愛玲短篇小說集之一》，香港：皇冠出版社，1993 年，頁 73。

9 《紅玫瑰與白玫瑰》，選自《傾城之戀 —— 張愛玲短篇小說集之一》，香港：皇冠出版社，1993 年，頁 87。

10 《紅玫瑰與白玫瑰》，選自《傾城之戀 —— 張愛玲短篇小說集之一》，香港：皇冠出版社，1993 年，頁 87。

11 《紅玫瑰與白玫瑰》，《傾城之戀 —— 張愛玲短篇小說集之一》，香港：皇冠出版社，1993，87 頁。

12 《紅玫瑰與白玫瑰》，選自《傾城之戀 —— 張愛玲短篇小說集之一》，香港：皇冠出版社，1993 年，頁 92。

13 參見佛克馬、蟻布思著，袁鶴翔等譯：《二十世紀文學理論》，香港：中文大學出版社，1985 年。

14 參見朱光潛：《西方美學史》上冊，北京：人民文學出版社，1963 年。

15 張愛玲：《借銀燈》，引自《流言》，台北：皇冠出版社，1982 年，頁 88。

第十章

雌雄同體的《茉莉香片》

張愛玲的小說可以最簡單地從愛情故事（世態人情）角度閱讀，讀出或甜、或苦、或酸的「心靈雞湯」（我在中性的定義上使用這個詞彙），也可以從文學史角度去讀，讀出「五四」以來現代文學的各種潮流、走向、趨勢的複雜關係。有意無意間，文學史角度大概是我的側重點。當然，現在還有一些學院裏的同行，從訓練基礎或是評審需要出發，側重於後現代、後殖民等理論角度的解讀，處處見到女性對男權的挑戰反叛，或者殖民者對被殖民者的窺伺偏見。比方說，炎櫻設計的《傳奇》再版本的封面，坐在中式客廳裏打牌的那些舊式家庭裏的姨太閨秀，她們實質上是被觀看的「商女不知亡國恨」的一羣。而趴在窗台上，臉部沒有細節，身體不成比例，則是留着現代長髮線條的外來觀察者，也是女性。知人論事的方法，我們知道因為張愛玲從一開始就用英文來寫中國，洋人看京戲的角度，一直滲透在她的創作中間。但用後現代理論武裝一下，我們可以說被觀看的傳統女性，也是被殖民的一羣，趴在窗台上的現代女性，則可以被解釋為從外面來觀看東方的殖民角度，或者說偽殖民角度。後殖民的很多術語，有的的確給人啟發，有的則是學術工業的自產自銷。各家各派都可以用的一個角度，那就是用女性主義的角度去細讀張愛玲。從女性主義的角度讀愛情故事，可以讀出女人的婚姻經驗和失戀教訓；從文學史的角度，你可以看出女性主義文學批評的發展；要是後殖民閱讀，可能就有女性（及東方）的困境屈辱等等。真不知道張愛玲現在醒過來，看到這麼多不同流派的張學，有甚麼感想？

大概除了晚年的《小團圓》之外，《紅玫瑰與白玫瑰》是張愛玲筆下最重要的寫男人的小說。我曾經試圖將張愛玲早期小說中的男人簡單分成三類：花花公子、被改造的花花公子以及好人真人。可是在振保之前，甚至在《封鎖》之前，張愛玲早期小說還有一些男性形象，無法以上述三個類型來歸類。比方說有篇小說叫《年輕的時候》[1]，寫一個單戀俄羅斯少女的「屌絲」青年潘汝良。不好意思，屌絲這個詞彙，是政治不正確的說法。《琉璃瓦》刻畫了年紀較大算是父輩的男人，雖然上了年紀，也都會間接捲入愛情搏弈。姚先生是一個以嘲諷筆調勾勒的上海男人，有點錢，又不夠錢，費盡心機替三個女兒操勞婚事。故事很有意思，在張愛玲筆下出現比較少有諷刺基調的作品，有點像張天翼、早期的老舍那種。姚先生的大女兒確實嫁了個有權勢的人家，她卻擔心被人議論是攀附豪門，反而在婚後疏遠了娘家的父親。二女兒被人安排跟很多青年才俊共事，卻偏偏愛上了一個沒錢的職員，這老爸，冤。三女兒在相親的飯桌上，有眼無珠，看錯了人了，給她介紹 A，她看中 B，又違反父母意願，陷入了婚姻困境。下面還有幾個女兒，姚先生怎麼辦呢？所以所謂愛情戰爭，身在其中當然是困難，站在高處遙控也不容易。《琉璃瓦》的誇張寫法，令我想到葉聖陶的短篇《遺腹子》[2]，寫一個男人因為太太先後生了七個都是女兒，對自己傳宗接代使命感到絕望，自殺而死。太太最後沒有懷孕，卻自稱有了遺腹子，原來是腦袋出了問題了。《琉璃瓦》[3] 不是寫生女，而是寫嫁女，也是誇張的細節和循環的結構，有趣的是寫一個男人的悲劇，卻要幾個女性的命運陪葬。其實仔細看，《紅玫瑰與白玫瑰》也是這個結構，振保的個人性格「杯具」，要有巴黎妓女、玫瑰、王嬌蕊、孟煙鸝等人的不幸來共同完成。又或者，女人們其實不是悲劇，男主人想像和她們的關係才是悲劇。

另外一個引人注目的小說叫《心經》[4]，寫一個中年成功男士許峯儀，和他二十歲女兒的曖昧感情。結構上又是一男三女的格局（女兒的男同學只是陪襯）。峯儀為了逃避跟女兒的不倫之戀，結果卻跟女兒的同學綾卿同居，她倆相貌還非常像。小說裏很晚才出場的許峯儀的太太，後來反成主角，勸阻了許小寒進一步的瘋狂。這篇小說令人懷疑張愛玲是否也有戀父情結，但仔細讀文本，小說在寫父親跟女兒在一起的時侯，表情也好、動作也好，都十分勉強。可能因為這父女戀本身令讀者不安（我也是讀者），但也可能張愛玲對父女戀也是一種非常緊張的探索態度。她也是唯一一次探索這類題材。所以小說由父女曖昧關係始，最後卻以母女曖昧關係終。真正的重心還是後者。我一直認為母女關係在張愛玲的全部小說中，遠比父女關係來得重要。張愛玲小說裏的男人悲劇，總要幾個女性的命運作陪，就好像小說文本像考古，墓主其實並不重要，陪葬品才是真正的焦點。在某種意義上，張愛玲寫男人，其實還是為了寫女人。

張愛玲早期有一個例外，就是短篇《茉莉香片》。讀張愛玲的小說，從時序上看，這是較早的作品，但卻是對讀者閱讀經驗的很大考驗。《茉莉香片》一開篇，還是那種仿章回說書腔。「我給您沏的這一壺茉莉香片，也許是太苦了一點。我將要說給您聽的一段香港傳奇，恐怕也是一樣的苦 —— 香港是一個華美的但是悲哀的城。」[5] 我怎麼覺得張愛玲在這裏給香港唸了咒語，幾十年過去了……當然，現在還是既華美又興盛的城市。「您先倒上一杯茶 —— 當心燙！您尖着嘴輕輕吹着它。在茶煙繚繞中，您可以看見香港的公共汽車順着柏油山道徐徐的駛下山來。開車的身後站了一個人，抱着一大捆杜鵑花。」這個說書人的引子是為了寫公共汽車上的一個比較病態的青年，聶傳慶，二十歲上下，眉梢嘴角有點老態，窄肩細脖，又像是十六、七歲沒發育。聶傳慶在車上碰到了言教授的女兒言丹朱。言丹朱跟聶傳慶是同學，兩人恰成對照，說言丹朱像美國漫畫裏的紅印第安小孩，圓圓的臉，曬成赤金色，笑得豐滿燦爛。這樣的女人說實在話，在張愛玲筆下也是極其罕見。兩人在車上講學校修課之類的事情，中心卻是繞着丹朱的父親。聶傳慶說他分數低，說明言教授不喜歡他。其實他是自卑、過敏，就好像他跟丹朱說話一樣，老想躲着。言丹朱這個女同學非常陽光，還跟他說起一些班上有人寫情信的事……總而言之，鮮明的對比，男的陰柔女的陽光，話不投機。最後丹朱說着說着，反而被他整哭了，抗議說難道我不可以快樂嗎？等聶傳慶到站回家，我們才看清這個男生病態陰柔的原因，他在家裏非常壓抑，父親和後母躲在煙鋪上，一邊抽鴉片，然後還細細盤問兒子修甚麼課 —— 英文歷史？十九世紀英文散文？他父親道：「你那個英文算了罷！斷腿也是空的，蹺腿驢子跟馬跑！」說到選修中國文學史，他父親又道：「那可便宜了你！唐詩、宋詞，你早讀過了。」他後母道：「別的本事沒有，就會偷懶！」

這些場面其實我們在介紹張愛玲家庭背景的時候已經很熟悉，就是家庭壓迫了青年人。壓迫聶傳慶的不只是古書，他還被他父親和後母訓斥，訓斥的時候，他把頭低了又低，差點垂到地上去，但他忍着，心想：總有一天罷，錢是他的。於是他從十二、三歲起，就在作廢的支票上練習簽名，為此也被父親打過，打了也不哭，瞪大眼睛望着他父親，期盼將來的勝利與復仇。哎呀，這樣一個青年人。聶傳慶身上好像有張愛玲弟弟張子靜的影子，不過我總覺得重要的不是原型，而是這個形象的發展。父親，後母，再加上鴉片的壓迫，使得男主角特別懷念他死去的母親，叫馮碧落。他四歲就沒有了母親（巧的是張愛玲的母親也是在她四歲的時候去了歐洲），傳慶只能從一張照片上認識母親。看着照片，「……傳慶的身子痛苦地抽搐了一下。他不知道那究竟是他母親還是他自己。」說看着照片，人抽搐了一下，還要不知道是母親抽搐還是自己抽搐。這也是一種銘心刻骨的「戀母」，雖然曾經只有四年的相處。出於這種戀母，他支離破碎地追究母親的戀愛經歷。

馮碧落以前曾經愛言子夜，就是女同學言丹朱的父親，現在是文學史課的教授。因為一些家族禮節上的原因，他們沒有成功，言子夜單身出國了，馮碧落就嫁給了她不愛的丈夫。丈夫因為妻子不愛他，就遷怒於兒子聶傳慶……原來一切悲劇都有家族的來龍去脈。「關於碧落的嫁後生涯，傳慶可不敢揣想。她不是籠子裏的鳥。籠子裏的鳥，開了籠，還會飛出來。她是繡在屏風上的鳥——悒鬱的紫色緞子屏風上，織金雲朵裏的一隻白鳥。年深月久了，羽毛暗了，黴了，給蟲蛀了，死也還死在屏風上。」[6] 這段屏風上的鳥的意象文字，十分有名，很多人引用，基本可以作為張愛玲早期風格的標誌——但願不是張愛玲在中國現代文學史上的標誌。

父親嚴酷，後母腐化，母親早逝，家庭不幸，怎麼辦呢？聶傳慶真是奇葩，他把這一切悲劇歸結於沒有能夠娶他母親的言子夜教授。「……二十多年前，他還沒有出世的時候，他有脫逃的希望。他的母親有嫁給言子夜的可能性，差一點，他就是言子夜的孩子，言丹朱的哥哥，也許他就是言丹朱。有了他，就沒有她。」[7] 我們知道，現實當中我們很多人都會假想歷史的不同走向，「穿越」，是現在很流行的創作潮流，基本上就是假設世界因為一個偶然因素，會發生一連串巨大的變化。所以我們今天常想，當初要是走了那條叉路，而不是這條道路，我們今天的命運會怎樣？然後幻想下去，有時候覺得很遺憾，有時候覺得很可怕。我讀二戰史時，想德國坦克軍團要是在敦克爾克附近不停下來，或者巴巴羅薩行動不因為巴爾干局勢而推遲兩個月，這個世界會怎麼發展？總之世界上有很多事情陰差陽錯，一點點，要是穿越回去，就天下大亂。

聶傳慶對母親身體的穿越假設，不僅把所有的因果歸結到言子夜教授，更因此引出對言丹朱的仇恨。小說後半部就寫這位畸形戀母的病態青年，不僅崇拜他可能的父親，還要千方百計去傷害自己假想中的妹妹，從課堂到校園。在港大附近漆黑的山路，女生毫不提防，傳慶態度詭異，他又像在戀愛，又像在復仇。張愛玲對於「愛」的定義，真是千姿百態。聶傳慶這裏又是一個非常怪的特例，你說他愛言丹朱嗎？很難說。變態是肯定的，但我們不能因為變態就漠視和否定人類的某些情感行為。歸根結底，甚麼是常態？甚麼是變態？也是個問題。聶傳慶陰柔壓抑，他在面對陽光燦爛的言丹朱，自卑是明顯的，但是愛也常常伴隨着不自覺的自卑。愛情的一個標誌就是「旁人覺得你在吃虧，你自己覺得佔便宜」。要做到這一點，通常陷入情網的人，都會把對象看得比自己也比實際更高，如果能夠冷靜地平視，甚至俯視的話，那就很難真的有盲目的愛了。所以自卑跟愛，關係常常是很微妙的。二十三歲的張愛玲，給我們分析了各種各樣不同的愛：七巧對季澤那種銘心刻骨的自欺欺人；薇龍見到喬琪喬，手臂像牛奶一樣地潑出去，擋也擋不住；還有流蘇清醒的計算，最後跌到鏡子裏。可是像聶傳慶這樣壓抑的愛，表現為刻意的恨，最後又是愛恨交集的奇葩，羨慕忌妒愛，轉成自卑扭曲恨，人的感情真是說不清楚。

小說把兩個人物帶到一條夜間的山路，深谷風疾。言丹朱沒有想到傳慶竟會愛上她。「他的自私，他的無禮，他的不近人情處，她都原宥了他，因為他愛她。連這樣一個怪僻的人也愛着她 —— 那滿足了她的虛榮心。」[8] 真的是這樣嗎？再怪、再醜、再畸形的男人的愛，也比再好、再帥、再有才的男人的不愛，要好嗎？可是傳慶失控了，從牙齒縫裏送出幾句話來：「告訴你，我要你死！有了你，就沒有我。有了我，就沒有你，懂不懂？」接下去就慘不忍睹，變成暴力篇了，他又踢又打，最後丟下女生一個人跑了，把她丟在山路上。小說最後一句，「丹朱沒有死。隔兩天開學了，他還得在學校裏見到她。他跑不了。」[9]

從批判禮教的家庭篇，發展到病態心理分析篇，再到男生女生的暴力電影。在我看來，《茉莉香片》中的聶傳慶是張愛玲筆下男人和女人的結合體，男人的身體，女人的心理。面對嚴父後母的訓斥謾罵，低頭害怕不敢作聲，很像《金鎖記》中的兒子長白，或者作者家庭生活中怯懦的弟弟。但對鴉片家庭的厭惡仇恨，卻又似《金鎖記》中的女兒長安，或者是作者自己的青少年記憶。聶傳慶苦戀自己早逝的苦命的母親，以至於數十年走不出母親悲劇的陰影，很有些戀母情結的味道。但他進而崇拜當初幾乎要娶母親的教授，又由崇拜到恐懼的地步，甚至忌妒教授的女兒，人身傷害教授的女兒，因為她搶走了他可能的身分，這又是病態變態的戀父情結，說不定其中還有對女同學的某種畸形的戀愛情緒。

聶傳慶的憂鬱症，是我們以前討論過的張愛玲對父親既崇拜又厭惡，對母親既愛慕又仇恨的複雜心理的綜合體，在張愛玲筆下的女人跟男人系列中，這是一個提前預告的雌雄同體。張愛玲筆下人物的各種問題：自閉、自戀、自虐、自尊、自我欺騙、自我傷害等等，都可以在聶傳慶身上找到初步徵狀，而且《茉莉香片》在非常早期就顯示了張愛玲創作的一個基本傾向，那就是人物的心理再變態，再有問題，也都跟他複雜的家庭背景有關係。

1 張愛玲：《年青的時候》，上海《雜誌》第 12 卷 5 期，1944 年 2 月。

2 葉聖陶：《遺腹子》，《葉聖陶集》第 2 卷，南京：江蘇教育出版社，1987 年。

3 張愛玲：《琉璃瓦》，上海《萬象》第 5 期，1943 年 11 月。

4 張愛玲：《心經》，上海《萬象》第 2-3 期，1943 年 8 月。

5 《茉莉香片》，上海《雜誌》第 11 卷 4 期，1943 年 7 月。《第一爐香 —— 張愛玲短篇小說集之二》，香港：皇冠出版社，1993 年，頁 234。

6 《茉莉香片》，《第一爐香 —— 張愛玲短篇小說集之二》，香港：皇冠出版社，1993 年，頁 244。

7 《茉莉香片》，《第一爐香 —— 張愛玲短篇小說集之二》，香港：皇冠出版社，1993 年，頁 245。

8 《茉莉香片》，《第一爐香 —— 張愛玲短篇小說集之二》，香港：皇冠出版社，1993 年，頁 256。

9 《茉莉香片》，《第一爐香 —— 張愛玲短篇小說集之二》，香港：皇冠出版社，1993 年，頁 257。

第十一章

「人艱不拆」的《留情》

在讀《留情》之前，還有篇小說我想特別提一下，就是《桂花蒸・阿小悲秋》[1]。這是張愛玲很罕見專門寫勞工階級的小說，寫一個女傭人一天的勞作心思，她怎麼樣為一個生活在上海的外國人，一個又窮又放蕩的外國公子，承擔全部的家務，甚至還要幫忙用電話應付他的不同的女人。小說寫阿小跟兒子百順，一起睡在外國人的廚房裏，還有一個做裁縫的男人，他們有樸素的家庭對談，可以說是張愛玲筆下十分罕見，而又相當成功的無產階級的形象。張愛玲對上海富家女子、中產少婦的穿衣打扮，裝飾作派，一向是細細鋪排，但又冷眼嘲諷。唯獨對於阿小，卻在瑣碎當中寫出她的尊嚴，對照小說的男主人公哥兒達，他其實就是一個喬琪喬、姜季澤一類的花花公子。這一次，是從傭人眼裏看這個外國的花花公子，徹底剝去了外來的，所謂強勢殖民外國人的迷人外表。這個外國人每天用同樣的晚餐，招待不同的女人，房中牀上、牆角櫥櫃、種種夜生活浪漫，在白天都顯出了骯髒的底色。小說不動聲色地展示所謂花心男人的真實生活，所以我建議大家有空細讀一下這個小說，好的小說是跨越階級的。

很可惜，後來張愛玲自己把這篇小說用英文改寫成 *Shame, Amah!* [2] 的時候，減少了對哥兒達的批判的細節，增加了對女工的一些負面描寫。有研究者認為，這個英文版本不如中文原作，不同版本之間作家心態跟寫作環境的微妙變化也很值得關注[3]。總之，這篇小說裏有階級，但寫的是平等，人有尊嚴的平等。尤其應該把這篇小說跟張愛玲有名的散文《中國的日夜》放在一起讀。底層民眾的生活想像，是張愛玲小說中比較被人忽視的部分，其實卻是張愛玲世界觀的重要組成部分，這一點，我們以後講她的散文的時候會看得更加清楚。

《留情》這個短篇，一般讀者甚至很多張迷都不大注意，也較少人研究。我幾年前在北京的中國人民大學做有關張愛玲系列講座的時候，問多少人讀過《留情》，結果課堂上甚至走廊地板上滿滿坐着四百多大學生研究生，讀過《留情》的人卻不多。那次講座，因為他們的文學院院長孫郁教授，曾經要求主題是「學術前沿」，就是要以研究生和青年教師為對象，展示海外中國文學研究的最新成果。因為是「學術前沿」，我們就不能只讀《傾城之戀》，尤其不能只研究男女戀愛遊戲規則，還要專門分析一些比較「悶」但又比較重要的作品，比如《留情》。

我們細讀《留情》，至少有三個重要的理由。第一，張愛玲《傳奇》在 1946 年出增訂本的時候，把這個作品放在第一篇。張愛玲非常重視自己書的包裝跟推銷。我們買 CD 都知道要試聽第一首歌，第一首歌要是不喜歡，那我就不會買這張 CD 了。報紙每天的頭條，說明它對重要新聞的選擇。一個作家自己出書，把哪一篇作品放在第一篇，當然也非常重要，有時這不單是賣書的策略，而且也有點「人設」（自我形象設計）的意思。如果是 1943 年，張愛玲也許不會這麼做，那時只想着「出名要趁早」。但到了兩三年後，她在文學上比較有自信了，她出名了，也有點「任性」了，所以她就把一篇叫《中國的日夜》的散文放在最後，把《留情》放在最前面。既然作家這麼在意，我們也應該重視一下。第二個原因，在夏志清《中國現代小說史》評論張愛玲的專章（後來被夏濟安譯成中文在台灣發表，才正式讓張愛玲進入文學史）中，只選了張愛玲的幾篇作品重點評論，但是其中就有很大的篇幅討論《留情》，甚至討論《留情》這個題目的歧義。第三個是我個人的原因，那是甚麼呢？就是《留情》是張愛玲小說裏面，上海腔調最為濃厚的一篇，有特別多的上海方言、上海細節，所以需要仔細地閱讀。

可是《留情》這個故事還真的沒法重點講，它幾乎是張愛玲所有小說裏面，甚至是絕大部分中國現代小說裏面，最沒有情節的一個小說。不像《第一爐香》，我可以一二三四來分析女主人公人生的每個階段、每個轉折。《留情》這個故事，簡單地說就是有個五十九歲的米先生跟一個三十六歲的敦鳳，他們是一對夫妻。敦鳳已經是第二次結婚，她原來的老公年紀輕輕就死了，米先生呢，還有一個元配的老婆在生病，可是他跟敦鳳也有結婚證書。在現代作家裏面我們也可以看到很多這樣的例子。郁達夫在鄉下有一個太太叫孫荃，然後又跟王映霞正式結婚。魯迅也沒有跟朱安離婚，但是他跟許廣平的婚姻，又是官方民間誰都承認的。這只是舉的作家的例子，社會上當然更多。在香港，從清代遺留的婚姻法直到 1971 年才被廢除。

至少在民國的四十年代，我們就看到這樣一個家庭，男的還有一個元配在那裏，女的已經離了一次婚，但他們卻合法結婚了。這麼一對尷尬的夫妻，小說寫甚麼呢？就寫某天下午，米先生因為他原來的老婆生病了要去看一下，那現在的老婆敦鳳也同意讓他去，沒有說「你不可以去」。可是她越是說你去你去，那男主人公越不敢去。然後在不敢去的情況下，一邊在心裏惦記着他生病的元配老婆，一邊陪着敦鳳到他們的一個親戚家裏去作客。到這個親戚家裏做甚麼事呢？講天氣，閒聊天，吃或不吃糖炒栗子，然後老虎灶送水……老虎灶就是供應熱水的供水站。那時候上海住家很少有熱水洗澡設備，中產階級能夠叫人把熱水送來洗澡，已經是一個富裕的標誌。那個親戚楊老太洗澡，還有另外一個親戚楊太太打麻將，然後幾個女人湊合在一起講一堆生活當中瑣瑣碎碎的事情，一方面「面合心不合」地斤斤計較一些小事，另一方面卻又會談起多久有房事之類的私隱。在敦鳳與楊老太閒聊的時候，米先生出去了一下，但很快回來了，最後就跟敦鳳兩人回家。然後小說就結束了，就這麼一個故事。大家想想，作家為甚麼要把這麼一個沉悶的、無聊的、瑣碎的故事放在她的小說集的第一篇？存心讓大家不要買嗎？為了考驗 1946 年上海讀者們的耐心？

沉悶的《留情》裏一共有四個人物，敦鳳、米先生、楊太太、楊老太。楊太太就是跟敦鳳差不多年紀的，一個已經結了婚，很風騷的親戚（好像一度也是米先生可能的對象）；楊老太大概是楊太太的媽媽還是婆婆，很懂世故人情。米先生和敦鳳，是男女主角。小說敘事偏向敦鳳心理，但和別的作品一樣，有時又有些偏離超越。這四個人物一共構成了三條線，第一條線就是敦鳳跟米先生。米先生要去看病中元配，看張愛玲的文字是怎麼處理的：

> 「米先生道：『我去一會兒就來。』話真是難說，如果說：『到那邊去』，這邊那邊的！說：『到小沙渡路去』，就等於說小沙渡路有個公館。這裏又有個公館。從前他提起他那個太太總說『她』，後來敦鳳跟他說明了：『哪作興這樣說的？』於是他難得提起來的時候，只得用個禿頭的句子。現在他說：『病得不輕呢，我得看看去。』敦鳳短短應了一聲：『你去呀。』聽她那口音，米先生倒又不便走了……」[4]

言不順因為名不正。這一段瑣瑣碎碎的對話，關鍵詞主語還必須省略，活活畫出了一夫兩妻男人之痛苦與尷尬。這真是尷尬，連一句話，一個稱呼都沒法明說。張愛玲向我們展示了這個家庭，她還說這個家庭很幸福，家裏房間很好，牆上有結婚證書，地下有火爐，男的長得敦敦實實，女的還只是中年，也很漂亮等等。可是就這一句話，「我去一會兒就來」，已經給幸福家庭做了註解。女的說好啊，然後這男的不敢去，就一路賠不是。女的說：你走啦，那我也去楊家坐一會兒，我們今天不煮飯了。這麼說着，那老頭不走：「你怎麼回事？我陪你過去……」他知道自己的髮妻生病，可是他又擔心敦鳳不開心，還得陪着她去走親戚。喜歡看《第一爐香》或者《傾城之戀》的讀者，喜歡那些愛情技術遊戲的讀者，看到《留情》會不會失望呢？其實我想《傾城之戀》男女主角最後在一起以後的生活，說不定也是這樣？從作家的角度來講，我們發現，張愛玲並不是只會寫花花俏俏的戲劇性的愛情。她小說集裏的第一篇，就用來處理這麼平淡的「家事」，當然是非典型的家庭的日常生活。甚麼叫日常生活？僅僅兩年，張愛玲已從「浪漫傳奇」轉向「細節寫實」。這是她後來一生追求的創作轉向。也這是為甚麼我要花時間，細讀這個《留情》。

兩個人坐三輪車去親戚楊家，女的內心又有兩次感慨，這時敘事角度靠近敦鳳。我們再三說過，敘事者跟主人公角度的有意重疊但又微妙切割，是張愛玲小說的一個重要特點與關鍵技巧。當然關於這種文字技巧變化的研究，人們也可以聯系到新感覺派作家引進電影視覺效果，引起現代中文敍述語言的某種改變，而且劉吶鷗、穆時英（甚至張愛玲）等人在生活中的確和東洋殖民者有較多微妙關係，他 / 她們的文字手法是否隱含殖民者文化窺視角度值得討論。但另一方面，茅盾等左翼作家也用很多電影技巧，我們也缺乏實證說張愛玲一定受了劉吶鷗穆時英等人的具體影響。按李歐梵教授課上的講法就是，張愛玲的文字和意象，比《現代》雜誌的同仁們要 much more sophisticated 。

在那輛三輪車上，敦鳳的第一個感觸是 —— 路上經過一扇窗戶，那扇窗戶上有一個鸚哥，一隻鳥，很好玩。敦鳳好幾次想跟男人說這個事，可是她今天心頭有點氣，就不跟他說了。這種細節，生活當中真的會有，有時候男女之間交流就是廢話。當你不高興的時候，廢話就不說了。廢話好像不重要？其實很重要，為甚麼一件讓你高興的廢話你不說了呢？第二個感觸是 —— 男人坐在她邊上，敦鳳忽然就覺得這個男人在形象上配不上她。她形容這個男的像配給麪粉製的饅頭一樣，覺得自己坐在他邊上很委屈，這時候她回想自己原來的老公，雖然壞，但是很帥，因此她覺得很委屈。我們注意到張愛玲挺喜歡用食物來形容人的外表，糖醋排骨、粉蒸肉、《金鎖記》裏的「厚嘴唇切切倒有一大碟」、薇龍手臂像牛奶倒了出來，《封鎖》裏的女主角整個身體像擠出來的牙膏。當然牙膏可放進嘴裏卻不是食物，但都是逆向營造意象，以實的小物體寫相對虛的形體和心情。

我們遲一些會發現當他們從楊家回來的時候，她這些委屈不滿是都會消失的。所以委屈的關鍵，還是心裏不開心，還是因為男人要去「那個地方」，她又不好反對。簡單說來，她雖然滿意米先生的「飯票」功能（名字就叫「米先生」），他有錢，他老實，對她又好……我們知道，張愛玲筆下的男人大部分都對女人不好（不好的標準一是「不忠心」，二是要「花女人錢」），現在難得看到一個案例是男人對女人，比女人對男人要好，總算碰到了符合上述兩重定義的「好男人」了，可是這個女人又是這不滿、那不滿，又是「作」，挑剔種種。我們可以想像，當年她跟自己那個帥氣的「壞男人」在一起的時候，她心裏會怎麼想？我不要你那麼帥，我不要你那麼花裏胡哨，你只要對我忠心就好了。可是現在環境一變，旁邊坐一個像饅頭一樣的米先生，就因為他還有一個老婆在生病，她心裏不爽，所以今天就覺得他的形象配不上她了。

敦鳳跟米先生坐了黃包車，到了他們的親戚楊家，這樣就進入了小說的第二條線索，遇到了楊老太。楊老太這段也精彩，讀一下。他們在路上買了一些糖炒栗子，到了以後大概沒話說，三個人坐在那裏，米先生讓敦鳳從網袋裏取出幾顆栗子來。

> 「米先生說：『老太太不吃麼？』敦鳳忙說：『舅母是零食一概不吃的，我記得。』米先生還要讓，楊老太太倒不好意思起來，說道：『別客氣了。我是真的不吃。』煙炕旁邊一張茶几上正有一包栗子殼，老太太順手便把一張報紙覆在上面遮沒了。敦鳳歎道：『現在的栗子花生都是論顆買的了！』楊老太太道：『貴了還又不好；名叫糖炒栗子，大約炒的時候也沒有糖，所以今年的栗子特別地不甜。』敦鳳也沒聽出話中的漏洞。」[5]

老太太剛說不吃，怎麼又知道今年的栗子特別不甜呢？上海人的這種精細客套，幾個女人之間吃個糖炒栗子，張愛玲都能寫這麼多。反正張愛玲也是上海人，自己說自己，也不算地域歧視。一大堆的廢話，三個人坐在一起虛情假意，背後卻緊繃着男女主人公的心理鬥爭：敦鳳一直在觀察，米先生能夠陪她無聊客套多久，而米先生其實心裏非常着急，然後還要應酬局外人楊老太說廢話。楊老太讓米先生看幾幅她收藏的畫，米先生就跟她實話實說，說這個畫市面上蠻多的。老太太一面聽一面就在想：這個人是洋行裏做買賣股票的，還懂一些書畫，又可靠、又肯結婚，敦鳳真是嫁着了！這是一個蠻實惠的……按今天的說法，這不叫潛力股，叫可靠股、實在股。總之她覺得自己這個親戚賺了。可是敦鳳還不滿意，因為男人一路陪着她，明明有其他的目的，他的心思不在她。

他們聊天又聊到天氣冷了，要做件大衣，這時候敦鳳說：「我那兒倒有兩件男人的舊皮袍子，想拿出來改改。」但她又怕料子不夠。老太太說：「男人的袍子大，還不夠你改的麼？」敦鳳說：「我那兒的兩件，腰身特別地小。」楊老太太笑道：「是你自己的麼？」敦鳳說：「不，不是我自己的衣裳。」而敦鳳的亡夫正是一個瘦小的年青人。她講這番話是甚麼用意？不就是氣氣米先生嗎？她當面在講她原來的老公，她原來老公舊的大衣大概是挺好的料子，要拿來改衣服，以前就興這樣。然後一會兒又說到算命，敦鳳說我跟他去算過命。這個他又是指米先生，說他還有十二年陽壽。說到這個話米先生臉上就擱不住了。真是「尬聊」，非常微妙的談話氣氛，整個矛盾的線索說到底，就是這個男人要去看他原來的太太，他現在的老婆不滿意，便整了這麼多的招，糖炒栗子不給人家吃，一會兒講她前夫大衣，一會兒又講算命、陽壽……囉哩囉唆一大堆，掩蓋了一個實際的張力，就是一夫多妻狀態下的無奈。哪裏是甚麼享樂，真是受苦、真是無奈。

最後不管怎麼樣，米先生還是去了。他一去，敦鳳就跟老太太湊在一起說真話，抱怨說老太婆生病了 —— 老太婆就是指米先生的元配。敦鳳說：「……我不是吃醋的人，而且對於他，根本也沒有甚麼感情。」作家描寫這時候的敦鳳：「……她那粉馥馥肉奶奶的臉上，只有一雙眼睛是硬的，空心的，幾乎是翻着白眼，然而她還是笑着的：『我的事，舅母還有不知道的？我是，全為了生活。』……『其實我們真是難得的，隔幾個月不知可有一次。』」[6] 和最初的作品《第一爐香》等比較，《留情》中有更多更明顯偏離、旁觀女主人公的敘事視角，當然女主人公的身分年齡，也使年輕女作家比較容易和她拉開距離。楊老太聽了敦鳳突然講起自己私隱，都不知怎麼接口才好 —— 你這個三十多歲的女人跑來跟我講和男人多久才有房事，啥意思呢？正好老虎灶送水來，楊老太就借口洗澡走開了。老虎灶之類的老上海生活細節令讀者感到親切。《留情》使用了特別多的上海方言，濕溚溚，缺進去一塊……這些字可以用普通話用國語讀，但是用上海話讀就會更加有地方色彩、市民氣息。

另外還有一個楊太太，跟敦鳳年紀差不多，更微妙的是，楊太太當初對米先生也有點想法。當楊老太太去洗澡的時候，敦鳳總不能一個人坐着吧，她是來串親戚的，所以楊太太就跑來陪她聊天。無形當中好像曾經有過這麼一個三角關係，這時候，敦鳳的態度就跟剛才不一樣了。她跟老太太閒聊，要抱怨跟男人沒感情、沒性生活，所以現在米先生去看那個「她」，我就讓他去，無所謂。可是這個楊太太是跟她差不多年齡的，當初她們還一起爭過米先生，所以在這種情況下，她是勝利者，她覺得她打了勝仗——不管怎樣現在米先生是跟我結婚了的——所以剛才是委屈，現在是炫耀。人心人性之複雜，主人公自己看不見，作家讓讀者看得清楚。這個時候她為了炫耀，怎麼跟楊太太說呢？她說，我家的傭人煩哪，甚麼事情都來問我，整天說太太，燒甚麼？太太，今天煮甚麼？……寫到這裏，小說突然用了楊太太的視角：「楊太太覷眼望着敦鳳，微笑聽她重複着人家嘴裏的『太太，太太』，心裏想：『活脫是個姨太太！』」[7] 這中文真是妙啊！那個時候民國語言比現在還是文雅一點，姨太太，聽上去也還好聽，不像現在一來就是「大婆」、「小三」這樣，馬上有道德上羣眾專政的味道。那個時候，當然實際上，太太是光明正大的，姨太太總是低了一分，正因為這樣，一個女人拼命要炫耀家裏的傭人叫她太太，另一個女人心裏就覺得你活脫是個姨太太。

就在這個時候，出現了一個非常意外的逆轉。那麼沉悶的小說，逆轉甚麼呢？原來米先生很快地回來了，沒想到這麼快就回來，敦鳳表面沒甚麼，心中卻一喜。既然他回來了，這件事情就沒有了，所以在親戚家裏聊天的任務也完成了。很快，他們就要走了，真的也沒甚麼事啊，糖炒栗子也沒給人家吃，老太太洗了個澡，看看畫、講大衣。要走的時候，小說的氣氛就轉了：

（敦鳳）「……又翻屍倒骨把她那一點不成形的三角戀愛的回憶重溫了一遍。她是勝利的。雖然算不得甚麼勝利，終究是勝利。她裝得若無其事，端起了茶碗。在寒冷的親戚人家，捧了冷的茶。她看見杯沿的胭脂漬，把茶杯轉了一轉，又有一個新月形的紅跡子，她皺起了眉毛，她的高價的嘴唇膏是保證不落色的，一定是楊家的茶杯洗得不乾淨，也不知是誰喝過的。她再轉過去，轉到一塊乾淨的地方，可是她始終並沒有吃茶的意思。」[8]

「吃茶」又是上海話，上海的話把喝咖啡、喝酒、喝茶，都叫吃酒、吃咖啡、吃茶。敦鳳雖然被人家暗暗地叫姨太太，可是付出代價以後回報是她比這家親戚有錢了，所以她看不起這家窮親戚了。通過一個小細節，就是杯子上面的口紅會褪色，就好像說我現在已經用香奈兒了，你們還在用深圳東門買的山寨貨，茶杯上面都是口紅。張愛玲特別細緻，用這個來表示女主人公的「勝利」。而且還說以前敦鳳窮的時候，到楊家來打牌，每次都要裝闊；現在她有錢了，可以吝嗇了。這使我想起一個說法，窮的人用名牌的包，最好用真貨；大明星，真的有錢人，反而可以用山寨。所以這也是張愛玲的名句：窮的時候打牌要裝闊，有錢了，可以吝嗇了。

米先生回來了，敦鳳就要走，說明下午出來走親戚，本來就是為了紓解應對老公要去看元配的尷尬場面。寫小說的時候，二十幾歲的作家，剛剛戀愛不久，怎麼對於這種尷尬婚姻中的微妙無奈，理解得如此透徹？離開楊家時，張愛玲在這麼瑣瑣碎碎的一個小說裏面，突然來了一段罕見的抒情段落，說大家在陽台上看到有彩虹，這時候回眼看到陽台上，「……看到米先生的背影，半禿的後腦勺與胖大的頸項連成一片，隔着個米先生，淡藍的天上出現一段殘虹，短而直，紅、黃、紫、橙紅。太陽照着陽台；水泥欄杆上的日色，遲重的金色，又是一刹那，又是遲遲。」[9] 這又是我反覆提及的張愛玲的特別寫法。「看到」陽台上米先生的背影，還有後面彩虹的顏色，這是誰在看哪？是敦鳳的眼睛在看？還是小說的敘事者在看？沒有說明，翻譯的人到了這裏就必須要加上主語。我們中文讀者，自然就會意會，我們有閱讀默契，不計較這個混淆。好像在客觀描寫天上的彩虹，但是彩虹又代表了敦鳳那個時候的心情。雨過天晴，整個下午都不開心，老公回來，還是給面子，還是靠譜的，老公雖然老了，可就像晚霞，雖然遲了，還是給人很扎實、美好的心情。這個心情就是敦鳳的心情，但又沒有明說。又可以說是作家在寫這段風景，而且這段風景不只是敦鳳看到，米先生也在看：「米先生仰臉看着虹，想起他的妻快死了，他一生的大部分也跟着死了。他和她共同生活裏的悲傷氣惱，都不算了，不算了。米先生看着虹，對於這世界他的愛不是愛而是痛惜。」[10] 同樣是看虹，米先生的感受跟敦鳳的心情是不一樣的，景色卻是一樣的。

剛才男人離開時，敦鳳對楊老太抱怨，說男人只是她的飯票。可是此刻她心情一高興，穿衣服的時候就親切地把圍巾也給米先生遞了上去，說：「圍上罷，冷了。」太體貼了，像小夫妻似的。但與此同時，她「一面說，一面抱歉地向她舅母她表嫂帶笑看了一看，彷彿是說：『我還不都是為了錢？我照應他，也是為我自己打算 —— 反正我們大家心裏明白。』」[11] 這個地方寫得真是奇妙。本來愛情當中的自私功利打算，就算有也應該掩飾，尤其在面合心不合的親戚面前，為甚麼還要刻意表露呢？我的解讀是，這說明敦鳳在用世俗功利觀念掩蓋她的真實感情。也就是說，敦鳳其實對米先生是有真實感情的，可是這樣的真實感情她羞於表達，不便於表達，反而願意表達她視男人為飯票的功利動機。因為在當時的上海，乃至於今天的世界，世俗社會理解允許原諒人為錢算計的婚姻，卻不理解不批准不相信外在條件不相稱的愛。為了糧票可以，為愛不行，連擁有這種感情的女主角自己也不承認，也不批准。她在理性上不能批准自己愛這麼一個男的，所以她一面在照顧男人，一面又要在親戚面前顯得好像毫無辦法，但是在回家的路上，她想起來要講那個鸚哥的事情，就是我們開始時講過的一隻鳥的事情。

接下來回家的路上，便出現了小說裏最經典的一句話，也是張愛玲所有文字當中比較經典的一句話，我一直不懂，一個二十五歲的女孩兒怎麼能寫出這樣一句話：「生在這世上，沒有一樣感情不是千瘡百孔的，然而敦鳳與米先生在回家的路上還是相愛着。」[12] 我大概到四十歲以後才開始有點明白甚麼叫「千瘡百孔」，作家才二十幾歲，她那時候跟胡蘭成也還沒「千瘡百孔」，可是她居然說生在這個世上，沒有一樣感情不是千瘡百孔。[13] 重要的還不僅是她對現世的悲觀，而且後半句，最後她還相信這兩個人還相愛着。我們花這麼多時間細讀這個瑣碎、無故事的短篇，就是因為《留情》典型體現了張愛玲小說、張愛玲世界的兩極，一極是世俗的精明計算、一極是絕望的感情浪漫。看完以後我們的問題是：這是愛嗎？這兩個人，一男一女，他們是相愛的嗎？我記得我上課的時候問過同學們，兩輪舉手都沒有多少人表態。覺得他們是相愛的，覺得他們肯定是不愛的，都沒有很多人舉手，大部分的同學在猶豫，或者說大家都不大理解這種「千瘡百孔的愛」。

張愛玲很少寫這樣一個再普通不過的平凡的二婚故事，但她把這篇小說放在自己集子裏頭的第一篇。作家一般喜歡寫超脫世俗功利的愛，尤其是十九世紀歐洲浪漫主義之後的文學。可小說裏兩個人都很清楚，男人覺得自己到了晚年，應該有人可以照顧他；女人覺得我可以依靠他，這個「飯票」使她有安全感。但在整篇小說裏，兩個人都在較勁，一個在猶豫要不要看生病的妻子，一個在計較男人回不回原來的家。無數的細節、瑣碎的對話都在較勁。為甚麼較勁？這較勁已經不是直接為了利益，也許這千瘡百孔、無可奈何就已不是愛了，也許是所有的愛注定就是千瘡百孔、無可奈何，愛也許就是由這麼多細節構成的。

《留情》這個題目也非常有意思，夏志清把它翻成彌留的、延綿不斷的感情，這可以來解釋男人對髮妻、女人對米先生。可是《留情》還有一個意思，就是手下留情，寬容與愛同行，人生才能走得下去。女主角雖不滿，但也克制了沒發作，男人探病後馬上回來，都給對方留了面子。所以我覺得現在有一個網絡用語很好——「人艱不拆」（按：即人生已經很艱難，有些事情就不要拆穿了的意思），用「人艱不拆」來解釋這篇小說十分到位。

也不只《留情》這一篇，人艱不拆的婚姻，張愛玲早期還寫過《鴻鸞禧》，冷眼旁觀一個中產小康人家的婚禮，處處是尷尬的、歡喜妥協的溫情。小說中婁太太的委屈與堅強再次顯示了中國傳統家庭女性特有的屈辱與堅忍。在另外一部白描式的短篇《等》當中，在按摩師的候診室裏展現了一羣無奈的主婦們，都是做作、虛偽、苦惱，但又辛勞堅韌，都在抱怨男人們討小或者出軌，但又仍然自豪地支撐着家庭運作，而且既盼望牧師、和尚能排憂解難，又尋找草藥秘方醫治頭髮。張愛玲的故事，戀愛過程中必有「結婚錯綜」[14]，結婚以後又都是「人艱不拆」：人生都是艱難的，還是不要拆穿吧。

簡而言之，流行小說一般都會描寫男女真情如何衝破世俗壓力和現實束縛，然後是幸福結局，從鴛鴦蝴蝶派到《青春之歌》，再到瓊瑤、張小嫻等等，大抵如是；嚴肅文學則會揭示浪漫感情怎麼被世俗壓力現實束縛制約，甚至摧毀，比方《傷逝》《家》，或者《邊城》。張愛玲喜歡寫的卻是世俗壓力細節與現實束縛之中的浪漫情感，於是通俗小說形式便有了與眾不同的嚴肅精神。再簡單地概括，通俗小說總是「浪漫勝世俗」，嚴肅小說大都「世俗壓浪漫」，張愛玲筆下的小說則是「兩者打平手」，互相滲透。

---

1 張愛玲：《桂花蒸・阿小悲秋》，上海《苦竹》月刊第 2 期，1944 年 12 月。

2 Eileen Chang:「Shame, Amah!」, Nieh Hua-ling ed. *Eight Stories by Chinese Women*, Taipei: Heritage Press.

3 參見王曉鶯：《離散譯者張愛玲的中英翻譯》，廣州：中山大學出版社，2015 年，頁 99–114。

4 《留情》，《傾城之戀 —— 張愛玲短篇小說集之一》，香港：皇冠出版社，1993 年，頁 73。

5 《留情》，選自《傾城之戀 —— 張愛玲短篇小說集之一》，香港：皇冠出版社，1993 年，頁 19。

6 《留情》，選自《傾城之戀 —— 張愛玲短篇小說集之一》，香港：皇冠出版社，1993 年，頁 24。

7 《留情》，選自《傾城之戀 —— 張愛玲短篇小說集之一》，香港：皇冠出版社，1993 年，頁 29。

8 《留情》，選自《傾城之戀 —— 張愛玲短篇小說集之一》，香港：皇冠出版社，1993 年，頁 30。

9 《留情》，選自《傾城之戀 —— 張愛玲短篇小說集之一》，香港：皇冠出版社，1993 年，頁 31。

10 《留情》，選自《傾城之戀 —— 張愛玲短篇小說集之一》，香港：皇冠出版社，1993 年，頁 32。

11 《留情》，選自《傾城之戀 —— 張愛玲短篇小說集之一》，香港：皇冠出版社，1993 年，頁 32。

12 《留情》，選自《傾城之戀 —— 張愛玲短篇小說集之一》，香港：皇冠出版社，1993 年，頁 32。

13 錢谷融先生對張愛玲有這麼一段評價：「具體說到張愛玲，我雖然對她缺乏研究，但我覺得她恐怕可以說是一個現世主義者，而她的現世主義也許是由悲觀主義而來。她縱目四顧，只見滿目蒼涼，少有明麗的亮色，因此就形成了她的悲觀主義，是她對人、對社會不敢有甚麼奢望，也就失去了、進而並拒絕了任何理想。她之所以不能接受傅雷的勸告，其故也正在此。」（《海上花開又花落・序言》，南昌：百花州文藝出版社，1996 年，頁 6。）

14 「然而敦鳳是有『結婚錯綜』的女人，對於她，每一個男人都是有可能性的，直到她證實了他沒有可能性，她還執着地說：『我看那人不大好，你覺得呢？」（《留情》，選自《傾城之戀 —— 張愛玲短篇小說集之一》，香港：皇冠出版社，1993 年，頁 27。）

第十二章

散文：「張看」與「私語」

張愛玲研究專家陳子善教授說：「張愛玲的文學生涯是從創作散文起步的。哪怕她沒有寫過一篇小說，她的散文也足以使她躋身二十世紀中國最優秀的散文家之列。」[1] 這個評論意味着我們不能只讀張愛玲的小說，也必須要讀她的散文。她的散文基本上可以分作兩類：一類我們叫「張看」。之前我們討論過「胡說」，現在有「張看」。張看當然是一語雙關，張愛玲在看這個社會，就是張看，同時又勾勒出一個人的形象，東張西望、很八卦的樣子。另外一類散文叫「私語」，就是個人的自傳，家事隱情，自說自話。

張愛玲最初的散文集叫《流言》[2]，出得比《傳奇》晚一點。《流言》這個書名，當然又是帶點自貶和反諷，很有些弄堂裏鄰居間傳來傳去的意思。張愛玲自己後來作過解釋，說「以前《流言》是引一句英文——詩？Written on water（水上寫的字），是說它不持久，而又希望它像謠言一樣傳得快。」[3] 張愛玲不少篇名有反諷意味。比方她最初的小說，大都寫些世俗現實的小市民婚戀故事，很少浪漫幻想武俠英雄，可是結集出版叫《傳奇》。她的散文集其實相當知識分子腔，非常理性，可是書名卻叫《流言》，望文生義，在網上可能會被刪帖——「流言」，流言蜚語，有造謠傳謠的嫌疑。

我在嶺南大學中文系做了六年系主任（2008–2014），前後參與了不少學術會議，其中有兩個會特別重要。一個就是2009年的有關「中國當代文學六十年」的會，我和王德威、陳思和一起主辦。另外更早時的一個會就是2000年張愛玲的研討會，跟劉紹銘、梁秉鈞一起策劃的，參加會議的有夏志清、王德威、劉再復、鄭樹森，還有作家王安憶、蘇童、朱天文等等[4]。在這個會的閉幕式上，王德威教授，我不知道他是長期思考，還是偶然地說了一句話，可是對我有很大的啟發。他說：「中國現代文學，從《吶喊》到《流言》。」這句話也可寫成：「中國現代文學，從『吶喊』到『流言』。」

《吶喊》是魯迅最有名的小說集，排在《亞洲週刊》「二十世紀中文小說一百強」的第一名，代表時代的聲音，反傳統，改造國民性，喚醒民眾。「吶喊」也是一個關鍵詞，可以用來形容概括「五四」文學感時憂國的精神與姿態。可是現代文學的潮流發展到後來，怎麼變成了「流言」？宏大敘事主旋律怎麼一步步變成日常生活書寫？張愛玲的散文集書名——《流言》，竟成為與魯迅傳統遙相呼應的時代標誌，豈不是令人深思？這是非常有象徵性的說法。回想「五四」當年，知識分子英姿勃發，熱風吶喊，振臂一呼，啟蒙救亡。可是「五四」一百年後，到今天，在網上還要吶喊，要講喚醒社會憂國憂民……拜託，誰在聽？誰在意？今天說句實在話，流傳最廣、最多粉絲、刷屏最多的就是各種流言，就是政治的或者風花雪月的未經證實的消息。今天最大膽的吶喊也是採用流言的方式，分分鐘會被刪帖。「謠言」是一個罪名，可是「謠」字，追溯詞源，竟是民間傳誦的意思——民謠，民謠。當然現在說的謠言是指虛假消息，指偽造事實、捏造事件，法律上是可以定罪的。可是，當年為甚麼張愛玲那麼有「遠見」要把她的散文稱之為《流言》呢？當我們後來的研究者把現代文學史概括成「從《吶喊》到《流言》」的時候，一方面是在講魯迅和張愛玲在文學史上的代表性，另一方面也是在探討現代文學發展趨勢，一語雙關。我後來出了一本書，就把王德威教授這句話改了，我不叫從《吶喊》到《流言》。我覺得從《吶喊》到《流言》這個說法，有一個對發展趨勢的評判。我反覆思考，又觀察現實，實在不能肯定「流言」一定取代「吶喊」，或者「吶喊」必定戰勝「流言」。所以我那本書，書名叫《吶喊與流言》[5]。

張愛玲的小說的假想讀者，我以為是女性居多。當然，男人也可以讀，我也是男的。但她的散文，在我看來，主要是寫給男人看的。如果從社會階層來講，小說主要面對都會市民大眾及一般文藝青年，可是散文好像是在和知識分子、大學老師和其他作家對話。我最初只是依據文本閱讀時注意到這個現象，後來一查文學史背景，原來還真有根據。一方面是因為「文學場域」，這是法國一個理論家布迪厄(Pierre Bourdieu)發展出來的概念，研究文學作為一種文化生產機制，和經濟政治文化背景的綜合關係。當年張愛玲的散文發表在《天地》和《古今》。尤其《古今》，是林語堂、周作人傳統的文人雜誌，講究閒適、知性、幽默。所以很自然的，在《古今》上發散文，假想讀者就會偏男性，偏文人氣。另一方面，張愛玲的小說比較重感性，試圖牽動打動男女市民的情感。當然，感性故事背後也有理性思考。所以寫小說感性，散文就要做一些理性的解釋。這些解釋也包括作家的歷史觀，包括作家的文學觀。

張愛玲的散文很有成就，但還是黃子平之前與我們討論過的說法，她的散文在文學史上很難安放。縱觀所有中國現代散文，大致上是四種趨勢，四個流派。第一派是魯迅戰鬥的、諷刺的雜文，匕首短刀一針見血。比較可惜，除了魯迅還是魯迅，學他的沒幾個像魯迅，尤其是中國內地；台灣有個李敖，但有魯迅的刻薄，缺魯迅的敦厚。

即使是香港現在有寫散文專欄非常犀利的作家，鋒芒畢露，甚麼都敢說，當然也是和魯迅不同，很難比較。

第二派就是魯迅的弟弟周作人，所謂的沖淡、閒適、自己的園地，這派的散文家最多，有郁達夫、廢名、豐子愷等等。文人的散文主要有兩種書寫對象：一種是風景山水，其實是自己心情；一種是小狗小貓、家裏瑣事、故鄉野菜等等。這類散文按周作人的標準，就是文字要「簡單」和「澀」。當然魯迅有一部分散文也包括在這個類型裏面，比方說《朝花夕拾》，溫馨沖淡。

第三派散文就是冰心、朱自清所代表的，溫柔敦厚，親情倫理。因為在二十世紀三十年代，夏丏尊、葉聖陶、朱自清他們辦《中學生》雜誌[6]，還有開明書局編教材[7]，他們影響了後來幾十年兩岸三地的中國語文教育。中學生要學中文，首先學的是這個流派。當然，這一類文風最「冰心」的，還都是在台灣，中國內地除了冰心自己一貫「冰心」以外，其他人都學不像。台灣則有張秀亞、張曉風、席慕蓉、琦君等很多女作家，都是強調這個風格。我印象最深的是琦君，寫她夜宿旅館，有一隻老鼠在她牀頭偷吃巧克力。她開了燈以後就說：「別動，別動！你慢慢吃，不要對我們人類害怕。」老鼠果然不動，她也不動，僵持了很久以後，老鼠吃了一口，她就在那裏說：好，再吃，再吃！琦君這個散文真是很「冰心」，太可愛了[8]。這類散文容易得獎，我參加過好多次散文的評獎，有一次到最後決選的時候是兩篇，一篇是學錢鍾書的諷刺風格，文字很好；另外一篇作者寫她爸爸患癌，她每天給爸爸送藥。沒辦法，我們想想，患癌這件事不會是編的吧，代價也太大了，不會為了得獎就把老爸寫成患癌吧？所以最後就給她得獎了。徵文比賽中這類故事總是很多。說實在話，你要是看電視，《中國好聲音》《中國達人秀》等等，一上來一定就是這些悲情故事，我爸爸腳壞啦，要上山背我上學，或是我妹妹得了白血病，所以我一定要唱歌等等，台上台下眼淚汪汪，追根溯源，都屬於朱自清、冰心的傳統。如讓張愛玲寫——「一直等她（母親）出了校門，我在校園裏隔着高大的松杉遠遠望着那關閉了的紅鐵門，還是漠然，但漸漸地覺到這種情形下眼淚的需要，於是眼淚來了，在寒風中大聲抽噎着，哭給自己看。」[9] 送別母親時的眼淚也是因為情境需要而流，太有布萊希特抽離感了，不夠「冰心」。

第四派，從梁遇春開始，到林語堂、梁實秋、錢鍾書等人，是文人的英式散文，通常是談談讀書、講講典故、寫點家居、雅舍小品。梁實秋的《雅舍小品》[10] 是非常重要的承上啟下之作。四十年代上海的《古今》雜誌基本上就是《宇宙風》《人間世》《語絲》這個傳統一路發展過來的。

在以上中國現代散文的四個基本流派線索中，不知應將張愛玲歸入哪一類哪一派。當然，她不像魯迅那麼戰鬥，她沒有那麼強烈的批判諷刺。唯一有一次，她有一篇散文，說街上看到一個勞苦大眾被欺負，她說我要是甚麼主席夫人，我就可以救他。最後這篇文章被人罵：你是甚麼想法，要想做主席夫人？[11] 山水抒情，張愛玲小說裏面的主人公一旦遭遇精神危機走頭無路時就會需要山水風景（有時也不知是主人公在看山水還是敍事人在觀風景），反而在散文裏她基本不寫山水，主要是講知性發議論。而且，她的散文也很少寫花瓶、瓷器、耳環、珠珠等等小說常用材料，甚至小狗小貓也很少。張愛玲倒也喜歡用散文寫自己的家庭家族，可是家事私語一點都不溫情。如果要她像琦君這樣寫老鼠吃巧克力的話，張愛玲大概會說：去去去去……把我領子咬壞了怎麼辦？你看我這裏有跳蚤、虱子，你抓抓這個吧。或者張愛玲就說，把老鼠趕走以後，我睡覺整天夢見老鼠。

相對來說，幾種散文流派之中，張愛玲最接近還是那種洋味的知性的 Essay，可是她沒有幽默。她媽媽早就跟她說過，「如果沒有幽默天才，千万別說笑話」[12]。張愛玲的文章，幽默不是她的特色。張愛玲的散文別具一格。別具一格是一個用濫的詞，可是她的確是。為甚麼幾大流派都放不進去？她的散文是從英文寫起的，所以一開始就有一個向外國人講述中國，或者不知不覺從西方現代視角看中國底層民俗社會的傾向。她最初的題材就是中國的服裝、京戲等等。這好像有點「自我東方主義」的味道，但是在她的散文寫作當中，她又不像另一些「五四」作家這樣，假想西方的民主自由觀念高於中國傳統文化，因此可以單向解剖改造喚醒中國的國民性。張愛玲使用西方的文化視角，但她同時又發現西方這套武器本身也有很多問題。所以張愛玲散文是始於用西方觀念來審視中國，卻同時又在解構這些西方的觀念。看上去是「東方主義」，其實有意無意解構「東方主義」。小說《第一爐香》首段對香港半山大宅的描寫已有這種雙重批判，但真正發現挑戰「東方主義」的困難，還是她在五十年代到美國生活想用英文寫作中國故事的時候。

在我看來，張愛玲的散文有兩個要點：第一個，就是光明正大地書寫「小市民」宣言。用今天的學術話語來講，她的散文比較系統地體現了這個作家以普通市民百姓為本位的社會歷史發展觀。在小說裏，張愛玲既批判揭露也解析同情都會小市民的人性悲劇。可是在散文裏，因為假設的讀者對象是知識分子，不是小市民，這個時候作家便有意替小市民辯護，甚至以小市民自居，美化小市民這個社會階層。換言之，小說是寫給小市民看的，因此隱形作者其實有點居高臨下，洞察普通人的生活悲劇和人性弱點：很可憐，苦苦掙扎，沒有一種感情不是千瘡百孔……讓小市民們看看自己的處境甚至命運。可是，在散文裏，因為假想讀者不是小市民，是自認為有憂國啟蒙救亡責任的以男性為主的讀書人，這個時候，張愛玲要千方百計地替小市民說話，替他們辯護。因此不再有那麼多的揭露，不再哀小市民不幸，怒女人們不爭，走在菜場裏的小市民，身上打滿補釘的買菜的男男女女，是中國的日夜，是中國的現實，也是中國的明天。所以，張愛玲的小說跟散文，對象不同，功能不同，目的也不同。

以散文發表「小市民」宣言，給以為不久都要參與治國（或者自以為要參與治國）的知識分子看，第一步，作家就是把自己先放低，她把自己形容成一個小市民。比方說，張愛玲認為「自己有一個惡俗不堪的名字，明知其俗還不打算換一個……我願意保留我的俗不可耐的名字，向我自己做一種警告，設法除去一般知書識字的人咬文嚼字的積習，從柴米油鹽、肥皂、水和太陽之中去找尋實際的人生。」[13] 我們很難想像中國現代最有名的劇作家叫萬家寶，但能指和所指的關係又是任意的，我們照樣接受一個重要作家名字叫愛玲（大約相當於城市版的翠花）。不僅人的名字「俗」，人的慾望也很虛榮：「以前我一直這樣想着：等我的書出版了，我要走到每一個報攤上去看看，我要我最喜歡的藍綠的封面給報攤子上開一扇夜藍的小窗戶……我要問報販，裝出不相干的樣子：『銷路還好嗎？——太貴了，這麼貴，真還有人買嗎？』」[14] 張愛玲最讓人記住的名言就是：「呵，出名要趁早呀！來得太晚的話，快樂也不那麼痛快。」[15] 這句話「流毒」甚廣，和「女人該花男人錢」一樣，成為九十年代張愛玲變成中國小資消費品的關鍵廣告詞。同樣毫不掩飾的自戀，還有一段：「最初在校刊上登兩篇文章，也是發了瘋似的高興着，自己讀了一遍又一遍，每一次都像是第一次見到。就現在已經沒那麼容易興奮了。所以更加要催：快，快，遲了來不及了，來不及了！」[16] 當然張愛玲的來不及，既是世俗虛榮慾望，也隱含悲觀主義：「個人即使等得及，時代是倉促的，已經在破壞中，還有更大的破壞要來。」[17] 如果從特定時間、出版環境、政治人事等等上下文語境中抽離出來，當然今天的人們可能只看見「出名要趁早」的小資虛榮，而不明白「時代是倉促的」的深刻憂慮。

但最能體現張愛玲散文「小市民氣息」的，是她描述自己買東西的文章。有篇文章令我印象最深，《童言無忌》。甚麼是《童言無忌》呢？意思就是說，你們都是評論家、大人、文人，小孩我亂說話，沒關係吧。我個人喜歡張愛玲，說實在是從那篇文章中的一段話開始的。最初不是因為她的小說，也不是因為她的別的理論。哪句話呢？說來很庸俗，居然是血拼，shopping ——

> 「眠思夢想地計劃着一件衣裳，臨到買的時候還得再三考慮着，那考慮的過程，於痛苦中也有着喜悅。錢太多了，就用不着考慮了；完全沒有錢，也用不着考慮了。我這種拘拘束束的苦樂是屬於小資產階級的。每一次看到『小市民』的字樣我就侷促地想到自己，彷彿胸前佩着這樣的紅綢字條。」[18]

朝思暮想想買一件東西，猶豫了很久來到櫃台前面，結果還在那裏糾結，這麼簡單的一句話，我為甚麼就喜歡了呢？我讀到這段話的時候，正在美國加州大學洛杉磯分校讀研究生，之前我已是中國大學裏最年輕的副教授（中文系）。我從來不覺得自己是小市民。我已經在大學裏面寫博士論文了。可是我當時看中了一對音箱，原價九百美金。我很多次從這家店經過，拿自己不同類型的 CD 試聽，看到有八折後還問，會不會有多點折扣啊？Give me more discounts？然後再比較別的音響。分期付款也還是貴，留學生嘛。後來有一天，九十年代初，洛杉磯有暴動，歷史上都有記載，有幾個美國警察涉嫌打一個超速的黑人，法院還判警察無罪。所以那一天，洛杉磯很多地方有騷亂（當時張愛玲也住在洛杉磯），就在暴動那天，我看到報上說這家店，要搬遷，有半價，這個地方就在暴動的十號公路附近。去不去呢？猶豫半天，我居然去了，真是小市民啊！我開車去的，十號公路周圍像打仗一樣，在美國從來沒見過這樣子，像電影裏的場景，東一堆火，西一堆煙，很多人在超級市場裏面搶東西……就在那一天，我進了那家音響店，臨買之時還在猶豫，想想我「冒着生命危險」，這才買下，半價。就在這件事情發生以後不久，我讀到了張愛玲《童言無忌》中的那段話（幾乎沒有人會特別注意這段話），可我覺得怎麼說出了我的心聲。錢太多了，沒有這樣子的問題；完全沒有錢，也沒有這樣的問題。拘拘束束的快樂就屬於我們小資產階級。這時我發現，有時候我們喜歡一個作家，真的不需要太多原因，一句話就行了。哪怕是一句並沒有甚麼光環的話。一句話，你就會覺得和另一個時代、另一個空間的某人，心是相通的。而相比之下，擠在你身邊周圍、地鐵上、公司裏的那些人，他們擠在你的身邊，其實離你很遠。

但深思下去，張愛玲說這句話不是開玩笑的，她說：「每一次看到『小市民』的字樣我就侷促地想到自己，彷彿胸前佩着這樣的紅綢字條。」這一段話充滿反諷，在特定歷史語境裏，一塊紅布別在胸前甚麼意思？這是光榮，這是政治符號，是社會標籤，委員代表才能「胸前佩着這樣的紅綢字條」。可是小市民卻是誰都不要的符號，知識分子看不起小市民，有錢人、當官的看不起小市民，無產階級不喜歡小市民，小市民自己也不喜歡這個身分。尤其是當小市民被學術界弄成是小資產階級以後，這個「小資」還有政治上的貶意。所以，在文學界，最典型反映小市民趣味的是鴛鴦蝴蝶派，可是鴛鴦蝴蝶派從來不說他是小市民，他們都使用很優雅的詞彙，松竹梅霜清風寒月，沙灘月亮燭光晚餐，巴黎鐵塔威尼斯坐船，絕不會只說自己是庸俗的小市民。

代表小市民理想的是張恨水，張恨水的作品在民國時期銷得非常好，可是張恨水一點沒有後來郭敬明他們的自豪。張恨水的《啼笑因緣》前言，當年是用白話文來寫，因為他平常寫的都是半文言。當時的鄰居就是老舍，他拿去很謙虛地請老舍看，說為跟進時代，我試着用白話寫序成不成？老舍鼓勵他，說不錯不錯，寫得挺好！張恨水就把它放在《啼笑因緣》前面。張恨水去世以後多年，蘇州大學的教授范伯羣，編了一些鴛鴦蝴蝶派的資料，把張恨水放進去。據說家屬有意見，認為張恨水不是鴛鴦蝴蝶派，是現實主義作家，因為他也寫了《八十一夢》，是抗日題材。所以中國哪有人、尤其是作家跑出來說，我是小市民？說自己貧下中農的有，說自己是工人階級的有，說自己是知識分子的有，說自己是實業家的有，說自己紅二代的有，甚至說自己「流氓」的也有，就沒有一個人跑出來說自己是小市民。小市民的作家作品我們看得多了，可是他一定出來說，說燭光晚餐，說心靈美麗。

可是偏偏張愛玲打正旗號說自己是小市民，後來在不同的散文都將小市民趣味拉進她的整個生活趣味，比方說她講自己的喜歡愛好：「……我都喜歡，霧的輕微的黴氣，雨打濕的灰塵，葱蒜，廉價的香水。」[19] 香水還要廉價的，這是人家避之不及的，喜歡葱蒜，則是近乎於罵人的話。今天對一個女作家說你的小說像廉價的香水，她恐怕會恨你。張愛玲還要在散文中誇耀她很多奇怪的愛好，比方說她喜歡聞汽油味道，坐車特別要坐在汽車夫旁邊。那個時候汽車質量大概也差，坐在汽車夫旁邊還能聞到汽車味。她說汽車發動以後，在她後面那個「布布布」放氣她很開心，還有喜歡用汽油擦洗衣服。一般的高尚住宅都標榜安靜，張愛玲住在靠近靜安寺的常德公寓，當年也是上海的豪宅——當然現在是被香格里拉大酒店等玻璃大廈包圍，不過仍然不失舊上海大樓的氣派。可是張愛玲卻說住在大樓裏周圍很多聲音，她不但不覺得吵，反而聲稱喜歡聽市聲，吵沒關係，電車鈴聲，街上人聲，鄰居吵鬧，都親切。她還喜歡一些很世俗的小市民生活的氣味，牛奶燒糊了，火柴燒黑了，飯焦香氣聞見了就覺得餓。甚至油漆的氣味，因為簇簇新，所以是積極奮發的……天曉得現在的人們，現在的小資，搬進新裝修的房子時，如果有氣味，一定說不能搬，對身體不好，不環保，油漆味至少散過一個月才能住……可是張愛玲覺得，汽油的味道，是積極奮發的，不講究。還有甚麼「火腿鹹肉花生油擱得日子久，變了味，有一種『油哈』氣，那個我也喜歡……爛熟，豐盈，如同古時候的『米爛陳倉』。香港打仗的時候我們吃的菜都是椰子油燒的，有強烈的肥皂味，起初吃不慣要嘔，後來發現肥皂也有一種寒香。戰爭期間沒有牙膏，用洗衣服的粗肥皂擦牙齒我也不介意。」[20] 等等等等。

張愛玲在散文中她所暴露（或者說所塑造）的自己的形象，層次似乎不高，難怪她母親也對她不滿。重要的不是一個上海女人這些似乎不那麼高雅的生活品味，重要的是為甚麼她還要用散文來渲染這些生活趣味？為了證明甚麼？為了證明她並不以小市民為恥，跟布爾喬亞比，我也世俗得有理。和普羅來塔利亞比，也辛苦生活所以不必自卑。張愛玲在散文中寫到街上看風景：「上街買菜，恰巧遇着封鎖，被羈在離家幾丈遠的地方……一個女傭企圖衝過防線，一面掙扎着，一面叫道：『不早了呀！放我回去燒飯罷！』眾人全都哈哈笑了。坐在街沿上的販米的廣東婦人向她的兒子說道：『看醫生是可以的；燒飯是不可以的。』」[21] 這番對話，活畫出戰爭背景下的小市民百姓的無奈。張愛玲以自我為例，不扮雅只扮俗，欣賞讚揚或者至少理解這些普通小市民的趣味。跟小說不一樣，她一點都不居高臨下。張愛玲為小市民寫這麼多的好話，背後的潛台詞就是說：老百姓，只有老百姓才是推動社會歷史發展的真正動力。當然，她這個想法是通過她的文學觀來體現。

---

1 陳子善：《〈流言〉編後記》，北京：十月文藝出版社，2006 年。

2 張愛玲：《流言》，上海：五洲書報社，1944 年 12 月。

3 張愛玲：《紅樓夢一自序》，香港：皇冠出版社，2010 年。

4 參見許子東：《張愛玲與二十世紀中文文學》，選自《張愛玲的文學史意義》，香港：中華書局，2011 年，頁 155－164。

5 許子東：《吶喊與流言》，上海：上海文藝出版社，2004 年。

6 《中學生》雜誌創刊於 1930 年 1 月，以中學生為讀者羣，由開明出版社出版。前 12 期主編為夏丏尊，自 1931 年 3 月號（總第 13 號）起，改由葉聖陶主編，助手為其夫人胡墨林。雜誌特約撰稿人有：朱自清、朱光潛、周作人、俞平伯、林語堂、賀昌羣、鄭振鐸、豐子愷、周予同、王伯祥、徐調孚、傅東華等，蔡元培、郁達夫、李石岑等也曾在雜誌上發表文章。1937 年 8 月至 1939 年 4 月，《中學生》雜誌因抗日戰爭原因停刊。直到 1939 年 5 月，在胡愈之、傅彬然、宋雲彬、豐子愷等人的幫助下，《中學生》在桂林復刊，改名為〈中學生戰時半月刊》。為適應戰時的需要，改為半月刊，每期三十二面，十六開本，封面上加印「戰時半月刊」的字樣。編纂委員會由王魯彥、宋雲彬、胡愈之、唐錫光、張梓生、傅彬然、賈祖璋、豐子愷組成，推定宋雲彬、賈祖璋、傅彬然承擔約稿、審稿的事宜，請在四川樂山的葉聖陶當社長。每期稿子由桂林航空寄給葉聖陶審稿。《戰時中學生》一直發行到新中國成立之後，又改為《中學生》繼續發行。

7 開明書店是二十世紀上半葉在中國上海開設的一個著名出版機構。1925 年，原商務印書館《婦女雜誌》主編章錫琛，因提倡「新性道德」遭停職，之後創《新女性》雜誌。因雜誌銷路很好，漸漸打開局面促成開明書店的成立。1926 年 8 月 1 日，章錫琛、章錫珊兄弟在寶山路寶山里 60 號章錫琛住宅正式成立開明書店。1929 年，開明書店改組為股份有限公司，杜海生任經理、章錫琛先後任經理。開明書店規模擴大後，發行所遷至中區福州路，總店遷址東區梧州路 300 號。1937 年淞滬會戰中，梧州路總店毀於戰火。1941 年，范洗人在廣西桂林設立總辦事處，後遷重慶，1946 年遷回上海。與商務印書館及中華書局類似，台灣也有一個台灣開明書店。1950 年，在中國內地的開明書店實行「公私合營」，1953 年與青年出版社合併改組為中國青年出版社，遷北京。開明書店擁有夏丏尊、葉聖陶、顧均正、唐錫光、趙景深、豐子愷、王伯祥、徐調孚、傅彬然、宋雲彬、金仲華、賈祖璋、周予同、郭紹虞、王統照、陳乃幹、周振甫等學者、作家擔任編輯工作。其作者羣也十分龐大，其中比較熟悉的有：杜亞泉、范文瀾、郭沫若、馮友蘭、高長虹、顧壽白、胡伯懇、胡繩、黃裳、劉半農、郁達夫、聞一多、柯靈、老舍、魯迅、舒新城、汪靜之、巴金、冰心、茅盾、朱自清、朱光潛、豐子愷、鄭振鐸等。開明書店共出版書刊約 1500 種，其中出版教科書包括：林語堂《開明英文讀本》《活頁文選》等；青少年讀物有：《開明青年叢書》《世界少年文學叢刊》等；古籍以及工具書：《二十五史》《二十五史補編》《十三經索引》《十六種曲》及《辭通》等書籍《二十五史》等；刊物有：《中學生》《文學週報》等；文學作品包括：像茅盾的《虹》《蝕》《茅盾短篇小說集》以及巴金的《家》《春》《秋》《巴金短篇小說集》等。

8 琦君：《人鼠之間》，選自《我愛動物》，台北：洪範書店，1988 年，頁 15－20。

9 《私語》，《天地》第 10 期，1944 年 7 月，收入《流言》，台北：皇冠出版社，1982 年。

10 梁實秋：《雅舍小品》，台北：正中書局，1968 年。

11 張愛玲：《打人》，《天地》（上海）第 9 期，1944 年 6 月。

12 張愛玲：《天才夢》，《張看》，台北：皇冠出版社，1985 年，頁 279。

13 張愛玲：《必也正名乎》，選自《雜誌》（上海）第 4 期，1944 年 1 月。

14 《〈傳奇〉再版的話》，選自《傳奇》再版本，上海：雜誌社，1944 年 9 月。收入《華麗緣》，香港：皇冠出版社，2010 年。

15 《〈傳奇〉再版的話》，選自《傳奇》再版本，上海：雜誌社，1944 年 9 月。收入《華麗緣》，香港：皇冠出版社，2010 年。

16 《〈傳奇〉再版的話》，選自《傳奇》再版本，上海：雜誌社，1944 年 9 月。收入《華麗緣》，香港：皇冠出版社，2010 年。

17 《〈傳奇〉再版的話》，選自《傳奇》再版本，上海：雜誌社，1944 年 9 月。收入《華麗緣》，香港：皇冠出版社，2010 年。

18 張愛玲：《童言無忌》，《天地》第 7、8 期，1944 年 5 月。收入《流言》，台北：皇冠出版社，1982 年，頁 9。

19 《談音樂》，選自《苦竹》（上海）第 1 期，1944 年 11 月。

20 《談音樂》，選自《苦竹》（上海）第 1 期，1944 年 11 月。

21 《道路以目》，選自《天地》（上海）第 4 期，1944 年 1 月。

第十三章

散文中的文學觀與歷史觀

張愛玲散文的第二個重要特點就是闡述她的文學觀，為她的小說創作提供理論辯護。她有一篇重要的散文題為《自己的文章》，起因是回應當年傅雷（化名迅雨）的批評文章。其實迅雨的文章也不完全是批評，其對《金鎖記》就十分讚揚，對於《傾城之戀》《第二爐香》則有點批評。張愛玲當年並不知道迅雨就是傅雷，多年以後宋淇告訴她，她也沒怎麼特別後悔。這中間還有點文壇八卦。張愛玲寫過一篇小說叫《殷寶灩送花樓會》，無意當中拆散了傅雷的一段婚外情[1]。當然，這跟《自己的文章》及其主要觀點沒關係。在《自己的文章》中，張愛玲為自己的文學觀努力辯護。為甚麼題目叫做《自己的文章》？之前我們講過另一篇散文題目《童言無忌》，意思是小孩說話（在文壇上人輕言微），你們不要計較。《自己的文章》甚麼意思？原來舊社會有句老話：「文章是自己的好，老婆是人家的好。」—— 又是學術跟性的結合。張愛玲的文章是寫給知識分子看的，所以潛台詞是你們男人大概覺得「老婆是人家的好」，我就說「文章是自己的好」：

> 「我發現弄文學的人向來是注重人生飛揚的一面，而忽視人生安穩的一面。其實，後者正是前者的底子。又如，他們多是注重人生的鬥爭，而忽略和諧的一面。其實，人是為了要求和諧的一

面才鬥爭的。」[2]

張愛玲這類散文有點像論說文，甚至像論文，雖然沒那麼嚴密。以上引文很重要，她直接指出了「五四」文學主流的侷限，從魯迅「遵命」《吶喊》到文學研究會寫「血與淚的文學」，特別是後來的左翼文學強調階級鬥爭，鼓勵被侮辱被損害者一定要反抗戰鬥。所有這些文學都是注重人生的飛揚注重人生的鬥爭，可張愛玲說，其實人是為了要求和諧的一面才鬥爭的。在鬥爭當中，普通老百姓、小市民的生活會不會被忽略了呢？超人文學只看到鬥爭。二十一世紀中國強調的是穩定，穩定就是要和諧。張愛玲原來早就指出了這點，當年人們顯然沒有好好注意到。張愛玲是這樣說的 :「強調人生飛揚的一面，多少有點超人的氣質。超人是生在一個時代裏的。而人生安穩的一面則有着永恆的意味，雖然這種安穩常是不安全的，而且每隔多少時候就要破壞一次，但仍然是永恆的。它存在於一切時代。它是人的神性，也可以說是婦人性。」[3]

我們在 UCLA 討論課上，關於最後這段「婦人性」的文字有很多討論。傾向女性主義文學理論的學者們很驚訝，說張愛玲沒有讀過幾十年以後西方學術界流行的各種女性主義的學說，可是她卻有這樣的宣言。她把常人柴米油鹽與超人啟蒙救世相對，把日常生活和宏大敍事相對，再把常人生活價值提高到社會發展規律的層面，再把「人的神性」聯繫到女性主義的所謂「婦人性」。不得不承認，這些散文中的議論，頗有些理論上的超前性。男人要求鬥爭，只是一個階段，那個時候人們看到巴金、茅盾、趙樹理都比張愛玲重要的多，可是張愛玲認為她寫的小市民日常生活是更長久的，因為街頭田野打仗就這麼些年打，婚戀感情當中的戰鬥可是一直要持續下去的，男女的戰爭比國共的戰爭時間要長。對文學來說，鬥爭偉大，卻不能說生活不重要。鬥爭是破壞性的，破壞之後，破壞之中，求和諧卻是永恆的，所以這個才是神性，這個才是婦人性。再簡單來說，你們男人就只懂一時的爭權奪利，我們女人才懂得天長地久過日子。

這番話在小說裏也說過了。白流蘇看到范柳原在那裏跟她講地老天荒、講詩經，她就說了，道理你去講吧，找傭人還是我說了算。讀者當時可能覺得這是在諷刺這個女的小市民無知，她對着知識分子很自卑吧？不是！張愛玲在這裏用白流蘇的膚淺在講很深的道理，這個深的道理對我們人類社會來說，就是柴米油鹽衣食住行才是我們人生的根本。中國人花了多少年，才搞清楚這麼一個基本的道理，四十年代很少有理論家提到這個高度來講。張愛玲這番話，卻是伴隨燒糊的牛奶味道，跟汽油味、發黴味一起說的，是和在戰爭封鎖線下仍惦記着回家做飯的，無足輕重傻乎乎的小市民羣像結合起來說的。在散文裏，張愛玲到街上看風景，她不看豪車或者霓虹燈，她就看黃包車夫打瞌睡，小市民怎麼買菜。

《傳奇》的最後一篇叫《中國的日夜》，頂了這麼大的一個憂國憂民的、「五四」風格的題目，內文只是講一個菜場，講很多人身上的補釘，講那些走在菜場裏的人羣，他們就是中國的日夜。開張愛玲這種政治上的遠見，到底是碰巧了呢？還是怎麼回事？我們再讀她一段文字：「文學史上素樸地歌詠人生的安穩的作品很少，倒是強調人生的飛揚的作品多，但好的作品，還是在於它是以人生的安穩做底子來描寫人生的飛揚的。沒有這底子，飛揚只能是浮沫，許多強有力的作品只予人以興奮，不能予人以啟示，就是失敗在不知道把握這底子。」[4] 這些話，結合之後幾十年中國當代文學史的發展，現在讀來，真是耐人尋味。

張愛玲二十四歲寫小說時，仿佛只憑感官直覺就寫出這麼多千瘡百孔的小市民愛情故事，但從散文看，其實她也有一套理論。我們缺乏資料可以證明這些與「五四」主流意識形態（鼓吹「無產階級文學」，着重寫鄉村苦難，強調知識分子矛盾與困境等）很不相同的強調小市民歷史作用的理論，在多大程度上受到當時胡蘭成的影響。大部分早期作品是在張愛玲她認識胡蘭成以前已經寫了。張愛玲在《自己的文章》中寫道：「鬥爭是動人的，因為它是強大的，而同時是酸楚的。鬥爭者失去了人生的和諧，尋求着新的和諧。倘使為鬥爭而鬥爭，便缺少回味，寫了出來也不能成為好的作品。」[5] 這好像是在提前預告五十至六十年代的中國文學。為鬥爭而鬥爭，寫不出好作品，鬥爭是為了和諧才有價值。你為鬥爭而鬥爭，與天鬥，與地鬥，與人鬥，其樂無窮。鬥爭的大時代也使張愛玲用散文裏闡述自己的文學觀的時候，表現出一種自知之明：「一般所說『時代的紀念碑』那樣的作品，我是寫不出來的，也不打算嘗試……」[6] 幸福生活，很難離開愛情，張愛玲說：「我以為人在戀愛的時候，是比在戰爭或革命的時候更素樸，也更放恣的。」[7] 她的意思是，一個人在戀愛的時候比戰爭革命的時候，更能顯示他的人性。所以我們一再說她寫的還是戰爭 —— 男女戰爭。「因為跟戀愛的放恣相比，戰爭是被驅使的，革命多少有點強迫自己。」[8] 這個說法還是有點片面。文學史上有很多寫人性，精彩的經典片段，《戰爭與和平》《悲慘世界》恰恰是寫革命戰爭中的戀愛。當然，張愛玲這種把戀愛寫成戰爭，是以她特別的方法來寫人性。「真的革命與革命的戰爭，在情調上我想應該和戀愛是近親，和戀愛一樣是放恣的滲透人生的全面，而對自己是和諧。」[9]

張愛玲通過她的散文，第一，表達了她的小市民的趣味跟「小市民」為社會動力的歷史觀；第二，表達了她的文學觀，就是不是想講鬥爭、講飛揚的超人精神，而是講穩定、和諧的人生底子。她也講了一個我們今天都要碰到的現實問題，就是你怎麼面對讀者。張愛玲她在散文說：「要迎合讀者的心理，辦法不外這兩條：（一）說人家所要說的，（二）說人家所要聽的。」[10]這個概括，真是非常精彩。說人家所要說的，其實就是當時的、後來的革命文學，主流文學，替羣眾說話；說人家要聽的，那就是通俗文學，流行文學，投大眾所好。「說人家所要說的，是代羣眾訴冤出氣，弄得好，不難一唱百和。可是一般輿論對於左翼文學有一點常表不滿，那就是『診脈不開方』。逼急了，開個方子，不外乎階級鬥爭的大屠殺。現在的知識分子之談意識形態，正如某一時期的士大夫談禪一般，不一定懂，可是人人會說，說得多而且精彩。女人很少有犯這毛病的，這可以是『男人病』的一種……」[11]張愛玲不滿當時四十年代講階級鬥爭的文人，覺得這是一種「男人病」——明明是不同的社會政見，卻馬上聯繫性別差異，暗示階級、民族矛盾背後的性別戰爭。

那麼要是說人家要聽的呢？張愛玲說：「作者們感到曲高和寡的苦悶，有意的去迎合低級趣味。存心迎合低級趣味的人，多半是自處甚高，不把讀者看在眼裏，這就種下了失敗的根。」[12]這意思就是，你是為了讀者而遷就讀者，寫小市民，寫他們的庸俗不幸，作家覺得自己很高，從上往下看……張愛玲認為，這種寫法一開始就錯了，失敗了，因為你沒有站在「小市民」的立場上。這裏如果把「小市民」改為「羣眾」或「大眾」，貌似與同一時期延安的理論不謀而合。但是張愛玲真的就是「小市民」嗎？當然不是，但她能夠寫，而且寫得既不同於張恨水，也不同於趙樹理，如何把握其間差異，是個非常複雜的事情。

舉一個具體例子，張愛玲好的散文很多，《談女人》《私語》《燼餘錄》，等等。有一篇《談音樂》，在我讀來是「張看」跟「私語」兩種風格結合得最好的一篇作品。就是說，它既能俯視又能平視小市民。《談音樂》第一句話：「我不大喜歡音樂。不知為甚麼，顏色與氣味常常使我快樂，而一切的音樂都是悲哀的。」然後她說了一堆音樂的不好，主要是西洋音樂不好，這有一點有意挑戰知識分子情調，又有點討好小市民趣味的味道。張愛玲把氣味、顏色和音樂等感官因素搞在一起，轉了一大圈，有幾段文字非常有意思：「氣味總是暫時的，偶爾的；長久嗅着，即使可能，也受不了。所以氣味到底是小趣味。而顏色，有了個顏色就在那裏了，使人安心。顏色和氣味的愉快性也許和這有關係。不像音樂，音樂永遠是離開了它自己到別處去的，到哪裏，似乎誰都不能確定，而且才到就已經過去了，跟着又是尋尋覓覓，冷冷清清。」[13] 西方美學的傳統觀點，如亞里斯多德認為，音樂是「最富於模仿性的藝術」,「節奏與樂調不過是些聲音，為甚麼它們能表現品質而色香味道德卻不能呢？亞里斯多德的答案是「因為節奏樂調是些運動，而人的動作也是些運動」。[14] 可張愛玲在這裏故意搗亂，偏要將色香味等視覺、嗅覺、味覺因素（小市民趣味）與音樂相提並論甚至揚此貶彼。但文章發在「語絲」風格的《苦竹》上，又是寫給知識分子文人看的。張愛玲又說，我最怕的是凡啞林，凡啞林就是 violin，西化知識分子的符號 —— 小提琴。「……水一般地流着，將人生緊緊把握貼戀着的一切東西都流了去了。」通常小資文青最喜歡說鋼琴像王子，小提琴像公主，因為小提琴比較纏綿，它比較流動，可是張愛玲的感受是，它這個流動就把人生可以抓住的東西都帶走了。「胡琴就好得多，」反過來她說，「雖然也蒼涼，到臨了總像着北方人的『話又說回來了』，遠兜遠轉，依然回到人間。」[15] 看來，張愛玲講音樂，完全借題發揮，抑洋揚中，實際上是為本土小市民或者說國學傳統在辯護（當然了，胡琴是不是國貨那也另當別論）。[16]

「凡啞林上拉出的永遠是『絕調』，迴腸九轉，太顯明地賺人眼淚，是樂器中的悲旦。我認為戲裏只能有正旦貼旦小旦之分而不應當有『悲旦』，『風騷潑旦』，『言論老生』。」接下去有一段文字值得欣賞：

> 「大規模的交響樂自然又不同，那是浩浩蕩蕩『五四』運動一般地衝了來，把每一個人的聲音都變了它的聲音，前後左右呼嘯嘁嚓的都是自己的聲音，人一開口就震驚於自己的聲音的深宏遠大；又像在初睡醒的時候聽見人向你說話，不大知道是自己說的還是人家說的，感到模糊的恐怖。」[17]

在閱讀張愛玲早期小說時，我們討論過她的「逆向營造意象」的技巧，以實寫虛，以身邊室內可聞、可觸的實體，來逆向形容大的、抽象的、虛的東西。在一般情況下，我們會習慣用音樂來形容革命運動，我們說學生運動波瀾壯闊像交響樂。郭沫若有一首曾經很有名的詩來歌頌坐在飛機上寫字的毛澤東：「在一萬公尺的高空，在圖 -104 的飛機之上，難怪陽光是加倍地明亮，機內和機外有着兩個太陽！不倦的精神啊，崇高的思想，凝成了交響曲的樂章，像靜穆的崇山峻嶺，也像浩渺無際的重洋！」[18] 這是一種非常典型的詩歌意象，就是把領袖的精神思想，比作是交響曲的樂章。可是張愛玲把喻體本體倒過來，交響曲像甚麼？像「五四」運動一樣地衝了過來。這是一個陌生化的意象，可是這個意象下面，卻句句可以是寫實。「……把每一個人的聲音都變了它的聲音，前後左右呼嘯嘁嚓的都是自己的聲音……」我們要是到音樂廳聽過交響樂一定會有這樣的感受，這個感受可以聯想到自己在廣場上，或者參加甚麼大的羣眾運動的時候，你一開口，就震驚於自己聲音的偉大，因為你搞不清楚周圍的聲音很大……張愛玲這一段在寫實層面用革命運動來講交響樂，也在象徵層面用交響樂講到革命運動：不僅是氣勢、波浪、高潮，而且前後左右都被聲音包圍，沒辦法，這就是交響音樂跟革命運動的共通點，每個人都在裏面發光燃燒，煥發無窮的能量。張愛玲冷靜地向你解構，說前後左右都在喊，就像你剛睡醒的時候，有人跟你說話，那時候搞不清楚是你自己說還是別人說，模糊的恐怖。這不僅是在延續魯迅喚起黑屋子裏的沉睡者的主題，而且還反諷了被啟蒙的大眾似醒似睡被催眠後的不幸的後果，這是藉音樂表達她的政治的看法，典型的以「流言」反省「吶喊」。

二十世紀中國文學有幾個非常著名的意象，第一個當然是魯迅說的：地上本沒有路，走的人多了，也便成了路。還有也是魯迅說的：一間鐵屋子，很多人在裏面睡覺，沒有窗，裏面的人不久就要悶死了，但是沒有知覺。現在你大嚷起來，驚醒了幾個人，但是沒有出路，這麼做有甚麼好處？……這樣的啟蒙，今天仍值得反省。在我看來，交響樂「像『五四』運動一般地衝了來，前後左右都是聲音，不知道是自己還是別人的聲音」，也是一個非常重要的意象。魯迅寫的是革命前，走向革命；張愛玲寫的是革命中，或者革命後的反省。「樂隊突然緊張起來，埋頭咬牙，進入決戰最後階段，一鼓作氣，再鼓三鼓，立志要把全場聽眾肅清剷除消滅。而觀眾只是默默抵抗着，都是上等人，有高級的音樂修養，在無數的音樂會裏坐過的；根據以往的經驗，他們知道這音樂是會完的。」[19]

不要想太多了，這就是講交響音樂會。我想起台灣一個女作家陳玉慧，有一次開會發議論，她說交響音樂的作曲家多數是男的，因為交響音樂的基本節奏就是模仿男性的性行為。很少有女作曲家寫這樣的交響樂。我問她說那女性喜歡甚麼音樂？她說室內樂，一直繞着，沒完沒了，很多高潮，像 Barcelona 的球風。我後來查了一下，著名的交響音樂作曲者大多真是男的，那結尾都是噠、噠、噠、噠，噹——不過這可能是巧合，我缺乏醫學和音樂方面的調查研究。張愛玲說：「我是中國人，喜歡喧嘩吵鬧，中國的鑼鼓是不問情由，劈頭劈腦打下來的，再吵些我也能夠忍受，但是交響樂的攻勢是慢慢來的，需要不少的時間把大喇叭小喇叭鋼琴凡啞林一一安排佈置，四下裏埋伏起來，此起彼應，這樣有計劃的陰謀我害怕。」[20] 我可真是沒聽過人這樣談交響音樂，交響音樂的確是這樣嗎？它的主旋律，這裏來一下，那裏來一下，是有計劃的陰謀？

《談音樂》通篇都好，但是最精彩的是最後一段：

> 「中國的流行歌曲，從前因為大家有『小妹妹』狂，歌星都把喉嚨逼得尖而扁，無線電擴音機裏的《桃花江》聽上去只是『價啊價，嘰價價嘰家啊價……』，外國人常常駭異地問中國女人的聲音怎麼是這樣的。現在好多了。然而中國的流行歌到底還是沒有底子，彷彿是決定了新時代應當有新的歌，硬給湊了出來的。所以聽到一兩個悅耳的調子像《薔薇處處開》，我就忍不住要疑心是從西洋或日本抄了來的。有一天深夜，遠處飄來跳舞廳的音樂，女人尖細的喉嚨唱着：『薔薇薔薇處處開！』偌大的上海，沒有幾家人家點着燈，更顯得夜的空曠。我房間裏倒還沒熄燈，一長排窗户，拉上了暗藍的舊絲絨簾子，像文藝濫調裏的『沉沉夜幕』。絲絨敗了色的邊緣被燈光噴上了灰撲撲的淡金色，簾子在大風裏蓬飄。街上急急駛過一輛奇異的車，不知是不是捉強盜，『嗚！嗚！』銳叫，像輪船的汽笛，悽長地，『嗚！嗚！……嗚！嗚！』大海就在窗外，海船上的別離，命運性的決裂，冷到人心裏去。『嗚！嗚！』漸漸遠了。在這樣兇殘的，大而破的夜晚，給它到處開起薔

薇花來，是不能想像的事，然而這女人還是細聲細氣很樂觀地說是開着的。即使不過是綢絹的薔薇，綴在帳頂，燈罩，帽簷，袖口，鞋尖，陽傘上，那幼小的圓滿也有它的可愛可親。」[21]

為甚麼我要花這麼多篇幅抄出這一段？因為這一段濃縮了張愛玲作品的很多內容跟意義。時代，外面是日本人的軍車，所以她說是奇異的車。商女不知亡國恨，一般人就只能痛喊歌女「隔窗猶唱後庭花」。日本的軍車在街上開，她家的窗簾外面就感覺像大海，冰冷的夜。可是張愛玲說，在這樣的情況下，歌女說薔薇還開着，開在帳頂，燈罩，帽簷，袖口，鞋尖，陽傘上，它還是可愛的。用葛薇龍在《第一爐香》灣仔市場說的話，世界是蒼涼的，無邊的，無法捉摸的，可怕的，未來想都不能想的，但是眼前這些小花小草，這些薔薇，這些衣服，還是可愛的，我就只能抓住眼前這些東西吧？這是張愛玲跟很多同時代作家的不同。從魯迅到巴金都會說，外面很殘酷，而且告訴我們，再唱這樣的薔薇歌是非常可悲可憐的。可是張愛玲卻說，正因為外面這麼殘酷，所以這麼可憐的薔薇薔薇，還是開着。明知華麗後面是蒼涼，卻要抓住眼前小小的、卑微的、可憐的華麗，怎麼辦呢？華麗本身就是由蝨子或者跳蚤反光而成，華麗就是蒼涼。

簡而言之，張愛玲面對「五四」主流作家羣，她要努力強調小市民的趣味，和小市民的社會歷史價值。當然她的小說又不真的是小市民文學，它在滿足小市民白日夢方面極其吝嗇。張愛玲和張恨水寫一樣的東西，寫法卻不一樣。她很早就打破了雅俗文學的固定界限，毫無顧忌地把書交給了皇冠出版社推銷，設計封面都像軟性的流行文學，但另一方面張愛玲寫得很少，完全拒絕跟文化工業生產規則合作，她的作品在台灣、香港迅速走紅，她卻依然清苦一人，自我流放洛杉磯。

以前有人說酒香不怕巷子深，現在這話有點奢侈了，可是在張愛玲那裏，孤魂不怕包裝俗。她一方面成為小資消費符號，一方面又是博士論文題目。但是，她真的完全只是一個孤獨的靈魂嗎？完全不在乎別人的理解嗎？

我再讀一篇她的散文，叫《夜營的喇叭》，很短的一篇散文。第一人稱女主角說跟姑姑一起住，隔壁有個軍營，晚上隱約聽到軍營裏有人吹喇叭，她覺得聲音很好聽。可是有一天她問姑姑今天怎麼沒人吹喇叭？姑姑反問說甚麼喇叭？她從來沒聽過。散文當中的「我」呆掉了，非常困惑，覺得這件事情搞不清楚，難道是自己的幻聽嗎？可是有一天，她家隔壁有一個人上樓來，上樓的時候吹的口哨，就是夜營裏面吹的喇叭的那個旋律，第一人稱「我」就說她非常欣慰。這是一個很短的小品，在張愛玲的散文當中很少見，算得上是一個抒情的篇章。但，抒的是甚麼情呢？抒的是孤獨，是孤寂。或者說是害怕孤獨。她覺得她看到了世界上很多東西，別人看不到，但要是真的只有她一個人看到了，她又很害怕，她會懷疑自己是狂人，狂人，也就會發瘋，所以她還是希望有那麼一個人，跟她分享這種孤獨。當時，一度，她自以為找到了這個人，那就是胡蘭成。

1 《殷寶灩送花樓會》，最初發表於《雜誌》，1944 年 11 月。1982 年張愛玲在給宋淇的信中說：「(《殷寶灩送花樓會》) 寫得實在太壞，這篇寫傅雷。他的女朋友當真聽了我的話到內地去嫁了空軍，很快就離婚，我聽見了非常懊惱。」見宋以朗：《宋家客廳》，廣州：花城出版社，2015 年。

2 《自己的文章》，選自《苦竹》(上海) 第 2 期，1944 年 12 月。

3 《自己的文章》，《苦竹》(上海) 第 2 期，1944 年 12 月。

4 《自己的文章》，《苦竹》(上海) 第 2 期，1944 年 12 月。

5 《自己的文章》，《苦竹》(上海) 第 2 期，1944 年 12 月。

6 《自己的文章》，《苦竹》(上海) 第 2 期，1944 年 12 月。

7 《自己的文章》，《苦竹》(上海) 第 2 期，1944 年 12 月。

8 《自己的文章》，《苦竹》(上海) 第 2 期，1944 年 12 月。

9 《自己的文章》，《苦竹》(上海) 第 2 期，1944 年 12 月。

10 《論寫作》，《雜誌》(上海) 第 13 卷第 1 期，1944 年 4 月。

11 《論寫作》，《雜誌》(上海) 第 13 卷第 1 期，1944 年 4 月。

12 《論寫作》，《雜誌》(上海) 第 13 卷第 1 期，1944 年 4 月。

13 《談音樂》，《苦竹》(上海) 第 1 期，1944 年 11 月。

14 參見朱光潛：《西方美學史》(上冊)，北京：人民文學出版社，1979 年，頁 79。

15 《談音樂》，《苦竹》(上海) 第 1 期，1944 年 11 月。

16 同樣的樂團，香港名中樂團，新加坡叫華樂團，中國內地是民樂團，台灣稱國樂團。中，華，民，國，指的是同一種樂團。

17 《談音樂》，《苦竹》(上海) 第 1 期，1944 年 11 月。

18 郭沫若：《題毛主席在飛機中工作的攝影》，最初發表於《中國青年》第四期，1958 年。亦發表在 1985 年 2 月 28 日的香港《文匯報》上。

19 《談音樂》，《苦竹》(上海) 第 1 期，1944 年 11 月。

20 《談音樂》，《苦竹》(上海) 第 1 期，1944 年 11 月。

21 《談音樂》，《苦竹》(上海) 第 1 期，1944 年 11 月。

第十四章

從上海到香港

張愛玲第二次到香港是 1952 年。香港是張愛玲故事的起點，也是她一生創作的轉折。不在香港的時候，之前在上海，之後在美國，張愛玲一直在寫香港，寫她的香港生活，香港經驗。可是她住在香港的時候，主要作品卻是描寫北方農村的革命，完全不寫香港。

離開上海之前，從 1945 年到 1952 年，整整七年，張愛玲沒寫多少東西。她的創作高峯是 1943 年到 1945 年那兩年，代表作都是二十三、四歲的時候寫的。換言之，她從二十五歲以後到三十來歲，就沒有多重要的作品，這看起來有點奇怪。一個新晉女作家，兩年裏「暴得大名」，怎麼突然就停了，一停就是七年？說起來時代造就作家，時代也限制作家。

仔細再分，這沉寂七年又至少可分成兩個階段，以 1947 年張愛玲開始涉足電影圈並結束與胡蘭成有名無實（或者說有實無名）的婚姻為分界。胡張相識於 1944 年初，迅速陷入熱戀。大半年後，胡與妻子離婚，和張愛玲沒有婚禮，也未同居，但有一著名的秘密婚書：「胡蘭成，張愛玲簽定終身，結為夫婦，願使歲月靜好，現世安穩。」好像前一句是張的意思，後一句是胡的文筆。在 1944 年講「歲月靜好，現世安穩」當然充滿反諷意味。不久胡蘭成去武漢辦報，很快又愛上十七歲的護士周訓德，而且也談婚論嫁。日本投降後胡在逃亡的途中又和范姓寡婦同居，說是為了表達感謝之情。張愛玲開始並不完全清楚情況，還用稿酬資助逃亡中的胡蘭成，並去溫州千里尋親。這些故事及胡張不同版本的回憶我們在之後評論《小團圓》時還會仔細討論。簡單說戰後頭兩年，張愛玲跟胡蘭成的關係，給她的文學道路設下了極大障礙。張愛玲之前曾經拒絕出席「大東亞文學者大會」，但是她也參加了一些小型的座談會。當然，胡蘭成是漢奸，她自然也受牽連，雖然做了一些辯解，但是畢竟不開心。民國時的臨水照花人，一下子成了戰後的漢奸棄婦，這肯定使一個水仙花型作家的心情好不起來。張愛玲有一些重要作品，如《桂花蒸・阿小悲秋》《留情》《紅玫瑰與白玫瑰》，都是跟胡蘭成熱戀時寫出來的，還有我們推薦的她的長篇散文《談音樂》等等。我們缺乏直接的證據說張愛玲的作品在多大程度上受了胡蘭成的影響（張愛玲大部分的早期作品在認識胡蘭成之前都已經寫了，胡蘭成是看了《封鎖》以後才去找她的）。胡蘭成在 1945 年抗戰一結束就逃來逃去，且不斷變換女人，張愛玲跟他的關係漸漸也就斷了。感情變異，心灰意冷，對張愛玲的創作也是一個負面的影響。報刊約稿也要她換筆名，她的名字成了禁忌。《雜誌》停刊，新的文藝期刊如《文藝復興》和她又沒有聯繫。結果，從 1945 年 8 月到 1947 年 4 月，正處在創作高峯狀態的張愛玲突然消失了，將近兩年沒有發表任何文字。

1947 年 6 月，張愛玲給已脫離險境的胡蘭成寫信：「我已經不喜歡你了，你是早已經不喜歡我了的。這次的決心，我是經過一年半的長時間考慮的……你不要來尋我，即或寫信來，我也是不看了的。」同年，張愛玲編劇、桑弧導演的電影《不了情》《太太萬歲》等在上海公映。加上稍早發表在鴛鴦蝴蝶派人物龔之芳、唐云旌主編的通俗文學刊物《大家》上的《華麗緣：一個行頭考究的愛情故事》（整個標題就是華麗包裝的樣板，其實是寫浙江農村的一些見聞，並不怎麼華麗），還有根據《不了情》改編的中篇《多少恨》，可以說二十世紀四十年代後期張愛玲的局部復出，主要還是因為她涉足電影和通俗文學。桑弧是當時中國最有名的喜劇導演。想想有點弔詭，專寫愛情悲劇的小說家，一度和著名的喜劇導演合作而且拍拖療傷。桑導後來拍過一部立體電影叫《魔術師的奇遇》，曾經在上海的東湖電影院連演好多年，是那個時代的《阿凡達》。他晚年還導過茅盾名著改編的《子夜》。桑弧最後的兩部片子，《郵緣》和《女局長的男朋友》，都和我有點關係（具體就不說了）。桑弧晚年一直沒有怎麼直接講張愛玲的事情，不少人去採訪，他也不回答。他的態度跟胡蘭成很不一樣，胡蘭成後來一直在展覽炫耀他跟張愛玲的關係。一對戀人，不管是明星、大人物，或者是普通的升斗小民，好了自然不說；既已分開，再單方面的來炫耀，或者說辱罵，在我看來都不可取，甚至不道德。因為這樣回頭講對方（尤其不在創作中），不僅對不起已經分手的、曾經的夫妻或者是戀人，而且也不尊重自己的記憶，不尊重自己往昔的感情。在這一點上，人們比較欣賞桑弧的態度。在張愛玲後期的《小團圓》裏，燕山的形象也比較正能量。當然，燕山是一個虛構人物，究竟和現實中的桑弧導演有多少是重合的？究竟桑弧導演為甚麼沒能或不能跟張愛玲走在一起？或者甚至究竟桑弧跟張愛玲當初是怎麼性質的感情關係？我們仍然是不清楚的，這點必須在此說清楚。英文常說「agree to disagree」，我們也是「說清楚這些不清楚」。

一個作家在自己創作道路上遇到時代阻礙，但又必須以筆為生之時，通常有意無意有兩個方法：一是靠近市場，取悅讀者，走比較通俗的路線；二是參考當時的主流社會觀念和意識形態，增加一些政治色彩和社會興趣。四十年代後期的張愛玲也是這樣，從中篇《多少恨》

到長篇《十八春》，是前一種通俗路線的嘗試；而被高全之稱為「張愛玲最前衛最重要的無產階級文學實驗」[1] 的《小艾》則是後一種政治策略的調整。

《十八春》是張愛玲的第一部長篇，從 1950 年 3 月到 1951 年 2 月在上海《亦報》上連載，之後出了單行本。這個時間點很有意思。《亦報》是一份市民報紙，1947 年創刊，辦報人是《大家》雜誌的老班底，雖說走娛樂休閑路線，卻也有周作人固定撰稿，還有豐子愷的畫。《十八春》及後來的《小艾》都用筆名梁京發表，桑弧寫評還稱作者為「他」，當時一般讀者並不知道作者就是張愛玲。在文學史上，在張愛玲的創作道路上，《十八春》的地位，應該說是不如她早期的創作的。按余斌的說法：「《十八春》，畢竟是一部言情小說，……如何協調自己的衝動與大眾讀者大同的胃口這兩者之間的矛盾。當她有意識地向通俗文學靠攏時，她多多少少是落在了兩難的境地。……張愛玲深知最具流行性的小說乃是『溫婉、感傷、小市民道德的愛情故事』，既然男女之情是她的一貫題材，在《十八春》中需要額外付出努力的，便是為故事塗染上小市民意味的感傷色彩。」[2] 我們記得，張愛玲曾以小市民自居，也為小市民說話，但這與迎合小市民趣味還是不同的。簡而言之，《十八春》善惡太分明了，情節也太離奇了，諸如曼璐為籠住丈夫，竟設圈套禁閉曼楨等情節，吸人眼球，卻有些「外在於故事邏輯」[3]。陳冠中有部小說叫《建豐二年》，索性批評《十八春》是抄襲了美國人約翰・菲利普斯・馬寬德寫的一部英文小說《樸廉紳士》。當然，這也是小說裏一個架空虛構的指控。有趣的是，現在馬寬德出了中譯本《普漢先生》，廣告宣傳說這是啟發了張愛玲寫《半生緣》的小說。

《十八春》後來還被改寫成《半生緣》，又叫《惘然記》，但那也是十多年以後的事情了，屬於張愛玲中後期的創作。張愛玲喜歡不斷改寫自己之前的作品，尤其是到海外生活以後。《金鎖記》前後有四個中英版本，《桂花蒸・阿小悲秋》也從中文改寫成英文。但在看來，改寫本比原作更好的，只有《半生緣》。電影拍得比小說原著更好的，也是《半生緣》（另外一部《色，戒》，電影小說各有千秋，再論。）

《十八春》除了往通俗言情方向發展了，其中也有一點配合主流意識形態的政治表態，比如許叔惠不滿舊社會，從延安回來「更精神了」，另一人物張慕瑾和太太也受國民黨迫害等等。但這種政治覺悟的明顯提高的樣本，當然是《小艾》。《小艾》1951 年 11 月起也在《亦報》連載，篇幅不長，共五萬多字。小說連載以後，當時也沒有特別引人注意。張愛玲去國以後，《小艾》一直沒有重新發表。直到 1986 年，陳子善在圖書館看到幾十年前的《亦報》，考證出作者梁京就是剛被台灣文壇重新發掘的張愛玲，於是將小說送到香港《明報》連載，同時也由瘂弦介紹到台灣《聯合報》，不過因為小說有點「赤化」嫌疑，批判國民黨舊社會，所以《小艾》的台灣版一直有不少刪節。如果沒有陳子善這種對張愛玲的崇拜和考據熱情，《小艾》究竟甚麼時候出版或者是否會再出版，都是一個問號。對一般作家來說，最普遍的困境是作品沒法發表，或者缺少讀者，不受重視。但有時太受關注，也是麻煩。魯迅日記中「洗腳」有甚麼含意，身後也被人研究。我們說過張愛玲在美國加州隱居時，台灣記者採訪不成，根據她在垃圾桶裏的棄物，也能寫成報導[4]。張愛玲晚年曾有文章，提起說人家明明想扔掉的東西，卻被發掘。雖然講的是別的文章，沒有明說《小艾》，但不悅之意是一樣的。陳子善是我以前在華東師範大學的老師和同事（我跟錢谷融教授讀研究生時，陳子善是助教），關於《小艾》，我後來專門問過子善。不少人開玩笑說子善是張愛玲的「未亡人」，因為有關張愛玲研究方面的情況，尤其是資料方面，大家都會找他。陳子善好像也有代理的責任。張愛玲託人帶給他的一本沒有任何題字的書，他還覺得很高興，認為是張愛玲覺得他挺好，所以給他送書，可見他對張愛玲的感情。

《小艾》藝術上一般，但放在張愛玲全部創作中看，卻也不可忽視。小說寫小艾九歲被賣到有錢人家做丫頭，十幾歲時被老爺強姦懷孕，又遭遇太太毒打流產，後與一工人相愛結婚擺脫困境，故事結束在解放後，回首過去，「冤仇有海樣深」；展望將來，「不知道是怎樣一個幸福的世界」。高全之說「所有張愛玲的小說裏，大概《小艾》用恨的密度最高。」[5] 雖然有「那是蔣匪幫在上海的最後一個春天」這樣「態度暴露」的句子，但高全之還是認為「張愛玲這場無產階級文學實驗並沒有產生徹頭徹尾的普羅作品」[6]，比如應該是反面人物的五太太形象太突出，「在可能令人憎恨的角色身上補充人性優點」。小說的問題在於「其一，作者殷切恭維新政權的方式過於拘泥；其二，作者拒絕肯定階級鬥爭。」[7] 而五太太這個形象恰恰是佘斌所大力肯定的。《小艾》在八十年代重新發表後，台北《聯合報》上的評論說作品「肯定言不由衷」[8]。而陳子善的評論是「隨着小艾的『出土』，我們又明白無誤地知道，張愛玲的確曾在自己的作品中對剛剛誕生的新社會表示過歡迎，儘管她的聲音很小很微弱，但是她並沒有做作，她的態度是真誠的。」[9]

作品被「出土」後，張愛玲自己的說法是：「我非常不喜歡《小艾》。有人說缺少故事性，說得很對。」[10] 到底是「言不由衷」還是「態度真誠」？這個問號，也可以用來拷問稍後的作品。

為甚麼從 1945 年到 1952 年，張愛玲的作品大不如前呢？我個人覺得有三個原因：第一是張愛玲跟胡蘭成的關係，給她戰後頭兩年的文學道路，在社會環境與個人心理上都造成了很大障礙。第二是如前所述，作家創作遇到阻礙，於是一方面靠近市場取悅讀者，一方面與主流意識形態妥協，但兩方面均不自然也不成功。當然還有第三個原因。說實在話，從文學史上看，從 1945 年到 1949 年，那幾年我們很難苛求甚麼人能寫小說，那幾年全中國也沒有多少作品出來，社會仍未安定，作家們怎麼有心寫作？《圍城》是 1947 年出版的，實際寫作時間是 1944 年到 1946 年。稍晚在北方，丁玲寫了《太陽照在桑乾河上》。但總之，這個時期全中國能留下來的重要的文學作品，是不多的。亂世出英雄，詩人憎命達，照理說，混亂的世界能催生偉大的作品，但是太混亂、戰爭太迫近了，也不行。

因為柯靈向夏衍的推薦 —— 夏衍是上海解放時候的華東軍事管制委員會文委副主任，有意培養張愛玲，所以現在各種記載都停格在一個歷史場面，就是張愛玲被邀請參加上海的「文代會」(文學藝術界代表大會)。她戴了副墨鏡，穿了一身黑旗袍，圍了一條白圍巾，周圍的人都穿解放裝。張愛玲這麼一身衣服，與周圍的革命氣氛形成巨大反差。她自己也想好了，就是想要格格不入，所以過了兩年，她就跑到香港去了。這是她第二次去香港，情況其實滿慘的，她申請到香港大學繼續讀書，而香港大學並不歡迎她。申請獎學金時還有人懷疑她從中國內地跑出來，要重新讀書會不會是間諜？香港大學黃德偉教授，專門去查了學校的檔案，真的有當年香港大學拒絕張愛玲重新入學的文件。[11] 現在呢？每年香港大學招生，都會把張愛玲的畫像掛起來，做為大學的榮譽。後來李安的《色，戒》，其中有一段戲也是用香港大學最有名的地標叫「陸佑堂」做背景。如果真的尊重歷史，也應該把當年拒絕張愛玲的文件放在一旁作為一個註解。

張愛玲到香港後經濟困難，只能靠寫作投稿。她參加一個徵文比賽，沒想到憑翻譯《老人與海》中標，得到了美國新聞處的贊助，讓她翻譯，後來就支持她寫作。當時因為朝鮮戰爭，香港的左右派別、國共、中美，互相之間鬥爭非常激烈，這是冷戰最熱的時候。美新處下面有一大批的雜誌、出版社，是「綠背文化」(因為美元是綠色的)。另外一邊當然就是「紅色文化」。張愛玲翻譯《老人與海》，獲得一筆錢，之後又得到美新處的資助，寫了兩部政治題材的長篇小說。這兩部小說的文風和早期很不一樣，又是寫鄉土又是用英文。

無論如何，張愛玲小說創作的香港時期，在作家整個創作道路上，其重要性僅次於早期的《傳奇》和晚年的《小團圓》，換句話說，比 1945 年到 1952 年這個階段，更加重要。這是一個嚴肅嚴峻的轉折。第一是寫作動機變了，有意直接揭露社會政治問題；第二，想像讀者變了，主要面對海外讀者，而不是上海小市民；第三，生產機制變了，獲得美新處的資助，甚至是訂合約；第四，題材文風技巧也變了，開始寫不熟悉的農村生活。但即便是考慮當年張愛玲第二次赴港以後的生活困境跟生存需求，這樣突然的創作轉向也是頗有難度的。你也可以說它顯示了作家的創作潛能，但是難度代價很大。傳統張迷們，尤其是事後來看，有些不滿。因為人們喜歡張愛玲的風格，主要是迷上了張愛玲早期的華麗蒼涼。就好像看慣了那些美髮上很多閃光蜘蛛裝飾，手臂像牛奶一樣倒出來的女人，突然要面對一個衣衫襤褸的農婦，反差有點大，多少不習慣，所以後來連作家自己都不習慣。幾年以後，作家去了美國，沒有這麼具體的生活壓力以後，她也就馬上放棄這種主題先行的，按合約靠資助的寫作模式。

在某種意義上，香港轉折的重要性也體現在這裏：你試過了。如果沒有這些實驗，張愛玲恐怕還沒有那麼徹底的領悟她的一生，領悟她的文學使命。她的使命是甚麼？她後來才發現，其實她只能講一個故事 —— 只能講她自己的故事，她家庭的故事，男人跟女人的故事，她和上海的故事。在這個意義上，與其說香港是張愛玲一生創作的轉折，不如說是一次「文學客串」。用「客串」這兩個字，用它來形容這個階段，這不是我的發明，這是王德威的用詞，非常微妙，很傳神。因為從那以後，「客串」完了，一旦沒有五斗米折腰的急迫壓力，張愛玲又回歸自己的本行。

張愛玲五十年代創作的轉向問題，後來在學術界一直有爭論。2000 年，我們嶺南大學主辦「張愛玲與中國現代文學史」的國際學術討論會。我是會議的組織者之一，第一場就由王德威、鄭樹森、劉再復等讀論文。劉再復原來是北京中國社會科學院文學研究所所長，在八十年代很有影響的理論家。他說中國現代作家他最喜歡五個人：魯迅、丁玲、蕭紅、張愛玲、李劼人。如果五個人裏面再挑兩個，他就說魯迅跟張愛玲。如果還要對比的話（其實沒有人說一定要對比，就是劉再復自己假設），他覺得還是魯迅偉大。為甚麼？因為魯迅跟張愛玲都是天才，可是張愛玲是個夭折的天才。為甚麼夭折呢？因為她在上海寫得那麼好的小說，可到了香港以後，在美新處的資助下，寫小說那是文藝為政治服務，寫的是不熟悉的東西，所以他覺得她是一個天才的夭折。[12]

沒想到此話語音未落，在旁邊的夏志清馬上發言說：我不同意。他說張愛玲的夭折只是為了錢、經濟跟生活的壓力，寫得是不怎麼好，但主要是因為經濟。但魯迅也夭折啊，魯迅到了後期被左聯捧上了左翼文藝領袖的地位，放棄了自己原來的創作，甚至也放棄了很多政治和為人的原則，魯迅那才是夭折呢！[13] 然後兩個人就開始爭論起來，作為會議的策劃人之一，我很高興看到有這樣的爭論。不僅因為這樣爭論學術會議就非常熱鬧，更重要的是，爭論雙方都是學界權威，而且分別各自代表了中國內地跟海外的現代文學研究不同學術觀點不同價值系統，他們爭論恰恰是不同文學史觀的焦點分歧。

夏志清講得雖然偏激，也不能完全說沒有道理，因為他講後期魯迅跟左聯的關係，魯迅後來自已也覺得被左聯捧得不太舒服。魯迅晚年，包括臨終之前的一些文章，他最討厭的就是自己陣營內部的「奴隸總管」。魯迅一輩子都在為「奴隸」說話。但是公允地說，重讀張愛玲五十年代在香港的寫作，在部分細節的處理上，我覺得張愛玲的轉向其實也付出了藝術代價。有些細節，完全可以不那麼寫。相比之下，魯迅後來的散文雜文，雖然偏離了他早期《吶喊》的方向，但是我覺得魯迅沒有浪費他的天才。在歷史上看魯迅的小說成就了不得，他的散文照樣貢獻巨大。用今天的話說，要是今天魯迅在，魯迅說不定是大V，寫博客。

張愛玲後來很不願意她在香港的那些小說再版，這也說明問題。在《小團圓》的前言裏，她講到了當年的經驗。張愛玲說：「……我一直認為最好的材料是你最深知的材料，但是為了國家主義的制裁，一直無法寫。」[14] 有了這次教訓以後，我們看到，才有了晚年的張愛玲。也許，有一個時間，經濟很困難；或者，政治也有很多特別形式的壓力。再偉大的天才，都會有這樣的時候，我們今天應該儘量實事求是，站在後人的角度，現在說話容易，人在一個處境當中做選擇就難。我們今天何嘗不要做選擇？我們今天何嘗都在做最正確的，最對得起自己，又對得起歷史的選擇呢？我們都可以捫心自問。

1　高全之：《張愛玲學》，台北：麥田出版，2003 年，頁 180。

2　余斌：《張愛玲傳》，北京：人民文學出版社，2013 年，頁 256。

3　余斌：《張愛玲傳》，北京：人民文學出版社，2013 年，頁 257。

4　依據《中國時報》當時副刊主編季季的文章，戴文采是經聯合報委託採訪，但因採訪方式有爭議，聯合報未刊載，她才轉投稿中國時報，但中時也拒刊。現在已經找不到季季 blog，只有網絡上轉載她於 2007 年發表的文章 (http://www.storm.mg/lifestyle/64802)。

5　高全之：《張愛玲學》，台北：麥田出版，2003 年，頁 138。

6　高全之：《張愛玲學》，台北：麥田出版，2003 年，頁 139–140。

7　高全之：《張愛玲學》，台北：麥田出版，2003 年，頁 141。

8　台繼之：《另一種傳說：關於〈小艾〉重新面世之背景與說明》，台北《聯合報・副刊》，1987 年 1 月 18 日。

9　陳子善：《張愛玲創作中篇小說〈小艾〉的背景》，香港《明報月刊》253 期 1987 年 1 月。

10　張愛玲：《餘韻・代序》，《餘韻》，香港皇冠出版社，1991 年。

11　黃德偉編著：《閱讀張愛玲》(附錄)，香港：香港大學比較文學系，1998 年。

12　劉再復：《張愛玲的文學特點與她的悲劇》，引自《再讀張愛玲》，香港：牛津大學出版社 (中國)，2002 年，頁 37–38。

13　夏志清：《張愛玲與魯迅及其他》，引自《再讀張愛玲》，香港：牛津大學出版社 (中國)，2002 年，頁 55。

14　張愛玲：《小團圓》，香港：皇冠出版社，2009，8 頁。

第十五章

張愛玲在美國

香港在張愛玲的生活文學道路上，也是一個港口，提供一個轉折。但張愛玲自己沒有在香港找到安身立命的地方。其實 1949 年以後，上海很多鴛鴦蝴蝶派文人，都被迫轉到香港，之後大有用武之地。如果張愛玲真像她散文所宣言的那樣，很樂意成為小市民代言人（後來很多人也真的是這樣看她），照說她在香港很有發展土壤。我後來在香港就碰到過陳蝶衣，這真是鴛鴦蝴蝶派的大師，住在香港幾十年。可是張愛玲沒有在香港太久，1952 年去，1955 年就離開了。她跟香港的文化工業、香港的報界，其實也都有關係，但她為甚麼不願意久住香港呢？當初宋淇還為張愛玲安排了一次與明星李麗華的會面，大概就有介紹張愛玲進入香港文化圈的意思。李麗華是當時中國非常有名的影星，盛裝準時到了，張愛玲卻遲到、早退，又不戴眼鏡，深度近視，看也看不清楚對方。可見，張愛玲那個時候已經無心在香港戀棧，她的計劃是以香港為跳板，去美國發展。

1953 年，美國有一個難民法令，允許少數學有專長的人士到美國，先拿綠卡，然後申請公民資格。這也是因為冷戰這個歷史背景。遠東地區一共有五千人的名額，三千給當地人，兩千給外地人。張愛玲是在香港申請的上海人，屬於後者。1955 年秋，張愛玲登上了一艘叫「克利夫蘭總統號」的郵輪，飄洋過海，碼頭上只有宋淇夫婦為其送行。十三年前，張愛玲也是坐船離開香港，回上海，開始了她的文學生涯；十三年以後，她有了作品，有了名聲，但是沒人理睬。在這個大時代面前，她一個人飄洋過海，去未知的美洲大陸。當時張愛玲三十五歲，曾有過一段不正常的婚姻，和一段不清楚的戀情，有那麼兩三本的散文小說結集。當時誰也不知道，這些作品後來會在中國現代文學史上，變得越來越重要。

張愛玲以難民身分入住紐約哈德遜河附近的救世軍女子宿舍，安頓下來不久，她就去拜訪同樣旅居紐約的胡適。胡適稱讚張愛玲的近作平淡而自然。兩個人是忘年之交，一個是開闢中國現代文學的大師，一個是中國現代文學界的新晉女作家，卻在一部作品中找到了共同語言，那就是《海上花列傳》。對《海上花列傳》的推崇，胡適是一生努力，張愛玲後來也是花了半生的努力要翻譯《海上花列傳》，從蘇州話翻到國語，還一直想要翻成英文。

1956 年 3 月，張愛玲申請到美國的一個作家創作營，在新罕布什爾州（New Hampshire）的「麥道偉文藝營」（MacDowell Colony）。在那裏可以免費居住、寫作。有趣的是，介紹她去的人，就是被陳冠中說她抄襲的那個作家馬寬德。馬寬德的小說，說得好聽是曾經被用來作為《十八春》的創作藍本。有時候機會是很難說的，包括張愛玲獲得難民去美國的申請，也是美新處負責人麥卡錫的擔保。這個麥道偉文藝營，作家在那裏一般只有幾個月，可是張愛玲就在那個時候認識了賴雅，結果就有了她的第二段婚姻。

賴雅（Ferdinand Reyher）是個在美國出生的德國人。1912 年，他二十一歲進入哈佛，已經會寫詩，很有才，興趣廣泛。二十六歲結婚，但是不喜歡安穩的家庭生活，九年後離婚，之後一直單身，直到六十多歲遇見張愛玲。在二十年代賴雅就發表小說，曾經訪問龐德（Ezra

Pound)、詹姆斯・喬伊斯（James Joyce）那些當時的文藝大師、文學大師。瀟灑的時候，賴雅是一半時間在紐約，一半時間在歐洲和世界各國。缺錢？沒關係，千金散盡還復來，一寫文章就有了。三十年代他還在好萊塢寫劇本，在好萊塢有長期的公寓，幫不同的公司如派拉蒙、哥倫比亞、米高梅……都工作過，稿費自然不少，當然沒有留下太重要的作品。最為人注目的，賴雅在那個時候變成一個馬克思主義者。他沒有直接加入美國共產黨，但他變成了一個左派，而且這個信仰一直堅持到晚年。更重要的是，賴雅和德國劇作家布萊希特（Bertolt Brecht）成了朋友。布萊希特是二十世紀西方最重要的作家之一。開始是賴雅幫助布萊希特宣傳作品，後來他們一度合作了至少兩個電影劇本。四十年代以後，布萊希特名聲扶搖直上，兩人的來往就少了。五十年代賴雅去柏林，受到相對來說的「冷遇」，但賴雅始終推崇布萊希特。

1943 年，五十二歲的賴雅曾經摔斷腿，輕度中風；十多年後，1954 年，他第二次中風。到 1956 年住進麥道偉文藝營的時候，我們看到，這是一個曾經風光，但現在正在走下坡的文人，就在這個時候他遇到了一個從亞洲來的女作家。

回顧張愛玲美國生活的時候，有兩本書給了我最多的、也比較可靠的參考，一本就是夏志清的《張愛玲給我的信件》，另一本是司馬新的《張愛玲與賴雅》，是 1996 年台北大地出版社出版的，也是夏志清作的序。這書是劉紹銘教授退休的時候送給我的。香港的教授一退休，書就沒地方放，他知道這本書對我有用。夏志清當然是最權威的張愛玲專家，張愛玲幾十年來給他寫了一百多封信，都是寶貴的第一手材料，直接紀錄了張愛玲在美國生活的幾個階段。關於張愛玲的個人生活，一般的張迷只是關心胡張戀，很少人注意賴雅這一段，好像不夠浪漫，也缺乏材料，在這方面，司馬新的書是很寶貴的參考。

嶺南大學之前的中文系主任劉紹銘教授，他個人和張愛玲有過很多次通信。劉教授常說，這輩子能認識張愛玲，那也是他的榮幸。他當年還真的努力幫張愛玲在美國的大學裏介紹工作。劉教授，還有一度在嶺南大學客座的鄭樹森教授，他們對我閱讀張愛玲都有很大的影響幫助。這些說起來都是些很巧合的客觀條件。是巧合嗎？包括在 westwood 附近跟作家的擦肩而過？……我不知道，反正這些因素湊起來都在催促我閱讀張愛玲。

張愛玲遇到賴雅的麥道偉文藝營，是 1907 年由一個作曲家的遺孀創建的，這個女人以音樂會的形式募捐，辛苦維持這個文藝營的開銷。這文藝營有二十八個藝術家工作室，還有圖書館、一些宿舍，佔地四百多英畝，在重山之中，風景美麗。按今天的說法，別的或者不值錢，這塊地值錢。當然，它也與世隔絕。張愛玲對那個地方最主要的印象就是，從來沒有體驗過的冷。我們知道張愛玲不是住在上海就是旅居香港，而這個新罕布什爾州，冬天氣溫可達零下三十度，還有暴風雪。都說熱帶氣候催生浪漫，殊不知寒冷孤獨也會促成愛情。一羣來自世界各地的作家，整天在那裏談文說藝，三月十三號，張愛玲、賴雅初次見面；五月十二號，賴雅日記已經記載，說「有同房之誼」。這個具體意思我也不太懂，至少說明他已經單獨地出入對方女作家的房間了吧。

研究者司馬新就提問了，說張愛玲始終是一個矜持的女人，何以這一次羅曼史發展如此迅速呢？當然女作家是難民身分，在紐約還有一些中國的朋友，到了這個文藝營，冰天雪地，孤身一人，更多漂泊感。而且這個文藝營只能住幾個月，以後怎麼辦呢？所以想尋找生活依靠的因素，顯然是有的。但是，賴雅分明又不是理想的「長期飯票」。第一，男的六十五、女的三十六，看年齡距離，就算是「飯票」，也長期不了。第二，這是一個曾經闊氣的窮作家，過氣了，現在是居無定所，申請不同的創作營，為的是免費食宿。照今天的說法，這個文人無車無房，屬於「相親鄙視鏈」的「標配」或「低配」。第三，賴雅還曾經兩次中風，身體不好。夏志清後來說，不知道兩人最初戀愛時，賴雅有沒有如實告知自己的身體狀況，否則如果隱瞞了自己曾經中風的情況，非常不道德。

夏志清來嶺南大學開會時，一直說張愛玲一生是被兩個男人所累。大家都知道胡蘭成對不起張愛玲，可是不大理解為甚麼這麼說賴雅？我個人隱隱覺得，包括夏志清在內很多同時代的男性文人，怎麼說呢，對張愛玲是從喜愛文學到憐愛其人，同時無意中也可能會責怪他們認為應該對張愛玲好、卻沒有盡到責任的「無賴人」(指胡蘭成)，甚至也包括賴雅[1]。在我看來，張愛玲的兩次婚戀其實有一貫的精神，那就是「愛，是非功利的」。雖然有世俗考慮，而且張愛玲在這方面考慮得很透，但關鍵時候，世俗考慮不是關鍵。或者這樣說，張愛玲看透了男女之間各種功利、世俗、關係，可是她依然選擇相信非功利，非世俗的浪漫感情。所以，是一種糊塗，但是一種極度清醒之後的糊塗。

張愛玲最初與賴雅談話，講關於她的小說，講中國書法藝術，然後張愛玲說要把《金鎖記》改寫成英文，起了個題目叫「Pink Tears」，「粉淚」，賴雅也提一些英文方面的意見。我們記得，她跟胡蘭成最早見面的時候，也是談文說藝。大概賴雅的文壇經歷，還有藝術風度，仍然有吸引力。不久賴雅就轉去了另外一個文藝營。他也很苦，不斷申請免費居住地方，不斷搬家。他們初次見面是 1956 年 3 月 13 日。5 月 12 日賴雅的日記記載他們有同房之誼。7 月 5 日他收到了張愛玲的信，告訴他懷孕的消息，當天賴雅就回信求婚。之後，他們在一個小鎮上見面，賴雅說明：我求婚，但是不要小孩。據說送行的時候，女的上了巴士，賴雅見她臉上浮着笑容，卻沒有丁點喜悅。張愛玲給了賴雅三百美金支票，以幫助這個男人的生活，錢來自於張愛玲的英文稿費。一個多月以後，1956 年 8 月 14 日，兩人在紐約舉行婚禮，張愛玲的好友炎櫻再次在場作證。我們記得上一次她跟胡蘭成幾乎是私下訂婚約的時候，炎櫻也在。

司馬新分析張愛玲與賴雅的結合，說表面上令人費解，年齡、種族、政見那麼不一樣，而且張愛玲處事精明，賴雅從來是公子習氣，張愛玲著作剖析複雜人性，賴雅只寫普通人的理想主義，好像處處不同。但司馬新說，他們的結合也有內在的邏輯。六十五歲的賴雅，遇到真有年輕女性要嫁他，出乎意外；張愛玲在陌生國度，需要有真心的愛、像父親一樣的愛，來彌補她的飄泊失落感。不過關於懷孕這件事情，司馬新有三個猜測，一個他說是張愛玲編造了懷孕的故事以逼婚，第二是後來不幸流產，第三說是在紐約做人工流產。司馬新基本否定了第一種猜測，認為賴雅身為美國人，一個電話打給醫生就可以查明真相，所以編故事不大可能，而且也不符合張愛玲一貫的為人。後面兩種說法，可能性都存在。我們後來再看到《小團圓》，好像人流的可能性大些，不過《小團圓》裏的細節，胎兒放進馬桶沖掉之類，也太恐怖了，似乎是為了藝術效果的渲染，不足以作為史料的憑證。

跟賴雅結婚以後，張愛玲其實也才三十多歲，但後來也一直沒有小孩。在賴雅這邊，當然可以理解他缺乏經濟能力，無房產無工作到處搬家，自己又已經有了成年的子女，所以不想再有兒女。張愛玲這邊，我們記得胡蘭成曾經說過，她不喜歡小狗小貓，也不喜小孩，也許確有其事。張愛玲的第二次婚姻，根本沒有期望男人來做家庭經濟支柱。可能她一生都沒有這種期望，雖然她寫了很多人物，都有這種當「結婚員」的情意結。三十多歲的張愛玲，可能覺得她的英文創作剛剛開始。當時他們相當部分的經濟來源，就依靠張愛玲在香港創作成名後的英文改編工作，比如 1957 年跟哥倫比亞廣播公司簽訂了改編劇本的合約，雖然電視劇後來播出效果很慘，但有一千三百五十美金的稿費，這在當時也很可觀。

我們還記得張愛玲年輕時候的夢想，最重要一條就是：要比林語堂還出風頭。而林語堂出風頭就是因為他的英文寫作，他把中國的古代文化寫得很美好，美國的中產階級看着很喜歡。張愛玲自己，二十三、四歲在上海，曾經有過一年之內的大紅大紫；後來在香港，明明走投無路，又靠翻譯《老人與海》柳暗花明。所以在五十年代中期，到了一個全新的國土，又有了經驗豐富的英文作家賴雅的鼓勵，張愛玲為甚麼不能期待自己，在英文出版界也找到自己的成功呢？但是，1957 年 5 月，《粉淚》(*Pink Tears*)，實際上是英文版的《金鎖記》，這也是張愛玲一生最珍愛的中國故事，被美國的出版社退稿。另外還有一部英文小說叫《上海遊閒人》(*The Shanghai Loafer*)，也不成功；1959 年，《北地胭脂》(*The Rouge of the North*)，開始是被退稿，後來出版了以後，也是遭到差評。這個時期，她還寫了英文長篇小說《易經》(*The Book of Change*)、《雷峯塔》(*The Full of Pagoda*)，這些作品的手稿，直到幾十年後，在張愛玲去世以後才翻成中文得以出版。而且看的人，說實話基本上也都是研究張愛玲的中文讀者。總而言之，從 1956 年新婚，到 1961 年張愛玲訪問台灣重回香港，五、六年間，是張愛玲努力嘗試打進英文出版界的關鍵時段，當然，也是她無法成功進入英文出版圈的失敗年月。

一個卓越的、一流的中文小說家，全心全意地願意用英文寫作，而且她的英文也不錯，又有美國作家丈夫的支持，可是始終無法進入二十世紀五十年代的美國出版界，為甚麼呢？

這個問題可以從三個不同角度去看。第一當然是語言因素。張愛玲最早的寫作就是英文起步，在香港大學一度故意不寫中文只用英文，這是下過苦功的。葛浩文教授（Howard Goldblatt），是莫言作品的主要英文譯者，有次來嶺南大學演講，跟劉紹銘、鄭樹森教授吃飯，我還特意當面請教。葛浩文教授明確說，張愛玲的英文很好。劉紹銘教授有一次到香港科技大學做學術演講，題目就是《張愛玲的中英互譯》，這篇文章被認為是分析張愛玲中英文能力的一個很重要的研究。劉教授細細比對張愛玲自己的中英互譯，既指出了張愛玲英文的精彩華麗、優雅別緻（「優雅別緻」是他的原文），也注意到張愛玲英文常常不用英文的慣用詞，並引用了哥倫比亞大學出版社的一個編輯，就是一個土生土長美國人的話說：「People don't talk like that.」劉紹銘教授還特別為了這個題目，逐段逐句的去請教真的以英文為母語的歐陽楨教授（Professor Eugene Eoyang），得到了相同的論證，就是張愛玲的英文正確卻不夠活，有時不太自然。[2]

我印象比較深的一個例句，張愛玲中文裏原來有一個說法叫「蜜綠」，好像是形容蜜綠的甚麼褲子，結果她把蜜綠翻成「honey green」，據說英文讀者不大明白甚麼叫「honey green」。所以，研究者的意思，張愛玲的英文好是好，但不夠接地氣。王曉鶯，香港浸會大學的博士，近年出版了一本書，從後殖民女性主義角度解讀張愛玲的中英文後翻譯[3]。拋開理論帽子不談，書裏對張愛玲的中英寫作做了很細緻的分析。按照王博士的說法，張愛玲早期的英文中譯，因為都是自己的散文，先寫英後寫中，大段的裁剪、轉換、傳神，十分自由，最後的兩種文字都是精品。可她到了香港以後，是為了推廣宣傳美國文化，是一種合約翻譯，《老人與海》等等，所以就翻得比較嚴謹古板一些。甚至在她的一些小說的英文改寫當中，比方說我們之前講過《桂花蒸・阿小悲秋》（*Shame, Amah*）[4]，中英不同版本比較，按王博士的說法，張愛玲的英文有迎合西方讀者口味的情況，比方說台灣叫「Formosa」、東北是「Manchuria」，甚至在小說裏就渲染中國人的小眼睛、小腳、鴉片等等細節，所以王博士批評說這是張愛玲的「自我東方主義」。

但是更基本的原因還是語言，跟劉紹銘教授所說的一樣，這英文太講究，而且是用中文概念出發。比方說形容衣服，怎麼翻雪青？銀紅？葱白？閃藍？怎麼變成英文呢？比方隨便說一個雪青，雪青到底是……雪青是紫色，它到底是淺紫？還是深紫？張愛玲十分堅持，比方說她小說裏用得最多的一個「笑道」，就是一邊笑一邊說話，她一定要翻成「said smiling」，而且美國人讀不明白，還需要譯者加註解，說這是中國古代從《金瓶梅》開始的經典用法。她在有的地方很堅持，比方說《海上花列傳》。我們講，張愛玲最後二十年一直在打磨的英文翻譯，書名最簡單可翻譯成 The Flowers of Shanghai ，《上海之花》，讀者都會明白「花」有不同的含義，但張愛玲一定要把它翻成 The Sing-song Girls of Shanghai 。甚麼叫「先生姑娘」？我們看《海上花列傳》就知道，原來當年上海有名的妓女，是被稱為「先生」，所以一定要用 The Sing-song Girls of Shanghai 來翻譯《海上花列傳》。還有些人名，張愛玲翻得也真是夠妙，有一個人物叫黃翠鳳，也是《海上花列傳》中的，張愛玲翻她的名字叫 Green Phoenix Huang；還有一個叫趙樸齋，很樸素的房子對吧？好，翻成叫 Simplicity Zhao 。《海上花列傳》的英文版到現在還沒正式出版，之所以這樣講究，就是應了美國人說的「People don't talk like that」，所以張愛玲的英文書難出難賣，也是為藝術犧牲，情有可原。

張愛玲無法進入五十年代美國圖書市場的第二個原因，不僅因為語言，還因為小說的人物、情節、主題不符合當時美國文化出版界的需求。在 1964 年 10 月 16 號張愛玲給夏志清的一封信中，她把幾封退稿信轉給夏志清看，大概是表達不滿：「……我記得是這些退稿信裏最憤激的一封，大意是：『所有的人物都令人起反感。……我倒覺得好奇，如果這小說有人出版，不知道批評家怎說。』我忘了是誰具名，總之不是個副編輯。那是 1957 年，這小說那時候叫 Pink Tears。……《金鎖記》原文不在手邊，但是九年前開始改寫前曾經考慮翻譯它，覺得無從着手，因為是多年前寫的，看法不同，勉強不來。」[5]

這封信很重要，它說明好幾個問題。首先，美國出版界至少在那個時候，也是政治標準第一，寫中國傳統社會黑暗，就會反證新中國的好處，所以為了證明新中國不好，就不該寫中國過去有黑暗。這是美國出版界的要求。其次，張愛玲聽了這樣的退稿理由很不高興，不願意為了出版而修改自己的創作，這證明她已經放棄了在香港的「客串」式政治寫作，她也意識到自己當年寫的《金鎖記》不應該亂改。這裏四個字叫「勉強不來」，表達對自己作品的一種堅持跟尊重。所有這些都在解釋為甚麼 1956 年到 1960 年張愛玲的作品，雖然她很努力，但是不能「入鄉隨俗」，無法像林語堂那樣順利進入美國圖書市場。

第三個層面是我的聯想，其實好的中文恐怕都沒法翻成好的英文。張愛玲並不是特例。白先勇，在加州大學的聖塔芭芭拉分校教書多年，他跟專家合作，自己親手翻譯《台北人》。《台北人》是一流的中文，可是變成英文出版以後反響不大。阿城也好，賈平凹也好，他們那些極精彩的中文都難翻譯。我問過余華《兄弟》的英譯者，他也是王德威的學生，就《兄弟》中一句反覆出現的「我們劉鎮的羣眾……」，就翻不出原文中的多種複合雜意思，只能翻成「We the people……We are the people……」。也許好的文學語言就是沒法「無損耗轉移」，哪怕是同一個人寫。這方面我只是提問，不敢做結論。順便聯想：好的中文翻譯，如果翻譯家是外國人，他們大都有個太太或者丈夫是華人。所以中外文學聯姻，有時候真和愛情有點關係。

英文寫作不順利，五十年代後期張愛玲又為了謀生而為香港寫一些電影劇本，每部有八百到一千美金，貼補家用。她和賴雅先住在東岸，1958 年遷居洛杉磯，後來又搬到舊金山，一路都是租房。她一度想寫關於張學良的長篇，為了訪問張學良，她曾經回了一次香港，經過台灣。張愛玲在台灣總共好像待了二十幾天，所以多年後她被列入台灣經典作家，不少本土派人士還反對。但就文學影響來說，張愛玲在台灣文學界真是「祖師奶奶」。我後來不止一次聽白先勇回憶，他在台灣跟張愛玲同桌吃飯時的崇拜心情。因為那個時候夏志清的《中國現代小說史》裏張愛玲一章，已經被夏濟安翻成了中文，在台灣很有影響，所以那個時候張愛玲的文學史地位，尤其是在知識分子、文學圈中的威信已經上升。

也就在訪台期間，張愛玲聽到賴雅又中風的消息，可是她竟沒有錢購買機票馬上回去，結果又去了香港住了幾個月，為一個電影公司改寫《紅樓夢》劇本，得到一、兩千美金的稿費。後來因為公司老闆空難去世，宋淇也離職，所以這個劇本從來沒演過。今天誰要是能考證發現，一定是件文壇盛事。張愛玲這一時期為香港寫的「都市浪漫喜劇」(urban romantic comedy)，鄭樹森後來都有收集研究[6]。1962 年 3 月，張愛玲又回美國，從此再也沒有到過亞洲。賴雅癱瘓了兩年以後，於 1967 年去世。所以第二次婚姻基本上是張愛玲在照顧她的老公，這段婚姻當中張愛玲基本上就是賢妻良母(還要和賴雅女兒和睦相處）。根據賴雅的日記，他們在一起的日常生活，就是去吃各種各樣的餐館、看很多電影、商量創作細節、到處搬家、買家具……然後男人病了，女作家的創作也不成功，這很叫人感慨。張愛玲跟賴雅在一起的生活，好像證明在溫州張愛玲和胡蘭成說的話是靈驗的（當然也是胡的回憶）:「我倘使不得不離開你，一不致尋短見。二不能再愛別人，我將只是萎謝了。」[7] 但我們也可以說她後來找到了自己平靜的幸福，張愛玲本質上還是一個傳統女人。

和賴雅的婚姻和不成功的英文寫作，並不是張愛玲在美國生活的全部。張愛玲幾十年間給夏志清寫了一百多封信，從五十年代到九十年代，從那些信裏看到張愛玲在美國的生活大概可以分成三個階段。第一個階段，前面已經討論了，婚姻跟英文寫作，除了《粉淚》《北地胭脂》，還有《易經》《雷峯塔》等英文書稿，跟《小團圓》講的是同一個故事，都是作家童年、青少年以及香港求學的經歷。《易經》《雷峯塔》的中文譯文很有意思，有的地方跟《小團圓》文字上幾乎一模一樣。我很好奇，一部是 1956 年的英文稿，一部是 1975 年的中文稿，是張愛玲在 1975 年背誦自己二十年前的句子？還是現在的譯者看了《小團圓》以後，再翻譯她早期的英文小說？這是非常奇異的、弔詭的中英文本互涉。

張愛玲這種反覆講同一故事的現象，王德威教授有專文研究，稱之為《張愛玲再生緣 —— 重複、迴旋與衍生的敍事學》[8]。實際上張愛玲之所以有勇氣把自己的故事不厭其煩講了又講，而且細節一再重複改編，這和她在美國開始的《紅樓夢》研究有關。這就是張愛玲在美國的生活的第二個階段，大概整個六十年代，張愛玲給夏志清寫信最多也就是這個時期。既然做不了職業作家，老公這張「飯票」也不靠譜，張愛玲就要自己找工作，在美國的大學裏申請各種各樣的研究項目。

夏志清還動員其他朋友，真的大家當時都幫張愛玲申請大學的位子和項目，劉紹銘教授就是這個時候跟張愛玲頻繁通信。美國學院系統的遊戲規則就是當教授必須苦熬博士出來，作家駐校只是短期。所以張愛玲後來一直沒有在美國的大學裏邊找到長期穩定的工作，哪像今天中國閻連科、劉震雲、畢飛宇等都是名牌大學教授。

為了在大學申請資助，張愛玲就要寫研究計劃。其中一個計劃就是要把《海上花列傳》[9]翻成英文，這個事情她後來做了幾十年都一直沒放棄，譯稿現在還在南加大（University of Southern California）圖書館倉庫裏面。為了翻譯這個項目就需要一個序，要比較一下《紅樓夢》跟《海上花列傳》。可是張愛玲一寫《紅樓夢》的序，寫着寫着就走神了，寫出整整一本，後來出版叫《紅樓夢魘》。「魘」的意思就是惡夢，就是說張愛玲碰到《紅樓夢》以後就解脫不出來，就迷惑、迷糊、着魔了。張愛玲研究《紅樓夢》的思路側重資料，她認為《紅樓夢》的精華是寫實的細節，而不是浪漫的傳奇（這就可以理解為何她改編《紅樓夢》的劇本一直沒有被人用）。她自己早期的小說集叫《傳奇》，其實是一個反諷，寫的都是平凡的事情，除了《傾城之戀》。所以《紅樓夢魘》代表了張愛玲的一段美國生活，頗有反諷的意味，但它為張愛玲反覆寫自己的故事提供了很多勇氣和理由。

張愛玲美國生活的第二階段到 1972 年結束。在 1969 年她終於獲得柏克萊一個比較正式的職位，以前都是零零星星、研究計劃都很短期，「吃了上頓沒下頓」。曾經一度，張愛玲還申請研究丁玲，這有意思，我真很想看看這二十世紀最重要的兩個女作家之間哪怕是單向的對話。張愛玲很少談論其他「五四」作家，為甚麼偏偏對丁玲感興趣？瞿秋白說：「飛蛾撲火，非死不止。」[10] 這是形容早期的丁玲。張愛玲是不是也有「飛蛾撲火」的一面呢？丁玲撲的是革命神話，張愛玲撲的是愛情神話。都是應了老舍的話：「一個人愛甚麼，就死在甚麼上面。」[11] 最後她因為沒有獲得經費，也不研究丁玲了。

張愛玲最成功的一次大學工作，是去加州柏克萊分校，中國研究中心給了很多錢、有辦公室，主任叫陳世驤，是個散文家，交給張愛玲的任務是研究文化大革命當中的新詞彙。我一看這個選題就笑了（因為這是我的研究專題），我跟張愛玲的距離變得非常近了。那時大致在 1970−1972 年之間，談到文革詞彙我馬上想到「五一六」、「文攻武衛」、「上海人民公社」、「串聯」、「三結合」、「清理階級隊伍」……可是張愛玲研究了半年也交不出成果，交不出成果也還好，她白天不去上班，白天不去晚上去，晚上去又沒人看見，她又害怕跟人打交道，打招呼也儘量避免。她專心地研究她的翻譯，她的《海上花列傳》（*The Sing-song Girls in Shanghai*）。結果她的研究成果交不出來，主任說這個報告不合格，她又爭辯，為了這次吵架她給夏志清寫了一封很長的信解釋。但是不管怎麼樣，按美國大學的規矩，最後她還是被他們辭退了。

從今天的角度看，陳世驤你何苦呢？這麼一個中國的天才作家，你就讓她在那裏，隨她愛做甚麼就做甚麼嘛，對不對？夏志清已經把她放在中國最偉大作家行列，《金鎖記》是最偉大的中篇小說，而且《現代文學小說史》就是英文著作，為甚麼要為難張愛玲呢？可是美國的制度就是這樣，張愛玲被炒掉了。這件事情就此決定張愛玲晚年的命運。自從失去柏克萊的職位以後，給夏志清的信件就少了，從此張愛玲再沒緩過氣來，再不求職了，她也不想到大學去了。這時她五十多歲，之後就寫了《小團圓》，再以後給夏志清的信都是找房子、付房租、還債，「你幾個月以前的信我剛收到」，「我最近只拆賬單」……

在她的晚年，二十世紀八十年代到九十年代，張愛玲在台灣、香港名聲漸起，越來越紅，可恰恰是這個時候，她本人生活走向與世隔絕。最後將近二十年，是張愛玲在美國生活的第三個階段。以前一般認為張愛玲的晚年創作乏善可陳，陳子善他們好不容易找出一本叫《同學少年都不賤》，比較含蓄地寫女同性戀，也有點寫到時代與革命。個別的作品，很早寫很晚才發表，比方說《色，戒》，值得一看，尤其有了電影改編。李安把冷色調的《色，戒》改成暖色調的電影。張愛玲的作品改編電影當中，《色，戒》是最成功的，關錦鵬的《紅玫瑰與白玫瑰》屬於一般水準，《傾城之戀》我們說過因為選角的關係是比較失敗的，倒是小說《半生緣》被許鞍華拍成了一部不錯的電影。所以拍名家名著，對電影導演也是挑戰。

但無論如何，如果沒有長篇小說《小團圓》，我們很難說張愛玲有一個特別的晚期風格，我們會感慨一個作家只有閃亮的早年，後期去了海外，風格就轉向了，天才就夭折了，一輩子再也追趕不上她早年的繁華。這種情況我們不是沒有見過，比方曹禺，比方郁達夫。但是偏偏宋淇的兒子宋以朗不顧很多人的反對，把一部張愛玲明言過要燒掉的小說重新出版。我覺得《小團圓》的出版，在某種意義上，改變了人們對張愛玲整體創作歷程的一個總體印象。

1 「……他有無把曾中風多次，兩年前還住了醫院之事在婚前告知愛玲。假如他把此事瞞了，我認為是非常不道德的。再者，張於婚前即已懷了孕了，賴雅堅決要她墮胎，我認為他不僅不夠溫柔體貼，且有些殘忍霸道，同她的父親一樣損害了她的健康。」見夏志清為司馬新《張愛玲與賴雅》一書寫的序，引自《張愛玲與賴雅》，台北：大地出版社，1996 年，頁 13。

2 劉紹銘：《張愛玲的中英互譯》，選自《愛玲說》，香港：香港中文大學出版社，2015 年，頁 92–116。

3 王曉鶯：《離散譯者張愛玲的中英翻譯：一個後殖民女性主義的解讀》，廣州：中山大學出版社，2015 年。

4 *Shame, Amah*, In *Eight Stories by Chinese Women.* Taipei: Heritage Press, 1962.

5 夏志清：《張愛玲給我的信件》，台北：聯合文學出版社，2013 年，頁 22。

6 鄭樹森：《張愛玲與兩個片種》，收入黃德偉編著：《閱讀張愛玲》，香港大學比較文學系，1998 年，頁 257。

7 見胡蘭成：《今生今世》，北京：中國社會科學出版社，2003 年，頁 246。

8 王德威：《張愛玲再生緣 —— 重複、迴旋與衍生的敍事學》，載《再讀張愛玲》，香港：牛津大學出版社，2002 年，頁 7–18。

9 韓邦慶：《海上花列傳》成書於 1894 年，張愛玲 1967 年着手翻譯英文版本，1975 年完成，但直到張愛玲 1995 年過世都未完成定稿。2005 年，哥倫比亞大學出版經由孔慧 (Eva Huang) 修編的英譯本《海上花列傳》：*The Sing-song Girls of Shanghai*, New York: Columbia University Press, 2005；1982 年 4 月至 1983 年 10 月，張愛玲譯注的國語版本在《皇冠》雜誌連載，1983 年 11 月出版專書。韓邦慶著，張愛玲註釋：《海上花開：國語海上花列傳一》《海上花落：國語海上花列傳二》，台北：皇冠出版社，1983 年初版。參見單德興：《含英吐華：析論張愛玲的美國文學中譯》，選自《翻譯與脈絡》，台北市：書林出版有限公司，2009 年。

10 參見李向東、王增如：《丁玲傳》，上海：復旦大學出版社，2011 年。

11 老舍：《戀》，收入《貧血集》，重慶：文聿出版社，1944 年初版。引自舒濟、舒乙編：《老舍小說全集》第 11 卷，武漢：長江文藝出版社，1993 年，頁 185。

第十六章

《小團圓》與晚期風格

《小團圓》是 1975 年張愛玲在美國寫的，「趕寫《小團圓》的動機之一是朱西寧來信說他根據胡蘭成的話動手寫我的傳記。」[1] 而且張愛玲事先也答應過夏志清要重新寫她自己的故事，「志清看了《張看》自序，來了封長信建議我寫我祖父母與母親的事，好在現在小說與傳記不明分。我回信說，你訂做的小說就是《小團圓》。」[2] 完稿以後，首先寄給宋淇夫婦，他們是張愛玲畢生好友。宋淇夫婦看了初稿以後，應該是 1976 年，不贊成出版，且提了一些修改建議，例如要把男主角描寫成雙重間諜等等，顯然他們沒有怎麼把握到這個小說的核心意旨，甚至建議要把小說給燒掉。宋淇夫婦去世以後，張愛玲的著作版權轉交給了皇冠出版社的平鑫濤，就是瓊瑤的先生。宋以朗「身為張愛玲文學遺產的執行人」，保存了很多張愛玲的舊信文稿，其中就包括《小團圓》的珍貴手稿。這些手稿怎麼辦呢？按照張愛玲在 1992 年 3 月 12 日給宋淇夫婦的信，《小團圓》小說要銷毀，那麼到底是把它銷毀？或者是永遠藏起來？還是把張愛玲費了巨大心力寫成的這部長篇刊行於世呢？宋以朗一度是拿不定主意的，據說他在出版之前詢問了一些認識張愛玲的作家或者教授，反應並不都是那麼積極。因為人們太熱愛張愛玲的早期風格，她晚年的文字多少令資深張迷們有點失望。劉紹銘教授跟我說，他最欣賞的就是如葛薇龍的手臂給喬琪喬一看像牛奶一樣倒出來，還有整個世界像蛀了的牙齒，平時不覺得甚麼，風一來就隱隱的痛，那種「兀自燃燒的句子」。

從這樣的「期待視野」出發（借用德國美學家漢斯・羅伯特・姚斯 [Hans Robert Jauss] 的觀念），很多張迷不習慣《小團圓》的寫法，感覺有些跳躍，艱澀，甚至難以終卷。我個人覺得宋以朗出版這個書是對的，否則張愛玲的藝術生命就缺了一塊，甚至現代文學史也缺了一角。宋以朗現在還保留了一些張愛玲給宋淇夫婦的信，有些出版過，其中有一本叫《張愛玲私語錄》[3]，是一些信的摘錄跟註解，非常有參考價值。

從技術上分析，早期張愛玲喜歡敘述者和主人公的視角混淆，在後期的小說中則出現將敘事角度分散在五六個不同人物身上的手法。但在《小團圓》裏，只有一個敘事角度，敘事者、九莉和隱形作者及張愛玲四個身分高度混淆。為甚麼《小團圓》重要？至少有四個原因。

第一，很簡單，這是張愛玲研究的新材料，原來關於胡張戀就《今生今世》一個版本，現在多了「張版」了，這個重要性不必多言。

第二，《小團圓》也確立了張愛玲寫作的晚期風格。張愛玲從香港去美國以後，第一個階段是想用英文寫作，第二個階段改寫中文舊作，第三個階段研究《紅樓夢》，翻譯《海上花列傳》。雖然她的作品後來走紅，但她本人一直在隱居，沒想到隱居期間其實寫了一部非常重要的作品。在這裏提一個假設性的問題：假如這部作品真的在 1975 年出版，會怎麼樣？想想 1975 年的華文文壇，西西開始在香港報紙上連載《我城》，[4] 余秋雨在上海的《朝霞》發表文章 [5]，五十歲的張愛玲一個人躲在美國暗暗回憶初戀情慾。創作跟出版的時間差，有時候真的陰差陽錯，王蒙的《青春萬歲》是五十年代寫的，隔了二十多年以後才發表，再也沒有《青春之歌》般幾百萬的銷量。[6] 北島的《回答》，甚麼時候寫的？有不同說法。1978 年？1976 年 4 月 5 日？1974 年文革中期寫的？陳思和教授對「抽屜文本」有研究[7]，很多五十年代的作家寫的東西沒有發表，到了七八十年代以後才被人們看到，它們到底是七八十年代的文學作品，還是五十年代的「潛在文本」？這是文學史寫作中一個非常有意思的課題。簡單來說，我們沒法判斷《小團圓》如果在七十年代出版會是甚麼樣的情況。某種意義上，這也是一個「抽屜文本」(還不是藏在作家自己的抽屜裏)。

《小團圓》的第三個意義就是影響了中國現代文學中的「自敘傳文學」的發展。郁達夫當年引用過法朗士(Anatole France)的一句話:「文學都是作家的自敘傳」,他自己身體力行,完成現代文學當中自敘傳文體的第一個類型:「先私後公」—— 最初寫的是私人事情，後來卻可以讀出「公共」意義。比方說《沉淪》,「私」就是他所謂的靈肉衝突、情慾苦悶、憂鬱症。[8]「公」就是讀者看到的民族屈辱、山河沉淪。1921 年初版時，受日本私小說影響，作家說是寫青年人的性苦悶，和現代人的憂鬱症。可是到了 1932 年，九一八事變以後，郁達夫再解釋「沉淪」,就強調在他國異鄉看到故土的沉淪,個人的性苦悶上升為民族問題[9]，這就是「先私後公」。

第二類自敘傳文學，就是「以私寫公」，比方說巴金的《家》，寫他自己在四川的大家庭。誰都知道，覺慧原型是他自己，覺新是他大哥。但是巴金動筆之時，不僅僅是為了他一個家，他有意要揭露當時中國的腐敗，呼喚時代需要變革。大哥在小說裏愛上了梅，結果這段感情悽慘失敗，可是現實中的原型，梅表姐生了兩個孩子，活得胖胖的。巴金把家庭戲改成時代戲的時候，做了很多加工改造。丫鬟鳴鳳，戀上了少爺，最後為保持貞節跳湖。在真的素材裏邊，鳴鳳嫁出去，不是嫁給孔教會長，只是嫁了個普通窮人，也沒有反抗要自殺。巴金把她寫成投湖，目的就是要控訴。後來覺民還很欽佩地說，沒想到鳴鳳是這麼烈性的女子，好像在稱讚女人為保清白而自殺，其實這就是魯迅以前批判過的節烈觀。這說明巴金有意批判封建家庭的禮教暴力，同時卻又無意間繼承了某些道德傳統。巴金的好處是真誠，不僅寫出了覺慧覺民的反抗覺悟，也寫出了他們的怯懦與極限，但這也正是巴金自己的侷限。所以巴金是明確的「以私寫公」，以一個家庭寫社會問題。

自敘傳文學還有第三種寫法，「私」就是「私」，我只管「私」，我不管「公」。但是只要你寫深了，讀者在這個「私」裏面還是會看到「公」。要點就是抓住個別，一般就在其中。最典型的例子就是《圍城》，很多人都研究《圍城》的時代意義、社會主題，抗日時期知識分子的軟弱、舊社會老百姓戰爭期間的困苦無奈等等。可是這個故事要是換做不是抗日、不是軍閥混戰的背景，或者是內戰甚麼的，仍可照樣存在，《圍城》裏方鴻漸的問題放到今天，還是同樣的問題。

《小團圓》跟《圍城》一樣屬於第三類自敘傳文體。在《圍城》裏邊我們只能想像、假定方鴻漸有錢鍾書的影子，錢鍾書沒承認過，楊絳是否認的；但《小團圓》則清清楚楚，張愛玲寫信的時候說，至少一部分是她自己的事情[10]。當然作家的自敘傳並不等於都在寫作家私事。遲些我們要專門談論，多少情節屬於九莉，哪些故事歸張愛玲，這在《小團圓》裏是有意混淆的，而這種混淆是有文學意義的。

黃錦樹教授有句評論概括《小團圓》，說這個故事「論證了女主角何以不惜一切愛上顯然不該愛的人」[11]。在我看來，這句話帶出三個問題：第一，為甚麼這個男人是一個「顯然不該愛的人」，「顯然」在哪裏？第二，女主角為甚麼要「不惜一切」去愛這麼一個男人？第三，到底甚麼是張愛玲所謂的「愛」？

其實，「愛上一個顯然不該愛的男人」，喬琪喬、姜季澤、佟振保等等，好像也是張愛玲小說的一貫主題。所以《小團圓》是個案，又是一堆混合問題。

說一個男人「顯然不該愛」，背後的潛台詞，就是我們知道甚麼樣的男人顯然應該被愛。我們做文學研究，這個「顯然」還是要回到文學裏去討論。不妨看看「五四」以來最著名的愛情小說，那些男主角們因為甚麼原因被女主人公所愛？梁文道說我的研究思路受了兩種方法的影響。一是我學過工科，喜歡列表。第二我受過結構主義的訓練，我研究文革的著作，就是用俄羅斯學者普洛普（Vladimir Propp）的方法。憑藉這兩種比較機械、客觀的方法，我堅持用別人提供的材料來尋找論據。我找了「五四」以來十幾位最重要作家寫的愛情小說，來看看裏邊的男主人公為甚麼「顯然應該被愛」？找誰呢？魯郭茅巴老曹，加上沈從文丁玲張愛玲。郭沫若是詩人，暫且不論。魯迅的愛情小說最少，唯一的一篇是《傷逝》，茅盾的第一個短篇是《創造》。郁達夫的太多了，找一篇對學生身心比較健康的《春風沉醉的晚上》，巴金就是《家》，老舍是《駱駝祥子》，沈從文是《邊城》，丁玲是《莎菲女士的日記》，張愛玲就是《傾城之戀》，加上曹禺的《日出》，這些都是中國現代文學裏的經典作品，文學史有定評。

在這些有名的小說裏，男主人公有哪些共同的特點？

第一，男主人公多是有才華的知識分子。當然，文人寫小說，難免自戀。那個時期的男主人公，確實很少炒股票，或者掃地、賣樓……是有才華的讀書人，乃他們最大的共通點，例如郁達夫筆下的男主角，或者涓生、覺慧、君實、方達生、方鴻漸等等。丁玲寫的凌吉士是南洋僑生，范柳原雖然是個商人，可是還喜歡讀詩經。九個男主角裏只有兩人不是知識分子，一是《邊城》裏的二老儺送，另外一個就是駱駝祥子。即便這樣，儺送也比翠翠多點文化。祥子跟虎妞比誰有文化倒很難說，祥子文化不夠，道德追求卻很強烈，跟虎妞喝醉酒「失身」後，最大的不滿是虎妞居然不是處女。總體來說，九部愛情小說，男主角都比女主角「有文化」（至少表面看來）。

第二，有文化就有政治傾向，這些男人大部分政治立場進步，追求「五四」新文化，比如覺慧、涓生、方達生、郁達夫筆下的「我」。或者至少是有正義感的，如方鴻漸、范柳原、儺送。這裏邊只有兩個男人「覺悟不大高」，一個凌吉士，親西方價值觀，第二個是茅盾小說《創造》裏的君實：男人有點錢，到了中年找不到理想的妻子，就想創造一個理想妻子，大男子主義。偏偏這兩個「思想有問題」的男主角，戀愛都不成功，後來都被女人給「廢」了。這個模式一直發展到五十年代楊沫的的《青春之歌》，女主角在幾個男人中做抉擇，不是以才華論，更不是拼顏值，或者講財產，而是看誰的思想好，所以雖然余永澤（原型是張中行）書讀得不錯，但是政治上不夠進步，最後林道靜跟了一個地下黨人盧嘉川。所以值得被愛的男人的標準第一是有文化，第二是政治進步。

第三，一個永恆不變的因素出現了，就是經濟。本來「五四」的小說不像今天，今天的人在現實或小說當中都一樣，能熬住拍拖三個月不講房子，那是非常困難的。甚至，三次拍拖不講到這個問題，那已經是非常了不起、非常浪漫超脫了。但以前魯迅《傷逝》裏談戀愛談甚麼？雪萊、拜倫、濟慈。有錢不一定成：君實「創造」了妻子，雖然有錢，最後還是被妻子拋棄；凌吉士很有錢，從南洋回來，也被莎菲女士拋棄了。但沒錢一定不成：《傷逝》裏邊因為沒錢，子君涓生，最後分手。錢有時候是鴻溝：比方《家》裏邊覺慧跟鳴鳳，少爺與丫頭不成功。鳴鳳跳湖以後，覺慧做夢，還夢到丫頭變成了小姐——

可見貧富鴻溝有多深，一直深到了一個年輕人的潛意識中。《莎菲女士的日記》裏的階級界限，轉化為思想趣味的鴻溝，女人嫌棄那個男人整天打網球、去辯論會、要留學等等，女主角跟丁玲一樣，比較左傾。女人比男人更有錢也是障礙：祥子雖然一生拉車奮鬥為了錢，可是在感情方面，虎妞比他錢多反而是鴻溝。錢也可以是重要基礎，明顯如《傾城之戀》改造「長期飯票」，隱晦如《春風沉醉的晚上》中知識分子收到五塊錢的稿費，女工就說那你趕快多弄幾個。最微妙的是《邊城》，一個重義輕利的地方，過河的路人要是給那老頭兒擺渡錢，那老人是一定要退回的。但是男主人公二老儺送考慮婚姻時，還要選擇值錢碾房或窮渡船。儺送跟翠翠之間的經濟差距看上去是誤會的淺溪，實際上還是經濟的鴻溝。在三十年代文學當中，沈從文是最淡化階級差異的，設想要是《邊城》的故事被左聯的作家來寫的話，那就是當地地主的兩個兒子看上了一個貧家美女。沈從文寫得山清水淡、風景明媚，但是階級陰影仍然存在。簡而言之，經濟在所有愛情小說裏都起了或正或反的作用。

甚麼樣的男人值得愛呢？有文化，政治進步，要有一些錢，但也不能太多錢，第四是形象與身體。有趣的是，這麼多「五四」男作家寫的愛情小說，其中男主人公的面貌身材都是不清楚的。熟悉魯迅作品的讀者，回想一下《傷逝》，涓生長甚麼樣，完全不知道。郁達夫小說主人公的自畫像，明顯特徵只有招風耳朵。茅盾也沒寫他的男主人公帥不帥，但對女主角的身體，尤其是胸部、大腿，倒是寫得非常詳細。儺送的外貌，沈從文也不細寫。為甚麼男主角長甚麼樣，小說都很少描寫呢？是男人謙虛嗎？不是，這說明小說是以男人的目光去寫的，也是用男人的目光去看的。這個男性視角限制背後隱含着一種社會大眾眼光的誤區或侷限，就是愛情故事中男人的身體不重要。但是女作家就會寫，《傾城之戀》說范柳原粗枝大葉。《莎菲女士的日記》寫凌吉士嘴唇長得像蘋果一樣，莎菲就想親吻他。寫得最多的當然就是《小團圓》，裏邊有包着絨布的警棍、小鹿山泉喝水等描述，兒童不宜。

除了有文化、思想進步，有一定的錢、有顏值身體以外，第五個條件就是感情專一。在張愛玲之前，這個主題大家都不重視，似乎不言而喻。現實中「五四」作家可能都有一男二三女的家庭困境，但在小說裏，男主人公當然應該對女性專一認真。即便是像《圍城》裏的方鴻漸一度有點三心兩意，正式結婚對象也是一對一。祥子也喜歡另一個妓女小福子，可是那也不是「花心」。靚仔凌吉士已婚還嫖妓，所以很快就被女主人公跨越了。一男數女的問題，到張愛玲那裏才變得比較重要。

把「顯然值得被愛」的男主人公基本條件歸納一下：第一文化，第二政治，第三經濟，第四身體，第五專一。把《小團圓》男主人公邵之雍放進這個結構主義表格，我們可以發現他有三個強項、兩個弱項。三個強項，第一是有才；第二是曾經提來一箱錢；第三是眉目很英秀，更不提他後來甚麼絨布警棍、小鹿飲水等等。兩個弱項，一是有漢奸嫌疑，政治傾向有問題；二是感情不專一，之前有兩個女人，之後又有兩個女人。《小團圓》的女主人公跟他進行了一場曠日持久的愛情戰爭，中間的轉折點就是一紙婚書，之前她打敗兩個女人，之後她被另外兩個女人打敗。連女主角在內前後共五個女人跟這個男主人公作戰。

用香港皇冠 2009 年版本的《小團圓》來看，男女在一起的交往過程，一共分了三個階段：第一階段是「衝動幸福」，大概從 163 頁到 176 頁，這個轉折點裏女主角已經感到男主角所謂結婚是另外一回事，所以跳入了一個紐約墮胎的意識流。第二階段是「糾纏忍讓」，從

180 頁到 261 頁，261 頁就是邵之雍逃亡，結婚以後從武漢到溫州，再到上海，最後分手。第三個階段是「憤怒攤牌」，女主角去溫州千里尋夫，一直到小說的結尾。

九莉的愛情標準有三條：首先，「她不喜歡像她的人，尤其是男人」[12]。其次，「她一向懷疑漂亮的男人……漂亮的男人更經不起慣，往往有許多彎彎扭扭拐拐角角心理不正常的地方。」[13] 然後最重要的是「她一直覺得無目的的愛才是真的」[14]。這是虛構人物九莉的愛情標準，雖然可能非常接近張愛玲的愛情原則，但是技術上還是文學人物的標準。《小團圓》對自傳體文學的突破，其中有一點就是第三人稱主角和敘事者和隱形作者及作家本人四者關係非常混淆。研究者高全之試圖用一個科學方法來加以區別，「如果九莉的情緒有其他可靠檔案，如『自傳體散文』，如私信，作為佐證，那個情緒就仍屬張愛玲，否則就歸九莉；九莉或其他角色的平直評析的一律還諸作者。也就是說可靠的文獻之外，《小團圓》首度出現的激情來自小說角色，角色的冷靜按語則源於作者。」[15] 當然這個參考其他文本讀小說的方法，也會有問題（怎麼知道其他文本沒有文學虛構？）關鍵是九莉一個敘事視角貫穿到底，小說中任何其他人物都只能說話行動而不能直接表述心情，而且小說素材又已被作家用散文、英文反覆書寫，其中的細節、對話、表情可以說作家都是爛熟於心，所以寫的時候是非常跳躍，也不考慮讀者，一氣呵成，不肯修改。這些都增加了作品閱讀的難度以及魅力。

皇冠版的《小團圓》一共 325 頁，男主角在 163 頁登場。也就是說一部長篇小說寫到一半，我們才看到男主角。前面一半在寫甚麼？寫女主角跟她媽媽的關係。所以《小團圓》其實是兩條線索兩個主題，一個是男女關係，一個是母女關係。

所以作為愛情小說，這真是一點都不考慮讀者需求，男主角遲遲不登場。可是他登場的這一段非常有意思 —— 當時是九莉在和閨蜜比比說話：

> 「有人在雜誌上寫了篇批評，説我好。是個汪政府的官。昨天編輯又來了封信，説他關進監牢了。」她笑着告訴比比，作為這時代的笑話。[16]

短短幾十個字，已經包含了幾個意思，第一，這個男人是有才的，聰明的，否則怎麼會說我九莉好呢？第二，他的政治傾向已明確，汪政府的官。第三，同一頁，描寫這個男人來找九莉：「……眉眼很英秀……像個職業志士。楚娣第一次見面便笑道：『太太一塊來了沒有？』」楚娣是九莉的姑媽，因為一個有名的文化官員跑來找她姪女，所以她第一句話就提醒女主人公。「九莉立刻笑了。中國人過了一個年紀全都有太太，還用得着三姑提醒她？也提得太明顯了點。之雍一面答應着也笑了。」[17]

之前本文討論的「五四」小說男主角被愛的五個基本條件，這第163 頁短短幾行文字裏已經討論了其中四個。第一，這個男人是個文化人，有才。第二，汪政府的官，政治身分有問題。第三，眉目清秀，後來楚娣也說「他的眼睛倒是非常亮。」說明男主角有一定的「顏值」。第四，有太太，會有一夫多妻的麻煩，有專一忠誠的問題。五個條件談了四個，再過幾頁，馬上就談到錢的問題。邵之雍一跟九莉接吻，就說想要結婚。女主角第一次接吻的感覺非常差，說像軟木塞一樣的味道，男主角還叫她把眼鏡拿下來。這個時候男主角馬上說：「我們永遠在一起好不好？」女主角則很清醒：「你太太呢？」接下來小說從九莉的視角描述邵之雍：「他有沒有略頓一頓？『我可以離婚。』」這裏一個問號，好像描寫男主角的停頓，卻又像女主人公口吻的問號：吃不準這個男的有沒有虛情假意的成分，懷疑男主角說話時是不是遲疑了一下？接下來就是女主角反應極快的內心獨白：「那該要多少錢？」[18] 已經急速聯想到了離婚結婚等經濟代價。

就這麼幾句話真是厲害，五項基本條件全部談到了。

我曾經把這種五項條件的結構主義分析，跟香港中文大學的一位女同事說過。她聽了就拼命笑，說這是典型男人思維，甚麼一二三四五，我們女性看人，根本不會這麼想，甚麼身體、經濟、文化……我們不會這樣考慮問題。我不是女性，頓時失卻發言權。可是，另外有個朋友告訴我，說女性不是不想，主要是想得快，哪像男人這麼笨，要拿張紙來列出一二三四……據說女生見人，四十五秒就已經決定有沒有可能跟他繼續來往。不要說五項，十項條件都考慮進去了，這就是男女智力的差別。

九莉一上來就看清了男主角兩個明顯的缺點，問題是她怎麼克服？「不同政見」與「感情不忠」是這個男主角與其他「五四」小說男主人公的最大不同，女主角如何應對、超克（或不能超克）這樣的男人（按：「超克」來自於日文，即超越、克服之意），而不再只是女人尋求拯救、呵護、飯票或人生道路，所以《小團圓》成為現代文學中一部十分獨特的愛情小說。首先是政治傾向的問題，邵之雍當然和原型胡蘭成非常接近。九莉之所以能夠接受邵之雍，就好像張愛玲接受胡蘭成一樣，第一她覺得政治上可以「求同存異」，男人所講的汪派理論、和平運動不切實際，但我也不跟你爭。「左傾」在當時也是非常複雜的概念，尤其是對文藝女青年來說。胡蘭成據說教書的時候還是「托派」[19]。歷史上「托派」都算是廣義的左派。小說中九莉只是覺得這個男人的政治觀念有點怪，她不贊成，但《小團圓》裏滲透了一種價值觀，即是在男女關係當中，個人的情感視角比社會政治背景更重要。「比比也說身邊的事比世界大事要緊，因為畫圖遠近大小的比例。窗台上的瓶花比窗外的羣眾場面大。」[20] 我曾經有一次就用了這句話來概括一場關於張愛玲的演講。窗台上的一盆花，比窗外的羣眾場面大。既是寫實又是象徵，既是講物理原理、視覺距離，又是講人生哲理，講個人主義與社會政治的關係。我們通常感慨風聲雨聲容不下我的一張書桌，憑着這樣的豪情走上街頭參政。可是張愛玲說，花兒把外面的風景擋住了，重要的是我愛上這個男人，其他甚麼情況不重要。這也是張愛玲一貫的人生態度，窗台上的花顯得比街頭羣眾運動場面更大。

還有第二個原因，張愛玲剛認識胡蘭成的時候，他在坐監獄，這一點小說情節也有史實根據。胡蘭成一度和汪精衛鬧翻，被抓起來，後來日本人把他弄出來。張愛玲還跟蘇青一起去找周佛海，希望把胡蘭成放出來，胡蘭成出來後很感動，覺得你們兩個小女子真是不懂，政治上的事情怎麼這樣糊塗。張愛玲怎麼會為他去求情？大概一個男人受迫害，總令女人同情。蔡翔說過：「狼受了傷，羊還同情它呢。」很多愛情小說的男主人公都是以被迫害的形象出現，容易引起女主人公的同情，尤其是中國女人，後來關於六十年代中國文革的小說裏面有很多類似的情節。

雖然《小團圓》的男女關係當中，政治立場不是愛情的主要障礙，但是感情不專一卻是更嚴重的問題。在《今生今世》裏胡蘭成有一段重要自白，我們必須把他自傳中的「史實」(假定它是史實)，跟張愛玲虛構的小說情節做個對比。胡蘭成說：「我已有妻室，她並不在意。再或我有許多女友，乃至狎妓遊玩，她亦不會吃醋。她倒是願意世上的女子都歡喜我。」[21] 這段自述，在我看來有三個可能：第一，純屬「胡說」，自欺欺人。第二，張愛玲在一定程度上，以理解寬容作為愛情策略。但是胡蘭成以為她真的不介意。《小團圓》裏有這樣的描寫，或者是以理解寬容作為愛情的策略——

> 「『我是喜歡女人，』他自己承認，有點忸怩地笑着。『老的女人不喜歡，』不必要地補上一句，她笑了。她以為止於欣賞。」[22]
>
> 「……他對女人太博愛，又較富幻想，一來就把人理想化了，所以到處留情。當然在內地客邸悽涼，更需要這種生活上的情趣。」[23]
>
> 「她本來知道日本女人風流，……這種露水姻緣，她不介意，甚至有點覺得他替她擴展了地平線」。[24]

這種敍述，既像第三人稱的理解，又像女主人公對他的同情。先不區分這是九莉還是張愛玲，這樣一種「無所謂」，是策略，還是姿態？

是否還有第三種可能，作家張愛玲在理性上不介意，但人物九莉在感情上，或者是說張愛玲的無意識中仍然反感。在溫州攤牌「三美團圓」點題後，小說寫到：「並不是篤信一夫一妻制，只曉得她受不了。」[25]「篤信不篤信」是理智，「受不了」是心理，甚至是生理本能。但是胡蘭成也好，邵之雍也好，知道她受不了但假裝不知道，甚至女作家自己也不知道九莉她實際受不了。這三種可能性哪一個比較大？第一個「胡說」，第二個是策略；第三是張愛玲與九莉的區別，或者說張愛玲的理性跟她的潛意識的衝突。感情不專一引起的男女戰爭，是這部小說的主題，也是作家私人生活中的一個關鍵。

邵之雍也像胡蘭成一樣，抱着「她是願意世上女子都喜歡我」的自信（或自欺欺人），去武漢馬上跟一個十七歲的護士在一起。小說裏的九莉非常敏感地發現了男主人公的結婚跟她的結婚概念不一樣，頓時通過意識流穿越到多年以後在紐約打胎，最驚心動魄的一幕，是小孩在馬桶裏被沖掉。事情都是有的，但怎麼鋪排連接，怎麼組成某種情感的邏輯關係，卻是小說創作的用意和效果。據張愛玲給夏志清的信，以及夏志清的一些註解，打胎確有其事，是誰的孩子呢？應該是賴雅的，雖然夏志清的註解有點含混其詞[26]。但不管怎麼樣，我們在小說裏讀到這一段，驚駭的還不只是它的內容，還有出現的地方，上下文就是男女主角剛剛熱戀要結婚的時候。

胡蘭成的確在武漢愛上一個護士，《今生今世》記載：「我與愛玲說起小周，卻說的來不得要領。」此處閃爍其詞，甚麼叫不得要領？是他沒說清楚，還是有所隱瞞？「一夫一婦原是人倫之正，但亦每有好花開出牆外，我不曾想到要避嫌，愛玲這樣小氣，亦糊塗得不知道妒忌。愛玲亦不避嫌，與我說有個外國人向她的姑姑致意，想望愛玲與他發生關係，每月可貼一點小錢，那外國人不看看愛玲是甚麼人。但愛玲說時竟沒有一點反感，我初聽不快，隨亦灑然。」[27]

這段引文有點複雜了，胡蘭成跟張愛玲交代，我在外面有個女人，張愛玲不忌妒，反而說也有個外國人找她，還要給她錢。胡蘭成聽了很不開心，後來想想算了，無所謂。張愛玲說的是真是假，無法考證。你這個男人這麼快就在外有人，雖然以前說過「I don't care」，現在一下子轉不回來，所以回說她也有啊，試試看胡蘭成的態度，看看他是不是真的介意，或者說是不是真的愛她。這個男人到底是相信中國傳統文人的茶壺杯子婚戀觀，或者西洋開鎖的邏輯？還是真的瀟灑開放到後來沙特夫婦那樣的互不干涉婚姻，現代「性解放」的境界？

胡蘭成的「一株牡丹花開幾朵」還有他一套理論，大意是西方人男女關係繫上帝，中國人男女關係變成家人。[28] 對照張愛玲小說與胡蘭成自傳，在感情忠誠問題上，《今生今世》裏記載的張愛玲好像很瀟灑，《小團圓》裏虛構的女主角卻是非常痛苦。「九莉對自己說：『知己知彼。你如果還要保留他，就必須聽他講，無論聽了多麼痛苦。』」[29] 就像當年七巧的忍讓，甚麼是真、甚麼是假，你知道他是怎麼的人，你要得到他，就得寬容。你明知道是假，你遲一點說穿不好嗎？「但是一面微笑聽着，心裏亂刀砍出來，砍得人影子都沒有了。」[30] 同一段關鍵對話，男人記得是告訴她我有別人了，女人笑笑說也有人追我。兩個版本，男人視角跟女人心理不一樣，名人自傳跟小說角色又不一樣，還有這個文本寫作的時間也不一樣，哪些是心理記憶，哪些是文學虛構？非常有意思。

還有一個非常關鍵的羅生門情節，就是「一箱錢」。《今生今世》裏，胡蘭成說他只給過張愛玲很少一點錢，她拿去買衣服，覺得用丈夫的錢很實在、很舒服。但大部分的時候，胡蘭成總是記錄女人怎麼貼錢給他，事實上後來他跑到溫州，張愛玲也是給了他電影稿費。在嶺南大學開張愛玲研討會時，一起吃午飯有個場面印象非常深。王安憶說，如果當年胡蘭成真的給張愛玲那一箱錢，《今生今世》自傳他為甚麼不寫？同桌的陳子善說，如果沒有那件事，那張愛玲的《小團圓》為甚麼要寫啊？錢當然是貪腐來的，裏邊還有稅票，是那些日本人給他辦報的錢。我當時是這樣說的，假如此事屬實，可能是胡認為吃軟飯才是光榮，給女人錢反而羞愧。所以我們後來看《色，戒》都知道，易先生送鑽之前的獨白，他說給女人送禮是遲早的事，但不能送得太早，否則「掉份兒」。如果這事情是虛構（按高全之的分類法，這事之前別的文章裏沒提過，所以是一個虛構的情節），那就說明張愛玲以「文學加工」來增加男主人公的責任感和魅力。胡蘭成在自傳裏要誇耀，用女人錢才是本領；張愛玲在小說裏要寫出一個男人會給女人錢才是一個負責任的男人，同一情節兩種寫法，可能各有動機。

《今生今世》內地簡體版有個副標題叫「我的情感歷程」。總結胡蘭成每段「情感歷程」，大致有四個方法（簡稱「胡四招」）。第一是「說好話」。他非常稱讚張愛玲，說她「頂天立地，世界都要起六種震動」，「……我時常以為很懂得了甚麼叫驚豔，遇到真事，卻豔亦不是那豔法，驚亦不是那驚法。」[31] 還有「張愛玲是民國世界的臨水照花人」[32] 等等經典名句。胡蘭成當然不是只讚張愛玲，數月後他在武漢看到小周，也讚「她聲音的華麗只覺一片豔陽，她的人就像江邊新濕的沙灘，腳一踏都印得出水來。」「小周長身苗條，肩圓圓的，在一字肩與削肩之中，生得瘦不見骨，豐不餘肉……」[33] 後來有一次遇到飛機轟炸，小周哭了，胡蘭成就說「她的流淚使我只覺得豔，她是苦亦苦得如火如荼，豔得激烈。」[34] 胡蘭成逃難的時候，有個寡婦范秀美，從浙江、麗水一直送他到溫州，後來他們還同居。胡蘭成怎麼描寫范秀美呢？「……她的言語即是國色天香。她的人蘊藉，是明亮無虧蝕，卻自然有光陰徘徊。她的含蓄，寧是一種無保留的恣意，卻自然不竭不盡，她的身世呵，一似那開不盡春花春柳媚前川，聽不盡杜鵑啼紅水潺湲，歷不盡人語鞦韆深深院，呀，望不盡的門外天涯道路，倚不盡的樓前十二闌干。」[35]

「胡四招」之二是「馬上結婚」。光說好話，女人很快起疑心，「花心大少」靠不住，所以馬上要說我們永遠在一起，我們結婚吧，女人就有勝利感。現在美國電影也是這樣，當男人跪下來拿出戒指的時候，一般都表現得女人好像取得了勝利。男人是「沒有當下就沒有將來」，女人是「沒有將來就沒有當下」。當然胡蘭成結婚的定義跟大家不一樣，後來大家才都明白。

「說好話」、「馬上結婚」之後，第三要「花女人錢」。給女人花錢是「狗咬人」，花女人錢才是「人咬狗」。對女人來說，說得這麼美好，又要馬上結婚，他還肯用我的錢，說明我們已經在一起，不分你我了。後來胡蘭成在五十年代初碰到佘愛珍，她曾是黑手黨大佬吳四寶之妻，年齡比較大，胡蘭成還跪在她面前，頭伏在佘愛珍的膝蓋上。據說佘愛珍深明大理，說小周、范寡婦都不要再見了，張愛玲你還可以來往。

第四招是「一切公開」，這個很難。一般若男人喜歡一個女人，最差的男生就老說自己之前的女人不好，老婆怎麼悶、前女友不講道理等等。第二類就是避而不談從前，女人千方百計要問，就是不談，這是第二種水平。胡蘭成是第三種境界，他原原本本把以前和不同女人的故事講給新女友聽，而且他不說原來的女生不好，還儘量溢美。他對小周說張愛玲有才，他對張愛玲也說髮妻賢惠，後來他碰到佘愛珍，又再寫遍「我的情感歷程」，這不容易。據說小周都不相信他和張愛玲結婚是真。他說我跟張愛玲都沒有辦過儀式，你不能搶在前面。小周便說，我不應嫉妒她。等到後來逃難時，他還告訴小周中國古代的男人出去逃亡，老婆在家裏守着是常有的事情。總之胡蘭成的愛情故事一個比一個美好，而且全部透明。我覺得至少政治家應該向他學習，增加透明度。

九莉的愛情原則是不要像自己、不要太漂亮，然後要非功利。面對有「胡四招」原型的邵之雍，對比雙方的戰前準備，這場愛情戰爭勝負早已定，女方本應不堪一擊。但整個《小團圓》的分析過程，不能一男一女做比較，而必須是兩男兩女。兩個女人，九莉跟張愛玲是不同的，小說裏邊九莉的情節，但凡張愛玲從來沒有在文章或散文寫過，那都是文學虛構（例如八百塊錢，一箱錢，亂刀砍去等等）。同時，除了要釐清九莉跟張愛玲的關係以外，這篇小說更有價值的一點是邵之雍跟胡蘭成有差異，這一點非常重要。

換言之，從胡蘭成到邵之雍，張愛玲做了非常重要的文學改編。這個改編有幾個關鍵處：第一，胡蘭成在《今生今世》裏邊，以一夫多妻或一男多女為榮，問心無愧很坦然，可是到了小說裏，「比比與之雍到陽台上去了。九莉坐在窗口書桌前，窗外就是陽台，聽見之雍問比比：『一個人能同時愛兩個人嗎？』窗外天色突然黑了下來，……」[36] 大家發現這段描寫很特別，把男主角描寫成在兩個女人之間有很嚴肅的心理掙扎。《小團圓》陽台這一幕，跟《今生今世》裏茶壺杯子的姿態顯然很不一樣。這不僅是胡、張的回憶不同，更是生活現實與文學創作的區別。

第二，胡蘭成在自傳裏宣傳「吃軟飯」，但到了張愛玲的小說裏，變成了提來一箱錢，這又是一個很大的不同。一個是洋洋得意、依靠女人；另外一個是很常見、很世俗，換句話說也「負責任」的男人。這個改編至少在社會世俗看法上，把男主角的形象變得比較實在一點。

還有第三處改編：在《今生今世》裏，胡蘭成一直說他是坦白公開的，碰到每個女人就公開前面的情史，他不會把前後的女人「互相否定」，而是力求共存共榮，「小團圓」這三個字也是從這裏來的。可是到了張愛玲的小說裏，邵之雍不再一切透明，而是有些躲躲閃閃，至少是有些顧忌有點羞恥心。而且女主人公絕不只是瀟灑寬容，臉上在笑，心裏其實一直在懷疑，直到小說快結束的時候看到小康的照片，還問男主角你和小康有沒有關係？九莉連武漢護士的事情都弄不清楚，更不知道他逃亡時又對另一個女人「以身相許」[37]。就是說《今生今世》裏張愛玲貌似很早就坦然接受一男多女的複雜關係，可在小說裏女主人公九莉就像很多愛情小說裏的女主人公一樣，不完全知情，不願意相信，一直在抗爭掙扎。

第四處改編是他們的無情分手。分手那幾段文字妙得很，胡的「史料」跟張的小說最為接近，連對話都一樣，例如描寫張愛玲替范秀美畫畫像，卻一直畫不成。最後攤牌，男人說，你要我選擇就不好。為甚麼這段分手的細節胡蘭成和張愛玲記得那麼清楚呢？還是說張愛玲在寫小說的時候甚至參考了《今生今世》的某些段落？所以看上去他們描寫得非常相似。可是依據「胡說」，他們是無奈、坦然分手；但張愛玲的小說裏，女主人公又幻想用刀砍人。雖然幻想那樣砍了男人，但小說的結尾，女主人公卻又夢見和男主人公兩人牽着手，還有孩子、綠草地跟青山上的小木屋。換句話說，直到小說的最後，女主人公還在幻想一個浪漫的結局。

為甚麼會有這幾處改編？張愛玲給宋淇的信上說：「《小團圓》是寫過去的事情，雖然是我一直要寫的，胡蘭成現在在台灣，讓他更得了意，實在犯不着，所以矛盾得厲害……」[38] 我個人理解，這裏的矛盾有兩層：第一層，我到底是怨恨，還是留情呢？當一個五十多歲的女人回想到影響改變她一生的二十多歲時的一段歲戀情，心中自然五味雜陳。她要把它寫成一封控訴書，要揭穿這個男人的真面目，要宣泄失望與仇恨；還是說在怨恨中也有一些留戀的成分，在受騙、欺負之中也有歡娛和快樂，在玩弄、遊戲之中也有夢幻和痴情？因為這畢竟是生活當中最好的一個階段，這是她的第一個矛盾，是她個人心理的矛盾，是「多少恨」還是「留情」？[39]

但是對我們做文學評論的人來說，更重要的是看到第二層矛盾：到底是用文學做工具來宣泄個人的感情糾結？還是把私事隱情作為自己心底最熟悉的材料來貢獻一部文學作品呢？究竟為了感情宣泄，還是為了文學創作？我覺得張愛玲儘管是揭露自己的隱私，但她歸根結底的目的，還是要寫一部獨立的、非典型的愛情故事，一部長篇小說。理智上張愛玲不願意原諒那個曾經讓她受罪的男人，寫信的時候都說他是「無賴人」，也覺得這個男人炫耀自己的「情感歷程」等於是一塊塊撕開她的記憶創口，所以檢點這段感情如何銘心刻骨，就有點跟《今生今世》對話對質的潛意識慾望（很多文字細節的對應便是例證）。但是一旦進入創作，她實際上不是貶低了《今生今世》的胡蘭成，而是把胡蘭成拔高了，成為一個很矛盾的、很複雜的、掙扎的邵之雍的形象。在我看來，這是某種形式的為了文學「獻身」，生命誠可貴，愛情價更高，若為文學故，兩者皆不重要。僅就她個人而言，這個男人給她的創傷這麼深，張愛玲要寫自傳，完全可以不必這麼寫，但是她時時記着這是部愛情小說。在香港「客串」政治小說之後，在美國嘗試英文寫作之後，這才是她兜兜轉轉大半生一直想寫的愛情小說，這也是紀錄她大半段人生的最後的長篇小說。她在小說裏邊一方面特別注意身體物質層面的細節，生理心理的動作，整個愛情過程極其理智、具體、現實；可是另一方面又特別描述「非理性」，強調「無目的」。明知要受傷、受苦、受罪，依然眼睜睜地走進去，崇拜、迷戀、糾結、義無反顧。瞿秋白當年說丁玲是：「飛蛾撲火，非死不止。」張愛玲在私人信件中說，不想「白便宜了『無賴人』」[40]，看到胡蘭成的文字忍不住「出惡聲」[41]，可是在小說裏最後卻還是「美聲」甚至夢幻結局。所以嚴格說來，張愛玲寫男女戰爭比「五四」愛情小說看來更現實更世故更殘酷，實際上又比現代愛情小說更理想更癡迷更浪漫。這是我的一個解讀。

除了寫「男女戰爭」，《小團圓》另一個重大的文學突破是寫「母女關係」。從篇幅來看，作家寫母女關係甚至比愛情故事更多。

小說中的母女關係可以從三條線索來梳理，第一是母愛的缺乏。張愛玲的母親在家中很早就缺席。《小團圓》一開篇也是，寫她的母親到港大校舍來看她，敘述者 / 女主角說了一句話：「暑假中食堂空落落的，顯得小了許多。九莉非常惋惜一個人都沒有，沒看見她母親。」[42] 惋惜同學們都不在，因為她很遺憾大家沒看到她母親的來訪。要讓大家看到她母親，說明她母親平常不來，母親的缺席使她感到自卑。一句話說出了她對母愛的缺乏跟依戀。修女老師問她母親在香港住哪裏？她母親說住淺水灣酒店。女兒是拿了獎學金，住在學校裏的慈善宿舍，媽媽卻住了最貴的酒店。她的母親不僅平常不來，來了還叫她難堪。

第二是女主人公在母親面前的自卑。女主角的行為舉止談吐衣着，甚至身體長相，感覺上都不太符合母親要求的淑女標準。小說裏這樣的細節很多，一會兒打壞東西，女兒要買來賠，小心翼翼又怕買錯了；在家裏拖個沙發椅也拖不好，媽媽在指責她怎麼這麼笨。女主角很怕被責備，從反面來看，也證明她其實非常在乎母親對她的稱讚，卻每每得不到。人家誇她女兒漂亮，這母親就說她頭是圓的等等。這些種種得不到母親的稱讚，就變成了遺憾，甚至怨恨。

這些都是九莉（小說人物）的細節，其中一部分，也屬於張愛玲。母愛的缺乏，在母親面前的自卑，很多細節都曾出現在《私語》等散文篇章裏，我們假定這是作家自己的經歷。但《小團圓》裏有兩個只屬於九莉的關鍵情節，一個是八百塊錢，另外一個是九莉要還母親錢。這兩個關鍵情節在其他文章裏沒有出現，應該是「文學虛構」。

缺乏母愛、滿足不了母親期待，還是比較常見的感情需要，或者說是感情疾病。但還有第三種情況，一種「言傳身教的全盤逆反」，特別值得注意。「女人都是同行」，母女之間出現了一種通常女性之間才會出現的競爭關係。《小團圓》裏，九莉記得的母親講的話不是很多，但很多都是關於「SEX」的，而且九莉把很多話都清晰記下來——

「『只要不發生關係，等到有一天再見面的時候，那滋味才叫好呢！一有過關係，那就完全不對了。』說到末了聲音一低。」[43] 這是媽媽在講她的性經驗。「……我們中國人不懂戀愛。哪有才進大門就讓人升堂入室的。」[44] 講到送女兒出國，她說「『人家都勸我，女孩子念書還不就是那麼回事，……』但是結了婚也還是要有自立的本領，寧可備而不用……」[45] 小說裏面，母親講的跟「性」有關的話，九莉就記得特別清楚：「『現在都說『高大』，』蕊秋笑她姪女們擇偶的標準，『動不動要揀人家『高大』。這要是從前的女孩子家，像甚麼話？』聽她的口氣『高大』也穢褻，九莉當時不懂為甚麼 —— 因為聯想到性器官的大小。」[46]「『一個女人年紀大了些，人家對你反正就光是性』，末一個字用英文。」[47]，還有「反正我們中國人就知道『少女』。只要是個處女……」[48] 等等。所有蕊秋講的這些話，讓九莉詫異到極點，使她感到很髒，覺得母親不應該講這些。

《小團圓》有關「八百塊錢」寫得有點沒頭沒腦，比較跳躍，大意是有個外國教授送了八百塊錢給女主角九莉，她就把這個錢交給她母親，可母親過兩天就把錢賭輸了，女兒非常非常怨恨，從此就跟媽媽絕情 [49]。這個情節如果結合了《易經》會比較清楚。同樣的情節，《易經》英文版裏有一段詳細描述琵琶洗澡。同樣的女主角，名字換成了琵琶。張愛玲是寫來寫去就那麼幾個人，換不同的名字。香港作家黃碧雲，正好相反，寫很多不同的人物，卻用同樣的名字。

> 琵琶正要拿毛巾，……浴室門砰的一聲打開來。露（女主角的媽媽）像是闖入了加鎖的房間，悻悻然進來，從玻璃架上取了甚麼，口紅或是鑷子，卻細細打量她。她當下有股衝動，想拿毛巾遮掩身體，這麼做倒顯得她做賊心虛。可是即便是陌生人這麼闖進

> 來，她也不會更氣憤了。僵然立在水中，暴露感使她打冷顫，她在心裏瞥見了自己的全貌，寬扁的肩膀，男孩似的胸部，豐滿的長腿，腰還沒有大腿粗。露甩上門又出去了。原來她母親認為她為了八百塊把自己給了歷史老師，而她能從外表上看出來。老一輩的人說分辨女孩子還是不是處女有很多種方法。有的說看女孩子的眉毛，根根緊密的就是處女，若蔓生分散，就不是貞潔的女人。她母親反正自己的事永遠是美麗高尚的，別人無論甚麼事馬上想到最壞的方面去。琵琶就不伏氣。[50]

日常生活中女孩子在家裏洗澡，媽媽進來，女兒會那麼憤怒羞恥嗎？可是在小說特定場景中，母女間有一種無意識的「性」的競爭關係，所以在我看來至少有三層屈辱：第一，懷疑女兒為了錢跟外國教授發生關係，而女兒是堅信「無目的的愛才是真愛」，所以這是一種不可原諒、不可承受的誤解。第二，母親在香港跟英國人畢大使、勞以德來往，汽車接送，淺水灣酒店別人買單，在《小團圓》裏還交了新男友。母親自己生活這麼浪漫，卻居然用傳統的處女標準來猜疑女兒，這是第二重屈辱。還有第三，假如這錢真是女兒身體換來的，媽媽就那麼輕輕鬆鬆賭掉了，也不說一聲，你當女兒是甚麼？因此女主角在這個地方表現出一種極大的屈辱。屈辱感在《小團圓》裏也寫了，但沒有英文版本這麼詳細。

「女人都是同行」，意思是做同樣的工作、有同樣的敵人，同樣面對男人，同行不是朋友，要交換經驗，有競爭但也有行規。張愛玲在《傾城之戀》就寫過這種「同行即冤家」的情況，在姊妹、姑嫂之間。沒有男人愛，旁邊的女人還看不起你。為甚麼要男人愛？有時就是為了在女人同行面前掙一口氣。男女戰爭中，同行有競爭或是常態，可是發生在母女之間，卻十分罕見（很少有人承認、正視、書寫）。事實上，母女之間在婚戀感情問題上有商量、有指示、有請教，十分普遍。但這裏是否有合作、教導、學習，也有爭奪、忌妒、競爭？黃碧雲的《無愛記》中，四十來歲的女主角，最後搶了自己二十歲女兒的男朋友。《小團圓》裏沒有這麼戲劇性，但是女主角的確跟很多女人爭奪一個男人，又跟很多男人爭奪一個女人。

《小團圓》裏這種「同行」爭奪的女性主義書寫又有特殊的型態，爭奪、忌妒和愛、啟蒙、關心互相結合，互相擴展，互相顛覆，所以在某種程度上也顛覆了「五四」愛情小說中「愛」與「啟蒙」的主題。愛的教育，應該「言傳身教」。《小團圓》裏，母親也有「言傳」加「身教」，可是兩者的效果截然不同。在她母親的「言傳」中，對「性」要謹慎，有禁忌，作為女人，要矜持、嚴謹、保守。小說中蕊秋和九莉有很多與「性」有關的議論，大都偏於污穢或負面。與此同時，作為無言的「身教」，母親身邊這麼多男友，這麼開放，不同種族，風流瀟灑，而且依據晚年張愛玲提供的照片看，她母親還這麼漂亮，人們能夠看得清清楚楚。王安憶曾點醒我，說張愛玲一輩子都忌妒她媽媽，因為她覺得她媽媽比她漂亮。王安憶是作家，沒有我們這麼煩的理論，但她這一句話，可能就點中要害。

一般女性朋友之間，拿出媽媽美麗的照片，炫耀說像姊妹，或者回說你像媽媽一樣漂亮，都感覺很光榮。但是反過來想深一層，忌妒自己的媽媽或女兒的心理是不是也有可能？尤其在無意識的層面？如果張愛玲真的忌妒她母親，那麼這種忌妒已形成她的一個創作動力。如果她母親真的忌妒張愛玲，這個忌妒已成作家的一個創作材料。耐人尋味的是，這種「言傳身教」是互相矛盾的 —— 無論是蕊秋與九莉，還是作家母親與作家。她母親的「言傳」是矜持，「身教」是開放。在九莉及張愛玲身上，正好相反！小說人物九莉在觀念上比蕊秋開放，身體行為卻遠比母親拘謹嚴肅。作家張愛玲自己在小說裏有不少突破性的性描寫，很多具體的生理的細節（據宋以朗說，《小團圓》完稿之後，只改過兩頁，其中一頁就是描寫小鹿飲水一段，[51] 直寫女性的性需求與快樂。但是在現實生活中，正如夏志清所言，她「可說是舊式中國女子，跟定了一個男人，也就不想變更主意。」[52] 就是所謂的「新思想，舊道德」。也不知母女兩人，誰更浪漫？

現代文學怎麼寫「性」，也是很多作家探索的一個難題。之前說過男作家比較幼稚的寫法，郁達夫描寫看到女人洗澡：「那一雙雪樣的乳峯！那一雙肥白的大腿！這全身的曲線！」相對來說在藝術上是比較粗糙的，其實郁達夫也有寫得非常好的段落，比如《過去》。另外一種男作家的寫法如張賢亮《男人的一半是女人》，一對男女的牀戲：「這是一片滾燙的沼澤，我在這一片沼澤地裏滾爬；這是一座岩漿沸騰的火山，既壯觀又使我恐懼；這是一隻美麗的鸚鵡螺，它突然從空壁中伸出肉乎乎粘搭搭的觸手，有力地纏住我拖向海底；這是一塊附在白珊瑚上的色彩絢麗的海綿，它拼命要吸乾我身上所有的水分，以致我幾乎虛脫；這是沙漠上的海市蜃樓；這是海市蜃樓中的綠洲；這是童話中巨大的花園；這是一個最古老的童話，而最古老的童話又是最新鮮的，最為可望而不可及的……人類最早的搏鬥不是人與人之間、人與獸之間的搏鬥，而是是男性與女性之間的搏鬥。這種搏鬥永無休止；這種搏鬥不但要憑氣力、憑勇氣，並且要憑情感、憑靈魂中的力量、憑天生的藝術直覺……在對立的搏鬥中才能達到均衡，達到和平，達到統一，達到完美無缺，還有保持各自的特性，各自的獨立……」[53]

一整段文字都是沼澤、火山、珊瑚、海市蜃樓、綠洲等等，如果不知上下文，還以為是講地球暖化，這不僅是在寫性愛，無意中也和張愛玲筆下的男女戰爭狀況（如《傾城之戀》）殊途同歸。後來一位用中文寫作的法國作家在寫「性」時就直接用很多動詞，摸、抓，插等等。余光中批評戴望舒《雨巷》，認為用形容詞不如用動詞[54]。沒想到不光寫景，寫「性」亦然？還有賈平凹《廢都》，索性寬衣上牀後刪去一百五十字，此處無聲勝有聲，令人聯想《金瓶梅》的傳統。女作家中，丁玲直寫凌吉士的顏值，寫女主角渴望吃蘋果。張愛玲在《紅玫瑰與白玫瑰》裏描述肥皂泡沫在手指上吸吮等，既含蓄又刺激。我自己印象很深的是王安憶《小城之戀》，寫一個男人偷聽隔壁女生洗澡，等到女生走了以後，他跑到那個房間看，那個女生剛才站的地方腳印是乾的，旁邊則有濕的水跡，他就通過旁邊濕的水跡與腳印，想像出這個女生的身體。女作家寫性的文字，最有突破性的段落就出現在《小團圓》裏，警棍小鹿之類，還是兒童不宜。

所以張愛玲跟她母親不同，母親是「言傳」很保守，「身教」很開放。張愛玲小說寫得非常浪漫刺激，自己的感情生活，竟是單一、純粹。張愛玲和胡蘭成這一段感情以後，再和桑弧、賴雅在一起，實在是曾經滄海難為水。雖然和賴雅的第二次婚姻也給了張愛玲很平靜的美國生活，可是一旦有機會寫小說，她還是全身心糾纏着寫她最早的那一段，金色的沙漠……她把愛情寫得這麼世俗、這麼通透、這麼絕望、這麼悲觀，可是作家自己的一生卻彷彿信奉一個童話。換言之，也許正因為她心存或信奉非功利的愛情，她才會把很多世俗的日常的男女關係寫得這麼悲觀。也許正是因為她心存愛情的烏托邦理想，張愛玲才會感慨「生在這個世上，沒有一種感情不是千瘡百孔」。

另外一個非常重要的情節，也是九莉特有，即文學虛構，就是要把錢還給母親，以此來割斷母女之情。九莉後來聽說母親曾為替她治病而與外國醫生上牀，但依然「沒有感覺」。還錢泄憤眼見母親流淚，她自己照鏡充滿勝利感又覺「勝之不武」[55]。高全之說「整個故事此起彼落的九莉敵視母親的情緒，包括令某些讀者誤以為母女感情完全決裂的還錢描繪在內……沒有其他可靠檔案的佐證，所以都是虛擬想像。作者編織那些情節以便懺悔自責。九莉在故事收尾處坦然自疚，終於分久必合，與作者一起說好：謝謝，母親；對不起，母親。」[56] 這當然也是另外一種解讀方式，十分溫暖的解讀方式。

回到本書開端，我們一再強調，張愛玲是一個在文學史上無法安放的作家。她在文學史上到底是在甚麼位置？中國現代文學史本來是可以理出很清晰的三條線索：第一條就是從魯迅到三十年代左聯、巴金，後來到延安文藝座談會，一直到五、六十年代「干預生活」（或被「生活」干預），再到八十年代「傷痕反思文學」，九十年代張承志等人提倡的「以筆為槍」等等。總之，文學憂國憂民、干預生活、批判社會，對國家前途很重要，文學必須往這個方向走，所以這是中國現代文學到當代文學的第一條主線：「吶喊」。

當然，這個「吶喊」當中也有「徬徨」，周作人的所謂文人「自己的園地」，就是第二條主線。周作人與寫《野草》的魯迅，還有郁達夫、梁實秋、林語堂、廢名，豐子愷、沈從文、錢鍾書等等，一直到後來1949年以後的「十七年」，雖然「自己的園地」也要集體化、國有化，這類作品一度較難延續；但是港台海外還有白先勇、余光中等等。在八十年代「尋根文學」以後，中國作家又強調文學的獨立性。趙圓寫過一本書叫《艱難的選擇》[57]，講的就是中國作家既要堅持文學的獨立性，又要憂國憂民，也就是李澤厚概括的「救亡」與「啟蒙」兩條線索之間的矛盾。

但是，在這兩條現代文學主要發展脈絡後面，更有一條長期被我們忽略的第三條線索。簡單地說，就是從鴛鴦蝴蝶派到張恨水，從金庸、古龍、瓊瑤、李碧華，延續到今天的網絡文學。民國人口說是「四萬萬五千萬」，其中識字人口有 25% ，一億人[58]。閱讀《新青年》和魯迅的文學人口大概又只有百分之十幾，換句話說，百分之八九十識字的人是讀鴛鴦蝴蝶派的作品，讀張恨水的。1949 年以後他們讀上海文藝出版社的《故事會》(發行量常年幾百萬)，到今天他們讀網上的盜墓穿越玄怪小說。這很正常，因為在五四的時候，新文學的讀者人口只是全中國人口的百分之幾。雖然，閱讀新青年、胡適、魯迅的百分之幾的少數國人，後來決定了中國文化，甚至中國社會的發展方向。但是不能忽略這第三條線索，就是民國識字人口裏面大多數讀的是鴛鴦蝴蝶派。這一點在香港看得比較清楚，因為鴛鴦蝴蝶派路線在香港從來就是主流。即使今天，全中國人口中三分之二以上，還是初中和小學程度。如果不理解國情，可以想想這個百分比。

三條線索，張愛玲在哪裏呢？張愛玲她似乎不在「吶喊」戰鬥的主流，她還特別有意表明，為甚麼不參加鬥爭，她要和諧。但是她這種有意對主流挑戰，像《中國的日夜》這樣的文章，是不是也是一種政治責任感？反主流是否說明她很在乎主流？張愛玲也許可以屬於第二條線索，就是忠於「自己的園地」(尤其是早期和晚年)，但是她的特點是從來不排斥鴛鴦蝴蝶派張恨水這樣的作品，或者她是用第三條線索，用通俗的鴛鴦蝴蝶派方式在堅持第二種傳統中的文學與文人的自主性。

但這是否構成另外一條線索，就是都市、感官、女性、現代主義的線索。寫都市的很多，茅盾、周而復、曹禺等等，但大部分是用鄉土文學價值觀批判都市，歌頌、分析、享受都市的是施蟄存、穆時英、劉吶鷗這條線索，當然還有早期丁玲，但是張愛玲顯然又在這條線索中往前發展了。這派注重都市感官和電影手法的作家在政治上，常常跟東西洋殖民文化有點關係，但這不完全能夠歸結為政治原因。如果我們把這條線索延伸到 1949 年以後，而不是讓現代文學停止在四十年代，那麼在台灣的中文文學發展，白先勇、蘇偉貞、朱天心、朱天文，顯然都是往張愛玲的這個方向發展。香港的純文學也都是現代主義為主流，如劉以鬯、西西、也斯、黃碧雲等等。張愛玲傳統也許還沒有重要到可以和上述三條線索相提並論，但是顯然張愛玲不能完全歸結到前面所說的憂國憂民、「自己的園地」和鴛鴦蝴蝶派這三條主要線索之中。張愛玲始終在文學的主流旁邊，主流之外。但是，從「吶喊」到「流言」，今天回顧整個中國現代文學史，談論得最多的是魯迅，其次就是張愛玲。

近二十年來的「張愛玲熱」，是不是也跟中國的城市化發展有關係？中國近幾十年來最大的成就和問題就是幾億人進城。城市化程度越高，張愛玲這樣的可以被當作「都市 / 小資 / 女性」的作品，讀者也就越多。對學術界來說，細讀張愛玲的過程，自然也是重寫文學史的過程。但是在更大背景上，這又和中國社會的發展潮流有關係。當人們的意識形態從「宏大敘事」轉向「日常生活」，從「鬥爭」轉向「和諧」的時候，張愛玲的作品是不是顯示出她的超前性和她的獨特價值呢？

「時代的車轟轟地往前開。我們坐在車上，經過的也許不過是幾條熟悉的街道，可是在漫天的火光中也自驚心動魄。就可惜我們只顧忙着在一瞥即逝的店鋪的櫥窗裏找尋我們自己的影子 —— 我們只看見自己的臉，蒼白，渺小；我們的自私與空虛，我們恬不知恥的愚蠢 —— 誰都像我們一樣，然而我們每人都是孤獨的。」[59]

1 張愛玲致宋淇的信，1975 年 10 月 16 日，見宋以朗：《〈小團圓〉前言》，《小團圓》，香港：皇冠出版社，2009 年，頁 5。

2 張愛玲致宋淇的信，1976 年 4 月 4 日，見宋以朗：《〈小團圓〉前言》，《小團圓》，香港：皇冠出版社，2009，頁 8。

3 張愛玲、宋淇、宋鄺文美著，宋以朗主編：《張愛玲私語録》，香港：皇冠出版社，2010 年。

4 西西的《我城》寫於 1974–1975 年，1975 年在《快報》連載近半年。1979 年首次於素葉出版社出版，全書約六萬字，配有少量插圖；無序文，無附錄。1989 年由台北允晨出版較為完整版，全書約十二萬字，由西西自序，並重繪 108 幅配圖，附何福仁的《〈我城〉的一種讀法》。1996 年素葉出增訂本，以允晨版為基礎，將內文、配圖、序文稍加修訂，附錄除何文外，另加黃繼持的《西西連載小說：憶讀再讀》。1999 年又由洪範出版，全書約十三萬字，西西重新作序，略增繪圖，附錄仍附何文，另加附《談談〈我城〉的幾個版本》。

5 余秋雨（筆名任犢）：《走出「彼得堡」》，《朝霞》，1975 年 3 月。

6 王蒙：《青春萬歲》，寫於 1953 年，於 1979 年由北京人民文學出版社出版。見《第一卷說明》，引自《王蒙文集》第 1 卷，北京：華藝出版社，1993 年。

7 有關「抽屜文本」的討論，參見陳思和在芝加哥大學的演講：《試論當代文學史（1949–1976）的「潛在寫作」》，2000 年 5 月 3 日，翻譯：張洪兵。

8 「沉淪是描寫着一個病的青年的心理，也可以說是青年憂鬱病（Hypochondria）的解剖，裏邊也帶敍着現代人的苦悶 —— 便是性的需求與靈肉的衝突 —— 但是我的描寫是失敗了」，引自郁達夫：《〈沉淪〉自序》，上海：泰東圖書局，1932 年，頁 1。

9 郁達夫：「眼看到故國的陸沉，深受到的異鄉的屈辱，初喪了夫主的少婦一般，發出了毫無氣力，毫無勇毅，哀哀切切的悲鳴」。《懺餘獨白—〈懺餘集〉代序》，《郁達夫文集》第七卷，廣州：花城出版社，1984 年，頁 250。

10 「我在《小團圓》裏講到自己也很不客氣，這種地方總是自己來揭發的好。當然也並不是否定自己」（張愛玲致宋琪，1975 年 7 月 18 號。引自宋以朗『《小團圓》前言』，《小團圓》香港皇冠，2009 年，頁 4）。「志清看了《張看》自序，來了封長信建議我寫我祖父母與母親的事，好在現在小說與傳記不明分。我回信說，你訂做的小說就是《小團圓》」。（張愛玲致宋淇，1976 年 4 月 10 號，引自宋以朗《〈小團圓〉前言》，同上，頁 8）。

11 黃錦樹：《家的崩解》，引自《讀書人》，《聯合報》，2009 年 3 月 8 日。

12 《小團圓》，香港：皇冠出版社，2009 年，頁 162。

13 《小團圓》，香港：皇冠出版社，2009 年，頁 313。

14 《小團圓》，香港：皇冠出版社，2009 年，頁 165。

15 高全之：《懺悔與虛實》，選自《張愛玲學續編》，台北：麥田出版，2014 年，頁 182。

16 《小團圓》，香港：皇冠出版社，2009 年，頁 163。

17 《小團圓》，香港：皇冠出版社，2009 年，頁 163。

18 《小團圓》，香港：皇冠出版社，2009 年，168 頁。

19 胡蘭成說自已在廣西教書時期曾「專門研究馬克思主義」且「敬服托派」（見《今生今世》，台北：遠景出版事業有限公司，2009 年，頁 163–164）。秦賢次則推測，胡蘭成當時由廣西南寧一中同事古詠今介紹加入托派。見秦賢次《胡蘭成生平史事考釋》（提交香港浸會大學 2010 年 9 月「張愛玲誕辰九十周年國際學術研討會」的論文）。

20 《小團圓》，香港：皇冠出版社，2009 年，頁 51。

21 胡蘭成：《今生今世》，台灣：遠景出版事業有限公司，2009 年，頁 284。

22 《小團圓》，香港：皇冠出版社，2009 年，頁 224。

23 《小團圓》，香港：皇冠出版社，2009 年，頁 225。

24 《小團圓》，香港：皇冠出版社，2009 年，頁 271。《今生今世》中確記載胡蘭成與日本女房東的一段情，不過是在逃亡日本以後。《小團圓》所描寫邵之雍與日本主婦露水姻緣發生在國內，或是移花接木借用胡自己的炫耀作為虛構小說情節。

25 《小團圓》，香港：皇冠出版社，2009 年，頁 277。

26 見夏志清為司馬新《張愛玲與賴雅》一書寫的序，《張愛玲與賴雅》，台北：大地出版社，1996 年，頁 13。

27 胡蘭成：《今生今世》，台灣：遠景出版事業有限公司，2009 年，頁 342。

28 「中國人男女之際亦只是人事，遠離聖靈與罪惡那樣的巫魘，女兒家亦明理無禁忌，所以有這樣潑刺。」(《今生今世》，頁 329。)「……男女之際，中國人不說是肉體關係，或接觸聖體，或生命的大飛躍的狂喜，而說是肌膚之親，親所以生感激。『一夜夫妻百世恩，』這句常言西洋人聽了是簡直不能想像。西洋人感謝上帝，而無人世之親，故有復仇而無報恩，無《白蛇傳》那樣偉大的報恩故事，且連怨亦是親，更惟中國人才有。」(《今生今世》，頁 405–406。)「西洋人的戀愛上達於神，或是生命的大飛躍的狂喜，但中國人的男歡女悅，夫妻恩愛，則可以是盡心正命。孟子說，『莫非命也，順受其正。』姻緣前生定，此時亦惟心思乾淨，這就是正命。……秀美……竟是不可能想像有愛玲與小周會是干礙。她聽我說愛玲與小周的好處，只覺如春風亭園，一株牡丹花開數朵，而不重複或相犯。她的是這樣一種光明空闊的糊塗。」(《今生今世》，頁 420–421。) 除了強調男女關係的緣分、親情因素以及讚揚女性明理寬容 (沒說男人是否也要有「光明空闊的糊塗」) 以外，胡蘭成更主張中國人的男女之「愛」，其實就是「知」。

29 《小團圓》，香港：皇冠出版社，2009 ，頁 235。

30 《小團圓》，香港：皇冠出版社，2009 ，頁 235。

31 胡蘭成：《今生今世》，台灣：遠景出版事業有限公司，2009 年，頁 273。

32 胡蘭成：《今生今世》，台北：遠景出版事業有限公司，2009 年，頁 290。

33 胡蘭成：《今生今世》，台北：遠景出版事業有限公司，2009 年，頁 323–324。

34 胡蘭成：《今生今世》，台灣：遠景出版事業有限公司，2009 年，頁 330。

35 胡蘭成：《今生今世》，台灣：遠景出版事業有限公司，2009 年，頁 404。

36 《小團圓》，香港：皇冠出版社，2009 年，頁 236。

37 胡蘭成記載「十二月八日到麗水，我們……遂結為夫婦之好。這在我是因感激，男女感激，至終是惟有以身相許。」《今生今世》，台北：遠景出版事業有限公司，2009 年，415 頁。

38 張愛玲致宋琪，1975 年 11 月 6 號。引自宋以朗《〈小團圓〉前言》，《小團圓》，香港：皇冠出版社，2009 年，頁 5–6。

39 張愛玲自己的解釋：「《小團圓》……是個愛情故事，不是打筆墨官司的白皮書。」見張愛玲致宋淇的信，1976 年 1 月 3 日，載宋以朗《〈小團圓〉前言》(《小團圓》，香港：皇冠出版社，2009 年，頁 6)。張愛玲後來在美國曾寫信向胡蘭成索取《今生今世》，不知女作家看到胡蘭成的這段話如何感想 ——「我於女人，與其說是愛，毋寧說是知。中國人原來是這樣理知的一個民族，《紅樓夢》裏林黛玉亦說的是，『黃金萬兩容易得，知心一個也難求。』卻不說是真心愛我的人一個也難求。情有遷異，緣有盡時，而相知則可如新，雖仳離訣了的兩人亦彼此相敬重，愛惜之心不改。人世的事，其是百年亦何短，寸陰亦何長。」(《今生今世》，台北：遠景出版事業有限公司，2009 年，頁 556。)

40 張愛玲致宋琪，1975 年 4 月 4 日。引自宋以朗《〈小團圓〉前言》(《小團圓》，香港皇冠出版社，2009 年，頁 8)。

41 張愛玲胡蘭成《今生今世》出版後，張愛玲給夏志清寫信提到：「胡蘭成書中講我的部分纏夾得奇怪，他也不至於老到這樣。不知從哪裏來的我姑姑的話，幸而她看不到，不然要氣死了。後來來過許多信，我要是回信勢必『出惡聲』」。見 1966 年 11 月 4 日張愛玲致夏志清的信，夏志清編注：《張愛玲給我的信件》，台北：聯合文學出版社，2013 年，頁 71。

42 《小團圓》，香港：皇冠出版社，2009 年，頁 28。

43 《小團圓》，香港：皇冠出版社，2009 年，頁 83。

44 《小團圓》，香港：皇冠出版社，2009 年，頁 128。

45 《小團圓》，香港：皇冠出版社，2009 年，頁 137。

46 《小團圓》，香港：皇冠出版社，2009 年，頁 145。

47 《小團圓》，香港：皇冠出版社，2009 年，頁 283。

48 《小團圓》，香港：皇冠出版社，2009 年，頁 137–138。

49 《小團圓》，香港：皇冠出版社，2009 年，頁 32。

50 張愛玲著、趙丕慧譯：《易經》，香港：皇冠出版社，2010 年，頁 162。

51 「獸在幽暗的岩洞裏的一線黃泉就飲，泊泊的用舌頭捲起來。她是洞口倒掛着的蝙蝠，深山中藏匿的遺民，被侵犯了，被發現了，無助，無告的，……」《小團圓》，香港：皇冠出版社，2009 年，頁 240。

52 見夏志清為司馬新《張愛玲與賴雅》一書寫的序，《張愛玲與賴雅》，台北：大地出版社，1996 年，頁 14。

53 張賢亮：《男人的一半是女人》，收錄於《評男人的一半是女人》，寧夏人民出版社，1987 年，頁 475–476。

54 余光中：《評戴望舒的詩》(《余光中選集》第三卷，合肥：安徽教育出版社，1999 年，頁 201–203。

55 小說裏後來蕊秋仍沒收錢。二兩金子最後還給了逃亡中的邵之雍，外加一部電影的稿費。在象徵意義上，說明虧欠母親的「債」是還不了的，欠男人的統統還清。

56 高全之：《懺悔與虛實》，《張愛玲學續編》，台北：麥田出版，2014 年，頁 195。

57 趙園：《艱難的選擇》，上海：上海文藝出版社，1986 年。

58 「民國時期全國各重要社會教育機構調查後估計有文盲共 3.3 億人，佔總人口的 75.33%，並有 5000 萬失學兒童正在逐步成為文盲」。謝培：《清末和民國時期上海的識字掃盲教育》，《上海成人教育》，1996 年第 4 期。

59 引述自《燼餘錄》，收錄於張愛玲：《張看》，北京：經濟日報出版社，2002 年。

集外集

二十世紀中文文學的若干發展線索

「五四」以來中國文學大致有四條發展線索。

第一條主線從陳獨秀編《新青年》、魯迅寫《吶喊》，到茅盾、巴金，尤其是丁玲、夏衍、沙汀、艾青等「左聯」作家的集體努力，經過抗日救亡與延安的轉折，轉化為後來的作協文聯意識形態制度，一直發展到文革後的「干預生活」，乃至九十年代張承志等人的「以筆為旗」……當然，這條脈絡內部也充滿矛盾鬥爭（魯迅 Vs 周揚；周揚 Vs 胡風、馮雪峯等等），但相信文學應該喚醒民眾、療救社會，卻是這些主流作家對「五四」文學傳統的基本詮釋。說來這也是「五四」先驅的功勞：胡適當年比王照、勞乃宣多走的一步，就是向梅光迪等「力不從心」地證明：白話不僅實用，而且也能為詩（「力不從心」是指胡適文學才能有限，《嘗試集》也是以文學為手段，推動白話文語言變革）。

如果說胡適是通過文學改良而達到文字革命，那麼陳獨秀就是以文學革命為「工具」而推動思想文化社會革命。新文學之「幸」與「不幸」，都在於二十世紀整個中國社會文化的變革，居然由兩篇討論文章寫法的短文所引起（這在其他民族的「現代化」過程中並不多見）。「幸」，是指中國現代文學，在後來九十年的中國人追求現代性的巨大社會工程中，一直佔據（或者說被賦予）很顯眼很重要的地位；「不幸」

則是指文學的地位、作用、功能、責任和影響，後來變得太顯眼太重要。假如沒有當初的「五四」新文化運動，或者更準確地說，轉化中國現代社會形態的思想啟蒙運動如果不是由胡適陳獨秀以文學為借口以文學為理由來發端，中國作家是否會後來那樣一直或自願或被迫地捲在各種政治文化思想論爭的中心？當然，文史哲不分家、文人憂國其實古而有之，號稱「全盤反傳統」的「五四」其實只是將「文人高於藝人」、「文人解救世人」的中國傳統至少又延續（甚至強化）了九十年。（直到今天，中國的作協還是比其他藝術家乃至思想家團體更受政府重視。相比之下，北美日本的作家哪有類似的優勢？香港藝術發展局對文學的資助大概是最少的。）

對後來的作家來說，重要的還不是胡適陳獨秀，而是魯迅在《吶喊・前言》有關「遵從將令」的聲明。胡陳畢竟不是文學家，借文學一用可以理解。魯迅的小說卻是二十世紀中國文學的基石。魯迅說他為了遵從「五四」前驅的將令而在《藥》的結尾用曲筆加上「花環」。請注意「加上」一詞，第一說明魯迅很清楚「光明花環」，其實並不屬於作品（藝術）本體；第二也說明他為了啟蒙救世不惜局部犧牲（藝術）文本的完整 —— 這種在文人職業道德與文人政治理想之間的彷徨猶豫，在後來很多主流作家那裏逐漸消失：或者如丁玲何其芳般從前者向後者轉變，告別莎菲漢園集走向延安；或者像巴金等人那樣將兩者合二為一，文學就該救世，工具就是目的。假如魯迅當年拒絕在夏瑜墳頭增加花環，或者茅盾也不聽瞿秋白建議為吳蓀甫「加上」強姦女傭的情節，那「五四」文學後來的發展可能會有所不同，毛主席在延安開會時要做的思想工作也會艱巨得多。但即使沒有「五四」沒有左聯，啟蒙救世的線索還是會貫穿二十世紀中國文學。因為「以文救世」實在並非「五四」引進的外來思想，正如林毓生所指出，「五四」用思想文化文學方法解決社會矛盾國家危機，其實不是反叛而是延續中國儒家傳統。直到二十世紀九十年代上海北京文化人又試圖以「人文精神」來解救各種經濟、政治、社會問題時，「文人高於世人」的假設還是有意無意地存在。1966年紅衛兵戰歌是「拿起筆來做刀槍」，張承志九十年代主張「以筆為旗」。旗是鼓舞，刀槍傷人，「筆」的這兩種作戰功能頗可以象徵「五四」與「文革」——二十世紀中國最重要的兩個文化事件之異同。

現代文學的第二條發展線索從周作人《自己的園地》、魯迅的《野草》開始，經過郁達夫、聞一多、徐志摩、沈從文、老舍、施蟄存、梁實秋、林語堂、豐子愷、傅雷等很多作家合力維護，堅守藝術本分、堅持文人道德的傳統延續至今。這條線索與啟蒙救世傳統既常常對立又每每互相糾纏，不僅很多作家都要在這兩種傾向之間作「艱難的選擇」（趙圓語），後來的文學史寫作無法迴避對這兩條線索的抑揚褒貶：王瑤唐弢反覆強調前者才是主流；夏志清李歐梵及八十年代北京上海年輕一代學人則比較重視沈從文如何在新舊城鄉對立進化方面對「五四」時尚提出異議，梁實秋為何對浪漫風氣表示憂慮，還有老舍等京派文人的格調操守，《中學生》雜誌怎樣改造漢語，還有最重要的周作人散文的影響，通過《雅舍小品》，一直延續到余光中、劉紹銘……論者向來多注重兩條線索的對立矛盾，其實兩派作家有着重要的共通點：他們都是高調知識分子，他們都共創並分享歐化白話文的語言現實，他們都想「吶喊」卻都每每身陷「流言」（比如三十年代諸多公私「論爭」大量隨筆雜文），有時他們就是一個人。假如沒有「五四」，周作人郁達夫也許就成了公安派或黃仲則。迷戀藝術的士大夫傳統也是古已有之，只不過在「為藝術而藝術」和「人的文學」觀念以及英文Essay的影響介入之後，發展到世紀末，余光中等文人對「知識分子職業道德」的理解可能也就會有所不同了。

努力啟蒙救世的作家大都是「職業文學工作者」，崇尚藝術的文人大多在大學教書，而在各種現代文學史中常常受到忽視的中國現代文學的第三條文學發展線索中，卻有很多人辦報，或者常為報紙寫作：從包天笑、周瘦鵑、秦瘦鷗、張恨水，一直到金庸、李碧華……

鴛鴦蝴蝶派及武俠科幻當代言情小說在文學史上的重要性，第一是一直擁有着二十世紀大多數識字的中文閱讀人口（除了五十年代至七十年代中國內地的特殊環境），第二是在文學語言及藝術功能兩方面構成了對「五四」文學的補充與挑戰。新文學當初的起步就在於《小說月報》更換主編向禮拜六派娛樂消閑遊戲文學宣戰。半個多世紀後，那些充滿使命感的五十年代作家在上海弄堂中聽到香港無線電視台連續劇集《上海灘》主題曲四處迴響，他們感到十分心痛：我們新文學奮鬥幾十年，難道人民羣眾就喜歡這些？—— 在這種契機下如果作家再不反省新文學的道路，那真是忘卻「五四」介紹德先生的初衷了。最具反諷意味的是，真正實現毛主席「講話」精神令「人民大眾喜聞樂見」的其實是金庸，而且金庸小說也是「先普及」（連載、暢銷、盜版）「後提高」（近年來迅速成為大學研討會及研究生的課題）。金庸說他喜歡張恨水，他的境遇卻與張恨水不同。鄰居老舍有次鼓勵夸獎張恨水用白話為《啼笑因緣》寫序，張恨水便感到十分榮幸和高興。後期張恨水努力寫抗戰題材的文字，頗希望進入啟蒙救亡主流行列。聽說後來張恨水的家人很不喜歡研究者將他們的父親歸入鴛鴦蝴蝶派 ——「五四」傳統的意識形態壓力由此可見一斑。金庸近年來也稱道巴金等人的憂國憂民，有次在嶺南大学演講，雖然明言對「五四」歐化語言之不滿，卻又對諸如殘雪之類的純文學表示困惑，顯示出「大俠」對自己作品的文學史地位十分關注。

其實無須納入啟蒙救世主流，金庸的價值恰恰在於將鴛鴦蝴蝶派張恨水傳統發展到一個可以挑戰與補充「五四」文學的角度，恰恰在於在五四「新白話」成為官方与教育語言之後仍然在某種程度上延續「舊白話」的敍事傳統。第三條線索也要和前述的「救世責任」、「文人格調」聯系起來，才能顯示「大眾口味」的重要性。

張愛玲和錢鍾書同樣在四十年代的上海開始寫作，他們筆下的讀書人也都全無救世姿態。《圍城》《傳奇》當然各有擁眾，但《傳奇》的後繼者顯然更多。因為錢鍾書居高臨下的嘲諷，也還是周作人梁秋實的高調士大夫立場的延續再加上比林語堂更加歐化的幽默，而張愛玲則像她所欣賞的張恨水一樣不避通俗且不以小市民價值觀為恥。不過張愛玲多了英語寫作能力與現代主義視野，所以不會像張恨水那樣在「五四」主流前自慚形穢，反而能將張恨水的章回語言變成對「五四」的有意反撥。實際上，張愛玲的文學史意義就在於她將文人立場藝術尊嚴和大眾品味市民趣味交織在一起然後自然開出一個新路向：張愛玲像周作人、沈從文、施蟄存、錢鍾書一樣懷疑「五四」的激烈反傳統與過於急切的救世責任，張愛玲又從張恨水等人那裏獲得改良「五四」歐化語言的方法 —— 金庸的「舊白話」是迎合市民需求而無意識地傳續傳統，張愛玲的「舊白話」卻是銜接現代主義而有意識地挑戰「五四」語境。後來很多既不滿「五四」傳統又關注「五四」使命的作家，都在張愛玲那裏看到了某種新的可能性。這些作家構成了二十世紀中國文學的第四條發展脈絡，從張愛玲到白先勇，有意識延續如蘇偉貞李昂朱天文，無意間傳承到西西鍾曉陽黃碧雲，牽強一點也影響到王安憶賈平凹蘇童……

香港《明報月刊》曾有紀念張愛玲去世專輯，好幾位學者都指出張愛玲只是優秀作家而魯迅則是偉人。以往對沈從文、錢鍾書或巴金評價再高，也沒有人想到與魯迅比較，為甚麼國內學界對於任何將張愛玲魯迅並論的可能話題都如此敏感？這是恰好說明了張愛玲已成為魯迅之後現代文學史上的又一個神話。前者是一個離開鄉土的以西方小說格式感時憂國的高調知識分子的男性敘事神話，後者則是一個迷戀都市的混合現代主義技巧與紅樓夢語言的市民趣味的女性感官「傳奇」。他 / 她的重要作品都不多，卻被後人越讀越大。百年之後人們會看得更清楚，二十世紀中國最重要的作家，可能就是魯迅與張愛玲。同世紀的作家很難避開這兩個神話的影響。雖然兩人各有大量擁眾追隨模仿，他 / 她的內心卻一樣孤獨、絕望、悲涼。

夏志清認為張愛玲的創作「絕對不受左派小說模式的影響」，海外不少學者都將張愛玲描述成完全飄逸於「五四」文學潮流之外的奇異現象。其實「影響」不僅意味跟隨、模仿，也可以包括刺激與壓力。張愛玲曾經在散文《談音樂》中以虛寫實形容「五四」的壓力：「大規模的交響樂……像浩浩蕩蕩『五四』運動一般地衝了來，把每一個人的聲音都變了它的聲音，前後左右呼嘯嘁嚓的都是自己的聲音，人一開口就震驚於自己的聲音的深宏遠大；又像在初睡醒的時候聽見人向你說話，不大知道是自己說的還是人家說的，感到模糊的恐怖。」

經歷了二十世紀六七十年代的中國人，才更明白張愛玲早就描述的這種運動場面。這段文字，和魯迅有關「革命，反革命，不革命。」[1]的議論，可以視為現代作家對上一世紀中國最精彩、最簡明、最深刻的兩段預言和概括。

簡而言之，二十世紀中文文學，就是從面對着庸眾流言看客的個人獨異的「吶喊」，到面對吶喊潮流洶湧而來時仍頑強生存的私語「流言」。

原題為《二十世紀中文文學：從吶喊到流言？》，分別載於《明報月刊》2000 年第 12 期，《讀書》2001 年第 4 期。

1 「革命，反革命，不革命。革命的被殺於反革命的。反革命的被殺於革命的。不革命的或當作革命的而被殺於反革命的，或當作反革命的而被殺於革命的，或並不當作甚麼而被殺於革命的或反革命的。革命，革革命，革革革命，革革……。」（魯迅：《而已集・小雜感》）

張愛玲與二十世紀中文文學

2000年10月下旬在香港舉行的「張愛玲與現代中文文學」國際研討會，第一場討論便出現紛有爭議的話題：張愛玲是否已經（或正在）成為魯迅之後，中國現代文學史上的又一個「神話」？研討會的討論，顯示海外與內地學者在張愛玲的文學影響、文學史地位等問題上，存在着相當明顯而且重要的分歧。

研討會由嶺南大學中文系主辦，召集人是劉紹銘、梁秉鈞和許子東。在第一場學術討論會上發言的有鄭樹森、王德威、溫儒敏、劉再復、夏志清和黃子平。鄭樹森的論文以「夏公（志清）與張學」為題，高度讚揚夏志清《中國現代小說史》的學術價值與深遠影響，並具體論述了夏志清小說史在作品分析方面上如何受到新批評方法的影響。鄭樹森認為，在某種意義上，可以說沒有夏志清就沒有今天張愛玲的文學影響。四十年過去了，海內外新撰現代文學史數百種，但夏著仍是權威版本。王德威則用「重複、周旋、衍生的敘事學」理論，再次以流動細麗的學術筆調，敘述幾十年來張愛玲傳統在兩岸三地的變化發展，「世紀末張腔此起彼落，張學方興未艾。」北大中文系主任溫儒敏和香港城市大學客座教授劉再復的發言，則顯示了很不相同的學術風度與觀察視角。溫儒敏以詳細的資料評述「近二十年張愛玲在大陸的『接受史』」，指出雖然張愛玲文集的正版盜版上百萬（如果這個統計屬實，則張愛玲大概是魯迅金庸之外擁有最多讀者的現代作家），但其作品內涵卻在文化生產商品炒作中層層剝落，成為九十年代流行文化符號。「張愛玲現象」之一體兩面，在中國內地，民間的「濫情迷戀」與學界的「警惕保守」互為因果。劉再復則將張愛玲稱之為「殘酷的天才」，說「如果要在魯迅、張愛玲、沈從文、李劼人、蕭紅這五個作家中挑選一個最卓越的作家，我肯定會在魯迅與張愛玲之間徬徨，然後把票投給魯迅。這是因為，這兩位文學天才，一個把天才貫徹到底，這是魯迅；一個卻未把天才貫徹到底，這是張愛玲。張愛玲在去國後喪失藝術獨立性，成為『夭折的天才』」。劉再復的觀點立刻引來夏志清的回應。夏志清認為張愛玲如果夭折，魯迅則更加失敗。張愛玲「夭折」是為了生活，魯迅晚年為人利用做左翼領袖更不可取。劉再復夏志清的爭論關係到對現代文學史的基本價值判斷取向，因而引起與會者濃烈興趣。是日百餘人研討會場擠得水泄不通，很多與會者站在牆角，門外更有很多學生和遠道來的客人要登記等待入場。甘陽次日在報上撰文：「昨日在嶺南參加張愛玲研討會，與會者之多，為香港所罕見。」

最初將張愛玲與魯迅比較的倒不是海外的張迷，而是國內的新銳學人。比如暨南大學中文系主任費勇在 1996 年出版的《張愛玲傳奇》中寫道：「魯迅是一位能夠承擔偉大兩字的作家。……比較合適的說法是，張愛玲是一位創造了一種獨特風格的優秀作家。僅此而已。」（廣東人民出版社，頁 105 。）王曉明在張愛玲去世時也撰文：「倘就學術創造的整體分量而言，張愛玲自然是遠不及魯迅的，也及不上沈從文。」（《明報月刊》，1995 年第 10 期。）雖然好像揚魯貶張，但在特定文化學術氣氛中，將魯張並提，也有重視（或警惕）張愛玲影響的意思。耐人尋思的是，以往也有「沈從文熱」、「老舍熱」、「錢鍾書熱」，何以從來沒有人將這些作家與魯迅比較？為甚麼張愛玲的對左翼主流傳統的挑戰好像特別危險，需要引起格外的焦慮呢？我在《明報月刊》紀念「五四」八十週年（1999 年第 5 期）文章中也談過這個問題：「他 / 她的重要作品都不多，卻都被人越讀越大。……同世紀的作家很難避開這兩個神話的影響。雖然兩人各有大量擁眾追隨模仿，他 / 她的內心卻一樣孤獨、絕望、悲涼。」現代文學界中過去只有魯迅研究被稱為「魯學」，鄭樹森論文現在回顧「張學」（我沒有聽說有「老學」或者「沈學」，有「錢學」一說但以研究《管錐篇》為主）。民間網址 163.com/Literature 上題目五花八門，但只有兩個作家專題，即「魯迅論壇」與「張迷客廳」（論壇與客廳之別，也耐人尋味）。劉再復在會上感概地說：「我好不容易才剛剛走出魯迅的神話，希望不要再為張愛玲製造新的神話。」然而文學神話並不完全是人為製造，背後恐怕有文化思潮、意識形態及歷史選擇的必然因素。張愛玲與「五四」大時代格格不入，後來人們反省「五四」以後的現代性訴求，才發現張愛玲早有預言，恰中主流之弊。1993 年我和汪暉、孟悅等一起在洛杉磯加大參加李歐梵教授主持的有關「五四」現代性的討論課，其間討論到張愛玲的文學史意義（卻不知晚年張愛玲當時就住在距離 UCLA 校園數公里的地方，我每天尋找免費街邊停車的路口就是作家最後的寓所）。其實魯迅神話幾十年也諸多變遷，遠的不說，黃子平就注意到八十年代年輕研究者眼中反抗絕望的存在主義的魯迅，在九十年代又變成以筆為旗痛斥乏走狗的魯迅了。在某種意義上，「神話」與「傳奇」或許是相關聯的：正因為魯迅被反覆塑造為批判社會的精神戰士（而不是早期的苦悶彷徨者），張愛玲那以傳統技法與現代主義強調「日常生活」的女性感覺傳奇，才越來越構成某種對話、補充與挑戰。在北京的一次會上，被認為是「結束了魯迅研究的陳湧時代」的王富仁，曾將張愛玲稱為「女的魯迅」。王德威在這次嶺南研討會上的概括更加精辟傳神：「二十世紀中國文化的發展，從吶喊到流言……」

研討會有兩場具體的文本分析。電影場有朱天文、李小良、何杏楓分別討論《海上花》《半生緣》與《傾城之戀》的劇本改編及拍攝細節。鄭樹森在講評時還透露有關張愛玲本人處理《傾城之戀》電影版權問題的一些第一手材料。小說場有黃子平、陳清僑、林幸謙、許子東各自解析張愛玲作品中的服飾、飢餓感、女性形象與物化意象。黃子平觀賞張服，別具慧眼，處處見到東方主義與反東方主義的理論困境。陳清僑複述飢餓，拓展文本，貫穿文化批評方法。林幸謙逆寫女性形構，更多專門術語名詞。許子東試析「以實寫虛」技巧，咬文嚼句，解讀張愛玲與錢鍾書及魯迅頗不相同的意象文字。講評人鄭培凱、陳國球或者借題發揮，或者展示學院功夫，各自各精彩。

10 月 25 日上午的兩場研討會，則分別從空間、時間不同角度展開討論。「地域場」有梁秉鈞、林俊穎和東京大學中國文學教授藤井省三分述張愛玲文學在香港、台灣及日本的不同影響。林俊穎在題為「誰是張愛玲在台灣的接棒人」的發言中將張愛玲在台灣文學中的偶像地位解釋為「邊緣身分」和「世俗童女」。梁秉鈞的論文則詳述從二十世紀五十年代到世紀末張愛玲在香港文學及文化生活的各種實際影響。而王安憶與王璞的作家講評，又一次使人們看到張愛玲在中國內地與海外的不同形象和不同符號意義。為甚麼張愛玲在香港象徵純文學，在台灣成為經典偶像，在中國內地——如王安憶所說——卻主要是都市消費文化符號？或者內地太多厚重尖硬的文學，所以喜愛或警惕張愛玲的讀者都太強調其輕柔華麗的一面，其實卻忽略諸如《中國的日夜》那種張愛玲式的獨特的時代憂患；也可能從香港、台灣或海外的邊緣視角反而更能感受張愛玲的預言：「時代是倉促的，已經在破壞中，還有更大的破壞要來……」

在研討會的「文學史」專場上，王宏志提交了二萬字的長文《張愛玲與中國現代文學史書寫》，評述中國內地幾十年來各種文學史如何書寫或縮寫或不寫張愛玲。資料充分，論據實在。陳炳良對張愛玲研究的省思以神話為工具，角度獨特。陳子善的發言則提醒人們注意張學的資料基礎相當不足，與大陸多家出版社爭奪魯迅文集的已被官方壟斷的註釋權恰成對照，海內外至今仍無一種可靠的「張愛玲全集」，地攤書店卻有五花八門的盜版。張隆溪和王德威的講評則又將有關資料的討論納入學院理論層面。

整個研討會的高潮是最後一場大型公開座談「張愛玲與我……」。這個由劉紹銘教授設計的題目其實也是籌備此次會議的最初構思：有感於兩岸三地這麼多作家受到張愛玲的影響而且又為這種影響所焦慮，所以我們頗希望作家們能夠「現身說法」，談談「張愛玲與我」。省略號則是也斯和我加上的，留些餘地和空間，作家們甚至也可以說：張愛玲與我有甚麼關係？

在幾百人濟濟一堂長達三個半小時的公開座談會上，焦點人物是八十高齡的夏志清教授。夏志清的意識流發言中有一句話聽來平常，其實頗有分量：「我很高興看到張愛玲成了中國文學史（注意：不只是中國現代文學史 —— 筆者）的一部分。」因為《長恨歌》而獲茅盾文學獎，而且在中國內地一百位評論家評選的九十年代最優秀十位作家中名列第一的王安憶，反覆重申她與張愛玲的不同：「我可能永遠不能寫得像她這麼美，但我的世界比她大。」相形之下，朱天文「花憶前身」，毫不掩飾她對張愛玲（愛屋及烏，甚至也對胡蘭成）的崇拜之情。前一天她在講到因《荒人手記》獲獎而看到台上橫幅同時寫有張愛玲與自己的名字時，哽咽失語，會場一片肅靜，只聽見攝影機的聲音。

而在朱天文發言時一直表情緊張地坐在一旁的散文家蔣芸，稍後激情發言「為張愛玲叫屈」，批判胡蘭成。蔣芸認為張愛玲一生嫁錯兩個男人，而胡蘭成更似夢魔般使張愛玲的藝術生命萎謝。蔣芸一番自稱「女人心眼」的大實話，獲得會場最熱烈的持久的掌聲。蘇童、須蘭雖然沒有這樣激動，卻也真切具體感性地道出他們對張腔張派的想法。梁秉鈞則以作家身分（也斯）角度獨到地講述他的「反墓志銘」。顏純鈎在「香港女作家的天地因緣」的題目下，分別梳理亦舒、李碧華、鍾曉陽及黃碧雲與張愛玲文學之間的微妙關係。有趣的是，一般當代作家如被人評為有「魯迅精神」、「老舍語言」或「沈從文風格」等，大都會感到光榮自豪。何以被認為是張派的作家，卻不是「劃清界線」就是「叛逃前身」，甚至有意無意都對受到張的影響而感到焦慮？是否因為作家們不願被太有魅力的前人身影淹沒？或許人們對張愛玲的文學史地位仍有困惑？王德威最後以「『祖師奶奶』的功過」為題作結：「事實上在座的這批所謂張派的作家已經走出張愛玲的陰影，發展出不同於以前張派的一個新的文學傳統。」

在香港弄文學和學術，基本上是小眾活動，同行們也已習慣了寂寞工作。這次研討會卻罕有地獲得很多報紙及電台電視傳媒的報導。比如《明報・世紀版》就有連續六天的「張愛玲週」，系統地發表王安憶、許子東、王德威、朱天文、夏志清的文章、採訪以及公開座談的發言摘要。《文學世紀》月刊也接連兩期專輯刊出會議論文。有位醫生在專欄中這樣寫道：「大學內講座實在太多。在這重商輕文的社會裏，文學講座更是票房毒藥。一個星期三的下午，一個普通話的講座，卻吸引了這麼多的聽眾，實在有些意外。」

三年前在台北也有張愛玲研討會，學院氣氛很濃，基調是分析偶像解讀經典。現在在香港討論張愛玲，匯集各方專家（《亞洲週刊》說是「凝聚全球華人文壇及國際精英」)，也顯示各方面的不同意見與重要分歧。我以為這是我們的收穫。我在最後一場發言說，真希望幾年之後在上海也能召開這樣的研討會。畢竟，上海是最應該紀念張愛玲的城市。

本文寫於 2000 年，是 2000 年嶺南大學「張愛玲與現代中文文學」國際學術研討會的會議綜述。後於 2002 年略有修改，收入《吶喊與流言》，上海：上海文藝出版社，2004 年。

物化蒼涼

張愛玲意象技巧初探

筆者數年前曾有論文一個故事的三種講法：《重讀〈日出〉〈啼笑因緣〉和〈第一爐香〉》（載於《文藝理論研究》，1995 年第 6 期，頁 29－39；亦選入《二十世紀中國文學史論》，第二卷，上海：東方出版中心，1997 年）。本文中的部分論點甚至論據引文，有些曾在那篇文章中提及。不過《三種講法》的主要篇幅是討論張愛玲與五四文學主流及鴛鴦蝴蝶派之複雜關係，涉及張氏意象結構的技術分析部分並沒有說清楚，有點心有不甘。於是今天再次討論張愛玲的「以實寫虛」逆向意象文字，並試圖與錢鍾書、魯迅的意象文字作一些比較。

一

葉兆言曾經回憶他在讀研究生時，常和同學「爭得莫名其妙」：「為了寫學位論文，就好像尋找伴侶私定終身，我和老同學為錢鍾書與張愛玲誰的小說更好，一定要爭出是非。結果只能在兩者之中挑一個，我選擇了錢鍾書，老同學敲定張愛玲。……那時候，天天泡在圖書館裏，下狠心翻舊報紙，讀那些早就過期的雜誌，……在那些發黃的紙張裏，我翻到張愛玲的文章，真是幸運。……張愛玲的文章屬於那種讓人眼睛一亮的作品。我忘不了當時無論是我，還是那位老同學，只要一看到張愛玲的東西，必定提醒對方不要錯過，事實上我們也不可能錯過，於是這種提醒便演變成了對張愛玲作品的討論。」[1]

評論家中也常有人將張愛玲與錢鍾書比較，譬如夏志清的《中國現代小說史》:「憑張愛玲靈敏的頭腦和對於感覺快感的愛好，她小說裏意象的豐富，在中國現代小說家中可以說是首屈一指。錢鍾書善用巧妙的譬喻，沈從文善寫山明水秀的鄉村風景；他們在描寫方面，可以和張愛玲比擬，但是他們的觀察範圍，較為狹小。」[2] 費勇在其相當暢銷的《張愛玲傳奇》中則認為:「現代中國作家中，也許只有錢鍾書小說中的譬喻，精彩程度能超過張愛玲。錢鍾書的譬喻充滿了居高臨下的冷嘲，有着大學者的智慧，大智者的幽默；而張愛玲的譬喻充滿了真正的女性意識，像一個冷靜的敏銳的旁觀者不經意的述說。」[3]

因為教書的緣故，我不免也要在課堂上比較張愛玲錢鍾書的文字。我的目的不在價值判斷，「大智者」或「女性意識」等概念也很難界定，倒是不斷注意到一個相當技術性的問題：我發現張愛玲與錢鍾書在設置譬喻營造意象時，喻體與本體（意象與被象徵物）之間的位置關係常常是顛倒的——

> 沈太太的嘴唇塗的濃胭脂給唾沫帶進了嘴，把黯黃崎嶇的牙齒染道紅痕，血淋淋的像偵探小說裏的謀殺案的線索……[4]（《圍城》）
>
> 她又看了看錶。一種失敗的預感，像絲襪上的一道裂痕，蔭涼的在腿肚子上悄悄往上爬。[5]（《色，戒》）

錢鍾書譬喻中的本體是實在的具象，是「女人的嘴」、「牙齒」和「胭脂」，喻體則是抽象的「偵探小說謀殺案線索」；張愛玲筆下形容的是女主人公的情緒感受，意象卻是具體實物：絲襪上的裂痕。

類似的例子很多：

> 她只穿緋霞色抹胸，海藍色貼肉短襪，漏空白皮鞋顯落出深紅的指甲……有人叫她「真理」，因為據說「真理是赤裸裸的」，鮑小姐並未一絲不掛，所以他們修正為「局部的真理」。[6]
>
> 女人的大眼睛只是像政治家講的大話，大而無當……[7]
>
> ……魚像海軍陸戰隊，已登陸了好幾天，肉像潛水艇士兵，會長時間伏在水裏……[8]

在錢鍾書這些已經被人反覆引用和稱讚的名句中，「鮑小姐的身體」、「女人的眼睛」、「餐桌上的魚肉」等，都是被描繪的具象實體，用以形容這些實體（肉體）的「局部真理」、「政治家的大話」以及「海軍陸戰隊」、「潛水艇士兵」則都是較抽象的事物。而在張愛玲的譬喻和意象中，次序正好相反：

> 梁家那白屋子黏黏地融化在白霧裏，只看見綠玻璃窗裏晃動着燈光，綠幽幽的，一方一方，象薄荷酒裏的冰塊。[9]
>
> （太陽偏西後的半山）大紅大紫，金絲交錯，熱鬧非凡，倒像雪茄煙盒上的商標色。[10]
>
> ……三十年前的月亮該是銅錢大的一個紅黃的濕暈，像朵雲軒信箋上的一滴淚珠。[11]

綠霧白房子，黃昏山景和幾十年前的月亮，都是離敘事立體較遠較虛的風景（乃至想像），喻體卻是物化的意象：酒中的冰塊、雪茄盒子、信箋、淚珠——具體，細緻，而且大都是室內用品、衣服或裝飾。王安憶將張愛玲的這種筆法稱之為「以實寫虛」。因為一般的文學比喻，大都借用離敍述主體較遠較間接的事物來形容描述眼前的具體實景，用自然、抽象、虛擬來比喻或象徵人工、具體和實在。在這個意義上，張愛玲的很多意象都有些「逆向」營造——

> 整個的山窪子像一隻大鍋，那月亮便是一團藍陰陰的火，緩緩地煮着它，……[12]
>
> 整個世界像一個蛀空了的牙齒，麻木木的，倒也不覺得甚麼，只是風來的時候，隱隱的有一些酸痛。[13]

錢鍾書的譬喻在結構上其實比較符合常規：以遠喻近，以抽象形容具體。不過他把本體和喻體之間的距離拉得很遠，「長途運輸」，所以出人意表巧妙奇絕。人說女人的眼睛像星星像寶石像月亮，他說像「政治家的空話」——對常規聯想邏輯衝擊太大了，所以每個譬喻之後必須立刻附上說明：因為都是「大而無當」，所以女人眼睛和政治家空話才可以並置（一箭雙雕，既陌生化了美女，也滿足了讀書人對政治的輕蔑感）。人們都會形容性感的女性胴體如花似火像魔鬼，錢鍾書卻說是「局部的真理」，因為都有「赤裸裸」的特徵。要形容不新鮮的魚肉，誰會想到「海軍陸戰隊」和「潛水艇士兵」？但只要有「登陸」、「伏水」等合理中介，錢鍾書的譬喻就可以跨領域跨類別地遠距離操作了。

錢鍾書幽默譬喻的基本特點，不僅如上所述，本體喻體間聯想距離很遠，必須補以邏輯說明，而且本體喻體常呈現性質類別上的強烈反差。最常見的對比是「性」與「學術」。鮑小姐的身體、女人的眼睛與「性」有關，真理與政治家笑話都是學院話題。這類反差在《圍城》

中比比皆是，甚至也影響到後來的學院派文人。

我發現拍馬屁跟戀愛一樣，不容許第三者冷眼旁觀。[14]

已打開的藥瓶，好比嫁過的女人，減低了市價。[15]

看文學書而不懂鑒賞，恰等於帝皇時代，看守後宮，成日價在女人堆裏廝混的偏偏是個太監，雖有機會，卻無能力。[16]

以上幾段引文，其上下文均發生在討論拍馬屁、吃藥和文學欣賞時，所以有關「性」的比喻（戀愛、嫁過的女人、太監）因風馬牛不相及而生動傳神。雖然錢鍾書與張愛玲筆下的比喻本體喻體位置常常相反，但是有一個共同點，他們的比喻都不大會在形容 A 像 B（或 B 像 A）之後立即停住，而是總要跟着補上一句，甚至一段文字：錢鍾書要補充一句，說明毫不相關的 A 為甚麼像 B；張愛玲也要緊跟一句或一段描寫，但不是說明 B 與 A 之關係，而是延伸 B 或 A 或整個意象的動作性——

季澤正在弄堂裏望外走，長衫搭在臂上，晴天的風像一羣白鴿子鑽進紡綢裏去，哪兒都鑽到了，飄飄拍着翅子。[17]

中午的太陽輝煌地照着，天卻是金屬品的冷冷的白色，像刀子一般割痛了眼睛。[18]

晴風吹着的兩片落葉踏啦踏啦彷彿沒人穿的破鞋，自己走上一程子。[19]

在大太陽底下，電車軌道象兩條光瑩瑩的，水裏鑽出來的曲蟮，抽長了，又縮短了；抽長了，又縮短了，就這麼樣往前移——柔滑的，老長老長的曲蟮，沒有完，沒有完……[20]

以上引文有幾個共同點：第一，起形容作用的喻體（白鴿子、金屬品、破鞋、曲鱔）都是具體實物，被形容的都是特殊情境中的風景（晴天的風、中午的太陽、落葉及太陽底下的電車軌道）。第二，本體之後的補充文字，一定延伸着意象的動作性。風像鴿子，所以能拍着翅子；天如金屬，才能像刀子一般割痛眼睛；落葉像鞋，故而自己走路；車軌彎曲如蛐蟮，因此抽長縮短沒有完 —— 正是依靠這種動態性，張愛玲將聰明的比喻發展成充滿暗示的豐富意象。

二

第三個共同點，前面引文中的幾段風景，在張愛玲小說中的功能不只是渲染氣氛、描寫環境或鋪排情節。事實上，這些風景都出現在主人公命運轉折的關鍵時刻，都滲透了主人公的緊張心情。是剛剛拒絕了情愛的七巧的絕望的目光，在看着季澤走出弄堂，然後看見風像鴿子鑽進他的紡綢褂……是振保愛上王嬌蕊又猶豫不決倚在陽台欄杆上，才看到落葉像破鞋趿拉趿拉，主人公「只覺得一陣悽惻」；是即將出現封鎖切斷時空之前，小說才渲染電車軌象生活常規縮短伸長沒有完……正因為風景本體已是一種心情，動態的實物喻體便可以將這種情緒轉折和高潮意象化。為了討論這一點，有必要重讀張愛玲的早期小說《沉香屑・第一爐香》。

《第一爐香》女主角葛薇龍從一個來自上海的女學生逐漸陷入「不是替喬祺弄錢就是替梁太太弄人」的處境，其間有一個相當曲折的發展過程。至少有四個相當關鍵的轉析點，每次薇龍都有選擇的機會，甚至可以說她每次的選擇都有其合理性，但最後結果卻是荒唐。不妨看看上一節引述的幾段的「以實寫虛」的意象文字，分別在出現在薇龍生活變化過程中的哪些場合哪些時刻。

第一次是葛薇龍初入姑媽在半山的白房子。雖然一開始她就敏感地覺得那裏氣氛不對，下山已幻覺白房子變了墳山，但為了留在香港讀書，她還是決定「睜着眼走進了這鬼氣森森的世界」。正式遷入那天「是個潮濕的春天的晚上，……梁家那白房子在白霧裏，只看見綠玻璃窗裏晃動着的燈光，綠幽幽地，一方一方，象薄荷酒裏的冰塊。」[21]這個「酒中冰塊」意象比「墳山」更加朦朧模糊（代表主人公的心境），也更加富有生活引誘（顯示主人公的慾望）。

第二次選擇是薇龍在衣櫥裏發現很多衣服，欣喜試衣後「膝蓋一軟，在牀上坐下了，臉上一陣一陣地發熱，低聲道：『這跟長三堂子裏買進一個人，有甚麼分別？』」當晚睡夢中薇龍仍在試衣，「毛織品，毛茸茸的像富於挑撥性的爵士舞；厚沉沉的絲絨，像憂鬱的古典畫的歌劇主題曲；柔滑的軟緞，像『藍色多瑙河』，涼陰陰地匝着人，流遍了全身」。這些比喻雖然都不是「以實寫虛」（因此也不常被人引用），但仍然充滿流動感。睡醒後她決定留下，「看看也好」。

第三次轉折是司徒協在風雨轎車中替薇龍戴上金剛石手鐲，意味着薇龍「培訓期」的結束。「戴手銬」前也有風景預告：「黑鬱鬱的山坡上，烏沉沉的風捲着白辣辣的雨，一陣急似一陣，把那雨點兒擠成車輪大的團兒，在汽車頭上的燈光的掃射中，像白繡球似的滾動。遍山的肥樹也彎着腰縮成一團；像綠繡球，跟在白繡球的後面滾。」[22]「戴手銬」之後薇龍必須做選擇，要麼離開，要麼嫁人。她猶豫着接近喬琪喬，「她竭力地在他的黑眼鏡裏尋找他的眼睛，可是她只看見眼鏡裏反映的她的影子，縮小的而且慘白的」。儘管如此，薇龍仍然頑強地愛着喬琪喬，依然在月光下等待，「她靜靜的靠在百葉門上，那陽台如果是個烏漆小茶托，她就是茶托上鑲嵌的螺鈿的花。她詫異她的心裏那般的明晰。她從來沒有這樣的清醒過。」[23] 這是小說中罕見的一段明淨風景，接下去便發現了喬琪喬與丫鬟偷情。

第四個，恐怕也是最重要的轉折出現在薇龍病後。感冒轉肺炎阻止了薇龍回上海，最後她又生疑好像生病一半是自願的。「她明明知道喬琪喬不過是一個極普通的浪子，沒有甚麼可怕。可怕的是他引起的她那不可理喻的蠻暴的熱情。如何不可理喻？如何心痛？接下去便又是一段絕望的風景：「她躺在牀上，看着窗子外面的天。中午的太陽煌煌地照着，天卻是金屬器的冷冷的白色，像刀子一般割痛了眼睛，秋涼了，一隻鳥向山嶺飛去，黑鳥在白天上，飛到頂高，像在刀口上刮了一刮似的，慘叫了一聲，翻過山那邊去了。」[24]

次日再見喬琪喬，是最後的抉擇。喬琪喬駕車來找她，薇龍「正眼也不向他看加緊腳步向前走去，喬琪開着車慢慢的跟着，跟了好一截子」。薇龍身體不好，她停步，車也停下。她以為喬琪會說甚麼，卻只見喬琪伏在方向盤上，「薇龍見了，心裏一牽一牽地痛着，淚珠順着臉直淌下來，連忙向前繼續走去，喬琪這一次就不再跟上來了。薇龍走到轉彎的地方，回頭望了一望，他的車仍舊停在那兒。天完全黑了，整個世界像一張灰色的聖誕卡片，一切都是影影綽綽的⋯⋯」[25]

葛微龍「為愛情墮落」的過程就在這典型的逆向營造的世界 / 聖誕卡意象中徹底完成了。

馬拉美（Stephane Mallarme）認為象徵主義的藝術「就是一點一點地引出某物以便透露心緒，⋯⋯或者相反，選擇某物並從中抽取『情緒』的藝術」。[26] 能夠細細解析人物心理變化過程已經很難，將主人公心理轉折中的微妙心情透露、投射為星月樹影風景更加不易。為甚麼張愛玲總還要在關鍵的時刻，又將蒼涼的風景轉化為身邊室內觸手可及的實物意象呢？

三

我們可以從幾個不同的角度，來嘗試解釋何以張愛玲對「以實寫虛」的意象結構情有獨鍾。

一是張愛玲對室內物品，尤其是對服飾的持久的特別興趣。滿清破落貴族家庭背景使張愛玲有可能接觸和意講究諸如衣櫃、鏡台、茶具、花瓶、首飾之類的室內人工細節。她的同時代人如張子靜、柯靈、周瘦鵑、潘柳黛等，在各種不同動機的回憶文章中，也都不約而同地會提及張愛玲的服飾，諸如「張愛玲在家中盛裝待客」，或者「穿黑旗袍出席首屆上海文代會」之類的場景，更成為後來各種張傳中的必書情節。而她筆下的人物常常以服裝素描出場，最後性情命運又化為衣飾意象——

> 一個嬌小個子的西裝少婦跨出車來，一身黑，黑草帽沿上垂下綠色的面網，面網上扣着一個指甲大小的綠寶石蜘蛛，在日光中閃閃爍爍，正爬在她腮幫子上，一亮一暗，亮的時候像一顆欲墮未墮的淚珠，暗的時候便像一粒青痣。[27]
>
> 薇龍那天穿着一件瓷青薄綢新袍，給他那雙綠眼睛一看，她覺得她的手背像熱騰騰的牛奶似的，從青色的壺裏倒了出來，管也管不住，整個兒的自己也潑出來了……[28]

說是女性意識也可以，但蕭紅、丁玲甚至生活富裕的冰心都不曾這樣處理室內實物具象。現代中國文學史上恐怕也沒有哪個作家，像張愛玲那般在生活和藝術兩方面都講究服飾家具。評論界是在這方面已經有，而且以後還會繼續有很多專門的研究，我在這裏不擬詳說了。

事實上很多作家都會利用服飾、家具等日用品道具來描寫人物或鋪排情節，張愛玲之所以不只是將這些衣飾的細節處理成為人物性情的外部特徵，更將作品關鍵時刻情緒高潮時的風景描寫（太陽、月亮、綠霧、白房、晴天的風、黃昏世界等），再物化為衣飾、茶具、煙盒等具象，還因為她頗懷疑（甚至有意混淆）外景與真實、人工與自然之間的界限。在張愛玲看來，自然人工化、心理物品化、生活戲劇化乃至世界的裝飾化可能都是都市文化的特點。我曾引用過她的一個觀點：「像我們這樣生活在都市文化中的人，總是先看海的圖畫，後看海；先讀到愛情小說，後知道愛；我們對於生活的體驗往往是第二輪的，借助於人為的戲劇，因此在生活而與生活的戲劇化之間很難劃界。」[29] 正是因為生活與生活的戲劇化很難劃界，所以大紅大紫、金絲交錯的黃昏山景成了雪茄煙盒上的商標畫，月亮與淚珠與緞子香灰無法區分，整個世界既像酸痛的牙齒、又像灰色聖誕卡。也正因為在商標與山景，在淚珠與月亮，在世界與聖誕卡之間很難劃界，張愛玲的主人公如葛薇龍，才會對現代都市（尤其是香港）也對自已充滿了不真實的感覺：

> 杜鵑花外面，就是那濃藍的海，海裏漂着白色的大船。這裏不單是色彩的強烈對照給予觀者一種眩暈的不真實的感覺——處處都是對照，各種不調和的地方背景、時代氣氛，全是硬生生的給摻揉在一起，造成一種奇幻的境界。[30]
>
> 薇龍和喬琪坐在汽車道的邊緣上，腳懸在空中，望下看過去，在一片空白間，隱隱現出一帶山麓，有兩三個藍衣村婦；戴着寶塔頂的寬沿草帽，在那裏揀樹枝、薇龍有一種虛飃飃的不真實的感覺。[31]

看都市香港不調和的地方背景時代氣氛感到不真實，在都市香港看田園風景又覺得不真實。重要的不僅是張愛玲寫出了雙重的不真實，更在於她沒有否定這些不真實的感覺，她的人物的這些不真實的感覺是真實的。她的女主人公大都是在情愛抉擇的關鍵時刻，將她們這些對世界對愛情的不真實感哲理化，為自已真實的不合理行為尋找不真實的合理性。例如七巧在打翻酸梅湯趕走季澤的那一刻，已經意識到「他不是個好人，她又不是不知道。她要他，就得裝湖塗，就得容忍他的壞。她為甚麼要戳穿他？人生在世還不就是那麼回事？歸根結底甚麼是真的？甚麼是假的？」[32] 這個道理，薇龍其實比七巧更有直覺領悟，所以她沒有拒絕浪子喬琪喬，最終只是自己受苦，不像七巧後來還害子女。而薇龍也正是在下決心嫁給喬琪喬的那一瞬間，才需要美麗的精神混亂，才覺得「整個世界像灰色聖誕卡，一切都是隱隱綽綽的」，甚麼是真的？甚麼是假的？「真正存在的只是一朵頂大的象牙紅，原始、簡單、碗口大、桶口大。」[33]

所以張愛玲喜歡物化虛象且充滿流動感，第一是因為她本人在生活和藝術上都對服裝首飾等實物細節有過人的興趣；第二是由於她對都市文化「生活的戲劇化」的獨特理解；第三還表現她和她的人物關於「甚麼是真，甚麼是假」的哲學困惑；最後第四，張愛玲的意象技巧，又和貫穿其作品的美麗的蒼涼感有關。請看《第一爐香》末段女主人公眼中的香港灣仔市場——

> 她在人堆裏擠着，有一種奇異的感覺。頭上有紫黝黝的藍天，天盡頭是紫黝黝的冬天的海，但是海灣裏有這麼一個地方，有的是密密層層的燈，密密層層的耀眼的貨品——藍磁雙耳小花瓶、一卷一卷葱綠堆金絲絨、玻璃紙袋裝着「巴島蝦片」、琥珀色的熱

帶產的榴槤糕、拖着大紅穗子的佛珠、鵝黄的香袋、烏銀小十字架、寶塔頂的涼帽；然而在這燈與人與貨之外，還有那悽清的天與海——無邊的荒涼，無邊的恐怖。她的未來，也是如此——不能想，想起來只是無邊的恐怖。她沒有天長地久的計劃。只有在這眼前的瑣碎的小東西裏，她的畏縮不安的心，能夠得到暫時的休息。[34]

這段文字，既描述了葛薇龍心情的絕望，也滲透着二十四歲的張愛玲的悲觀。別的作家揭破美麗的虛假是為了直面慘淡的人生，張愛玲卻在領悟蒼涼之後仍抓住美麗（儘管只是手勢）。別人是在描述這燈與人與貨的庸俗麻木後超越為虛空悲涼，張愛玲卻是正惟其虛空，所以必須把玩講究這眼前的瑣碎的小東西，這些觸手可及的葱綠、大紅、鵝黄、烏銀……在散文《談音樂》的結尾，張愛玲曾經感慨「商女不知亡國恨」，臨窗猶唱「薔薇薔薇處處開」，窗外分明是日軍警車在上海街頭恐怖地駛過：「『嗶！嗶！』銳叫，像輪船的汽笛，悽長地，『嗶！嗶！……嗶！嗶！』大海就在窗外，海上的別離，命運性的決裂，冷到人心裏去。『嗶！嗶！』漸漸遠了。在這樣兇殘的，大而破的夜晚，給它到處開起薔薇花來，是不能想像的事。然而這女人還是細聲細氣很樂觀地說是開着的。即使不過是綢絹的薔薇，綴在帳頂、燈罩、帽檐、袖口、鞋尖、陽傘上，那幼小的圓滿也有它的可愛可親。」[35]

我以為這段文字，可以讀作張愛玲對自己「以虛寫實」意象技巧的一個理性註解。

前面討論過的錢鍾書的比喻主要是巧妙連接兩個不相關事物，通常是從具象到抽象（裸體→真理；嘴唇口紅→謀殺變線索）。錢鍾書的悲劇感主要貫穿在小說結構裏，比喻細節則俏皮促狹幽默。在張愛玲之前也常寫景物悲涼氣氛的是魯迅。[36] 但魯迅的悲涼意象景大於物，由實（我的心情）向虛伸展，硬直奇拔，不肯折回——

> 潮濕的路極其分明，仰看太空，濃雲已經散去，掛着一輪圓月，散出冷靜的光輝。
>
> 我快步走着，彷彿要從一種沉重的東西中衝出，但是不能夠。耳朵中有甚麼掙扎着，久之，久之。終於掙扎出來了，隱約像是長嗥，像一匹受傷的狼，當深夜在曠野中嗥叫，慘傷裏夾着憤怒和悲哀。(《孤獨者》) [37]

張愛玲也喜歡寫月光，當七巧用腳拍打長白臉頰，又要兒子邊燒煙邊講房事細節時，媳婦芝壽「隔着玻璃窗望出去，影影綽綽，烏雲裏有個月亮，一搭黑，一搭白，像個戲劇化的猙獰的臉譜，一點，一點，月亮緩緩的從雲裏出來了，黑雲底下透出一線炯炯的光，是面具底下的眼睛……窗外還是那使人汗毛凜凜的反常的明月——漆黑的天上一個灼灼的小而白的太陽。屋裏看得分明那玫瑰紫繡花椅披桌布，大紅平金五鳳齊飛的圍屏，……」[38] 在悲憤的時候，張愛玲的月光也要物化為戲劇臉譜和人工面具，也要照在桌布圍屏上。她在有意無意闡發自己的美學及人生觀點時也要借實物作比方：「我最怕的是凡啞林，水一般地流着，將人生緊緊把握貼着的一切東西都流了去了。胡琴就好很多，雖然也蒼涼，到臨了，總像着北方人的『話又說回來了』，遠兜遠轉，依然回到人間。」[39]

畢竟，在月夜曠野中像受傷的狼似地「反抗絕望」，是「個人的自大」，是「獨異，是向庸眾宣戰」。（《熱風・隨感錄三十八》[40]）張愛玲也有超人敏感領悟蒼涼，卻有些害怕獨自擁有。萬燕在《海上花開又花落》中頗有見識地用張愛玲一篇很短的散文《夜營的喇叭》，來論證作家的對蒼涼的感悟與恐懼。不惜全篇錄下，作為本文的結論——

> 晚上十點鐘，我在燈下看書，離家不遠的軍營裏的喇叭吹起了熟悉的調子。幾個簡單的音階，緩緩上去又下來，在這鼎沸的大城市裏難得有這樣的簡單的心。
>
> 我說：「又吹喇叭了。姑姑可聽見？」我姑姑說：「沒留心。」我怕聽每天晚上的喇叭，因為只有我一個人聽見。
>
> 我說：「啊，又吹起來了。」可是這一次不知為甚麼，聲音極低，絕細的一絲，幾次斷了又連上。這一次我也不問我姑姑聽得見聽不見了。我疑心根本沒有甚麼喇叭，只是我自己聽覺上的回憶罷了。於悽涼之外還感到恐懼。
>
> 可是這時侯，外面有人響亮地吹起口哨，信手拾起了喇叭的調子。我突然站起身，充滿喜悅與同情，奔到窗口去，但也並不想知道那是誰，是公寓樓上或是樓下的住客，還是街上過路的。[41]

萬燕說張愛玲「是沒有精神之家的現代人，……不斷地在恐懼中支持着自己的孤獨」[42]。顯然，大量瑣碎奇絕雜色質感的物化意象，就是在悲懼中支持孤獨的主要方法之一；雖然後來的追隨者可能只見美麗不知荒涼，絕對不會聽見或疑惑「夜營的喇叭聲」。這也不奇怪，「月夜曠野狼嗥」的眾多模仿者中其實也不乏戰士裝束的打手或精打細算的精神工程師。不同的是，魯迅看到他的這些追隨者一定會橫眉冷對，而張愛玲見到地攤邊沙龍裏只知「出名要趁早」只是醉心衣飾細節的張迷們，恐怕只會微微一笑。

發表於《華東師範大學學報（哲學社會科學版）》2001 年第 5 期（華東師範大學校慶 50 周年紀念特刊）；收入《再讀張愛玲》，香港：牛津大學出版社（中國），2002 年。

---

1 葉兆言：《她的人生就是一部大作品》，《明報月刊》1995 年 10 期。

2 夏志清著、劉紹銘譯：《中國現代小說史》，台北：傳記文學出版社，1979 年，頁 403。

3 費勇：《張愛玲傳奇》，廣州：廣東人民出版社，1996 年，頁 132。

4 錢鍾書：《圍城》，北京：人民文學出版社，1982 年，頁 61。

5 張愛玲：《色，戒》，選自《惘然記》，香港：皇冠出版社，1991 年，頁 181。

6 同注 4，頁 5。

7 同注 4，頁 51。

8 同注 4，頁 17。

9 張愛玲：《沉屑香・第一爐香》，選自《回顧展 II》，香港：皇冠出版社，1991 年，頁 273。

10 同注 7；頁 271。

11 張愛玲：《金鎖記》，《傾城之戀》，香港：皇冠出版社，1993 年；頁 139。

12 張愛玲：《沉屑香・第一爐香》，選自《回顧展 II》，香港：皇冠出版社，1991 年，頁 297。

13 張愛玲：《沉屑香・第二爐香》，選自《第一爐香・張愛玲短篇小說集之二》，香港：皇冠出版社，1993 年，頁 336。

14 錢鍾書：《圍城》，北京：人民文學出版社，1982 年，頁 193。

15 同注 12，頁 189。

16 錢鍾書：《釋文盲》，選自《寫在人生邊上：人・獸・鬼》，香港：天地圖書公司，1997 年，頁 47。

17 張愛玲：《金鎖記》，《傾城之戀》，香港：皇冠出版社，1993 年，頁 164。

18 張愛玲：《沉屑香・第一爐香》，《回顧展 II》，香港：皇冠出版社，1991 年，頁 307。

19 張愛玲：《紅玫瑰與白玫瑰》，《傾城之戀》，香港：皇冠出版社，1993 年，頁 64。

20 張愛玲：《封鎖》，《回顧展 II》，香港：皇冠出版社，1991 年，頁 452。

21 見注 7。

22 同注 16，頁 291。

23 同注 16，頁 300。

24 同注 16，頁 307。

25 同注 16，頁 308。

26 轉引自查爾斯・查德威克：《象徵主義》，周發祥譯，北京：昆侖出版社，1989 年，頁 2。

27 張愛玲：《沉屑香・第一爐香》，選自《回顧展 II》，香港：皇冠出版社，1991 年，頁 264。

28 同注 24，頁 284。

29 張愛玲：《童言無忌》，《天地》月刊（上海）第 7–8 期，1944 年 5 月。

30 同注 24，頁 261。

31 同注 24，頁 295。

32 張愛玲：《金鎖記》，《傾城之戀》，香港：皇冠出版社，1993 年，頁 164。

33 同注 24，頁 308。

34 同注 24，頁 311。

35 張愛玲：《談音樂》，《苦竹》月刊，第一期，1944 年 11 月。

36 近年來國內出現了「張愛玲熱」，不少評論和傳記都不約而同地將張愛玲與魯迅比較，並且立刻得出結論：「把張愛玲與魯迅相比，……顯然是不恰當的」。底線大都是「魯迅是一位能夠承擔偉大兩字的作家。……比較合適的說法是，張愛玲是一位創造了一種獨特風格的優秀作家。僅此而已。」（費勇：《張愛玲傳奇》，廣州：廣東人民出版社，1996 ，頁 105）「倘就學術創造的整體分量而言，張愛玲自然是遠不及魯迅的，也及不上沈從文。」（王曉明：《張愛玲文學模式的意義及其影響》，《明報月刊》，1995 年第 10 期。）「在沒有英雄的年代裏，演繹得更多的只能是凡人故事，這或許正是我們時代的悲哀，也是張愛玲的悲哀，使她成為了極其優秀的作家，而不是偉大作家的局限就在這裏。」（萬燕：《海上花開又花落》，南昌：百花洲文藝出版社，頁 3）其實近二十年國內也出現過「沈從文熱」、「老舍熱」或「錢鍾書熱」，似乎很少聽到有評論者將沈從文老舍錢鍾書與魯迅作比較。重要的不是「魯張並提」的結論，而是否定「魯張比較」的文學史書寫焦慮。是否因為兩個作家都寫得很少，但早期作品被人「越讀越大」？兩位作家都悲觀絕望，卻都擁有無數追隨仰慕者；或者因為在魯迅的反傳統的歐化形式男性啟蒙救世話語奠定「五四」文學基本走向以後，張愛玲的小市民趣味的傳統技巧的女性現代感覺又成了文學史走向的某種轉折？那麼多不約而同的尊魯抑張，是否說明事實上張愛玲正在漸漸成為魯迅之後，中國現代文學史上的又一個神話？

37 見《魯迅選集》，第一卷，北京：人民文學出版社，1992 年，頁 226–227。

38 張愛玲：《金鎖記》，《傾城之戀》，香港：皇冠出版社，1993 年；頁 172。

39 張愛玲：《談音樂》，《苦竹》月刊，第一期，1944 年 11 月。

40 《魯迅全集》，北京：人民文學出版社，1981 年；頁 311。

41 收入《流言》，上海：中國科學公司，1944 年 12 月初版。

42 萬燕：《海上花開又花落》，南昌：百花洲文藝出版社，頁 109。

張愛玲小說中的敘述角度混淆

張愛玲的小說藝術與文學語言，有兩個技術特點至關重要。一是逆向營造文學意象，二是有意混淆敘事角度。本人已有專文討論前者[1]，這篇論文主要分析後一個藝術特點。

張愛玲早期小說中的敘事方式至少有四種，一是直接以說書人身分對讀者（看官）說話，通常出現在小說的首尾部分。在《金鎖記》以後這種類似傳統章回體的敘事框架逐漸減少，到《紅玫瑰與白玫瑰》已基本消失。二是全知角度，在主人公不在場不知情的情況下，用第三人稱描寫其他人物的對話行為等等。在極罕見的時候也有敘事人直接議論。三是以主人公的眼光觀察周圍的場景、人物、對話。這時的場景人物對話描寫其實也表現了主人公的心理和情感——這是張愛玲早期小說中最常用的文字技巧。第四種敘事最特別，看似從主人公視角描寫，但也可能是不同於主人公感知的敘事人角度，沒有明說，模棱兩可。利用中文有時可省略主語的語法特點，故意製造一種敘述角度的「混淆」，目的是描寫主人公看到但不理解的風景，描寫主人公感覺但不明白的心理，描寫主人公自己當時沒能意識到的情感或潛意識。第三與第四種敘述方式是張愛玲早期小說成功的重要原因。兩者之間的微妙界線是本文討論的重點。

本文也會討論這種敘事角度混淆，在中期創作轉折階段，以及在

《小團圓》等晚期創作中出現了甚麼變化發展。最初步的概括是：早期作品中敍述者既混淆又偏離主人公視角的句子，通常是男人做主角。轉折期敍述者跟隨不同的主要人物。晚期風格中由女主角觀點貫穿始終，混淆偏離主人公視角的句式主要由時間因素（意識流）而構成。

一

先以張愛玲最早的短篇《第一爐香》為例，作家在早期小說中同時使用了四種不同的敍述方法。首先，作家以敍事人身分直接登場，和讀者（看官）交流，延續了章回小說的框架傳統：

> 請您尋出家傳的黴綠斑斕的銅香爐，點上一爐沉香屑，聽我說一支戰前香港的故事，您這一爐沉香屑點完了，我的故事也該完了。
>
> 在故事的開端，葛薇龍，一個普通的上海女孩子，站在半山裏一座大住宅的走廊上，……[2]

這種敍事方法在張愛玲早期小說裏普遍存在，有時甚至成為標題和故事框架。比如《茉莉香片》：

> 我給您沏得這一壺茉莉香片，也許是太苦了一點。我將要說給你聽的一段香港傳奇，恐怕也是一樣的苦。香港是一個華美的但是悲哀的城。[3]（預言如與現實巧合，純屬偶然——引者）

這種敍事框架道出小說的標題、主旨，甚至還關心讀者的閱讀狀態：「您先倒上一杯茶，當心燙！您尖着嘴輕輕吹着它。在茶煙嫋繞中，您可以看見香港的公共汽車順着柏油山道徐徐的駛下山來……」[4] 然後讀者才看見車上的主人公，和他後來一系列的精神變態。有時這說書人還首尾呼應（如《第一爐香》「這一段香港故事就在這裏結束，薇龍的一爐香也就快燒完了」），有時說書人後來就不見了，如《茉莉香片》，男主角又在學校見到幾乎被他在夜晚傷害的女同學，「他還得在學校裏見到她，他跑不了」。為了製造戛然而止的驚訝效果，就顧不上再關照讀者的茶香餘味了。

張愛玲的這種章回體敘事，其實只是故事的包裝盒子，作家對「看官」說話，只是在首尾，不會在情節發展中間。而且這種敘事框架很快就減弱和放棄了，在《第二爐香》，首句就已是主人公對「我」講一段故事，「我」已是小說中的一個人物而不只是情節外的敘述者。《紅玫瑰與白玫瑰》在修改之前，也有個人物介紹他的親戚佟振保出場，後來改為小說敘事人直接概括男人的「紅白雙需」，著名的朱砂痣蚊子血和明月光白飯粒。在章回小說格式向現代小說格式的過渡狀態中，《紅玫瑰與白玫瑰》是一個轉捩點。

在《第一爐香》中，全知敘事方式，即用第三人稱寫主人公不在場或者看不到的劇情動作畫面等，雖然不多，卻也不可省略。小說寫一個上海女孩子到有錢卻放蕩的姑媽家求援，進而一步步既清晰又痛苦地走入她不喜歡的生活方式與社交圈，最後陷入「為丈夫找錢為姑媽找男人」的荒唐境地。小說裏大部分情節場景均發生在女主角的視角之內，第三人稱主人公局限的視角，是張愛玲小說最基本的敘事方法。但是花花公子喬琪喬爬山路進入梁家花園為了去女主角閨房的陽台赴約，路上卻碰到薇龍的丫頭睨兒。喬琪動手動腳調戲丫鬟，丫鬟不很堅決地拒絕，少爺塞錢，丫鬟斥責等等，這些動作和對話，都不在女主角薇龍的視角感知範圍，而且也沒有加入其他哪個人物的主觀感受。

> 「喬琪在後面跟着，趁她用鑰匙開那扇側門的時候，便粘在她背上，把臉湊在她頸窩裏。睨兒怕吵醒了屋裏的人，因而叫喊不得，恨的咬牙切齒，升起右腳來，死命的朝後一踢，踢重喬琪的右膝。喬琪待叫『哎喲』，又縮住口。睨兒的左腳又是一下，踢中了左膝，喬琪一鬆手，睨兒便進門去了」……[5]

我引用這段文字，不是因為這段文字出色，而是為了說明缺了女主人公的視覺感知，張愛玲的第三人稱敘事也會平淡無奇。特點只是「某某道」、「某某笑道」，不直寫人物心理，一切通過言語動作表達。但從情節發展看，有了這段伏筆後面才有了整部小說的劇情轉折——在稍後喬琪薇龍的浪漫牀戲之後，當天凌晨，女主角就發現喬琪和丫頭一樣在花園抱在一起了。

小說裏還有一些女主角薇龍看不到的情節場景，又比如姑媽為平息「家庭糾紛」，一面勸薇龍要抓住男人，一面對喬琪開誠佈公，要少爺和薇龍結婚。這些對話，也在女主角的視線之外，只是第三人稱交代。這些薇龍不知道的第三人稱，與全篇大部分以她目光看到的第三人稱，轉換自然，也是有意無意的混淆。

甚麼標記，能顯示這是主人公視角的敍事？一是明寫主人公看的動作，二是寫一段人物動作或風景意象，中間插入或隔了一行補充主人公的觀感，甚至引出主人公的大段議論聯想。前一種是明示，最直接的例子是主人公通過鏡子或玻璃反射的自畫像。在《第一爐香》裏，不用說眾多丫鬟僕人或賓客，還是盛裝打扮的姑媽的出場，就是葛薇龍自己的外貌，也是由這個上海女學生的眼光直接看到的：

「薇龍在玻璃門裏瞥見她自己的影子——她自己自身也是殖民地所特有的東方色彩的一部分。她穿着南英中學的別緻的制服，翠蘭竹布衫，長齊膝蓋，下面是窄窄褲腳管，還是滿清末年的款式；把女學生打扮得像賽金花模樣，那也是香港當局取悅於歐美遊客的種種設施之一……」[6]

在這段自畫像之前，小說先用「可能」是薇龍的目光（這個「可能」，是這篇論文的重點）介紹了半山西式豪宅的不倫不類的東方裝飾，所以才有「自身也是殖民地所特有的東方色彩的一部分」一說。主人公又用玻璃門鏡子介紹了她自己的形象：「她的臉是平淡而美麗的小臉，現在這一類『粉撲子臉』是過了時了。她的眼睛長而媚，雙眼皮的深痕，直掃入鬢角裏去。纖瘦的鼻子，肥圓的小嘴……曾經有人下過這樣的考語：如果湘粵一帶深目削頰的美人是糖醋排骨，上海女人就是粉蒸肉。薇龍相着自己，這句『非禮之言』驀地兜上心來。」[7]

讀者都記得，另一位張愛玲女主角白流蘇的身體容貌，也是明確通過鏡子和女主人公自己的目光而介紹的：

「流蘇突然叫了一聲，掩住自己的眼睛，跌跌衝衝的往樓上爬，往樓上爬……上了樓，到了她自己的屋子裏，她開了燈，撲在穿衣鏡上，端詳她自己。還好，她還不怎麼老。她那一類的嬌小的身軀是最不顯老的一種，永遠是纖體瘦的腰，孩子似的萌芽的乳。她的臉，從前是白的像瓷，現在由瓷變為玉——半透明的輕青的玉。下頷起初是圓的，近年來漸漸尖了，越顯得那小小的臉，小的可愛。臉龐是相當的窄，可是眉心很寬。一雙嬌滴滴，滴滴嬌的清水眼。陽台上四爺又拉起胡琴來了，依着那抑揚頓挫的調子，流蘇不由得偏着頭，微微飛了個眼風，做了個手勢，……她忽然笑了——陰陰的不懷好意的一笑……」[8]

這段文字在《傾城之戀》中有轉折意義，與傳統的決裂，去香港冒險的信心，都來自於女主角對着鏡子的「陰陰一笑」。張愛玲小說中很多女主人公敘事，都會直接描寫自己「看」與「被看」。照鏡子，就同時兼備「看」與「被看」。魯迅筆下的「看」與「被看」模式，在張愛玲這裏，有着更戲劇化的場面，就是「看見」自己「被看」。薇龍最初求見姑媽遭冷遇，兩人在客廳尷尬對話，姑媽責怪他哥哥（女主角的父親）當年的道德譴責，女主角忍氣吞聲，談話間姑媽手中一把芭蕉扇被反覆描寫，「梁太太一雙纖手，搓得那芭蕉柄滴溜溜的轉，有些太陽從芭蕉筋紋裏投入進來，在她臉上跟着轉。……她那扇子偏了一偏，扇子裏篩入幾絲金黃色的陽光，拂過她的嘴邊。……梁太太只管用手去撕芭蕉扇上的筋紋，撕了又撕。薇龍猛然醒悟到，她把那扇子擋着臉，原來是從扇子的漏縫裏盯眼看着自己呢！」[9] 好像透過門縫或百葉窗之類觀察別人，正好看見對方的眼珠！「看」與「被看」，撞個正着。還有一次，當喬琪一面親吻薇龍一面又說「我不能答應你結婚，我也不能答應你愛，我只能答應你快樂」的時候，「薇龍抓住了他的外衣的翻領，抬起頭，哀懇似的注視着他的臉，她竭力地在他的黑眼鏡裏尋找他的眼睛，可是他只看見眼睛裏反射的她自己的影子，縮小的，而且慘白的。」[10] 這也是最直接描寫女主角視角——拼命尋找另一個人的眼睛而不成，反在對方眼鏡裏照出自己卑微處境。張愛玲筆下精彩的意象，大都既寫實又象徵。

主人公視角，當然不僅是目光，也包括感覺。還是「被看」，和喬琪初次見面，「男人和她握了手之後，依然把手插在褲袋裏，站在那裏微笑着，上上下下的打量她。薇龍那天穿了一件瓷青薄綢旗袍，給他那雙綠眼睛一看，她覺得她的手臂像熱騰騰的牛奶似的，從青色的壺裏倒了出來，管也管不住，整個的自己全潑出來了……」[11]

直述女主角在照鏡子／玻璃門或者竭力在男人墨鏡裏尋找對方眼睛，這些當然是明寫主人公視角。牛奶手臂一段中「她覺得」三個字，也標明一切只是女主角的幻覺，是她清晰看到了自己「被看」以後的糊塗感覺。

主人公視角的第三人稱既然是小說基本敘事方式，當然不僅用來照鏡看自己，也要觀察周圍的各色人等。有時這種觀察相當細微深刻。梁家丫頭睇睇因為和喬家十三少鬼混（可能也是被迫），被姑媽炒魷魚。被辭退時當然情景狼狽，「她的眼睛哭得又紅又腫，臉上薄薄地抹上一層粉，變為淡赭色。薇龍只看見她的側臉，眼睛直瞪瞪的一點臉部表情也沒有，像泥製的面具。看久了方才看見那寂靜的臉龐上有一根莖在那裏緩緩的波動，從腮部牽到太陽心 —— 原來她在那裏吃花生米呢，紅而脆的花生米衣子，時時在嘴角掀騰着。」

從「只看見」到「看久了方才看見」，再到換了一段，「薇龍突然不願意看下去了，掉轉身子，……」[12]，三個連貫又不同的「看」法好像給整個丫鬟邊哭泣邊吃花生米的場面加了一個批判或無法批判的畫框。這是一個很典型的例子，顯示張愛玲小說中主人公視角與故事情節如何互相滲透。一個被炒女傭哭着離開時嘴底粘着花生衣，這不是今天「吃瓜羣眾」又可悲又可笑的羣體形象的最早代表嗎？魯迅寫華老栓哀其不幸怒其不爭，但不會也狠心讓華老栓離開茶館時嘴裏還啃雞骨頭吧。張愛玲也沒明說她薇龍見到這個對她很不友善的女工不幸之中哭着還嚼花生米是甚麼感受。作家覺得世態荒謬，放在女主角敏銳的眼中，卻更反襯這麼聰明的女主角，後來怎麼居然也容忍自己的不幸不爭。

主人公視角的第三人稱敘事，有「自畫像」，有「看」與「被看」，有對周圍人物的細膩觀察，還有在一些關鍵的時刻，描寫與主人公心情息息相關的風景。女主角在和喬琪拍拖初期，就有一段看風景的描寫：「雨下的多天，好不容易停了，天還是陰陰的，山峯在白霧中冒出一點青頂兒。薇龍和喬琪坐在汽車道的邊緣上，腳懸在空中，望下看過去，在一片空白間，隱隱現出一帶山麓，有兩三個人藍衣村婦，帶着寶塔頂的寬沿草帽，在那裏撿樹枝。薇龍有一種虛飃飃的不真實的感覺……」[13]

在香港半山奢華生活中偶見田園風光，坐在一個花花公子身旁，女主角的不真實感很真實。但像這樣明說主人公「望下看過去」的風景，在張愛玲小說裏其實並不多見。更多情況下，故事情節轉捩點，主人公心情關鍵處，會有一段重要的風景描寫，但讀者並不清楚：這是主人公在看？還是作者 / 敘述人的視覺？這就是我們要討論的張愛玲早期的第四種敘事方法。

二

「……振保抱着胳膊伏在欄杆上，樓下一輛煌煌點着燈的電車停在門首，許多人上去下來，一車的燈，又開走了。街上靜蕩蕩只剩下公寓下層牛肉莊的燈光。風吹着的兩片落葉踒拉踒拉彷彿沒人穿的破鞋，自己走上一程子。……這世界上有那麼許多人，可是他們不能陪着你回家。到了夜深人靜，還有無論何時，只要生死關頭，深的暗的所在，那時候只能有一個真心愛的妻，或者就是寂寞的。振保並沒有分明地這樣想着，只覺得一陣悽惶。」[14]

《紅玫瑰與白玫瑰》比《第一爐香》和《金鎖記》都晚發表半年到一年，是張愛玲認識胡蘭成以後的作品。上面的引文發生在主人公即將陷入「愛情」困境之際，某天晚上在家裏陽台上看街景。第一句話說「抱着胳膊伏在欄杆上」，下面就是「樓下一輛電車……」等等，從男主人公形體動作講起，很自然這個街上悽涼的夜景，應是主人公所見所感。由這樣的夜晚街景，引出了一種感觸，「到了夜深人靜……深的暗的所在……」似乎順理成章也是主人公的所感所思吧。然而突然，敍述人在一旁說，振保並沒有分明的這樣想着，只覺得一陣悽惶。直到這最後一句，我們才知道整個夜景，可以是主人公所見，也可以是小說敍事人的描繪。兩者是被有意混淆的。混淆的結果，是我們看到男主角對夜晚街景，有悽惶的感觸，但還沒有分明的想法。換言之，男主角的潛意識裏已經在渴望某種愛（只能有一個真心愛的妻？女作家想像中的男人的潛意識？），但他當時自己並不知道。

這就是本文試圖討論的張愛玲小說敍述的特別之處。這種在漢語可省略主語的語法模式下，將主人公視角與敍事人視角有意混淆的方法，其實早在《第一爐香》已經使用，而且一起步便奠定她小說的基調——

「在故事的開端，葛薇龍，一個極普通的上海女孩子，站在半山裏一座大住宅的走廊上，向花園裏遠遠望過去。薇龍到香港來了兩年了，但是對於香港山頭華貴的住宅區還是相當的生疏。這是第一次，她到姑媽家裏來。……這裏不單是色彩的強烈對比，給予觀者一種眩暈的不真實的感覺，處處都是對照。各種不協調的地方背景，時代氣氛，全是硬生生的給摻和在一起，造成一種奇幻的境界。山腰裏這座白房子是流線型的，幾何圖案式的構造，類似最摩登的電影院。然而屋頂上卻帶了一層仿古的碧色琉璃瓦。玻璃窗也是綠的，配上雞油黃嵌一道窄紅的邊框。窗上安裝雕花鐵柵欄，噴上雞油黃的漆。屋子四周繞着寬綽的走廊，地上鋪的紅磚，支着巍峨的兩三丈高白石圓柱，那卻是美國南部早期建築的遺風。從走廊上的玻璃門裏進去的是客室，裏面是立體化的西式佈置，但是也有幾件雅俗共賞的中國擺設。如台上陳列着翡翠鼻煙壺與象牙觀音像，沙發前圍着斑竹小屏風，可是這一點東方色彩的存在，顯然是看在外國朋友們的面上。英國人老遠地來看看中國，不能不給一點中國給他們瞧瞧。但是這裏的中國，是西方人心目中的中國，荒誕、精巧、滑稽。

葛薇龍在玻璃門裏瞥瞥見她自己的影子……[15]（頁 260）

我不厭其煩抄錄這一大段，因為這是張愛玲第一篇小說的開篇，卻奠定了她一生小說敘事的基本方式。前面講明薇龍在看，後面又回到她在玻璃門找自己的影子，但是中間這一長篇今天可從薩義德「東方主義」角度解讀的場景描寫，到底是二十來歲上海女學生薇龍的好奇眼光？還是小說敘述人（或是隱形作者甚至二十多歲上海女作家）對「飛地」風光的敏銳批判？或者兩者都有而且混合？

如果只是薇龍的觀感，這麼有獨立思想對香港環境有如此透徹理解的女學生，後來居然會替姑媽找男人替男人找錢，太不可思議；如果是小說敘事者的角度，分明介紹了女主角即將要進入的世界的荒謬，卻又讓女主角看到而不明白。而這些敘事角度不太明確的文字，很多又都是作品中的精華，按劉紹銘教授的說法，是「兀自燃燒的句子」。[16]

「她睡在那裏，一動也不動，可是身體身子彷彿坐在高速度的汽車上，夏天的風鼓蓬蓬的在臉頰上拍動。可是那不是風，那是喬琪的吻。」[17]

前一句「夏天的風鼓蓬蓬」更像女主角的主觀感受，後一句「那不是風，那是喬琪的吻」更似是敘事人的說明，但兩個角度連貫一氣，不需轉換。

最後喬琪開車在路邊，求愛求婚求原諒，「他把一支手臂橫擱在輪盤上，人就伏在輪盤上，一動也不動。薇龍見了，心裏一牽一牽地痛着，淚珠順着臉頰淌下了，連忙向前繼續走去……喬琪這一次就不再跟上來了。薇龍走到轉彎的地方，回頭望了一望。他的車依舊停在那裏。天完全黑了，整個的世界像一張灰色的聖誕卡片，一切都是影影綽綽的，真正存在的只有一躲一躲大的象牙紅，簡單、原始、碗口大、桶口大。」[18]

這裏「回頭望了一望」，直到「天完全黑了」，沒有問題還是女主角的視角。可是最後一段奇幻的景象呢？是主人公情迷頭暈昏亂眼花，自欺欺人從風景到哲理懷疑世上甚麼是真甚麼是假？還是小說家製造電影視覺效果，象徵這個世界（包括這個女主角）的荒誕瘋狂？沒有明說，如果你是翻譯，這裏就要加入自己的理解了。

人物 / 敍述者觀察主體轉變有時也會比較明顯，有些生硬，比如《阿小悲秋》女工上陽台看風景：

> 「阿小牽着兒子百順，一層一層樓爬上來。高樓的後陽台上望出去，城市成了曠野，蒼蒼的無數的紅的灰的屋脊，都是些後院子、後窗、後弄堂，連天也背過臉去了，無面目的陰陰的一片，過了八月節還這麼熱，也不知他是甚麼心思？」[19]

這裏好像只有最後一句，像是女工阿小的口氣，中間一大段對後院後窗後弄堂對社會底層的感慨，更像是作家張愛玲的城市景觀人文關懷。

但有時，如果這種人物和敍述者觀察主體的轉換自然，效果是意想不到的：

> 「從淺水灣飯店過去一截子路，空中飛跨着一座橋梁，橋那邊是山，橋這邊是一朵灰磚砌成的牆壁，攔住了這邊的山。柳原靠在牆上，流蘇也就靠在牆上，一眼看上去，那堵牆極高極高，望不到邊。牆是冷而粗糙，死的顏色。她的臉，托在牆上，反襯着，也變了樣——紅嘴唇、水眼睛、有血、有肉、有思想的一張臉。」[20]

關鍵是「一眼看上去」，誰在看？第一個閱讀可能，范柳原在看，他看到牆的冷而粗糙，死的顏色，象徵地老天荒人類災難，這時他才覺得眼前這個女子，年輕的生命，有血有肉有思想（一廂情願的想像）；第二個閱讀可能，白流蘇在看，沒來過這地方，這麼可怕，沒見過這樣談戀愛的，精神戀愛？聽不懂，不過大概靠在原始粗獷的背景上，有靈性的女子還是會自覺到背景會反襯她的漂亮，紅嘴唇，水眼睛……第三個閱讀可能，讓讀者看，牆極高，望不到邊，又一個蒼涼的意象，很快就會有傾城之禍來臨，可這對男女，還在這裏欣賞紅嘴脣，水眼睛，或欣賞有欣賞能力的自己，欣賞有血有肉的思想……也可能作家在看，世界再荒誕，斷牆再蒼涼，還是要看見眼前的臉，嘴脣，水眼睛，血，肉，思想……

這些不同的閱讀效果，就因為作家在「一眼看上去」時有意「忘了」告訴我們誰在看。這是人物 / 敘事人觀察角度混淆所達到的（恐怕作家也未必充分預期的）的複雜效果。

這種敘述角度混淆的段落，常常出現在小說情節與人物心理的最關鍵時刻。

《紅玫瑰與白玫瑰》中振保多年後在公共汽車重遇嬌蕊是整個小說的一個關鍵：「振保看着她，自己當時並不知道他心頭的感覺是難堪的嫉妒。嬌蕊道：『你呢？你好嗎？』振保想把他的完美幸福的生活歸納在兩句簡單的話，正在斟酌字句，抬起頭，在公共汽車司機左右突出的小鏡子裏看見他自己的臉，很平靜，但是因為車身的搖動，鏡子裏的臉也跟着顫抖不定，非常奇異的一種心平氣和的顫動，像有人在他臉上輕輕推拿似的。忽然，他的臉真的抖了起來，在鏡子裏，他看見他的眼淚滔滔流下來，為甚麼，他也不知道。在這一類的會晤裏，如果必須有人哭泣，那應當是她。這完全不對，然而他竟不能止住。自己應當是她哭，由他來安慰她。她也並不安慰她，只是沉默着，半晌，說：『你是這裏下車吧。』」[21]

這裏的第一句「自己當時並不知道」，顯然是敘事人的評說。之後看來都是振保的敘述觀點（通過鏡子，看自己莫名奇妙的流淚）。但接下來一句很微妙：「在這一類的會晤裏，如果必須有人哭泣，那應當是她」。這句話值得琢磨，既可以是敘述者評說，也可以是男主角獨白。如是前者，是對當時一般社會世俗婚戀遊戲規則的背景介紹。如是後者，則是主人公在男女遊戲規則中的自我想像和定位。作家就是不說明，讓我們讓讀者可以從多種角度自由切入，既體會又嘲諷主人公的尷尬與難堪。

為甚麼我一直認為這種敘事角度混淆不是偶然現象，而是有意為之？我們可以看《留情》中的一段風景。這篇小說故事平淡無奇，人物對話也很沉悶，但作家卻極力推薦，把小說放在《傳奇》增訂版的第一篇。小說講丈夫米先生要去看望一下生病的髮妻，又顧慮到現妻敦鳳的情緒，便陪她走親戚聊閑天。聊天過程中，米先生還是去了一會兒，但很快回來，要接敦鳳回家——

> 「敦鳳站在那裏呆住了，回眼看到陽台上，看到米先生的背影，半禿的後腦勺與胖大的頸項連成一片，隔着這個米先生，淡藍的天上出現一段殘虹，短而直，紅、黃、紫、橙紅。太陽照着陽台，水泥欄杆上的日色，遲重的金色，又是一刹那，又是遲遲的。」[22]

顯然，這是敦鳳看到的夕陽彩虹，也是她對自己目前的「長期飯票」的一個風景聯想。但這片風景別人也在看——

> 「米先生仰臉看着虹，想起他的妻快死了，他一生的大部分也跟着死了。他和她共同生活裏的悲傷氣惱，都不算了，都不算了。米先生看着虹，對着這世界的愛不是愛而是痛惜。」[23]

同一片夕陽彩虹風景，開始是敦鳳的聯想，殘虹，短而直，遲重的金色，一刹那。接着是米先生的感慨，也是殘虹，也是一霎那，快死了。最後一句這是小說敘事人的第三人稱概括總結：米先生的愛，不是愛而是痛惜。一片風景，三個視角，導出小說最後的名句，「生在這世上，沒有一樣感情不是千瘡百孔的，……」[24] 這一句總算是罕見的敘述者的議論吧，但逗號下緊接「然而敦鳳與米先生在回家的路上……」，所以這句「千瘡百孔」又何嘗不可以是男女主角各自的感慨（人艱不拆）？

張愛玲小說中敘述者的直接議論是極其罕見的。錢鍾書《圍城》中常常也有一些對世事人物不無嘲諷的描寫，既可能出自方鴻漸視角也似乎混合着敘述者觀點。但在某些重要場合，也有超越方鴻漸視角的第三人稱議論說明，比如趙辛楣冷眼旁觀孫柔對方鴻漸的愛情心機，或者方鴻漸在唐曉芙家門口淋雨那幾分鐘唐曉芙的心情（這些關鍵時刻，要是男主角方鴻漸知道錢鍾書的議論，小說和人生便完全不同了）。在張愛玲的《紅玫瑰與白玫瑰》中，偶爾我們也看到一句貌似全知角度的議論：「現在這樣的愛，在嬌蕊還是生平第一次」。[25] 這個判斷好像也完全不在當時男主角視線內。不過緊接着，「她自己也不知道為甚麼單單愛上了振保」。也就是說這個「生平第一次」的判斷，完全也可能是嬌蕊自己的獨白。看似客觀的議論，又變成了主人公與敘述者雙重視角。

所以，在張愛玲早期小說裏，章回說書包裝和全知敘事議論都是偶然使用，最基本的敘事方式從主人公視角感官角度寫自己寫其他人物寫各種風景。但是在小說情節的關鍵時刻，常常會出現一片風景一段描述一個議論，既像是主人公的視角，又可以是小說敘事人的聲音。讀者閱讀時並不十分清楚，此事此情此景究竟是主人公所見所感，還是敘事人所議所思。這種敘事角度的有意混淆，目的是描寫主人公看到但不理解的風景，描寫主人公感覺但不明白的心理，描寫主人公自己當時沒能意識到的情感或潛意識。這種敘事角度混淆是張愛玲早期小說成功的重要的技術原因。

三

因為作家生活狀況和文學生產機制的原因，張愛玲中年創作的文風題材技巧均有明顯變化。乍一看，小說從都市感情傳奇轉向鄉村革命寫實，作家似乎放棄了之前的「主人公局限的第三人稱」，而轉向比較全知的敍述。但仔細閱讀後我們不難發現，至少小說前半部分，每一章裏作家還是自覺或不自覺採用單一人物視角的第三人稱敍述。在張愛玲「客串」政治小說創作的香港時期，作家仍然沒有改為第三人稱全知角度去寫實，還是有意無意以特定人物視角展開敍述者，只是這個特定人物，不再只限於女主角或男主角，也可以是女配角，或者小說中的「負面角色」及旁觀者。不同人物的多重人物視角敍述，交織並置成一個社會事件的複雜背景，也是作家一種明顯的風格轉變和技術實驗。

仍然沿着敍事觀點的考察，在 1975 年寫作、一度幾乎要被燒毀、直到 2009 年作家去世以後才出版的晚期代表作《小團圓》裏，又出現了甚麼樣的技術技巧上的變化呢？

最明顯的改變，前述四種敍事方法在《小團圓》中好像只剩下一種：小說裏幾乎完全不存在作家對讀者說話或第三人稱全知旁觀[26]，也完全不容納多個主人公的不同視角（甚至兩個重要人物母親蕊秋和男主角邵之雍，也都沒有機會脫離女主角的觀點來表明心跡），整個長篇只有一個盛九莉的敍事獨裁壟斷，主人公、敍事人與隱形作者幾乎三位一體。不過細細觀察，《小團圓》中也存在「敍事角度混淆」，但不是敍事人與主人公在同時態的不同聲音的混淆，而是同一主人公在同一段敍述文字裏加入不同時間段的敍述視角。

換言之，不再是敍事人悄悄站在躲在主人公（尤其是男主人公）

身邊身後，悄悄告訴讀者振保、柳原看到卻不明白的風景，告訴讀者他們有感覺卻沒想清楚的心情。在《小團圓》中，是七十年代中文寫作（甚至五十年代英文寫作）的作家化身九莉，悄悄站在躲在四十年代在香港留學（甚至三十年代在上海度過少年時代）的九莉的身邊身後，偶然提醒女主人公以前看到卻不明白的事情，反思女主人公當初有感覺卻理解不清楚的心理。這種晚年九莉對青年九莉的提醒勸告及反省與不醒，大到與之雍談及結婚（及婚姻的不同定義）時突現多年後紐約打胎的意識流，小到很多句子中間悄悄出現的本文特別需要關注的時間裂縫。

因為張愛玲在《小團圓》寫作中，有意將自傳與長篇小說混為一體（「現在小說與傳記不明分」——張愛玲致宋淇夫婦的信，1976 年 4 月 4 日）[27]，既是用小說虛構整理個人家庭私事，也是貢獻（犧牲？）自己最熟悉的題材為了創作愛情小說。我在另一篇論文《張愛玲晚期小說中的男女關係》（《文學評論》2011 年第二期）分析過兩者之間的矛盾，認為後者比前者更為重要。所以，本章分析《小團圓》敘事角度，既知道這是創作過程中作家在七十年代重新敘述三四十年代個人私情往事，更注意本文層面中年晚年的九莉在回述青年九莉當時的處境、態度和心情。小說的整體敘述基調是青年九莉的語態和觀點，但「晚年九莉」偶然切入造成的敘事角度的「時間差」，每次都十分重要。

《小團圓》中的敘事角度轉換，最明顯的標記是明確提示「她當時不知道」——即在女主角的現場經驗觀察對話心情中，突然插一句事後角度的「她當時不知道」。九莉和同學賽莉等講起離港事，「寒暄後九莉笑道，你可以離開這裏？她自己一心想回上海，滿以為別人也都打算回家鄉，見他（嚴明升）臉上有種曖昧的神氣，不懂為甚麼。那時候她還不知道，投降後一兩天內，賽莉等一行人已經翻過山頭到重慶去了。走的人很多。」[28]

這個「那時候她還不知道」，只是以女留學生了解時局處境的局限性。但在涉及家庭和感情問題時，這種「她當時不知道」可以有很嚴重的後果。

> 「蕊秋沉默了一會兒，又加了個英文字說『我知道你二叔傷了你的心』。九莉猝然把一張憤怒的臉調過來對着她，就像她是一個陌生人插嘴講別人的事，想到：『她又知道二叔傷了我的心！』又在心裏叫喊着：『二叔怎麼會傷我的心？我從來沒愛過他。』
>
> 蕊秋立刻停住了，沒往下說。九莉不知道這時候還在託五爺在疏通，要讓她回去。蕊秋當然以為她是知道了生氣，所以沒勸她回去。」[29]

這一小段文字，很典型的體現了令人感到晦澀難讀的張愛玲晚期技巧。這裏至少有幾層意思：1. 母親以為父親傷了女兒的心。2. 女兒憤怒，心想，父親才不會傷我的心，因為我從來沒愛過他。（言下之意，女兒在乎的是母親的愛！）因為只是在心裏喊，母親卻未必知道女兒的心思。3. 父親雖然家暴關押女兒，同時卻又想託人讓女兒回去。父愛有其複雜性，但女兒當時不知道。4. 母親以為女兒知情，但仍然生氣（繼續恨父親），所以不再勸她回父親處。5. 女兒其實不知道當時父親還有善意或責任，這裏的誤會沒有及時溝通，是因為母親有意無意的阻隔。6. 女兒到晚年重新回首這段往事，是要表達自己其實從未愛過父親（更在乎母親）？還是梳理當年怎麼會和母親之間一層一層地積累起那麼多猜疑誤會？

整段敘述中有兩個關鍵的誤解，一是女兒對母親的感情，只是自已「想到」，「在心裏叫喊着」，「一張憤怒的臉調過來」。第二，在通篇女主角獨裁觀點中，顯眼地加了一句「九莉不知道這時候」，大大加深了母女間的誤解，既顯示女主角現場的視角局限，又隱含女主角晚年的回顧反省。

早期小說中敘事人混合偏離主人公視角，是同一時態的不同角度。一些抒情的段落，大都是寫風景，寫振保看夜晚街景，寫柳原流蘇看淺水灣斷牆，寫薇龍或敘事人半山黃昏像聖誕卡……《小團圓》裏這種大段寫景文字比較罕見。試抄一段——

> 「有一天九莉頭兩堂沒課，沒跟車下去，從小路走下山去。下了許多天的春雨，滿山幾種紅色的杜鵑花簌簌落個不停，蝦紅與桃紫色，地上都鋪滿了，還是一棵棵的滿樹粉紅花。天晴了，山外四周站着藍色的海，地平線高過半空。附近這一帶的小樓房都是教授住宅。經過一座小洋樓房，有人倚在木欄坐在門口陽台欄杆上，矮小俊秀，看去不過二三十歲，蒼白的臉，冷俊的淺色眼珠在陽光中透明，視而不見的朝這邊望過來。她震了一震，是雷克，她在校園裏看見過他，總是上衣後襟稀皺的。
>
> 靠你那隻手拿這個酒瓶。上午10點鐘已經就著酒瓶獨飲？當然他們都喝酒……她不知道他們小圈子裏的窒息。……」[30]

從前面的「走山路」，到後面「震了一震」，校園教授宿舍風景都在九莉的視角框架。因為她的目光，所以海會「站着」，地平線會「高過半空」。但在描寫英國人「上午十點鐘已經就著酒瓶獨飲」之後緊接一句「她不知道他們圈子裏的窒息。」便跳出了九莉當時的感官，同時呼應母親早先的介紹，認識雷克但不要找他。在這個地方，「她不知道⋯⋯」很掃興地註釋了美好的大學風景：小說後半段才交代雷克教授曾往她母親行李箱裏塞錢，可能有曖昧關係。[31]

有時候，敍事人當時不馬上點破「她不知道」，為了不要太破壞主人公當時的現場感受。比如母親到大學宿舍探望九莉，之後帶九莉到淺水灣游泳。九莉描寫蕊秋的外表身體衣着鞋襪等等，處處透着女主角詳細的刻薄同情：

> 「並排走着（省略主語——引者注），眼梢帶着點那件白色游泳衣，乳房太尖，像假的。從前她在法國南部拍的海灘上的照片永遠穿着許多衣服，長褲，鸚哥綠織花毛線鞋遮住腳背，她裹過腳。總不見得不下水？九莉避免看她腳上那雙白色橡膠軟底鞋。纏足的人腿細而直，更顯得鞋太大，當然裏面襯墊了東西。」[32]

不僅母親形象可憐可笑，而且她那許多異國男性追求者，也逃不過女主角的挑剔諷刺嫉妒眼光。「水裏突然湧出一個人，映在那青灰色黃昏的海面上，一瞥見間清晰異常，崛起半截身子像匹白馬，一撮黑頭發貼在眉心，有些白馬額前拖着一縷黑鬃毛，有穢褻感，也許因為使人聯想到陰毛。他一揚手向這邊招呼了一聲，蕊秋便站起身來向九莉道：『好，你回去吧。』」[33]

小說後來才通過姑姑楚娣之口交代這個在淺水灣海灘和蕊秋「拍拖」的英國青年是個告密者，連累母親被懷疑為間諜。但為甚麼不在海灘現場就插一句「九莉那時不知道 .....」呢？看來主人公敍事被主人公事後角度打斷，是有選擇使用的敍述策略，使用是為了點破主人公感知局限，不使用也是為了表現她的感知局限。大概作家想強調，討厭這個英國青年，九莉是因為母親被人搶走而對這匹「白馬」有生理上本能的厭惡感，而不只是因為其他政治原因。歸根結底，《小團圓》裏九莉看到的所有人都不重要，最重要的是九莉怎麼「看」，怎麼會這樣「看」，為甚麼會這樣或那樣去「看」。

《小團圓》中，除了標明（或故意不標明）「她當時不知道」以外，有時還會有不露聲色天衣無縫的敘事角度轉換。這是在九莉和之雍戀愛初期，女主人公既充滿熱情，又有些懷疑、恐懼、悲觀：

> 又有一次他又說：「太大膽了一般的男人會害怕的。」
>
> 「我是因為我不過是對你好表示一點心意。我們根本沒有前途，不到哪裏去。」但是她當時從來想不出話說。而且即使她會分辨，這話也仿佛說的不是時候。以後他自然知道——還能有多少時候？[34]

「她當時從來想不出話說」，說明前面這句「我是因為我不過是對你好表示一點心意。我們根本沒有前途，不到哪裏去」，當時根本沒說過，是女主人公後來回憶複述戀愛場景時虛構幻想添加上去的——既是為了補充說明自己當時的心情，也是一種事後的沙盤推演。假如我當時這樣說了，他又會怎樣反應。也可能，這種欲迎還拒或欲拒還迎的策略，會改變兩個人早期的關係？又或者，根本不會有甚麼不同……漢語中少見語法意義的假定時態，所以偶爾假想一段話，塞回過去的金色時光，效果奇特。

因為女主人公壟斷了敘事視角，整個長篇中都不允許其他人物在對話行動之外再表達心情，所以必須借用事後的女主人公視角，以時間因素豐富場景，以女主角的「不知」來顯示世界與人性的複雜。所以，「後來」，「她當時不知道」，「她沒想到」都會成為《小團圓》中的神奇記號，可以說明誤會，可以加入幻想，也可以強化觀感。這種事後九莉對當時九莉「不知狀態」的反省，其實有感情的質疑力量存在。雖然主人公對母親一再宣稱「竭力搜尋，還是一點感覺都沒有」[35] 但為甚麼要一再強調「沒有感覺」呢？回述過程可不可以同時也是告別或懺悔歷程。九莉很晚才從楚娣處知道母親當年為了替她看病而與德國醫生上牀，「有些事是知道的太晚了……九莉竟一點也不覺得甚麼知道自己不對，但是事實是毫無感覺……感情用盡了就是沒有了。」[36] 說是毫無感覺，緊接着女兒就詳細回憶當年家裏房間被子牀套浴室氣息種種細節，「九莉想着，也許她一直知道的。」[37] 一直知道？渲染這種殘酷的回憶，不是在自尋罪疚感嗎？小說裏最令人震撼的場景之一，便是女兒還錢。兩人對話中又有多重誤解，母親以為女兒嫌棄自己生活太浪漫。九莉也不解釋這個誤會，覺得「就讓她以為是因為她浪漫。作為一個紳士悽涼的風流罪人，這種悲哀也還不壞。」但是女兒不知道，或者至少當時沒想到母親還有個個誤解：「她並沒想到蕊秋以為她還錢是要跟她斷絕關係」。正是這個重要的「沒想到」，徹底惡化了兩人的關係。回家之後，多年來一直與自己曾經崇拜的母親死硬較勁的女兒對鏡自戀，說「時間是站在她這邊的。勝之不武。」[38] 這句話前半段年輕九莉的膚淺的勝利感好理解，但後半句隔了一個句號的「勝之不武」，是主人公對鏡當時的清醒自責？還是女人多年以後的內疚反省？作家又一次模棱兩可，耐人尋味。

張愛玲早期小說中偏離主人公視角的不同聲音，不是來自於其他人物，而是來自於敘事人，比主人公更接近隱形作者的看法。在香港時期創作的小說中，與主人公視角的不同聲音，來自於其他人物，很多時候不代表隱形作者。而《小團圓》中偏離主人公感知的敘事，則還是來自於不同時段的同一主人公，而且前後期主人公與敘事人幾乎合體，與隱形作者的關係，則有些曖昧（尤其在與母親爭鬥的態度中）。比較明顯表達隱形作者態度的，是涉及國事的議論，和關於作家寫作狀態的反省。小說中關於侵略香港的日軍的描寫，相當與眾不同，挑戰主流：「不知道是否因為香港是國際觀察所繫，進入半山區的時候已經風氣很好。宿舍大禮堂上帶有日本兵在台上叮叮咚咚一隻手彈鋼琴。有一次有兩個到比比九莉的房間裏來坐在牀上，彼此自己說話一會兒就走了。」[39] 日本兵進到宿舍坐在牀上，居然女生還不害怕？不過口氣平淡不代表事實不可怕，「九莉跟比比上銀行去，銀行是新建的白色大廈，一進門，光線陰暗，瓷磚切得地上一大堆一大堆的屎，日本兵拉的。」[40] 小說初段寫日軍進攻香港，女主角開始還為不用考試而暗喜，直到教授被炸死才感到害怕。若干年後，睡夢中聽到戰爭結束的消息，竟轉頭又睡去，也沒有特別喜悅興奮。大概是為了解釋這些「反常」的戰爭描寫，小說中有一段罕見的疑似隱形作者態度的議論：「希望投降？希望日本兵打進來？這又不是我們在戰爭。犯得着為英殖民地送命？當然這是遁詞。是跟日本打的都是我們的戰爭。國家主義是二十世紀的一個普遍的宗教。她不信教。……她沒想通，好在她最大的本事是能夠永遠存為懸案。也許要到老才會觸及頓悟。」[41]

最後一句，又要借助時間的角度。而且敍述觀點仍然被有意混淆，這段有關國家主義的議論，到底是女學生九莉的糊塗思想，或者是作家張愛玲的獨特思考？

怎麼分辨女主角九莉的故事和作者張愛玲的生平，這是很多《小團圓》的研究者都感興趣的課題。高全之建議一個閱讀方法：「如果九莉的情緒有其他可靠檔案，如『自傳體散文』，如私信，作為佐證，那個情緒仍屬張愛玲，否則就歸九莉；九莉或其他角色的平直評析的一律還諸作者。也就是說可靠的文獻之外，《小團圓》首度出現的激情來自小說角色，角色的冷靜按語則源於作者。」[42] 根據這個方法，左派文人荀樺（疑似柯靈）車上輕薄沒有其他證據，應純屬虛構。燕山（疑為桑弧）一段感情高全之認為與史實並無太矛盾抵觸。邵之雍（胡蘭成）這個案例比較複雜，「九莉因房事過度導致子宮頸折斷」，現在也有學者對這個細節很感興趣，但是否作者實際經歷，無從考證。[43] 在母女關係中，「《小團圓》擴大了這種女兒自覺難以取悅於母親的緊張，」[44] 核心情節如 800 塊錢被母親賭輸，男主角送來一箱錢，女兒還錢切斷母女感情，似乎都只是九莉的事情，沒有其他證據說是張愛玲自身經歷。

這幾個和錢有關的九莉「專有情節」，我在另一篇論文中分析過，恰恰是《小團圓》從作家個人自傳發展為現代文學重要長篇的關鍵因素[45]。在胡蘭成自傳《今生今世》（暫且假定是史料）裏，男主角很享受自己「吃軟飯」的經驗，也很欣賞女主角對自己花心多情的寬容態度[46]。但在《小團圓》中，通過「一箱錢」及男主角站在陽台上嚴肅困惑「一個人能否同時愛兩個人」等細節[47]，在一定程度上把花花公子改造成了一個讀者比較能夠接受的略有些責任感的風流才子，改造成了一部愛情小說的男主角[48]。同樣關鍵性的改動也出現在母女關係中，教授贈送女兒 800 塊錢被母親賭博輸掉，這個情節在英文版《易經》裏曾有更詳盡描寫（母親懷疑女兒出賣色相，進浴室窺探）。高全之說「整個故事此起彼落的九莉敵視母親的情緒，包括令某些讀者誤以為母女感情完全決裂的還錢描繪在內，……沒有其他可靠檔案的佐證，所以都是虛擬想像。作者編織那些情節以便懺悔自責。九莉在故事收尾處坦然自疚，終於分久必合，與作者一起說好：謝謝，母親；對不起，母親。」[49]

這段對《小團圓》最溫暖的解讀，沒有區分說「謝謝」與「對不起」

的究竟是九莉還是張愛玲。高全之也看到他這個「易懂可行」閱讀策略的困難，因為在此前文本出現過的童年生活細節，父母吵架觀感及香港讀書與戰爭經驗等等，貌似張愛玲的真實經歷，但散文《私語》、《燼餘錄》理論上講也可能有虛構，「自傳小說與非自傳小說皆屬創作，重複的謊言固然可以顯示心理或文學世界的真實，卻未必能轉化為實際人生真實發生的事件。」[50] 從本文所討論的敘述觀點來看，我們不僅要看到九莉與張愛玲的區別，而且更要分辨看成是「現場直播」的人物心情（青年九莉）與擁有時間優勢的主人公反省（晚年九莉）在敘述中的微妙轉化與有意混淆。我們還要看到全權控制前後期主人公的敘事人觀點與隱形作者的複雜關係。《小團圓》中最有可能代表隱形作者（甚至作家）態度的竟是一段外國公園風景——

「韓媽彎着腰在浴缸裏洗衣服，九莉在後面把她的藍布圍裙帶解開了，圍裙溜下來拖到水裏。

『哎呦誒！』韓媽不贊成的聲音。

繫上又給解開了，又再拖到水裏。九莉自己也覺得無聊。

有時候她想，會不會這都是個夢，會突然醒來，發現自己是另一個人，也許是公園裏池邊放小帆船的外國小孩。當然這日子已經過了很久了，但是有時候夢中的時間也好像很長。

多年後她在華盛頓一條僻靜的街上看見一個淡棕色童化頭髮的小女孩一個人攀着小鐵門爬上爬下，兩手扳着一根橫欄，不過跨那麼一步，一上一下，永遠不厭煩似的。她忽然憬然，覺得就是她自己。」[51]

即使是這樣明顯的作家感慨，也還要借助「多年後」的角度。而且，嚴格說來，坐在外國花園裏的，也仍然可以是虛構的人物盛九莉。

所以，簡單的概括是：張愛玲一生都喜歡使用主人公視野局限的第三人稱，不過這種敘事方法在不同時期有不同變化。早期小說的主人公視野是與說書人及全知描寫一起使用的，但一些場景既似主人公視覺又含有敘事人目光，這種敘事角度的有意混淆，是張愛玲小說的重要技術特點。在農村政治題材的中期作品中，作家其實仍然堅持人物視角局限的第三人稱敘事，不同之處是這種人物視角不只是一兩個男女主人公，而且處在社會矛盾中的各種人物，於是多角度的主觀合成了的貌似寫實的效果。而在晚期的代表作《小團圓》中，作家索性放棄了別的任何敘事角度，從頭到尾女主角觀點「獨裁專制」貫穿始終。不過小說中仍有敘事角度的轉換甚至「混淆」，那是由主人公的不同時間視角而構成。

本文於 2017 年 9 月在北京大學中文系「現代文學與書寫語言」國際學術研討會上宣讀，收入本書時有刪改。

參考書目

張愛玲著：《傳奇》增訂版，上海：山河圖書公司，1946 年 11 月

張愛玲著：《回顧展 II》，香港：皇冠出版社，1991 年 9 月

張愛玲著：《半生緣》，香港：皇冠出版社，1992 年 11 月

張愛玲著：《續集》，香港：皇冠出版社，1995 年 11 月

張愛玲著：《張看》上 / 下冊，北京：經濟日報出版社，2002 年 9 月

張愛玲著：《譯註：海上花落》，哈爾濱出版社，2004 年 1 月

張愛玲著：《沈香》，天津人民出版社，2005 年 9 月

張愛玲著、趙丕慧譯：《雷鋒塔》，香港：皇冠出版社，2010 年 9 月

張愛玲著、趙丕慧譯：《易經》，香港：皇冠出版社，2010 年 9 月

余斌著：《張愛玲傳》，海口：海南國際新聞出版中心，1993 年 12 月；北京：人民文學出版社，2013 年 4 月

司馬新著：《張愛玲與賴雅》，台北：大地出版社，1996 年 5 月

萬燕著、錢谷融序：《海上花開又花落一讀解張愛玲》，南昌：百花洲文藝出版社，1996 年 8 月

黃德偉編著：《閱讀張愛玲》，香港大學比較文學系出版，1998 年

陳子善著、夏志清序：《說不盡的張愛玲》，台北：遠景出版社，2001 年

子通、亦清主編：《張愛玲評說六十年》，北京：中國華僑出版社，2001 年 10 月

劉紹銘、梁秉鈞、許子東編：《再讀張愛玲》，香港：牛津大學出版社（中國），2002 年；濟南：山東畫報出版社，2004 年 5 月

蘇偉貞著：《孤島張愛玲》，台北：三民叢刊，2002 年 2 月

子通、亦清編：《張愛玲文集・補遺》，香港：天地圖書，2003 年

王德威著：《落地的麥子不死》，濟南：山東畫報出版社，2004 年 5 月

水晶著：《替張愛玲補妝》，濟南：山東畫報出版社，2004 年 5 月

林幸謙編：《張愛玲：文學・電影・舞台》，香港：牛津大學出版社，2007 年

劉紹銘著：《到底是張愛玲》，香港：三聯書店，2007 年 3 月

高全之著：《張愛玲學》，台北：麥田出版，2008 年 10 月二版

陳子善編、李歐梵、夏志清、劉紹銘、陳建華著：《重讀張愛玲》，上海書店，2008 年

胡蘭成著：《山河歲月》，台北：遠景出版，2009 年再版

宋以朗主編、張愛玲、宋淇、鄺文美著：《張愛玲私語錄》，香港：皇冠出版社，2010年7月

蘇偉貞著：《長鏡頭下的張愛玲：影像・書信・出版》，台灣：印刻文學生活雜誌，2011年8月

余斌著：《張愛玲傳》，北京：人民文學出版社，2013年4月

許子東著：《張愛玲的文學史意義》，香港：中華書局，2011年10月

夏志清編註：《張愛玲給我的信件》，聯合文學出版社，2013年3月

高全之著：《張愛玲學續篇》，台北：麥田出版，2014年4月

王曉鶯著：《離散譯者張愛玲的中英翻譯》，廣州：中山大學出版社，2015年7月

劉紹銘著：《愛玲說》，香港中文大學出版社，2015年

---

1 許子東：《物化蒼涼 —— 張愛玲意象技巧初探》，劉紹銘、梁秉鈞、許子東編：《再讀張愛玲》，濟南：山東畫報出版社，2004年，頁167–183。

2 《沉香屑・第一爐香》，《傳奇》（增訂本），上海：山河圖書公司，1946年，頁213。

3 《茉莉香片》，《傳奇》（增訂本），上海：山河圖書公司，1946年，頁191。

4 《沉香屑・第一爐香》，《傳奇》（增訂本），上海：山河圖書公司，1946年，頁213。

5 《沉香屑・第一爐香》，《傳奇》（增訂本），上海：山河圖書公司，1946年，頁248。

6 《沉香屑・第一爐香》，《傳奇》（增訂本），上海：山河圖書公司，1946年，頁214。

7 《沉香屑・第一爐香》，《傳奇》（增訂本），上海：山河圖書公司，1946年，頁214。

8 《傾城之戀》，《傳奇》（增訂本），上海：山河圖書公司，1946年，頁158。

9 《沉香屑・第一爐香》，《傳奇》（增訂本），上海：山河圖書公司，1946年，頁222。

10 《沉香屑・第一爐香》，《傳奇》（增訂本），上海：山河圖書公司，1946年，頁246。

11 《沉香屑・第一爐香》，《傳奇》（增訂本），上海：山河圖書公司，1946年，頁235。

12 《沉香屑・第一爐香》，《傳奇》（增訂本），上海：山河圖書公司，1946年，頁230。

13 《沉香屑・第一爐香》，《傳奇》（增訂本），上海：山河圖書公司，1946年，頁245。

14 《紅玫瑰與白玫瑰》，《傳奇》（增訂本），上海：山河圖書公司，1946年，頁46。

15 《沉香屑・第一爐香》，《傳奇》（增訂本），上海：山河圖書公司，1946年，頁213–214。

16 參見劉紹銘《兀自燃燒的句子》，《一爐煙火》，香港：天地圖書，2000年，頁195–200。

17 《沉香屑・第一爐香》，《傳奇》（增訂本），上海：山河圖書公司，1946年，頁248。

18 《沉香屑・第一爐香》，《傳奇》（增訂本），上海：山河圖書公司，1946年，頁256。

19 《阿小悲秋》，《傳奇》(增訂本)，上海：山河圖書公司，1946 年，頁 90。

20 《傾城之戀》，《傳奇》(增訂本)，上海：山河圖書公司，1946 年，頁 170。，

21 《紅玫瑰與白玫瑰》，《傳奇》(增訂本)，上海：山河圖書公司，1946 年，67 頁。

22 《留情》，選自《傳奇》(增訂本)，上海：山河圖書公司，1946 年，頁 20。

23 《留情》，選自《傳奇》(增訂本)，上海：山河圖書公司，1946 年，頁 20。

24 《留情》，選自《傳奇》(增訂本)，上海：山河圖書公司，1946 年，頁 21。

25 《紅玫瑰與白玫瑰》，《傳奇》(增訂本)，上海：山河圖書公司，1946 年，頁 55。

26 小說中偶然也有一些看似客觀的第三人稱描寫，比如小說第一章中維多利亞大學諸多女生的的外貌言談行為，第三章裏還有姑姑楚娣和母親蕊秋（二嬸）的一些對話。但聯繫上下文，讀者不難發現，所有這些第三人稱描寫，其實都在女主角九莉的感知範圍內，整個長篇貫穿的是早期慣用的第三種敍事方式，即受主角視角見聞感知評論局限的第三人稱。

27 《小團圓》，香港：皇冠出版社，2009 年，第 8 頁。

28 《小團圓》，香港：皇冠出版社，2009 年，頁 68。

29 《小團圓》，香港：皇冠出版社，2009 年，頁 138–139。

30 《小團圓》，香港：皇冠出版社，2009 年，頁 48–49。

31 《小團圓》，香港：皇冠出版社，2009 年，頁 292。

32 《小團圓》，香港：皇冠出版社，2009 年，頁 42。

33 《小團圓》，香港：皇冠出版社，2009 年，頁 43。

34 《小團圓》，香港：皇冠出版社，2009 年，頁 173。

35 《小團圓》，香港：皇冠出版社，2009 年，頁 288。

36 《小團圓》，香港：皇冠出版社，2009 年，頁 195。

37 《小團圓》，香港：皇冠出版社，2009 年，頁 196。

38 《小團圓》，香港：皇冠出版社，2009 年，頁 289。

39 《小團圓》，香港：皇冠出版社，2009 年，頁 70。

40 《小團圓》，香港：皇冠出版社，2009 年，頁 72。

41 《小團圓》，香港：皇冠出版社，2009 年，頁 64。

42 高全之：《懺悔與虛實》，《張愛玲學續編》，台北：麥田出版，2014 年，頁 182。

43 高全之：《懺悔與虛實》，《張愛玲學續編》，台北：麥田出版，2014 年，頁 187。

44 高全之：《懺悔與虛實》，《張愛玲學續編》，台北：麥田出版，2014 年，頁 191。

45 許子東：《張愛玲晚期小說中的男女關係》，《文學評論》，2011 年第 2 期，頁 89–96。

46 「我已有妻室，她並不在意。再或我有許多女友，乃至挾妓遊玩，她亦不會吃醋。她倒是願意世上的女子都喜歡我。」《今生今世》，北京：中國社會科學出版社，2003 年，頁 154。

47 「比比之雍到陽台上去了，九莉坐在視窗書桌前，窗外就是陽台，聽見之雍問比比：『一個人能同時愛兩個人嗎？』窗外天色突然黑了下來，……比比去過，九莉微笑道：『你剛才說一個人能不能同時愛兩個人，我好像忽然天黑了下來。』之雍護痛似的笑着呻吟了一聲『唔……』把臉伏在她肩上。」《小團圓》，香港：皇冠出版社，2009 年，頁 235–236。

48 張愛玲 1976 年 1 月 25 致宋淇的信：「《小團圓》情節複雜，很有戲劇性，full of shocks，是個愛情故事，不是打筆墨官司的白皮書。」《小團圓》，香港：皇冠出版社，2009 年，頁 6。

49 高全之：《懺悔與虛實》，《張愛玲學續編》，台北：麥田出版，2014 年，頁 195。

50 高全之：《懺悔與虛實》，《張愛玲學續編》，台北：麥田出版，2014 年，頁 198。

51 《小團圓》，香港：皇冠出版社，2009 年，頁 219。

張愛玲筆下的女兒性、妻性和母性

任何一個詞的意義都在於它的對立詞。女性的對立詞是甚麼？「女性」的對立詞是「女人」。西蒙娜・德・波伏瓦說「女性是生理上的存在」。當然這話現在都得留餘地，尤其在加州。但甚麼叫女人？這比較有共識：「女人」是社會造成的。說是有對姐弟走在路上，發現一隻蟑螂。弟弟很害怕，「哇」地叫了起來，姐姐上去一下踩掉了，結果兩個人都受到了批評。弟弟被批評——你是個男人，看到隻小蟲就哇哇叫，像話嗎？姐姐被批評——你是個女孩子，看到蟲子就踩上去，還像不像個女孩子？經過了無數類似這樣的訓練，我們每個人，特別是女性就漸漸變成了溫柔的、賢慧的、美麗的女人，女人是一個社會存在。這顯然超出了我今天的話題，還是先回到魯迅定義的「女兒性」。

張愛玲筆下的「女兒性」，主要出現在《傾城之戀》《第一爐香》《金鎖記》《小團圓》。其中，最突出的有兩個例子。

一、《傾城之戀》白流蘇

小說《傾城之戀》裏，白流蘇在娘家受欺負：離了婚，老公死了，錢又被她嫂嫂用掉了。所以這時，她作為女兒，去求母親幫忙。「女兒性」在這裏體現得最直接。老太太睡在那裏，女兒求媽媽同情、幫忙，但她媽媽裝着不理她，過了一會兒才對白流蘇說了一番話，大概的意思是：你是有家、有老公的，應該到男方家裏去等着繼承財產——這是非常重要的轉捩點，《傾城之戀》所有的故事都基於這一點。設想，要是白老太太很盡母親的責任，安慰白流蘇說，你放心，誰也不能欺負你等等，白流蘇還有出去跟范柳原進行「戀愛戰爭」的動力嗎？可是現在她沒辦法，她媽媽不肯幫助她。

在中國現代文學中，父親不是缺席，就是負面。這可能是因為大部分作家的父親都很早就去世了，按照魯迅的說法是「從小康人家墮入困境」。他們成為作家後，都把母親看作是啟蒙老師，作品中的母親也都是正面形象。而父親呢？除了冰心的父親和朱自清的《背影》，現代作家有幾個說自己爸爸怎麼好的？沒有。但是媽媽呢？有誰看到哪個作家寫自己母親不好的，寫生活上自己走投無路，母性很冷酷地把他排斥掉的？幾乎沒有。

但白流蘇就碰到一個例外。被母親拒絕以後，白流蘇上樓，到閣樓上去照鏡子。鏡子在張愛玲的小說裏有各種用途。她這一次照鏡子就在閣樓上看着自己，說自己胸比較小，但自己的臉是永遠都不見長大的娃娃臉，是男人最喜歡的。總而言之，白流蘇是在用一些男性的眼光打量自己，並由此建立了重上愛情戰場的決心。這是比較淺的一種讀法。

要是再參考一些法國的女性主義理論家的文章，說女性對自己的認同有一種女性的標準。那麼，白流蘇在鏡子裏看到的不只是男人的眼光，她「陰陰的，不懷好意的一笑」，有了信心，重新出征，進入了第二個階段「妻性」。這裏我還要加一個字「拼」，拼「妻性」。

按魯迅的說法，「女人的天性中有母性，有女兒性；無妻性。妻性是被逼成的，只是母性和女兒性的混合」(《而已集・小雜感》)。「妻性」在張愛玲筆下也是被逼成的。就像《傾城之戀》裏的白流蘇，她已經二十八歲了，母親不能保護她，老公也死了，她還要重新上「戰場」，重新拼。對於二十八歲這個年齡，張愛玲後來特別做了解釋，她心裏想的白流蘇其實三十出頭了，但是不敢這麼寫，怕讀者不接受。她腦子裏想的是那個年代上海的一般市民，覺得二十八歲這個年齡，差不多是一個人最後可以出去打拼的階段了。

我們來看看白流蘇拼「妻性」怎麼拼法。人家給她妹妹介紹男朋友，她搶去跳舞，還留下了聯繫方式。接下來就跟着范柳原，坐了船的頭等艙，來到香港，住進淺水灣的酒店。到了香港，海景房有了，跳舞，吃飯，走到花園散步。外面夜色燈光，鳥語花香，如此背景下，差不多應該接吻了吧。可范柳原是一個很有趣的人物，夏志清說他是一個花花公子，有錢，形象也好，但他不願意「勝之不武」，他還要學習「五四」文人。於是，范柳原把白流蘇拉到一座荒涼的山上，在一堵斷牆那裏開始背《詩經》。他要「執子之手，與子偕老」，地老天荒，直到世界毀滅那一天，我們還能見出一點真情。這些話把白流蘇講得一頭霧水。

白流蘇的拼「妻性」，目標非常明確，就是碰到一個有錢的男人，要跟他結婚，把他改造成長期飯票。《傾城之戀》這部小說魅力經久不息，也最受讀者歡迎，一方面是因為它是張愛玲作品裏唯一有好的結局的(happy ending)，還因為它實現了一個願望 —— 先小人後君子。白流蘇一開始就擺明了她無路可走，被迫出來拼。當天晚上，白流蘇回到酒店，范柳原誇她說，你低頭的樣子很好看。後來她就一直低頭，范柳原看到了，又說一直低頭，脖子會起皺紋的，她就生氣了。她幻想着自己月光下低頭的美貌，范柳原卻在旁邊嘲笑她。白流蘇生氣回到了房間，這裏出現一段非常關鍵的獨白，有文學史意義。

> 原來范柳原是講究精神戀愛的。她倒也贊成，因為精神戀愛的結果永遠是結婚，而肉體之愛往往就停頓在某一階段，很少結婚的希望，精神戀愛只有一個毛病：在戀愛過程中，女人往往聽不懂男人的話。然而那倒也沒有多大關係。後來總還是結婚、找房子、置家具、僱傭人——那些事上，女人可比男人在行得多。

這段話是「五四」文學女性覺悟的倒退，卻是女性主義文學的一個進步。把白流蘇和莎菲女士，和子君來比，境界好像是低了。當時的男性作家覺得，要跟女性談戀愛，對方玉潔冰清，睜大着美麗的眼睛，聽懂了雪萊、拜倫。相比之下，白流蘇假裝低頭，肚子裏在盤算買房子的事情。但之前的男作家，無論是魯迅，還是茅盾、郁達夫，誰都沒有看見女性低着頭在拼「妻性」的這份委屈。他們的眼裏閃爍着啟蒙的光芒，抱着救國救民的胸懷，女性在他們的眼裏是被拯救的人民的象徵。所以「五四」的愛情小說，第一位是愛情，第二是教育，第三是啟蒙，把男女的關係比作老師和學生的關係，比作知識分子和大眾的關係，已經形成了一個模式。從郁達夫《春風沉醉的晚上》到茅盾的《創造》等，基本都是這樣的。

但有兩個女作家把這個模式打破了，用了不同的方法。丁玲的打破方法是，聽男性說話的時候，沒聽見他說話，「我是用一種小兒要糖果的心情在望着那惹人的兩個小東西（指嘴角）」（《莎菲女士的日記》）這是強調女性意識的一種打破。第二種打破就是張愛玲的方式，一種現實的方式。今天很多人不明白，包括很多學者老師：為甚麼過去了幾十年、一百年，張愛玲寫的又都是家庭裏細細碎碎的事情，還會有這麼多人癡迷她的作品？這是因為張愛玲有清醒的認識，她不是寫超人，她是寫常人；她不是寫鬥爭，她是寫和諧；等等。

所以，白流蘇的拼「妻性」拼得很辛苦，夜半三更跑到海邊聽男朋友講《詩經》，可這樣辛苦地談完以後還不起作用。觸及到實際問題的時候，范柳原很清醒，他說，我知道你不愛我，我為甚麼要花錢娶一個不愛我的人。香港有一次演話劇《新傾城之戀》，結束後導演毛俊輝安排我和劉紹銘、李歐梵兩位老師在台上回答問題。出席的大部分是中學女老師，她們的核心問題是白流蘇為甚麼喜歡范柳原。對這個問題，我在《許子東細讀張愛玲》（北京大學出版社，2020 年）這本書裏有很詳細的分析：白流蘇的目的非常明確，不拘手段，步步為營；而范柳原有男人的通病，他只注重過程，卻不知道自己究竟要甚麼。到最後就像一場足球比賽，全場范柳原佔有優勢，結果白流蘇最後關頭進了兩個球，贏了，我稱之為「以弱勝強」的很好的社會學案例，這就是女人的拼「妻性」。

但進一步的問題是，當白流蘇在為「妻性」打拼的時候，是不是已經包含了對母性的某種未來的策劃？換句話說，她要得到范柳原，不只是為了想要這個男人，而且還要她想擁有的房子，以及再接下來的東西。所以她的「妻性」上，是不是像魯迅說的，已經有了做母親、建立家庭的潛意識？張愛玲早期寫的《私語》，講她對她母親的看法：母親是一個漂亮的、瀟灑的、現代的女性，可是女兒隱隱責怪她母親沒有盡職。我開始讀張愛玲時，被這個現象迷惑。張愛玲的父親是一個抽鴉片、討小老婆、沒啥用的男人；她母親倒是懂法文，去歐洲，教女兒彈鋼琴，接觸新文化。照理說張愛玲應該投向母親的懷抱，痛責父親，尤其父親還不愛她，還打她，她最後是從父親家逃出來的。可是，仔細去看張愛玲寫的文章，她寫父親字裏行間充滿原諒，甚至留戀，對母親則苛刻挑剔，一直隱隱有對她母親審判的態度。這一點我們後面再詳細展開。

二、《第一爐香》葛薇龍

「女兒性」還有一個例子是《沉香屑・第一爐香》，裏面的女兒也想尋找母愛，但是「母親」完全不盡責，因此也改變了女兒的生活道路。《第一爐香》裏，薇龍生活困難去投靠她的姑媽。在現實生活當中，張愛玲最親的親人就是她的姑媽，比父母還要親。她在寫這部小說的時候，在散文裏說，她的姑媽家是天長地久，是她最可寄託的。在小說中，姑媽嫁給一個有錢的老闆，為了他的錢，熬了這麼多年，老公死掉了，錢都留給她了。姑媽徐娘半老，跟不同男人來往。以我們人之常情，自己身邊畢竟來了一個有血緣關係的姪女，完全可以對她好一點，留她在那邊，等等。但這次，跟白流蘇碰到了一個不盡責的母親不同，葛薇龍碰到的「母親」是過分盡責了，她把薇龍變成一個「接班人」，一個「長三堂子」裏的「討人」。

這部小說的重要性是甚麼？這裏要講到文學史，稍微扯開一點。

在魯迅之前，晚清時期大部分所謂的「愛情文學」，其實叫「青樓小說」。那時，一個男人如果要找女人，只有三個基本途徑：第一，相親找老婆，見都不用見，只要付了「定金」；第二，去風月場，花錢購買性服務；第三，談戀愛，但那基本沒有希望，因為缺乏社交媒介，沒有機會。所以，唯一的辦法，還是要到風月場。魯迅在《中國小說史略》裏用了三句話概括這批文學作品。第一類，《花月痕》等，是「溢美」，把風月場中的女子和進去的男子都理想化。這些男人在現實生活中找不到理想的愛人，但在這樣的場合他們能找到，而且每個人都會寫詩，愛情也是長久的、非常偉大的。第二類是「溢惡」，如《九尾龜》之類，關於這一點，王德威的《被壓抑的現代性》裏有詳細的介紹、分析。第三類，就是「近真」的《海上花列傳》。

張愛玲晚年花了很多時間做兩件事情，第一是把《海上花列傳》翻譯成英文，第二是要把《海上花列傳》翻成國語。《海上花列傳》這部小說裏沒有主要人物，瑣瑣碎碎，故事零零亂亂，分不出好人壞人，從中我看到了近年興起的我稱之為「碎碎念細密寫實主義」的來源，例如《繁花》《一句頂一萬句》等等。這種寫法，現代文學中很少，蕭紅的《生死場》算一個；當代文學中卻已經變成一個潮流，去年得獎的《潮汐圖》，賈平凹的《古爐》《秦腔》都是這種寫法。這種寫法，直接傳承自晚清的《官場現形記》和《海上花列傳》。

我讀《海上花列傳》，忍不住在想，這部小說到底要告訴我們甚麼？到底誰是好人，誰是壞人呢？張愛玲翻譯這本書，到底出於甚麼想法？張愛玲好像看到了我的疑問了，在整部書結尾的時候她寫了一篇長文章《國語本〈海上花〉譯後記》，其中有最明顯的兩句話。第一，從小說裏看，她們進入上海的風月場，是有一定選擇的，其選擇不比當時的婦女婚姻狀況要少。第二，她們後來離開青樓，也是拼「妻性」。她們的典型故事通常是當紅牌了，就有男人留住她，兩人互相忠誠，女的不會再接別的客，男的也不能找別的青樓女子。從情節看，《海上花列傳》裏的這些人，大部分時間在青樓也就是吃飯、猜拳、講笑話。第一，都在餐桌上。第二，關係也不混亂。男人每天都叫同一個局，找同一個女人。他們到青樓好像在尋找一種模擬的家庭氣氛，以和他真實的家庭拉開距離。我剛開始以為是個別作品，後來看了郁達夫頗受爭議的《秋柳》，講主人公到安慶的一個風月場，從頭到尾都是在打牌，還叫同事校長一起去，互相認兄妹姐弟等。所以我把它稱為「青樓的家庭化」。

我甚麼時候感到《第一爐香》有意思呢？是我對當代文學中類似的現象解釋不通時。

張賢亮的《綠化樹》是講一個右派勞改後放出來，得到了一個女性勞動者拯救的故事。這種情節來自於中國歷來的文人落難，風塵女子相救的模式。但問題是，馬纓花怎麼算風塵女子？小說裏面最有名的一個情節是：馬纓花給「我」一個實面饃饃，「我」拿到饃饃以後，看到饃饃上面有指紋，是籮不是箕，眼淚就掉在了饃饃上面，「心底，卻升起了威爾第《安魂曲》的宏大旋律，尤其是《拯救我吧》那部分更迴旋不已」。但馬纓花很實在，就說了一句話：「放寬心，有我吃的就有你吃的。」這基本上是中國版的最實在的愛情宣言。但我後來仔細再讀，發現馬纓花不僅代表勞動人民拯救知識分子，她自己也同時跟三四個男人有來往。有一個長得很猥瑣的倉庫保管員，定期會送吃的過來；還有一個很英俊的小夥子，跟章永璘打了一架；馬纓花自己還帶着一個小孩，我們不知道小孩的爸爸是誰 —— 這樣一個女子，救了一個被迫害的右派，成為二十世紀八十年代非常流行，大家都非常喜歡的小說核心情節。我把它稱之為「家庭的青樓化」，對應以前是「青樓的家庭化」。

這樣整理一下文學史線索，不難發現，當中起中轉關鍵作用的就是《第一爐香》。許鞍華導演的電影《第一爐香》比較正氣，青樓文學的氣氛比較淡，比較忽略「長三堂子」的概念。電影的整個氣氛和張愛玲當時所幻想的一種青樓文化的背景有出入。電影裏，俞飛鴻飾演的姑媽和喬琪喬曖昧，跟他的爸爸是舊情人，和司徒協是老相好，還勾引了一個大學生，她要應付整個場面，照理說可以拍出很多像法國頹廢沙龍這類的戲份，可是導演把它拍得非常光明，小說的頹廢情調也就沒有了。反過來，拼「妻性」的風險性也被降低了。因此，我們最終看到的是一個「戀愛腦」女主角碰到了一個渣男的故事。

簡單來說，想做女兒的，母親不幫忙，「女兒性」就無法發揮。像白流蘇這樣二十八歲最後一擊，都已經是不容易了。因此家中的「女兒性」沒有辦法發揮，出去就是「妻性」。張愛玲比較掃興，不寫一些美麗家庭、甜美愛情，卻讓讀者看到了尋求「妻性」過程中的打拼，所以叫拼「妻性」。拼「妻性」以後有家了，做母親了，女性的命運是不是就變好了呢？

三、《金鎖記》曹七巧

剛才我們說到，張愛玲一直在暗暗審判她的母親。在她的文學作品中，這種審判最成功的就是《金鎖記》，傅雷也最稱讚《金鎖記》。我一直覺得《金鎖記》好，句子好，情節設計好，但是我還是沒把握它的核心。

中國的小說在「五四」之前是很明顯有幾大類的：寫政治爭鬥的有《三國演義》；描述官民衝突、忠勇俠義的有《水滸傳》；解析世情男女的有《金瓶梅》《紅樓夢》，甚至包括《海上花列傳》；神魔奇怪有很多，《西遊記》之類。非常值得慶幸的是，當代文學發展到新時期，發展到今天，中國的文學又出現這樣四種派別，互聯網上也有「當代四大名著」之說。「三國範兒」的有《白鹿原》，逐鹿中原。「水滸範兒」的競爭最多，我們看到官民關係的《活着》《平凡的世界》，寫土匪有莫言的《紅高粱》，甚至金庸的小說都可以歸為忠勇俠義。第三類世情男女，《長恨歌》《繁花》《一句頂一萬句》《廢都》。神魔奇幻的當然就是《三體》了。

那中國的小說甚麼時候不存在四大類？那就是「五四」以後，尤其在二十世紀五六十年代。「五四」以後基本上只留下一派，就是批判寫實。「魯、郭、茅、巴、老、曹」，他們的基本寫作方向是一致的，手法也是一致的，目的也是一致的。魯迅寫得最好，魯迅這座山擋住了後面很多座山，但張愛玲是一條河。這是本人的「名言」。張愛玲可以勉強歸在之前很繁榮，後面也一直在發展的世情男女這條線索，寫的好像都不是中華民族最關心的問題。也就是說，張愛玲的作品和「五四」的主流似乎不在一條道上。我對此持相反觀點。張愛玲有很多作品，是不考慮民族危機的，她覺得那些不是她寫的東西。但是有意無意當中，張愛玲有兩個地方觸及到我們現代文學的主流。《金鎖記》的曹七巧是其中一個。

晚清文學的主流基本可以概括成「士見官欺民」，知識分子見到官府在欺壓民眾，《老殘遊記》是其中最好的例子。魯迅把這個問題複雜化了，他筆下的知識分子可以分成四五類，不都是抗爭的。有像狂人這樣抗爭的，也有像《祝福》裏的「我」。主人公看到祥林嫂被害，沒有做甚麼事情幫她，所以小說到最後充滿了主人公的懺悔內疚。第三種，就是《孔乙己》，讀書人活得比老百姓還慘，被眾人批評。《孔乙己》既批判科舉制度，更批判世人的涼薄，周圍這些人都是勞苦大眾，包括敍述者他們對孔乙己的這種涼薄，這個詞很難用別的詞來代替。另外還有一種人物。比如在《阿 Q 正傳》的最後，阿 Q 被抓，看到前面審他的官員，不自覺地跪了下去。這時候，旁邊有一個穿長衫的人，用鄙夷的神情說「奴隸性」。《阿 Q 正傳》寫的是中國資產階級革命不成功的故事。而小說中穿長衫的這個人後來就參與了對阿 Q 的審判。換句話說，魯迅寫知識分子不僅是抗議的，不僅是沉默的，不僅是自己也混得不好的，還有做幫兇的。

同時，魯迅寫的官要比晚清少得多，這是另外一個問題，我沒有時間涉及。但是一個簡單的事實是，晚清小說的主人公大都是官員，1942 年以後小說的主人公又有官員和幹部，一直到今天為止，知識分子、農民和幹部都是小說中的中國社會的基本三角關係。但是唯獨從「五四」到延安這一段，除了鴛鴦蝴蝶派的小說，作家不寫官員，偶然有《華威先生》，但是屈指可數，對官員進行淡化處理。我認為，「五四」文學與之前的晚清文學，以及延安之後的文學，最大的不同不僅是如何寫官員，更在於怎麼描寫人民。晚清文學中，被官府害的民眾都是好的，他們無罪、無辜、被害；延安以後的文學，除了地、富以外，羣眾也都是好的；一直到閻連科、余華、賈平凹的小說裏面，知識分子會犯錯，官員會犯錯，但民眾不會犯錯。只有魯迅，寫的不是被侮辱、被損害者，而寫的是被侮辱、卻損害他人者。

在一百年的文學史上，魯迅這一代是對民眾，特別是農民批評得最嚴肅、最苛刻的一個時代。例子大家最清楚了，《阿 Q 正傳》在整個文學史上是一個轉捩點，主人公從一個純粹的無辜的被欺負者，變成了一個被人欺負，但也欺負別人的人。

所以我認為，張愛玲和「五四」文學的主流有關。《金鎖記》裏，七巧的人生分為上下兩段。她的前半段就是被侮辱、被損害者，她是窮苦人的女兒，家裏人貪財，把她賣給有錢人家，老公卻是個殘疾。雖然七巧脾氣不好，但是她就是個弱者，她的「女兒性」被漠視了，她的「妻性」打拼得辛酸艱苦。她跟她的小叔子說，你去看看你哥哥，他的肉都是軟的，用抱怨她老公的話來和小叔子調情，是非常辛酸、痛苦的。可是她成功了。她從「女兒性」的失敗，「妻性」的打拼，最後獲得了掌握權威的「母性」。她是一個母親，有錢了，掌握了全部的權力，開始欺負別人。她欺負誰？她沒人好欺負，只能欺負自己的子女。

魯迅在《燈下漫筆》最有名的一段話，把中國歷史分為「想做奴隸而不得的時代」和「暫時做穩了奴隸的時代」。接下來，魯迅引了一大段《左傳》裏面的話：「天有十日，人有十等。下所以事上，上所以共神也。故王臣公，公臣大夫，大夫臣士，士臣皂，皂臣輿，輿臣隸，隸臣僚，僚臣僕，僕臣台。」(《左傳．昭公七年》)最妙的是，魯迅說到了最後一等，沒有人來伺候他了，但別擔心，他有老婆，有孩子；孩子長大之後，還會有他的老婆，他的孩子。

張愛玲的《金鎖記》就是為魯迅這段論述加了一個典型的註解。七巧沒有人可以迫害。於是，她把她的小腳放在她兒子的脖子上，拿小腳拍打着兒子的臉，大概意思是，養大了他，他現在不孝順了。兒子說當然不會，一邊給她燒鴉片，一邊把他跟媳婦在牀事上的細節告訴她。七巧聽了以後還在打麻將的時候，跟家裏人、跟親戚分享。古今中外的文學作品中，都難找到這麼一段「頹廢」(李歐梵語)的畫面。這就是她對她兒子的控制。

而且魯迅都想像不到的是，張愛玲提供了一種情況，曹七巧對兒子女兒的控制用的是不同的方法。對兒子，是要甚麼給甚麼。要女人給他找老婆，老婆死了就再找一個；要鴉片馬上給煙讓他燒，就這樣活生生地把姜長白折騰成一個鴉片鬼。七巧對女兒姜長安正好相反，要甚麼就不給甚麼。女兒要放腳偏要叫她裹腳，要讀書就去學校搗亂，要找男朋友，就把男朋友叫到家裏來——小說裏，七巧把童世舫叫過來，對他說長安「再抽兩筒就下來了」，把這個留洋知識分子趕跑了。

沒有一個作家像張愛玲這樣來反省「母性」。我總結了張愛玲反省的三個層次。第一個層次是無微不至的關懷和控制。第二個層次是索取感恩。對父母、對偉大的事物表示感恩是一種美德，但是倒過來要求感恩就是另外一回事了。很多人恐怕都在家裏聽到過這樣的聲音：「要不是為了你們，我早就怎麼怎麼了」。這句話翻譯出來就是，要不是為了「母性」，「妻性」可以充分發展。聽的人也會很感動，現實人生也正是這樣。但是索取感恩就是另外一回事了，讓人覺得天生就欠了債，要無限地回報。第三個層次，也是最弔詭的一層，她描寫母親和女兒之間有性方面的競爭。《小團圓》裏的一段情節提到，教授送了八百塊錢給女兒，女兒很高興地跟媽媽說，教授送給我一筆錢。媽媽把錢留下，過兩天賭錢輸掉了，女兒就跟媽媽絕交了。這段情節在後來的《雷峯塔》裏寫得很詳細，原來是女兒把錢拿回去的時候，媽媽斷定她和教授有染，中間還描寫了她在洗澡，她媽媽衝進來，打量她的身材，女兒覺得受了很大的屈辱。

我讀到這個地方的時候，產生了很多問號，首先，中國人不會忌諱到連媽媽都不能看自己身體吧？第二，媽媽這樣打量女兒，這個情節和張愛玲本人到底有甚麼關係。香港中文大學的黃心村教授做了很多資料考察，在《緣起香港：張愛玲的異鄉和世界》一書裏挖掘出許多史料和照片。此外，這本書也涉及一個重要的問題，張愛玲寫作之前，香港這段生活給她帶來甚麼實際的影響。有說法認為，張愛玲建立了一個世界主義的價值觀，這個到底怎麼定義？和香港環境有沒有關係？等等。有時間可以把這本書找來看看。但我，差不多就講到這裏，簡單來說「女兒性」就是被愛、可愛，「妻性」是要打拼的，「母性」我們都說是偉大的，但仔細想想「母性」也是動物性的一種，動物都有「母性」。所以其實，「女兒性」「妻性」和「母性」，三種都很偉大。

本文根據作者 2023 年 4 月 19 日在北大書店的講座整理而成。發表於《書城》2023 年第 6 期。

張愛玲晚期小說中的男女關係

一

放在文學史上看，我以為《小團圓》至少有三層意義。一是確立了張愛玲的晚期風格。以前張愛玲研究，通常只看到她上海時期《傳奇》的典型張氏風格和到香港後獲得美新處資助寫作後的文風轉變——由流動華麗轉向平淡含蓄，從都市情慾到鄉村苦難。到美國以後張愛玲英文創作並不順心（英文小說 *The Fall of Pagoda*，*The Book of Change* 一直找不到出版社，《金鎖記》雙語改寫多次，影響仍不如上海初版）。電影《色，戒》使這個晚年的短篇重新引起關注，加上涉及同性戀的中篇小說《同學少年都不賤》以及更重要的《小團圓》，張愛玲的晚年風格及其與早期傳奇的比較，便成為很有文學和學術意義的話題。

還是一貫的瑣碎細節，但文字華麗有了節制，瘦勁枯澀，人文俱老。五十多歲的女人回憶二十多歲的初戀及牀戲，「物化蒼涼」的意象仍是她的招牌。還是有局限的第三人稱，常常省略主語，故意混淆敘述者的視角和人物的觀點，敘述方法則從順時序變為意識流。最重要的是故事，由「愛情戰爭」到鄉村悲劇再到純粹個人往事，這種轉化軌跡，也是我想說的第二層意義：《小團圓》為中國文學的自傳體小說增加了新的一章。

僅在現代文學的時段裏，自傳體文學至少有三類。

一是極端主張「一切作品都是作家的自敍體」的郁達夫。郁達夫有意在《沉淪》《蔦蘿行》等作品中袒露自己，又在《日記九種》或《我的自傳》中從事無意識的創作。他的自敍體既是私人心理的懺悔，同時又具有社會時代意義——「公」、「私」兩者孰更重要，郁達夫自己以及五四文學讀者羣的看法，不僅有猶疑，也有改變。在初版的《〈沉淪〉自序》裏，郁達夫說《沉淪》是「描寫着一個病的青年的心理，也可以說是青年憂鬱病（Hypochondria）的解剖，裏邊也帶敍着現代人的苦悶——便是性的要求與靈肉的衝突……」[1] 可是到1932年的《懺餘獨白》，在民族危機上升、文壇潮流也漸趨左傾的背景下，他又評論《沉淪》是「眼看到的故國的陸沉，身受到的異鄉的屈辱」，使他失望之極，於是，他「像初喪了夫主的少婦一般，發出了毫無氣力，毫無勇毅，哀哀切切的悲鳴」[2]。十餘年間，兩種對作品的自我詮釋，從表現「青年憂鬱病」、「靈肉衝突」（五四初期），到「故國陸沉」、「異鄉屈辱」等民族主義符號，《沉淪》的意義，也經歷了從性（啟蒙）到民族（救亡）的主題演化。可見「自傳體文學」在五四時期不僅有「公」、「私」兼顧的兩面性，還有一個從「私」向」公」的認同（或被迫認同）的過程。

第二種「自傳體文學」是從一開始就明確有意地以「私」寫「公」，如巴金的《家》《春》《秋》。雖然作家明言覺新與他長兄悲劇相似，長兄自殺是他創作的動力，但實際上，巴金的個人家事從一開始就是社會縮影、時代象徵。原型的梅表妹在與大哥戀愛不成後嫁人，養得胖胖的，有好幾個孩子。小說裏的梅卻因禮教扼殺愛情鬱悶而病死。事實中的丫鬟的確被逼為妾，卻果真入了「豪門」，並沒像鳴鳳一般投湖自盡以唱響反封建的主題。後來如楊沫的《青春之歌》等，也都屬於這一種以個人經歷寫時代風雲的「自傳體文學」。

第三種「自傳體文學」出現在四十年代後，如錢鍾書《圍城》，又有一個由社會轉向私人的傾向。《小團圓》顯然沿着《圍城》方向繼續往極端發展。小說寫於 1975 年，但與當時中國的時代、美國的環境毫無關係。宋淇在信中好意勸作家將邵之雍改成間諜並幫助設計情節[3]，其實作為好友他也沒明白，對張愛玲來說不寫自己隱藏私密真情，《小團圓》就沒有意義了！雖然自傳體文學一向以為私事入文即為公，但像《小團圓》（還有英文小說《雷鋒塔》《易經》等）那樣「目中無人」（既不怎麼考慮時代，也不大顧及讀者）老是回述自己同一段往事，其自信心還是令人注目。「我寫《小團圓》並不是為了發泄出氣，我一直認為最好的材料是你最深知的材料……」[4]張愛玲不厭其煩地敘述她個人少年在上海、青年在港大的細碎往事，與她同時期翻譯吳語版的《海上花》，又孜孜不倦地考證《紅樓夢》有關。從「自敘傳」的角度看，「上海階段」寫的是作家自己「深知的材料」（一個並無戀愛經驗的女人寫男女關係，至少是作家自以為「深知的材料」），但作家當時讓自己並不直接現身於故事之中。「香港階段」是獲資助照提綱寫自己不熟悉的紅色土地，雖提早三十年開「傷痕文學」先河卻也給作家自己深刻的「主題先行」教訓，使作家在她中年至晚期的「美國階段」痛下決心，只寫自己，撕肝裂肺，不厭其煩，而且基本上，只寫男女關係與母女、關係。偶爾，「革命加戀愛」（《色，戒》），便將歷史戲劇解構顛覆得驚心動魄。

《小團圓》自傳色彩再濃，歸根到底這是一部獨立的作品。九莉、蕊秋、邵之雍，首先是小說人物，然後才是張愛玲生平研究的參考資料。所以第三，《小團圓》的文學史意義，還在於作品分析了二十世紀中國文學中十分罕見的兩個有關「愛情」和「母愛」的複雜個案。這些人倫關係雖然奇特甚至「畸形」，卻在某種意義上連接了《海上花》的傳統倫理精神與今天中國的現實道德困境。母親蕊秋和男人邵之雍，女主角九莉一生兩個夢魘之間的對應關係，也是這部看似鬆散的小說的內在藝術結構。在怎麼處理母女關係，和如何刻畫男女關係這兩方面，《小團圓》達到了現代文學的一個高峯。

二

黃錦樹用一句話精闢概括《小團圓》中的男女關係，這「愛情故事」論證了「女主角何以不惜一切愛上顯然不該愛的人」[5]。

這個評論帶出了至少三個問題：第一，為甚麼男主人公是個「顯然不該愛的人」？第二，女主角何以不惜一切去愛男主角？第三，究竟甚麼是《小團圓》及張愛玲晚期其他小說中的「愛」？

很多現代作家都寫過不同的男女關係。第一種最常見模式是男女主角相愛，但在社會壓力之下，男人敏感卻軟弱（《傷逝》中的涓生），正直卻無力（《日出》中的方達生），或窮困多慮（郁達夫《春風沉醉的晚上》），或猶豫不決（《邊城》中的儺送），或忙於革命（《家》中的覺慧）……總之，女主角一往情深，最後卻得不到這個「顯然該愛」的男人。

第二種模式是男人開始吸引女主角，但因為某個原因（下面會討論，通常是政治原因），女主角最後拋棄他們（丁玲《莎菲女士日記》中女主角在 kiss 以後丟開凌起士，茅盾《創造》中太太離家，留言給丈夫：我先走了，追上來，否則不等了）。

第三種模式是女人愛了很久甚至結了婚，仍不清楚這個男人是否「該愛」（如老舍《駱駝祥子》虎妞對祥子，如錢鍾書《圍城》中孫柔嘉對方鴻漸……）

總之，像范柳原這樣既「應該被愛」又確實能與女主角相愛的「愛情童話」已經罕見，如邵之雍般「顯然不該愛」卻仍得女人一往情深的男女關係更是另類，令人費解。

要分析為甚麼邵之雍「顯然不該愛」，我們不妨先看其他現代文學名著中這些為女主角所愛（或曾經所愛）的男主人公形象，究竟他們為甚麼「被愛」？

首先，上面提及的現代文學中為女人所愛的男主角，十之八九都是有才華的知識分子，如涓生、于質夫、覺慧、君實、方達生、方鴻漸，等等，丁玲筆下的淩起士也是南洋僑生，范柳原雖是商人，卻也愛讀《詩經》，「執子之手」云云。中國現代文學很少描寫書生以外的男人（商人、工人、小販、農夫、軍人等）如何談戀愛。這種不全面「反映現實」的文學現象在中國長期存在，可有多種解釋角度：如文人視角的「自我慰問」，讀者「才子佳人」傳統情趣的需求，作家借男女關係隱喻知識分子對大眾的啟蒙願望及困境，等等。

名作中男主角若不是讀書人身分，如《邊城》中的二老儺送，卻也都比喜歡他的女主角翠翠更有文化。《駱駝祥子》稍有點例外，但也曾經比其他旁人更有道德追求，而且在人生道路一接近文化人曹先生便走正道，反之便墮落。總之，現代文學中男人應該被愛的第一個條件便是「有文化」，「有才」—— 邵之雍顯然充分符合這個條件。

但文化人通常有政治傾向。仍以上面所列現代文學作品的男主角為例，真正值得女主角去愛的，大都政治立場進步，追求民主和新思潮，如覺慧、涓生、于質夫、方達生，或至少有正義感，如方鴻漸、范柳原、儺送。前面討論的女性 pass 男人的模式，茅盾筆下想「創造」妻子最後反對嫻嫻投身婦女運動的丈夫君實，和丁玲筆下熱衷資產階級趣味的凌起士，便都是因為他們政治傾向不夠進步而最後被女主角拋棄（更明顯的例子是楊沫後來在《青春之歌》中放棄想走學者道路不肯革命的余永澤）。祥子則是由正直轉向走狗的一個反面教材。看來，男人應該被愛的第二條件是「進步」—— 邵之雍身為漢奸官員，顯然不符合這個條件。這是黃錦樹所言「顯然不該愛」的一個重要依據。

愛情不能只靠文化和政治支撐。經濟因素在很多現代文學作品中表面不是「愛」的理由，其實一直扮演非常重要的角色。有錢或不保證愛情成功（《創造》），缺錢卻足以導致愛情失敗（《傷逝》）。金錢在巴金、丁玲筆下造成愛情鴻溝（《家》《莎菲女士的日記》），財富在沈從文、張愛玲的故事裏是又構成愛情的無聲基礎（《邊城》《傾城之戀》）。《春風沉醉的晚上》裏女工陳二妹之所以對落魄文人刮目相看，不僅因為男主角看書文雅，也因為她以為他的翻譯，輕易能賺「五塊錢」稿費，「這樣的東西，你為甚麼不多做幾個？」《日出》裏陳白露之所以拒絕有才華、政治進步的方達生，原因就是經濟上「你養不起我」。祥子和虎妞的關係也證明女人若比男主角有錢，則是愛情故事的不穩定因素。祥子與虎妞的悲劇也從反面證明經濟因素對愛情故事男主公十分重要 —— 於是我們明白《小團圓》中邵之雍送給九莉一箱錢的重要性：這個細節將胡蘭成「慣吃軟飯」的形象打造成小說裏頗肯為女人花錢的男主角（依據不同價值觀，可解讀為有「責任感」或「包二奶」）。

男性主角為女人所愛的另一因素應是形象、風度和身體，而在大部分現代小說中，這個因素常常被淡化忽視 —— 這個文學現象卻不應該被我們忽視。《傷逝》完全不描寫涓生的外表，于質夫、方達生、覺慧、君實甚至方鴻漸等似乎也都不是因為男性特徵而引起女主角們的愛慕。與男作家只注重男人視角不描寫男性身體（忽視女性角度）

形成對照，在女作家筆下，莎菲對凌起士的外表十分癡迷，用想要糖果的態度，去看男主角的嘴脣。范柳原雖「粗枝大葉」，卻也不失風度——而《小團圓》寫這個「顯然不該愛」的男人，不僅眉目清秀，而且還有「獅子老虎撣蒼蠅的尾巴，包着絨布的警棍」（香港皇冠出版社 2009 年版，第 174 頁。以下《小團圓》引文，除非特別注明，均引自同一版本，只注頁碼）。和「獸在幽暗的岩洞裏的一線黃泉就飲」（240 頁）等形體表現。從女性感官出發的寫男性形體及動作，無論文字的細節還是意象的具體，均對諸如「五四」男性作家如郁達夫《沉淪》中的沐浴女體及穆時英詠歎的抽象「白金女體塑像」形成對照與挑戰。

在文化、政治、金錢和身體等因素之外，愛情當中更重要的一個條件當然就是情感專一。在涓生、方達生、君實、方鴻漸、乃至車夫祥子等男人考慮「愛」及婚姻的時候，「專一」是現代愛情觀（西方先進文化？）不言而喻的先決條件。在覺慧、儺送等階級地位不對等的愛情中，承諾比較會有變數，但男主角主觀上（至少當時）也似乎沒有妻妾成羣的理想。范柳原在小說裏則經歷了一個滿足女性夢想的被改造過程：從花花公子到「執子之手」的丈夫。凌起士在女主角看來，則是無法改造，無可救藥，故棄之亦不足惜。顯然，在大部分現代愛情小說中，男主人公的正面形象與其情感專一程度成正比——《小團圓》則提供了一個罕見的反面樣本。

綜上所述，政治傾向和情感不專一，是邵之雍被評論家認為「顯然不該愛」的兩個主要原因。與此同時，「太有才了」、「一箱錢」和「眉眼很英秀」（163 頁），顯然就是這個男人的「強項」了。女主角其實並沒有「不惜一切」，而是不惜忽視或挑戰這個「顯然不該愛的人」的政治立場和情感觀念——事實上，對前者，女人可以忽視、妥協；對後者，卻只要鬥爭到底，代價慘重，「女人總是要把命拼上去的」

（177 頁）。

《小團圓》從第四章到第十章，完整記錄一場男女愛情戰爭的全過程，濃縮了張愛玲其他作品中各種愛情主題和情節。這場「男女戰爭」大致有三個階段：一是衝動、幸福階段（在香港皇冠版的《小團圓》裏，大致從 163 頁初識、初吻到 176 頁「她也有點感覺到他所謂結婚是另一回事」因而跳入紐約墮胎意識流），二是糾纏、忍讓過程（從 180 頁到大約 261 頁，戰爭結束之雍逃亡），三是憤怒攤牌結局（從 262 頁千里尋夫直到小說結尾）。不過在分析這「愛情戰爭」三階段之前，有必要先看雙方「戰前」各自的「兵力準備」（戀愛觀、經驗與決心）。

邵之雍是小說人物，但張愛玲在給宋淇信中明言是寫胡蘭成，頗有趕着為自已的靈魂經驗身體歷史留下記錄的意思[6]。在這個意義上，胡張關係也可作為我們分析邵之雍、九莉關係的一個參考。胡蘭成有自傳《今生今世》，後人也從中發現其中很多虛構創作成分[7]。我注意到胡蘭成碰到他喜歡的女人，總先是甜言美語，接着馬上談結婚，然後用女人錢，還有將舊情事向新戀人坦白公開（簡稱「胡四招」）。胡形容「張愛玲的頂天立地，世界都要起六種震動」。「我常時以為很懂得了甚麼叫驚豔，遇到真事，卻豔不是那豔法，驚不是那驚法」（《今生今世》，中國社會科學出版社 2003 年版，第 144 頁，下同）。還有，「民國世界的臨水照花人」（159 頁），也是名句。但胡的甜言美語並非只給張愛玲，數月後武漢看到小周護士，「聲音的華麗只覺一片豔陽，她的人就像江邊新濕的沙灘，踏一腳都印得出水來」（181 頁）。「她的流淚使我只覺得豔，她是苦亦苦得如火如荼，豔得激烈」（186 頁）。後來對陪他回鄉的寡婦范秀美，胡也是大篇的讚頌：「她其實是個亮烈人，從端正裏出來溫柔安祥，立着如花枝微微傾斜，自然有千姣百媚」

（214 頁）。「只覺她的言語即是國色天香。她的人蘊藉，是 明亮無虧蝕，卻自然有光陰徘徊。她的含蓄，寧是一種無保留的恣意，卻自然不竭不盡，她的身世呵，一似那開不盡春花春柳媚前川，聽不盡杜鵑啼紅水潺湲，歷不盡人語鞦韆深深院，呀，望不盡的門外天涯道路，倚不盡的樓前十二闌干」（227 頁）……雖是這些言詞是事後回憶，當初也總有操練實習。在說女人好話以後，第二招是馬上提議結婚」。在上海與張愛玲有一紙婚書，在武漢與小周也迅速成親。後來逃難范女士下鄉一路照顧他，《今生今世》裏這樣寫的：「十二月八日到麗水，我們遂結為夫婦之好。這在我是因感激，男女感激，至終是惟有以身相許……（233 頁）」這「以身相許」說，也算顛覆男性中心主義語言習慣。第三招是花女人錢：一講婚姻，再花女人錢，女人覺得你把她當自己人。在武漢找小周後，回滬跟張愛玲怎麼解釋呢？說我是克己待人，咱們倆是自己人，她是外人，客人，我當然要照顧她了。而當小周問他要辦婚禮儀式時，他說我張愛玲那邊還沒辦儀式呢？不能先跟你辦。後來日本投降他要逃難，就把小周叫過去，說你等着。中國古代夫妻，男的逃難出去十年、二十年，女的在家裏等着，常有的事。小周還真等着，還為他坐過牢。最後第四招是坦白。前三招所以成功，也因為第四招：跟眼前女人，詳述之前豔史，絕不隱瞞，也不偷偷摸摸，且不說其他女人缺點。這點胡蘭成與眾不同。他說以前花好桃好，當然，你現在更好。

為甚麼女的都信呢？那是另一個問題。

胡蘭成晚年回憶情史，驕傲多於懺悔，背後自有他有關中國人家庭婚姻愛情的一套理論支撐[8]。而在張愛玲這邊，《小團圓》也借女主角之口多處聲明她的戀愛觀，一是「她不喜歡像她的人，尤其是男人」（162 頁）。二是「她一向懷疑漂亮的男人」。「漂亮的男人……往往有許多彎彎扭扭拐拐角角心理不正常的地方」(311 頁)。三是「她一直覺得只有無目的的愛才是真的」(165 頁)。四是作家和她很多小說女主人公一樣，有結婚情意結。在遇見男主角前，九莉和作家一樣，二十多歲，「寫愛情故事，但從來沒有戀愛過」。雖然能透徹描寫了喬琪喬、佟振保、范柳原等風流男性的複雜心理，但演習畢竟不同於實戰。

在這部總共 325 頁的長篇小說中，男主角直到第 163 頁(正好過了半場)才出現。第一段關於這男人的文字是女主角和女友的一段閒談：

> 「有人在雜誌上寫了篇批評，説我好。是個汪政府的官。昨天編輯又來了封信，説他關進監牢了。」她笑着告訴比比，作為這時代的笑話。

僅隔了數行，就寫男主角放出來後來看她，「穿着舊黑大衣，眉眼很英秀……像個職業志士」。「楚娣第一次見面便笑道：『太太一塊來了沒有？』九莉立刻笑了。中國人過了一個年紀全都有太太，還用得着三姑提醒她？也提得太明顯了點。之雍一面答應着也笑了。」

以上文字出現在同一頁上。初次見面幾句話，便已經涉及我們上面列舉的男人「五項基本條件」中的四項：

1.「寫了篇批評，說我好」—— 文化人，有才，且崇拜女主角；

2.「汪政府的官」—— 政治身分有問題，但坐監受迫害，像職業志士；

3.「眉眼很英秀」，「去後楚娣道：『他的眼睛倒是非常亮。』」—— 身體形象方面有魅力；

4. 有太太 —— 一夫多妻的麻煩。

愛情故事，通常神化「一見鍾情」，渲染一見面最初神奇的感覺。詭異另類如《小團圓》亦不例外，只是在這可能是非理性、無目的的最初感覺之中，日後要長期面對的絕大部分基本問題卻也在無意識中被瞬間濃縮包含了。即便張愛玲不是，至少九莉是。

次日起，男人就「天天來」了，女主角描寫男人的側面是「背着亮坐在斜對面的沙發椅上，瘦削的面頰，眼窩裏略有些憔悴的陰影，弓形的嘴唇，邊上有棱」。《小團圓》前半部寫了很多九莉的心理、行為、感受，卻很少寫她的外形，直到男人登場，才出現女主角的自己的形體畫象 —— 女人需要「他者」的存在為「鏡」:「九莉戴着淡黃邊眼鏡，鮮荔枝一樣半透明的清水臉，只搽着桃紅唇膏，半鬈的頭髮蛛絲一樣細而不黑，無力的堆在肩上，穿着件喇叭袖孔雀藍寧綢棉袍」(164 頁)。外貌的互相欣賞後面，其實是不同逆境中的文人的互相崇拜。胡蘭成對張愛玲的最早的「吹捧」，至今看來亦有學術分量。而九莉也承認:「她崇拜他……他走後一煙灰盤的煙蒂，她都揀了起來，收在一隻舊信封裏」(165 頁)。這個頗可以滿足男人自戀的細節並沒有記載於《今生今世》，看來是九莉而非張愛玲所為 —— 又一次證實這個「愛情故事」與胡張戀史實之間的細微卻重要的分別。下一頁，認識數日後兩人說話已涉及錢的重要性(另一「愛情基本條件」)。邵要九莉取下眼鏡，第一次接吻，「九莉想到:『這個人是真愛我的。』」(但並沒有立刻解釋具體理由。邵的 kiss 有木塞味，瞬間生理感覺並不迷人。在後來的短篇《色，戒》裏，女人也有這一閃念，且伴有「頭上轟地一聲響」，直接動因是男人送給她一粒連太太都不送的鑽石)接吻以後不久男人馬上說:「我們永遠在一起好不好？」(胡四招之二)女主角回答很直接：

「你太太呢？」

他有沒有略頓一頓？「我可以離婚。」

那該要多少錢？（168 頁）

中間這個問號耐人尋味，說明女人當時及事後都不肯定男人是否在說真話。

這段男女關係從一開始就面對主要矛盾，不過從那以後，故事就不再快速推進，而更多只是重複迴旋 —— 像張愛玲的創作歷程。

女主角在政治上能夠接受一個「汪政府的官」（和其他現代文學女主角的選擇很不相同），大致有三個原因。一是九莉對邵的政治理論可以求同存異。存疑反對部分是汪派主張，「『和平運動』的理論不便太實際，也只好講拗理」（166 頁）。在後來的文學史敘述中，當時的政治進步幾乎等同於「左傾」。但實際上，陳公博、周佛海也曾參加共產黨。胡蘭成也說自己在廣西教書時期曾「專門研究馬克思主義」且「敬服托派」[9]。所以九莉覺得邵有「左派作風」且「人人有飯吃」的理想亦無不妥，這就有了求同的基礎。女主角在政治態度方面也承認自己不合潮流：她一向以為「國家主義是二十世紀的一個普遍的宗教。她不信教」（64 頁）。小說後來描寫全民慶祝抗戰勝利時，九莉覺得自己「泥足」於世（251 頁）。

第二，初識男人時他在監獄，受迫害形象易遭人同情（羊為甚麼愛上狼，因為狼受了傷）。後來小說也描寫邵之雍熱心援救左派作家荀樺[10]，荀樺戰後反而企圖調戲九莉，視她為「漢奸妻」（荀樺或有原型，待考）。換言之，在《小團圓》裏女主角認為，政治立場「反動」（反社會潮流而動）並不必然等同於道德品格低下。

第三，《小團圓》滲透這樣一種價值觀，尤其在男女關係中，個人情感視角比社會政治背景更重要。「比比也說身邊的事比世界大事要緊，因為畫圖遠近大小的比例，窗台上的瓶花比窗外的羣眾場面大」（51 頁）。比比的原型是張愛玲的知音、好友炎櫻，「也說」意思是女主角亦持同樣看法 —— 這是張愛玲一生信奉的藝術原則，香港時期有點因政治處境而動搖，晚年更堅持到極端的方向：《小團圓》描寫九莉聽到日軍轟炸香港心中竟暗喜 —— 只因可以逃避考試（55 頁）。直到安竹斯教授被炸死，才向上天禱告：「你待我太好了，其實停止考試就行了，不用把老師也殺掉」（67 頁）。既然窗台瓶花比窗外政治更大，那心上人的接吻自然也比他背後的政治身分更重要。甚至日軍投降前九莉還希望戰事再延長一會，只為她和她的男人可以多待一會……

政治立場不是愛情的障礙，但「情感不專一」卻是更嚴重的問題，其嚴重性，是自以為與眾不同的男女文人情人估計不足的。

曾有一段短暫的金色時光：

> 他注視了她一會之後吻她。兩隻孔雀藍袍袖軟弱的溜上他肩膀，圍在他頸項上。
>
> 時間變得悠長，無窮無盡，是個金色的沙漠，浩浩蕩蕩一無所有，只有嘹亮的音樂，過去未來重門洞開……這一段時間與生命裏無論甚麼別的事都不一樣，因此與任何別的事都不相干？(171 頁)

這是小說中最美好的一段文學和意象，不過當時也隱約伴隨着危機感：「她不過陪他多走一段路。在金色夢的河上划船，隨時可以上岸。」「我們根本沒有前途，不到哪裏去」（173 頁）。

一方面預感不會「天長地久」，另一方面又不甘心只能「曾經擁有」。之後小說的主要篇幅，就是很長一段「糾結—忍讓」時期。其中又可分兩個階段，以男主角在報上兩個離婚廣告並與九莉簽一紙婚書為轉捩點，前一段是女主角「戰勝」男人之前的兩個女人，後一段是女主角「敗」於男人之後的兩個女人。

胡蘭成在《今生今世》記載張愛玲對他有別的女人的理性態度，似乎頗瀟灑：「我已有妻室，她並不在意。再或我有許多女友，乃至狎妓遊玩，她亦不會吃醋。她倒是願意世上的女子都喜歡我。」[11]

這裏有三個可能：一，以上記載純屬「胡編」創作，自欺欺人。二，這是張愛玲一定程度上的寬容策略，被胡誤解為她「不介意」，態度瀟灑。《小團圓》裏也曾這樣描寫女主角的諒解「：『我是喜歡女人』，他自己承認，有點忸怩的笑着。『老的女人不喜歡』，不必要的補上一句，她笑了。她以為止於欣賞」（224 頁）。「他對女人太博愛，又較富幻想，一來就把人理想化了，所以到處留情。當然在內地客邸悽涼，更需要這種生活上的情趣」（225 頁）。「她本來知道日本女人風流……這種露水姻緣她不介意，甚至於有點覺得他替她擴展了地平線。他也許也這樣想，儘管她從來不問他，也不鼓勵他告訴她」（271 頁）[12]。三，張理性上真「不介意」，但情感生理無意識中其實極反感。《小團圓》近結尾處女主角有痛苦自白：「並不是她篤信一夫一妻制，只曉得她受不了。」（277 頁）而胡對張的理性情感矛盾故意視而不見。無論哪一種可能，都充滿誤會曲解，而男女關係又總是注定要在誤會、曲解、幻聽、盲目中延續發展。

《小團圓》中有段驚心動魄的時空跳躍，打胎的意識流的上下文，恰恰是在有關婚姻的困難語境之中。邵正在說「我不喜歡戀愛，我喜歡結婚」，女主角「她不懂，不離婚怎麼結婚？……也許她也有點感覺到他所謂結婚是另一回事」（176 頁）。接着這個「頓悟」，便跳躍到多年後紐約打胎，「女人總是要把命拼上去的」。從抽水馬桶裏的男胎，蒙太奇又轉回邵之雍：「我們這真是睜着眼睛走進去的，從來沒有瘋狂」(180 頁)。如果說在男人離婚前，九莉說「我真高興有你太太在那裏」(188 頁)，這是勝者故作寬容姿態，那麼在男人去武漢後九莉寫信：「我是最妒忌的女人，但是當然高興你在那裏生活不太枯寂」(223 頁)。甚至也不在意之雍與女作家文姬與日本主婦的短暫風流浪漫，其實都是處在防守地位上的無可奈何的退讓。

胡蘭成在武漢又「娶」了護士小周，據《今生今世》，回滬後，「我與愛玲說起小周，卻說的來不得要領(此處有點閃爍其詞，「第四招」不徹底 —— 引者注)。一夫一婦原是人倫之正，但亦每有好花開出牆外，我不曾想到避嫌，愛玲這樣小氣，亦糊塗得不知道妒忌。……愛玲亦不避嫌，與我說有個外國人向她的姑姑致意，想望愛玲與他發生關係，每月可貼一點小錢……愛玲說時竟沒有一點反感，我初聽不快，隨亦灑然」[13]。張愛玲虛構或利用外國情敵的「激將法」，對胡蘭成並不見效。胡蘭成似乎認為張當時並不怎麼在意他和小周的關係，既延續「一壺多杯」中國男人傳統夢想，又假裝後來薩特夫婦般的現代知識分子開放瀟灑。但在《小團圓》裏，女主角九莉持續不斷地對小康小姐懷疑、警覺、妒忌，正正構成男女主角關係變化的主線。「知道就是接受」(237 頁)。當男人講起武漢轟炸時小康小姐曾要保護他，九莉雖然面帶笑容，心裏已被逼到忍讓與憤怒的懸崖夾縫之中。

> 以為「總不至於」的事，一步步成了真的了，九莉對自己說：「『知己知彼』。你如果還想保留她，就必須聽他講，無論聽了多痛苦。」但是一面微笑聽着，心裏亂刀砍出來，砍得人影子都沒有了(235 頁)。

這種憤怒伴隨着強烈的愛，一路發展到戰後下鄉尋夫。這是《小團圓》和《今生今世》最接近的一段，如九莉幫辛巧玉畫像未成等細節，與胡蘭成記載幾乎相同。不知是基於同樣記憶，還是張愛玲小說創作也有受《今生今世》的某些影響甚至呼應。最後攤牌:「要選擇就是不好」，也是胡的原話。九莉問的是小康，卻不知眼前情敵已是辛巧玉。「三美團圓」，男人的夢，女人的恨，為小說點題。

胡蘭成自己從未提及給張送錢事。2009年在嶺南大學開「當代文學六十年」學術會議，會間最多被提及的名字居然是魯迅和張愛玲。王安憶說，這箱錢如有，何以胡蘭成自傳不寫？陳子善說，如果沒有，張愛玲為何事後編造？我以為，如此事屬實，可能是胡認為「吃軟飯」才是光榮，給女人錢不值得寫（試看《色，戒》中易先生送鑽之前的獨白）；如不屬實，那就證明是張愛玲企圖以文學加工，增加男主人公的責任感與魅力。

《今生今世》只記精神戀愛，整天談文說藝，美化傳主人生。《小團圓》卻不回避情色場面。回顧「五四」以來的愛情故事，如《傷逝》《家》乃至《圍城》大都基本略去「性」的層面只寫男女情理、心理糾紛，《駱駝祥子》寫虎妞情慾但文字含蓄，丁玲寫莎菲情熱也僅限於「上半身」。在男女關係中寫「性」而引起爭議的郁達夫，有時很做作（如《沉淪》中窺看房東女兒沐浴之後的排比、感歎形容），有時很病態（如《茫茫夜》寫于質夫買小鋪店女的手帕與針，自刺其頰獲得快感，又如《過去》李白時在米飯中幻見戀人的腳）。張愛玲在《紅玫瑰與白玫瑰》中以肥皂泡沫吸吮手指寫佟振保對王嬌蕊想入非非，已是「五四」以後愛情故事少有的帶動詞的情慾象徵文字。到了《小團圓》，有關「性」的動作場面，卻像家常生活細節一樣被若無其事地敘述。從對「警棍」緊張，到「食色一樣，九莉對於性也總是若無其事，每次彷彿很意外」(229 頁)。再到逃亡前「扳她一隻腿，讓她一隻腳站在牀上」(248 頁)的高難度動作，直到終有一日，睡在一張牀上嫌太擠，甚至做愛時「她終於大笑起來，笑得他泄了氣」(256 頁)。做愛想笑，是個悲劇。果然當夜女主角便想用切西瓜刀「對準了那狹長的金色背脊一刀」(256 頁)的念頭。文本對照，倒是對《今生今世》「民國臨水照花人」的一個好註解。

總之，說九莉「愛上顯然不該愛的人」，其實並非「不顧一切」，而只是不顧「政治立場」與「薄情多情」。前者不顧到底，後者終於失敗。究竟《小團圓》裏甚麼是「愛」呢？

張愛玲晚期小說中的男女關係，一方面特別注重身體和物質層面的個別細節、生理感受和心理動作，因此十分理智、具體、現實(163 頁和 168 頁短短兩段對話卻已同時道出文化、政治、身體、情感及經濟多重因素的考慮)，比現代文學中的很多其他「愛情故事」都更加世俗化；但另一方面《小團圓》又特別強調非理性與無目的，明知要受傷受苦受罪，依舊睜着眼睛走進去，崇拜、迷戀、糾結、且一無反顧，小說直到最後也不出「惡聲」，還要在田園美夢中與孩童及邵之雍一起步入「青山上紅棕色的小木屋，……」

究竟是張愛玲太愛她自己的情慾經歷，愛恨皆忘卻不了，於是要苦苦傾訴？還是作家為了她所熱愛的文學，在小說中雖然無情解構，撕裂創傷，但仍然要歌頌愛情的迷思？

三

如果只把《小團圓》讀為胡張戀史的另一版本，那我們就太低估了這部作品的文學史意義。

假設胡蘭成《今生今世》記載的是他記憶中的事實，那麼小說《小團圓》在情節框架乃至很多細節的重複、印證和引用[14]之外，至少作了三個重要的文學改編。

胡蘭成在和張愛玲結婚之後不久又娶護士小周，後來又在逃難途中與寡婦范秀美「行夫妻之禮」,《今生今世》記載男人當時沒有多少矛盾和猶豫，事後也沒有表達後悔之意。因為胡蘭成在理論上既不堅信來自西方的一夫一妻文化，在情感上似乎也可以同時愛上不同的女人。但在《小團圓》第236頁，作家特地描寫之雍的痛苦：

> 比比與之雍到陽台上去了，九莉坐在視窗書桌前，窗外就是陽台，聽見之雍問比比：「一個人能同時愛兩個人嗎？」窗外天色突然黑了下來……
>
> 比比走後，九莉微笑道：「你剛才説一個人能不能同時愛兩個人，我好像突然天黑了下來。」
>
> 之雍護痛似的笑着呻吟了一聲「唔……」把臉伏在她肩上。

在這裏，小說人物邵之雍儼然被刻畫成在戀愛問題上頗有良心痛苦（因此也很有情感深度）的男人。

第二處「改編」，前面說過，《今生今世》多次記載如何獲得女人金錢資助，從張愛玲處，從范秀美處，當然，更多是後來從吳四寶前妻佘愛珍處。胡蘭成對此似乎榮多於恥。但在《小團圓》中，男主角在聽說九莉想還錢給母親後，便提來一個箱子，「笑着把那只廉價的中號布紋合板手提箱拖了過來，放平了打開箱蓋，一箱子鈔票。她知道一定來自他辦報的經費，也不看，一笑便關了箱蓋，拖開、放在室隅。等他走了她開箱子看，不像安竹斯寄來的八百港幣，沒有小票子」

（184－185 頁）。在《小團圓》裏，這前後呼應對照的兩堆錢，其敍述功能猶如金庸小說中的秘方、地圖之類，是足以扭轉並改變主人公心理情感命運的某種道具。這樣的錢之後陸續送來。雖然九莉只用了一些，另一部分換成黃金，母親不收錢後仍還給逃難中的男主角。

第三，「胡四招」之四，是一切坦白。胡蘭成回憶他「娶」了小周護士後回滬即向張愛玲說明，後來遇范秀美又將張愛玲和小周事告之。到香港「娶」佘愛珍當然也交待以前情史。但《小團圓》中男主角邵之雍一直都沒向九莉明說他和護士的真實關係。九莉也並不如胡蘭成記載的張愛玲那樣坦然瀟灑，而是像普通愛情故事女主角一樣，一直處在猜疑、痛苦和委屈之中。懸念一直拖到小說快結束時，九莉看到小康的照片，還問男人，「你跟小康小姐有沒有發生關係……」（304 頁）

將一個習慣享受「一株牡丹花開數朵，而不重複或相犯」[15] 的傳統官員文人，描寫成會在陽台上痛苦發問「一個人能同時愛兩個人嗎」的現代知識分子；將一個不會或恥於給女人金錢的風流才子，描寫成在戰亂危亡之際仍接濟女友的男人；將一個無奈面對多妻局面的女性處境，改寫成在戀愛中猶豫、彷徨、爭奪、糾結的愛情故事女主角 —— 我們無法知道也並不關心哪些是「真」的事實，哪些是「假」的虛構（「甚麼是真？甚麼是假」，張愛玲從一開始寫作，在《第一爐香》《金鎖記》裏已懷疑過這樣的問題），我們只看見這三個文學改編的效果，使小說女主角，以及文學讀者們更願意去原諒、理解男主人公，當然，原諒、理解的同時仍包含着癡迷、憤怒和瘋狂。

最大的「改編」還在於小說的結尾，這個給她帶來巨大痛苦（與快樂）的男人最後仍出現在女主角少有的家庭夢想裏。小說最後一頁，有一個夢中，五彩片「寂寞的松林徑」溫馨背景，「映着碧藍的天，陽光下滿地樹影搖晃着，有好幾個小孩在松林中出沒，都是她的。之雍出現了，微笑着把她往木屋裏拉。非常可笑，她忽然羞澀起來，兩人的手臂拉成一條直線。就在這個時候醒了。二十年前的影片，十年前的人。她醒來快樂了很久很久」(325 頁)。而寫這篇小說時張愛玲給宋淇寫信，理智上照舊稱胡為「無賴人」[16]。

據宋以朗的博客，《小團圓》完稿後特地修改過兩頁，其中一頁就加上了一段口交文字[17]，可見作家對這段情色細節的重視程度。是五十多歲女作家念念不忘早年情史中的亮點痛處？還是女作家有意挑戰開拓現代中文愛情小說中的某些邊界線？

在另一封給宋淇的信上，張愛玲說：「《小團圓》是寫過去的事，雖然是我一直要寫的，胡蘭成現在在台灣，讓他更得了意，實在犯不着，所以矛盾得厲害，……」[18]

這裏的「矛盾」我以為有兩個層面，一是在個人心靈史上，對過去(甚至永不會過去的)男女關係的怨恨恩仇與留戀快樂之間的矛盾；二是在個人私隱情仇與在藝術中創作「愛情故事」之間的「矛盾」。「矛盾」的結果，就是上述一系列細節「改編」—— 儘管張愛玲揭露自己隱私，但最終還是寫成了一部獨立的文學作品，一部現代文學史上「非典型」的「愛情故事」[19]。在理智上，張愛玲不想原諒曾讓她受罪的男人(尤其在與朋友通信的語境下)，但一片片撕開傷口檢點這段感情如何銘心、怎樣刻骨，也隱含着與《今生今世》某種對話的潛意識慾望[20]。現實世界男女關係恩仇無解，唯有在藝術中才能再生。一方面，借助小說療救心創的動力，連好友宋淇當年都不理解(因此提了很多改稿方案)，但我以為另一方面，為了藝術不惜動用「最深知的材料」是更重要的原因。只有在小說世界裏，才能如此無情「審判」自已的母親(嚴厲態度堪比五四文學「弒父」情結，超過王蒙「審父」的《活動變人形》)，同樣苛刻地審視女主人公，在九莉這個極端自私、極度刻薄的普通人身上，愛情則是她最高尚的一面。歸根到底，作家太愛她的文學，因此才愛小說中的自我，及小說中的男主角。

相比之下《小團圓》後來寫與燕山的戀情[21]，既無「政治傾向」的障礙，也少「情感不專心」的問題。燕山是文化人，形象漂亮，身為編劇導演，父親也經商。女主人公也不是不認真，有次邵之雍探訪時燕山來電話，「她頓時耳邊轟隆轟隆，像兩發星球擦身而過的洪大的嘈音。她的兩個世界要相撞了」(301 頁)。他們甚至也討論婚事，一度還以為懷孕。不同之處是九莉可以想像燕山和別的女人在一起的情景，「也許是人性天生的彆扭，她從來沒有想像過之雍跟別的女人在一起」(322 頁)。再熱戀時，旁觀者三姑也說，不如和之雍的關係。所以張愛玲描寫的男女關係，身體再世俗，慾望再現實，處處充滿拌嘴、嘔氣、衣着、化妝、吃飯、鈔票等細節，卻隱隱貫穿浪漫主義的「原教旨主義」信仰：主人公不可能同時愛兩個人，甚至不在同時也不行。

當然，九莉之所以會這樣處理男女關係，很大程度上是因為她與母親的關係。《小團圓》中寫母女關係的篇幅比「愛情故事」其實更多(是之前兩部英文小說的中文縮寫，所以文字、情節都有些跳躍)。和母親的複雜關係直接、間接地影響並制約了女主角對愛情的態度：第一，從小母愛的缺乏導致女主角在男女關係中的極度甚至病態地渴求「愛」。第二，因不符合母親現代淑女教育的要求而自卑，使得女主角在愛情方面也缺乏自信，容易委屈。第三更重 要的是在母親自相矛盾的謹慎「言傳」浪漫「身教」之下，女兒的戀愛生活處處逆向掙扎。母親的「言傳」頭緒紛亂，宗旨是性關係要矜持 —— 九莉卻衝動、無目的，不僅當年一見鍾情，晚年仍在回憶「警棍」、「小獸」，母親的「身教」是「多元化」，拿得起放得下(《小團圓》中至少十幾個中外情人）——九莉卻專一，不能自拔，不願，不肯，不甘心，但又無法不步母親後塵（打胎、愛情失敗、晚年孤獨……）。母親和九莉的關係，在「性」的意義上，與其說是母女，像師生，不如說更似競爭對手。九莉原是「最不多愁善感的人，抵抗力很強」，為甚麼「只有她母親與之雍給她受過罪」？究其原因，就是女主角一生在和很多女人爭奪邵之雍，又和很多男人爭奪她母親。

愛上讓她「受罪」的人，在某種程度也就是「如何愛上你的敵人」——這個主題後來在《色，戒》中才最後完成。而怎麼「敵視你的親人」，張愛玲在描寫母女關係方面也達到現代文學的一個高峯。當然，這已是另一篇論文的題目了。

發表於《文學評論》，2011 年第 2 期。

---

1 《沉淪》，泰東書局 1921 年版。

2 《懺餘獨白》，見《懺餘集》，天馬書局 1933 年版。

3 宋淇致張愛玲的信，1976 年 4 月 28 日，見張愛玲：《小團圓》，香港：皇冠出版社，2009 年，頁 13。

4 張愛玲致宋淇的信，1976 年 4 月 4 日，見張愛玲：《小團圓》，同上，頁 13。

5 黃錦樹：《家的崩解》，《讀書人》，《聯合報》2009 年 3 月 8 日。

6 「趕寫《小團圓》的動機之一是朱西寧來信說他根據 胡蘭成的活動手寫我的傳記……」（張愛玲致宋淇的信，1975 年 10 月 16 日，見宋以朗《〈小團圓〉前言》，《小團圓》，香港：皇冠出版社，2009 年，頁 5）。

7 參見秦賢次《胡蘭成生平史事考釋》（提交香港浸會大學 2010 年 9 月「張愛玲誕辰九十周年國際學術研討會」的論文）。

8 「中國人男女之際，遠離聖靈與罪惡那樣的巫魘，女兒家亦明理無禁忌，……」（《今生今世》，中國社會科學出版社 2003 年版，頁 185。）「……男女之際，中國人不說是肉體關係，或接觸聖體，或生命的大飛躍的狂喜，而說是肌膚之親，親所以生感激。」(《今生今世》，頁 228)「西洋人的戀愛上達於神，或是生命的大飛躍的狂喜，但中國人的男歡女悅，夫妻恩愛，則可以是盡心正命。孟子說，『莫非命也，順受其正。』姻緣前生定，此時亦惟心思乾淨，這就是正命。……秀美……竟是不可能想像有愛玲與小周會是干礙，她聽我說愛玲與小周的好處，只覺如春風亭園，一株牡丹花開數朵，而不重複或相犯。她的是這樣一種光明空闊的糊塗。」(《今生今世》，第 237 頁) 除了強調男女關係的親情因素以及讚揚女性明理寬容 (沒說男人是否也要有「光明空闊的糊塗」) 以外，胡蘭成更主張中國人的男女之「愛」，其實就是「知」，見本文注 20。

9 見《今生今世》，台北遠景出版社 2009 年版，第 163–164 頁。秦賢次則推測，胡蘭成當時由廣西南寧一中同事古詠今介紹加入托派。《胡蘭成生平史事考釋》(提交香港浸會大學 2010 年 9 月「張愛玲誕辰九十周年國際學術研討會」的論文)。

10 《小團圓》，頁 230。

11 《今生今世》，中國社會科學出版社 2003 年版，頁 154。

12 《小團圓》，頁 271。《今生今世》中確記載胡蘭成與日本女房東的一段情，不過是在逃亡日本以後。《小團圓》所描寫邵之雍與日本主婦露水姻緣發生在國內，或是移花接木借用胡自己的炫耀作為虛構小說情節。

13 《今生今世》，頁 194。

14 如與日本主婦的露水姻緣等。

15 胡蘭成語，參見本文注 8。

16 張愛玲致宋淇的信，1976 年 4 月 4 日，見張愛玲：《小團圓》，香港：皇冠出版社，2009 年，頁 13。

17 「獸在幽暗的岩洞裏的一線黃泉就飲，泊泊的用舌頭捲起來。她是洞口倒掛着的蝙蝠，深山中藏匿的遺民，被侵犯了，被發現了，無助，無告的，有隻動物在小口小口的啜着她的核心。暴露的恐怖揉合在難忍的願望裏：要他回來，馬上回來 —— 回到她的懷抱裏，回到她眼底 —— 」《小團圓》，頁 240。

18 張愛玲致宋淇的信，1975 年 11 月 6 日，見張愛玲：《小團圓》，香港：皇冠出版社，2009 年，頁 13。

19 張愛玲自己的解釋：「《小團圓》……是個愛情故事，不是打筆墨官司的白皮書，」見張愛玲致宋淇的信，1976 年 1 月 3 日，載宋以朗《〈小團圓〉前言》，《小團圓》，香港：皇冠出版社，2009 年，頁 6。

20 張愛玲後來在美國曾寫信向胡蘭成索取《今生今世》，不知女作家看到胡蘭成的這段話如何感想 —— 「我與女人，與其說是愛，毋寧說是知。中國人原來是這樣理知的一個民族，《紅樓夢》裏林黛玉亦說的是『黃金萬兩容易得，知心一個也難求。』卻不說是真心愛我的人一個也難求。情有遷異，緣有盡時，而相知則可知新，雖仳離訣絕了的兩人亦彼此相敬重，愛惜之心不改。人世的事，其實是百年何其短，寸陰亦可長」(《今生今世》，頁 316)。

21 小說中所寫的燕山，據宋淇信中所言是電影導演桑弧 (宋淇致張愛玲的信，1976 年 4 月 28 日，見張愛玲：《小團圓》，香港：皇冠出版社，2009 年，頁 13)。但桑弧對他與張愛玲的關係一向保持沉默。

附錄

關於《色，戒》與《小團圓》的採訪、談話和筆記

小資，是對張愛玲的誤讀

關於電影《色，戒》答上海《新民晚報》特約編輯問

主持人：一說起張愛玲，很多人都會將她視作上海小資女人的標誌。她筆下的不少人物也成為小資做派的典型。

許子東：在今天，我們對「小資」這個詞有些誤讀，忘了「小資」本是五星紅旗中的一顆星。國旗上的四顆小星，原意是工人、農民、軍隊和城市小資產階級（按毛澤東《中國社會各階級分析》中的分類，貧下中農屬於農村的小資產階級和半無產階級）。《在延安文藝座談會上講話》中，當初也是主張文藝為工、農、兵和小資產階級服務的。張愛玲對小市民、小資產階級這兩個概念，多有辯護。其實，寫山河風雲的也可以是小作家，寫小資身體的也可以是大作家。大作家分兩種，一種走在大眾前面，表達時代聲音，比如魯迅、巴金。還有一種往往反潮流而行，終其一生都被大眾誤解，比如張愛玲、沈從文。把張愛玲作為小資的符號是商業化潮流炒作的結果。尤其在上海，市場上捧她的人或「學界」貶她的人，往往都只見其華麗不識其蒼涼。

主持人：《色，戒》的小說裏寫的就是一批「小資」學生，謀劃刺

殺漢奸的故事。很多人對它頗為期待，原因也各有不同。

許子東：很多人認為，《色，戒》是寫一個年輕女人愛上一個壞男人，拍成電影，裏面有帥哥美女，有情慾鏡頭，應該是很好看的。但是，如果只是這樣解讀《色，戒》，無疑是膚淺的。張愛玲的偉大，體現在這篇小說裏，就是她對女性靈肉的解剖，與對集體主義革命行動的解構同步互置。張愛玲將革命的浪漫主義表現得既合理，又荒唐——年輕的學生用行動模仿話劇，出於愛國熱情，想暗殺漢奸，於是設下美人計。作為誘餌的王佳芝，還是處女，所以先要請男同學教她性經驗。（該男同學穿我現在任教的嶺南大學的背心，電影放映時令我們大學的同學又驕傲又羞愧。歷史背景是抗戰期間，當時嶺南大學確實從廣州轉到港大。）這些情節細細品來，難道不荒唐？而最後，王佳芝竟然愛上了那個漢奸，更寫出組織、運動、英勇、紀律後面的真正的殘酷。這對現代文學中已有的男女情愛格式和革命敍述模式都是一種顛覆。

就算王佳芝最後沒有成為「叛徒」，她暗殺成功了也沒有犧牲，今後幾十年各種運動她又怎麼說得清楚這段「牀戲」？看看丁玲《我在霞村的時侯》（也是一部可改編成電影的佳作），或可理解這兩位女作家對女性身體在男性中心主義革命運動中的功能、命運的不同而又相通的深刻觀察。

張愛玲的筆下的《色，戒》，在李安的鏡頭裏表達的非常充分。上影集團大膽投資，沒有充分估計此片政治主題的挑戰性。比起周潤發主演的《傾城之戀》、關錦鵬十分文字化的《紅玫瑰與白玫瑰》以及許鞍華把電影改得比小說還好的《半生緣》，《色，戒》是張愛玲小說改編最成功的一次。把一羣「小資」的革命生活拍得如此轟轟烈烈，溫柔暴力。是李安為中國的中年導演們上了一課，比《臥虎藏龍》更有意義的一課。我在另一個地方也說過，在某種意義上，李安把中國很多導演「帶壞了」。因為《臥虎藏龍》重組了中國文化符號與好萊塢技術口味，既能獲得奧斯卡獎又有商業成功，從此不少中國藝術導演也都不再尋根反思批判探討，而走上京官（韓三平等）港商（楊受誠等）合作豪華卡司視聽盛宴道路，《英雄》力量《無極》，卻遭《十面埋伏》，赴《夜宴》只見煙花璀璨，《滿城盡帶黃金甲》……結果當然不如李安的好萊塢經驗，出口奪獎不利，內銷笑場成功。但這一次面對《色，戒》，意識形態管理部門應該不希望李安的文學深度、牀戲和政治挑戰程度又被不斷模仿。所以，我們看到，湯唯的廣告被停了（同樣裸體，梁朝偉沒事。令我想起阿 Q，他哪個男人都打不過，唯有捏小尼姑的臉）。奧運閉幕式便不讓李安參與了。

從《色，戒》到「戒色」

2007 年 12 月 5 日《鏘鏘三人行》片斷

查建英：大家現在見面都不說你吃了嗎？都說你《色，戒》了嗎？你戒色了嗎？

竇文濤：不是，現在都說你和諧了嗎？不，咱們不說這個，就說《色，戒》。（這部戲）從電影的意義上講，挺成功。在香港，每個星期話題都不一樣。第一個禮拜，討論他們是不是真幹；第二個禮拜，看梁朝偉的蛋蛋；第三個禮拜，老翁少妻，少妻要求模仿《色，戒》，結果把老翁腰也給閃了，自尊心也摧殘了，老翁第二天起來自卑了。……然後，心理學家、醫生說《色，戒》裏面的知識，那是經過專門訓練的，普通家庭觀眾不要模仿。

查建英：李安有句話說，拍這個片子，一定要拍到位。

竇文濤：但是剛才許老師也說了，怎麼批評的聲音沒出來？最近我就發現有批評的，而且挺猛。現在有文章罵《色，戒》漢奸，甚至還有人批評我們文道。文道說中國人看戲，總是先問是忠還是奸。於是，有人說文道的觀點就是大是大非分不清。甚至一幫大學生向中華人民共和國文化部副部長于幼軍先生聯名上書，嚴打《色，戒》漢奸文藝。

查建英：天哪，是真的？我是贊成不同的各種聲音都應該有空間，有權利發出來。這是沒有問題的。但是我一聽這種語言，我真的毛骨悚然，這可能是一種本能的反應。因為這種是文革式的、討伐式的說法，把對方當作異類，要嚴打它，而且要借用權力，借用體制的權力來嚴打。如果你的尊嚴這麼強，你怎麼這麼脆弱呢？病態的自尊心啊！彷彿面對的東西是洪水氾濫一樣，要把我們的文化沖垮了。我們文化有這麼脆弱嗎？我們民族這麼強大，既然他們說，我們已經崛起了，我們怎麼允許這樣的說法？這不是悖論嗎？你都崛起了，你都這麼強大了，看一個電影就能把你給瓦解了？

竇文濤：做完這期節目「炮口」就轉向你了。

許子東：不過我倒很理解這些批判的聲音。我自己看這個電影，直到最後他們在刑場，要被槍斃那個時候，借用了小說裏的一句話，我心中轟然一響：這不是叛徒嘛！前面我已經被李安帶着進戲了，認同了，我覺得女主角做那些事情合情合理。張愛玲常常能夠做到讓你合情合理地進入到一個荒謬的境地，如《第一爐香》。每一步，進姑媽大宅，試很多衣服，男人送首飾……你都覺得是合理的，怎麼突然變成這樣（要為姑媽找男人，為丈夫找錢）？所以到電影最後，當王佳芝臨死跪在那裏時，面對鄺裕民，面對旁邊的同志，她可真的是出賣了同志，你背叛了革命。李安冷靜地堅持了張愛玲的冷酷，寫叛變，也寫叛變的可怕的後果。這次威尼斯獎，有個評委曾拍過《本能》。前兩年有部片子《BLACK BOOK》（中譯《黑皮書》），講一個猶太女人，目睹全家被德國人殺掉，然後她就做間諜，色誘一個德國軍官。她到了房間，德國軍官睡在牀上，沒穿衣服，只蓋着被子。然後，她不斷地脫衣服，就像《本能》裏的場面一樣，不停地脫衣服，一件，一件……只見軍官被子上，一個東西翹了起來。那個女人裸體跑過去，沒想到是一把槍！就是說德國軍官已經識破她了，然後要懲罰。女人說，你可以打死我，但先做一次。結果德國軍官做完後就心軟了。

查建英：被打死了？

許子東：她沒有死，軍官愛上她了。導演還是順從大眾心願，讓她色誘成功。我想這位導演看到李安結尾拍得這麼冷酷，他得佩服。

這是張愛玲的原意，色誘因鑽石及性而動搖，革命因愛情與慾而失敗……最後大家都看到：現在中國跑得最快的不是劉翔，而是梁朝偉。

竇文濤：……《色，戒》裏，王佳芝的表情從頭到尾是曖昧的，不是明顯的正面或反面人物。可能有些人認為，電影有這麼大的影響，女主角與一個漢奸有曖昧不清的關係，至少是一種非否定化的處理。

許子東：理解，一種理解。

竇文濤：……就說了解她的變化，也不說她是好人也不說她是壞人。但這不行，（這代表）你在張揚他，你知道嗎，實際上存在這麼一種思維。

查建英：長期的簡單思維教育的結果。

許子東：李安這部戲其實是拍他自己，有人說是拍他對自已父親的理解。張愛玲是冷的，李安把它拍得比較暖。他在拍這個男主角易先生的時候，第一，沒有拍他刑訊、拷問別人的任何鏡頭，只要有這種鏡頭出來，我們就不會同情他了。他氣喘吁吁地回來，說他今天審了幾個人，只要把他審別人的鏡頭拿出來，從湯唯的角度就沒法愛上他了。第二，他找的是梁朝偉，而不是葛優。原文說易先生有點「鼠相」。找梁朝偉改變了這個戲。

竇文濤：還有人說張愛玲是醜女心態，說她長得醜，所以她才會這麼寫，這是她忌妒那個女特務或者說是女英雄鄭萍如，長得漂亮，上過良友雜誌封面。

許子東：那他也沒看過張愛玲年輕時候的照片嘛。

查建英：張愛玲是美女啊。

許子東：王安憶說過，張愛玲覺得自已不如她母親好看，一生妒忌且自卑。很有意思的一個觀點。不過也是甚麼人有甚麼聯想，你們知道璩美鳳怎麼評《色，戒》，她說是李安想上湯唯，不好意思，借梁朝偉來做。

查建英：李安更才子佳人，一定要是美男美女，還有很多的牀戲，做足這個，才能使得情色戰勝所有其他的東西。

許子東：很多正宗「張迷」不滿李安的改編。最關鍵一場戲中，女人動搖了，頭上轟然一響，就在她以為男人真的愛她（其實是她愛上男人）的那個瞬間，張愛玲小說同時冷冷地交待男人的心理：給歡場女子買東西，是正常的事情，但不能買得太早，買得太早還看不起人家……換言之，這個男人他根本沒有，從來都沒有愛上過女主角。

查建英：對，但是殺死她也對，她從此就得忠於我了，然後接着就打牌。

竇文濤：彼此是對方的獵人和獵物嘛。

許子東：可是到了李安那裏，女人唱一段《天涯歌女》，聽得梁朝偉感動，我們也感動。

查建英：片尾還坐在女人牀上眼淚汪汪，這根本不是張愛玲了。張愛玲是繼續打牌，是世俗生活在繼續。

許子東：把冷冷的張愛玲給暖化了。但暖中還是冷。情色熱火後面是歷史的殘酷。（觀眾）想不通湯唯為了行刺，還要跟那蘱大男生窩窩囊囊地睡一晚上。

竇文濤：你看女性的這種心理——王佳芝，到上海又執行起任務來，她心裏覺得有了目標，要不然當時跟那人睡了一晚上，就算白睡了。

查建英：她的身體已經獻給革命了，這個身體就不是私人的了。她後來突然發現，在執行任務時，這身體怎麼突然變成私人性了——那些牀戲，動搖了她，她的身體又回到她自己身上了。

許子東：這個觀點有意思。為革命犧牲，犧牲女人的身體。所以電影中三次不同的性愛場面，從受虐到角力到享受，都是不可刪節的。如果沒有這些情慾戲，女主角最後的動搖就好像只是為了「鑽石」。這樣電影名稱就不應是《色，戒》，而是《鑽，戒》了。

《小團圓》中的男人和女人

2009 年 3 月 19、20 日《鏘鏘三人行》片斷

竇文濤：許老師今天他從香港過來，帶來這麼一本書，這本書很快成為城中話題，這就是張愛玲的《小團圓》。這本書本身就是傳奇。胡張戀，名文人、名作家談戀愛，好像注定為了給咱拿來反覆研討閱讀的。過去咱們只見到胡蘭成在《今生今世》寫的，歲月靜好，一場如花如月的事情，但是據說張愛玲方面一直保持緘默。這一對曾經的情侶，也可以說怨侶。我查考了一下死日，1981 年胡蘭成死了，到了 1995 年，張愛玲在洛杉磯公寓死了。這本小說是一直壓在箱子底壓了幾十年，本來張愛玲生前給友人寫信，說要把這個小說銷毀的。但是為甚麼到今天，友人違反了她的遺願又出了這本書，這個咱們暫且按下不表，下回再說。但是許老師你先給講講，為甚麼這本書讓你腎上腺素如此分泌呢？

許子東：我去年春天，在上海的藝術人文頻道講了八集的張愛玲，就是像百家講壇那種形式。講完以後，復旦出版社就要幫我出本書，我想在正文後面加很多註解，增加一點學術性。《小團圓》一出版，我那本書很多細節要重寫了。因為原來的研究是根據張愛玲的作品，以及其他人的一些回憶，包括胡蘭成《今生今世》。現在有了「羅生門」的另一個角度。很多事情的解釋，本來是從這個角度，大家可以去想像，現在它不空白了（再從原來的角度去想像就不合理了）。比方說胡蘭成說分手跟她 kiss，她摟着他的脖子，叫一聲「蘭成」，那是胡蘭成的描寫。現在她這本書裏面也有這段 kiss，也有這樣的擁抱，但是女人心裏的感受就是一塊鐵往下沉，火車轟轟等。這些新的資

料，對現代文學研究會有影響。

竇文濤：以前沒見過張愛玲這麼寫，我昨天晚上使勁翻，牀戲出來了。所以有人甚至說李安大概偷看了這本書，《色，戒》非常精確地講述了張愛玲的性描寫。

許子東：李安沒那麼露骨。我們不講了，大家自己看吧。以前都覺得張愛玲寫「性」非常含蓄。水晶曾欣賞《紅玫瑰與白玫瑰》裏寫「性」，說男女一握手，女人的肥皂泡沫就留在佟振保手上，肥皂泡沫在吸吮他的手指……但這次很不一樣。

竇文濤：寫得露，而且太容易讓人對號入座。自傳體小說，誰都知道在寫胡蘭成。

許子東：我在講座裏總結過「胡四招」，根據《今生今世》，胡蘭成有五六個女人，百戰百勝。第一招甜言美語，他的甜言美語不是一般的，他在《今生今世》裏面說「張愛玲的頂天立地，世界都要起六種震動」，「我常時以為很懂得了甚麼叫驚豔，遇到真事，卻豔不是那豔法，驚不是那驚法」。還有，「民國世界的臨水照花人」，都成了名句。但他的甜言美語並非只給張愛玲，數月後在武漢看到小周護士，「聲音的華麗只覺一片豔陽，她的人就像江邊新濕的沙灘，踏一腳都印得出水來。」後來陪他回鄉的寡婦，四十來歲，他也是大篇的頌歌：「她其實是個亮烈人，從端正裏出來溫柔安祥，立着如花枝微微傾斜，自然有千姣百媚。」「只覺她的言語即是國色天香。她的人蘊藉，是明亮無虧蝕，卻自然有光陰徘徊。她的含蓄，寧是一種無保留的恣意，卻自然不竭不盡，她的身世呵，一似那開不盡春花春柳媚前川，聽不盡杜鵑啼紅水潺湲，歷不盡人語鞦韆深深院，呀，望不盡的門外天涯道路，倚不盡的樓前十二闌干。」

雖是事後回憶，當初也總有操練。第一招是說女人愛聽的好話。

第二招，馬上結婚。胡蘭成的結婚概念跟我們現在略有不同，他不管自己已婚，（在哪兒）都可與人結婚。在上海與張愛玲有一紙婚書，在武漢與小周也迅速成親。後來逃難范女士下鄉一路照顧他，（他在）《今生今世》裏就是這樣寫的：「十二月八日到麗水，我們遂結為夫婦之好。這在我是因感激，男女感激，至終是惟有以身相許……」

竇文濤：以身相許。

許子東：所以第二招就是婚姻。第三招是甚麼呢？花女人錢。他進入婚姻以後，會花女人的錢，女人很開心，覺得你不把她當外人了，完全是自己人呢。

查建英：胡蘭成有一句話（挺有意思）。他後來不是找小周了嘛，（但當時）實際上他跟張愛玲已經結婚了，然後他跟張愛玲怎麼解釋呢？就是說我是克己待人，咱們倆是自己人，她是外人，（既然是）客人，我當然要照顧她了。

許子東：小周問他要結婚的時候，要辦儀式的時候，他就說我張愛玲那邊還沒辦儀式呢，不能先跟你辦。

查建英：他矯情的時候都矯情得特有文采。

許子東：日本投降後他要逃難的時候，他就把小周叫過來，說你等着，我現在逃難了。中國古代的夫妻，男人逃出去十年、二十年，女人在家裏等着，是常有的事，小周還真在那裏等着，還為他坐過牢。他還有最後第四招，前三招之所以成功，也因為第四招：坦白。就是說他跟一個女人好……

查建英：他馬上說。

竇文濤：前面幾個女人，一一都告訴你，絕不隱瞞，不偷偷摸摸。且不說別的女人不好，這點是胡蘭成跟人家不同的。

許子東：現在一般人泡妞，一上來就說自己老婆不好，自己以前怎麼受挫折，他不，他說以前花好桃好，當然，你現在更好。為甚麼女人會信呢？大概女人都想成為男人的最後一個，男人都想成為女人的第一個。

根據胡蘭成的描寫，張愛玲是一個很超脫飄逸的女子。胡蘭成在武漢找了小周護士，回來告訴張愛玲，張愛玲沒說甚麼。可是看《小團圓》，很簡單，九莉就是普通女人的嫉妒和恨。還有些場面也出人意料，比方說我們一直以為胡蘭成吃軟飯，可女主角跟男人說我欠我媽媽的錢，我媽媽一直說（會）照顧我。第二天男人就拎來了一箱的錢。她覺得當時收錢不好，但是她想要還錢，就收下了。

查建英：當然這是小說細節，但可能是真的。

許子東：小說裏女主角非常在乎婚姻，一直盯着問我們的問題怎麼辦？男主角邵之雍後來同時把兩份離婚啟事放在她面前，女主人公忍住不樂，其實心中樂。真是一個很普通，很實在的一個女人。

竇文濤：我覺得胡蘭成不是一個大多數人能理解的人，他自有他的妖媚之處。但是胡蘭成寫張愛玲，就是驚為天人。可你看張愛玲的心理，你就覺得實為女人，就是一個女人的心理。

許子東：有一段非常典型的對話，男的看着女的臉說，你臉上有神光，那女的就說塗的護膚油。這兩句對話非常精彩。

查建英：說明性格。實際上張愛玲一直是一個大家閨秀，沒有甚麼與男性交往的經歷，等於她碰到第一個，而且是正當年。你想她是一個二十三歲的女孩，而這三十八歲是男人最好的時候，要腦子有腦子，要體力有體力，一匹好馬，肯定的。胡蘭成就是採花大盜老手。有次他跟張愛玲一起散步，那時他們剛見面幾次。他說你的身材這樣高，這怎麼可以，然後張愛玲馬上就大紅臉。這其實就是在打量，一個動物在打量……

許子東：《今生今世》有點沾沾自喜。總而言之，你已經這麼傷害人家了，基本上你就應該保持沉默。相比之下桑弧就是另外一個例子。

竇文濤：桑弧當年也跟張愛玲好過？

查建英：好過，但是從來沒說。

許子東：這個一直沒有得到桑弧證實。小說後面的「燕山」，現在宋淇也指出了，是指桑弧，而且關係很深的。中間有一段，胡蘭成在張愛玲的房間裏，桑弧打電話來，這都是隱喻 —— 女主人公一接電話，只覺得電話裏面像列車一樣轟轟響，她的兩個世界要碰撞，很文學性的。

查建英：胡蘭成在這點上，我覺得他是大「尤物」，顯露出他非常高超的手段跟身段，但是他真的品格不高，屬於有情無義。

竇文濤：我也受陳丹青老師的一些影響，我覺得也不要貿然評價別人的人格，你這個人格的問題不太好說的。你說胡蘭成就一定人格不好嗎？他喜歡女人，或者多找幾個，就是人格不好嗎？

查建英：喜歡女人很好，人格還是有問題。

次日接着討論 ——

竇文濤：書名為甚麼叫《小團圓》呢？許老師。

許子東：前面宋淇有一個界定，說一般「大團圓」就是家庭美滿，事業成功，子孫滿堂。她這本書裏面家庭又不圓滿，事業又不成功，男的還到處逃，女的也很不幸，所以她的意思是說連「小團圓」都做不到。小說題目，一般有概括和反諷兩種。《狂人日記》《金鎖記》《家》是前一種，《祝福》《藥》《小團圓》屬後一類。

阿城有個看法，說胡蘭成是中國文化的一筆財富。我則注意到一個現象，就是張愛玲寫作最出色的一段時期，恰恰是跟胡蘭成在一起的時候。我們當然不能夠說是因為胡蘭成，張愛玲才寫出好作品。張愛玲最好的幾篇，在認識胡蘭成之前已經發表了，比方《封鎖》和《傾城之戀》。但是接下來的一段時間，她的創作真的非常豐收。而跟胡蘭成分開，1944 年以後，張愛玲的創作就一落千丈了。

查建英：她自己說過，從此我將只有凋謝了。我覺得她後來真是紅顏薄命，她後來碰到一個比她大三十歲的美國人，賴雅，是一個所謂過氣作家，身體又不好。跟胡蘭成真不一樣，胡蘭成大她十五歲，但是胡蘭成正當年，這匹馬只是綠草如茵的時候可以，要爬坡這個馬肯定要溜走。

竇文濤：她把在美國打胎的事也寫了。幾百美元，都四個月了，從外面找來這麼一個大夫。翻江倒海地吐，最後看着抽水馬桶裏十英寸高的這麼一個男嬰，恐怖到極點，就沖下去。

許子東：作為藝術家，她這種寫法效果絕了。你知道她這段穿插在哪裏？穿插在跟男的剛剛開始熱戀，還沒有結婚，最美好的時候，「啪」一段意識流，十幾年後在紐約，看着自己的嬰兒在抽水馬桶裏被沖下去。然後再回到戀愛場面，「女人總是要拼着命的」，有這麼一句話，串聯着。

竇文濤：她的小說，從結構上講，我覺得真是驚為天人。這蒙太奇，第一個鏡頭是跟小說男主角在擁抱時，她家老上海家門框上的一只木頭雕的鳥。然後多少年之後在紐約打胎，然後看見抽水馬桶裏，十英寸高的男嬰，那個胚胎，她突然想起，這不就像是門框上雕着那只鳥兒嘛，一下子閃回。

查建英：有些新東西沒有寫過，包括你說那個警棍……

竇文濤：兩人原來一直都是平常聊天，突然間感覺到座下有東西在鞭打，隔着絨布的警棍，這個比喻。

查建英：性愛裏面的暴力，而且實際上這是很原始的一種動物（性需求），希望一個強壯的東西。但是中國文學裏面這種東西並不是很多，（我們的傳統）盡是像《花樣年華》裏躲躲閃閃，欲迎又止，繞着半天的這種……

許子東：最後這一個場面，（兩人）已經分手，從溫州回來了。他過路還在常德公寓住一晚上。《今生今世》也有描寫，說他們睡在一起很不愉快。張愛玲則描寫說，金色的臂膀，看着他洗澡後金色的背脊，幾乎起殺意。我感興趣的是藝術家了不起，其實到那個時候，五十多歲的張愛玲在美國，對胡蘭成已經是絕對死灰，已經叫他「無賴人」了。夏志清、宋淇他們都有共識，認為胡很無賴。可是作家照樣能夠靜靜回想二十多歲時，像剛才那種纏綿細密的那些情節。這是藝術。一般的女人到五十多歲，傷透你心的這麼一個冤孽，你還能記得嗎？

查建英：這是她的黃金時刻。

竇文濤：這會不會是一個女人終生的胸口的痛，或者說甚至到了晚年，都繾綣不去的。

查建英：我覺得不是那麼簡單。就是一種痛，也是一個財富，是一個禮物。你一定要經歷這樣一次，最後越痛，實際上越是因為這個東西之強烈。……只不過胡蘭成到這一步他已經看開了，你說他無賴也好，這點我倒覺得他很酷。我明白地給你看，我可以這樣，但是張愛玲她不能同樣的抱着這種態度，她太年輕。所以他變成了永遠的痛。

許子東：所以我還是感慨，像胡蘭成這樣的男人，像這樣的行為很多，可是偏偏給我們天才女作家碰到了，傷了一生。但反過來講，就要因為給她碰到了，她才把她的痛楚變成了這麼悽美的文字。我想再說一下，這本書的價值，胡蘭成的故事只是裏面一部分。小說中的男人，我們談了很多。小說中的女人，除了主人公九莉，就是母親蕊秋。小說中的母女關係，放在現代文學裏面看也是罕見的。

一個下一代的青年，怎麼又愛又恨她的母親。中國現代文學裏，恨父親的很多，有不少弒父情節，但母親都是好的。大部分男作家父親都去世得早，母親是他們的啟蒙老師。魯迅、郭沫若、郁達夫、胡適、茅盾，全都是視母親為最重要的人。你沒看到一個作品是恨母親的，可是這部作品裏面有。

我覺得看《小團圓》的人，第一當然是文學愛好者，第二是所有對胡張戀愛故事有興趣的人，第三則是，所有做父母的人，和現處青春期、在家裏有反叛情結的青少年。我覺得尤其是父母，看完了整部小說以後，該再從她母親的角度去想，她媽媽做錯了甚麼。

竇文濤：張愛玲就會想——我想多賺點錢，要還給我媽媽，她是這樣。

查建英：證明她媽媽以前無數次的給她過這種壓力、暗示，我養着你，你欠我的。這種壓力和暗示使這個孩子覺得自己是個包袱。

竇文濤：一些小市民的家庭，很多媽媽覺得女兒是搖錢樹。可憐天下父母心，都這麼說，其實在個別情況下，我也說可疑天下父母心。

許子東：可恨天下父母心？

竇文濤：不是，我有時候甚至覺得，父母親總是把自己的感情打扮得非常美好⋯⋯咱這是衍生出來的，張愛玲的母女關係待會請許老師講。但是我現在有感觸的是甚麼呢？有的父親或者母親，他們的感情說起來是很感人的。但是我現在慢慢有種感覺，背後的動機很可疑，你到底是自私的，還是為了孩子的？⋯⋯比如說他在生活裏很失敗，他在生活裏被別人瞧不起，那麼好，你這個孩子，因為我養你付出了代價，所以你有一種義務，你得混到按照我的標準的好，不是按照孩子標準的好，然後他的好的標準是甚麼呢？就是小市民的虛榮心，讓鄰居們，讓周圍的人都覺得好，我臉上有光。

查建英：完全是自私的。

許子東：女兒要嫁的好，兒子得成功。

查建英：我們做父母的永遠在談付出，實際上孩子出生首先是你的選擇，不是她的。從他出生到他長大，你每一天都在獲取，他給你的快感是時時刻刻都在的，很少聽到父母非常充分地承認，老是說我在犧牲，我在受苦，好像在投資。

竇文濤：……咱父母就不說了，就從咱們這輩開始，作為新一代的人，應該明白，孩子不欠你任何東西。

查建英：沒錯。

許子東：我不大同意你們的說法。宋淇當初不贊成小說出版。原因之一就是九莉這個人物不讓人同情。我有同行看完了以後，也覺得女主人公太酷了，有些費解。比如他父親的行為明顯是荒謬的，抽鴉片，敗家，討小老婆，這張佩綸的兒子，完全沒有祖上如李鴻章的一點氣概。但張愛玲憶及父親時卻有很多美好的回憶。而她媽媽有着她所有的夢想，年輕、漂亮，有外國男朋友，有新文化，教她彈鋼琴、禮儀，西方各種文明科學、各種「先進文化」，都是她媽媽教她的，可是她偏偏就恨她媽媽。

查建英：因為媽媽刺激她是嗎？

竇文濤：為甚麼呢？

許子東：這裏邊有很多小細節。比方說她媽媽說她不好看，其實也沒說她不好看。大家說這個女兒最漂亮是甚麼，她就等着人家誇她眼睛，可她媽媽說耳朵還可以，於是她心裏就非常受刺激。然後她媽媽給她梳的頭髮，到學校裏讓她丟臉。張愛玲逃出父親家時，她媽媽四十歲了，有幾個外國男朋友在追她。自己正是最後的黃金時間，突然多了一個十六歲的女兒在身邊，你有沒有想過對她媽媽帶來的這種負擔壓力，女兒不想，女兒只是覺得媽媽嫌我多事，所以自卑。

小說裏大筆重墨有一段，寫到在港大有個老師，因為九莉拿不到獎學金，就送給她 800 港幣，一包錢。她拿着這包錢很高興。她媽媽跟有錢的男朋友住在淺水灣，她把這包錢放在桌上，裏面有好多零碎的錢。她媽媽就把錢擱在旁邊，也不跟她再說起來。過幾天她就聽說她媽媽賭博輸掉了 800 元。這件事情女主人公恨了一輩子。

所以後來她跟男人交往，她問男人要錢，理由就是我要還給我媽媽。小說裏的描寫是，直到她媽媽老了，從海外回來，她都用非常冷酷、嘲笑的語氣說：你看她終於老了，回來了。她描述老，不說多皺紋，而是描述鼻子、眼睛的位置都發生了改變。這種筆墨很冷酷。

最後在跟她媽媽喝茶的時候，九莉拿一條手絹，把二兩金子推過去說 —— 她叫她媽媽二嬸 —— 她說二嬸，你以前照顧我，這是我還你的錢，她媽媽一看就哭了。她媽媽哭了，然後就說了一句話，大概的意思就是老虎再毒也不會害自己兒子，就是說我不管怎麼樣，我人再不好，我也不會對你不好。女兒不依不饒要還錢，她媽媽說不要，而她一定要還。沒有現代作家這樣解剖自己對母親的感情。

竇文濤：你看了之後，覺得這個做父母的人，都應該反思、振動？

許子東：你不應該把你的兒女當作是你自己的。我們只能評論自己的身體，我可以說，我現在胖了，難看了。為甚麼中國人的家長也會謙虛地評論自己兒女的身體呢？大家說你兒子長的挺帥，然後你說帥甚麼帥？傻頭傻腦的。為甚麼會這樣說呢？因為你把兒子當作是自己的一部分，自己這一部分就可以謙虛。不僅是兒女，連老婆也這樣。人說你老婆真漂亮，一般啦，一般啦。不同文化的人，或者會說，她是天使，我很幸運，等等。

查建英：小孩小的時候，不會理解。

許子東：但她會記得。長大以後用一套西方的個性個人權力觀念，來看待一個東方的家庭情感倫理，所以這個衝突背後的悲劇性是非常深刻的。最深刻的悲劇就是兩個好人之間的悲劇。